N&K

CLAUDE CUENI

GENESIS

Pandemie aus dem Eis

ROMAN

NAGEL & KIMCHE

1. Auflage 2020

in der MG Medien Verlags GmbH, München
Satz: JournalMedia GmbH, München
Gesetzt aus der Garamond Pro, 11,5 pt
Herstellung: Verlag Nagel & Kimche AG, Zürich
Druck und Bindung: GGP Media GmbH

ISBN 978-3-312-01192-6
Printed in Germany

FSC
www.fsc.org
MIX
Papier aus verantwortungsvollen Quellen
FSC® C014496

Für Dina,
einen anonymen Knochenmarkspender
und alle Mitarbeiterinnen und Mitarbeiter
der Hämatologie
des Basler Universitätsspitals

Tout ce qu'un homme est capable d'imaginer,
un autre est capable de le réaliser.

Alles, was sich ein Mensch vorstellen kann,
werden andere verwirklichen können.

Jules Verne (1828 – 1905)

I

Südgeorgien, Antarktis. September 2011

Nick Harris kniff die Augen zusammen und ließ den Blick über das südliche Polarmeer schweifen. Zwischen monumentalen Gletschern und zerklüfteten, schneebedeckten Gebirgen bewegte sich ein Schiff auf die Bucht King Edward Cole zu. Der Hafen Grytviken war das Ziel, ein verwaister Stützpunkt des früheren Verwaltungszentrums der britischen Überseegebiete Südgeorgien und Sandwich-Inseln. Harris nahm seinen Feldstecher und suchte wie jeden Morgen den Küstenstreifen ab. Massige See-Elefanten lagen reglos am Strand, paarungswillige Robben versuchten mit Grunzen und Heulen Weibchen anzulocken. Riesige Populationen von Königs- und Goldschopfpinguinen standen eng beieinander und stießen trompetenartige Laute aus. Ihre einzige Bestimmung: essen und sich vermehren.

Die rauen und nassen Wintermonate, die von Juni bis August dauerten, neigten sich dem Ende zu, an den Küsten schmolz die Schneedecke, doch das Klima blieb ruppig und feucht. Jetzt hatte der antarktische Frühling begonnen, es war Anfang September, die Schneestürme würden von nun an seltener, und die Nebeldecke, die wochenlang über den Inseln gelegen hatte, würde sich allmählich lichten.

Nick Harris stand auf einer windigen Anhöhe und lehnte am *Shackleton's Memorial Cross*, einem schlichten Holzkreuz, das einst zu Ehren des legendären Polarforschers errichtet worden war. Mit seiner schwarzen Wollmütze und dem kurz getrimmten Bart sah Nick Harris aus wie die englischen Robbenjäger, die ab 1786 mit dem Jagdschiff *Lord Hawkesbury* auf Jagd gegangen waren. Die Reiseberichte des Seefahrers James Cook hatten sie angelockt. Nachdem die Robbenpopulation beinahe ausgerottet worden war, jagten die Männer See-Elefanten, bis schließlich die Inselgruppe an die Compañía Argentina de Pesca vermietet wurde, die Südgeorgien zum weltweit größten Walfangzentrum machte. Als die Briten die Barbarei 1965 beendeten, waren rund 175.000 Wale geschlachtet, und das Polarmeer hatte sich in Küstennähe rot verfärbt. Wie Diebe in der Nacht waren die Jäger wieder abgezogen, zurück blieben gesunkene Schiffswracks entlang der Küste, verwaiste Walstationen, verrostete Tanks, die einst zur Walöl-Aufbearbeitung dienten. Die meteorologischen Observatorien und die Labors für ozeanische, chemische, biologische und geowissenschaftliche Studien verlotterten ebenso wie das argentinische Walfang-Schiff *Petrel*, dessen rostiges Wrack in Strandnähe mit der Bugspitze aus dem Wasser ragte. Die *Petrel* diente mittlerweile als Brutstätte für Albatrosse und andere Seevögel, doch für Harris wurde dieser Rosthaufen zum Totenschiff, das sein Leben veränderte. Letztes Jahr war seine Frau Grace, von Neugierde getrieben, in das Heck hinuntergetaucht und kam nie wieder hoch.

Harris senkte den Feldstecher. Er kniete nieder und strich über einen dicken Büschel Tussock-Gras, er mochte den Geruch, weil er ihn an Grace erinnerte. Doch nun war selbst der Schmerz der Erinnerung verblasst. Harris war Mitte vierzig. Das Angebot, nach London zurückzukehren, hatte er abgelehnt. Es störte ihn nicht, dass er hier auf Südgeorgien lediglich Platzhalter war, um Argentinien zu demonstrieren, dass die Inselgruppe nach wie vor zu den britischen Überseeterritorien gehörte. Hier am Ende der Welt würde er eines Tages sein Leben beenden. Ohne Grace. Seit ihm die Zukunft abhandengekommen war, dachte er oft an den Tod. Es hätte ihm nichts ausgemacht, schon morgen zu sterben. Dann hätte das Leid ein Ende. Gleichgültigkeit und Gelassenheit bestimmten seinen Alltag. Er erhob sich und hielt ein letztes Mal Ausschau. Jetzt erkannte er das rote Forschungsschiff aus Fort Stanley. Es war ungewöhnlich groß und lieferte den Proviant für die nächsten Monate. Aber da war noch etwas anderes an Bord: drei Hubschrauber, 200 Tonnen Gift und 700 Fässer Treibstoff.

* * *

Orkanartige Stürme erschwerten die Navigation des britischen Forschungsschiffes *Ernest Shackleton,* drei Meter hohe Wellen klatschten gegen den Bug, hoben das Schiff wie eine Nussschale hoch und ließen es wieder fallen. Das Rat-Team saß mit gemischten Gefühlen in der schaukelnden Kapitänskajüte und wartete auf das letzte Briefing. Ein Hüne von Mann trat ein, hielt sich kurz am Türrahmen fest und setzte sich auf den freien Stuhl am Tischende. Mit seiner weißen Mähne und dem imposanten Bart sah Professor Luis C. Mendelez einem biblischen Propheten ähnlich, doch Mendelez' Gesichtsausdruck und Körperhaltung waren auf eine sympathische Art unaufgeregt. Weder seine schlichte Kleidung, blaue Jeans und grünes Hemd, noch seine abgewetzten Schuhe, ließen auf die herausragende Bedeutung schließen, die der Professor in der Branche genoss. Er hatte der synthetischen Biologie bahnbrechende Impulse gegeben. Doch seine Lockerheit war nicht als Überheblichkeit abzutun.

Mendelez begrüßte das Team und sagte, ab jetzt seien sie auf sich selbst gestellt, der nächste Hafen liege 14.000 Kilometer entfernt. Er fuhr über die Karte, die auf dem Tisch fixiert war, und rekapitulierte den Auftrag: »Südgeorgien ist nicht größer als Mallorca. Als James Cook 1755 seinen Fuß auf die Insel setzte, lebten hier über hundert Millionen Tiere. Es war ein Paradies auf Erden. Heute ist Südgeorgien zwar immer noch weltweit die größte Brutstätte für Meeressäuger, aber die Seevögel sterben allmählich aus, denn die Bodenbrüter sind hilflos den Ratten ausgeliefert, die James Cook und später die Robbenschläger und Walfänger auf die Insel gebracht hatten. Die Nager plündern die Nester, fressen die Küken und greifen selbst erwachsene Vögel an.«

Mendelez nahm eine durchsichtige Plastiktüte aus seiner Tasche und hob sie hoch. Darin lag ein kleines Ding, das Größe und Form eines Weinkorkens hatte: »Wir haben zweihundert Tonnen Giftköder an Bord. Ratten sind schlau. Wenn sie etwas nicht kennen, schicken sie den schwächsten Artgenossen vor. Stirbt dieser, meiden die anderen den Ort. Neu am Rattengift des Londoner Institut Nilsor ist die Wirkungsweise. Die Ratte stirbt erst nach einigen Tagen an inneren Blutungen, so können die Artgenossen keinen Zusammenhang mit dem Tatort herstellen. Ratten sind schlau, aber der Mensch ist schlauer. Das Einzige, was uns die Ratte voraushat, ist das solidere Immunsystem. Kein Mensch hätte jemals im Reaktor von Tschernobyl überlebt, Ratten bauen heute noch ihre Nester dort.«

Mendelez nahm einen Stift aus seiner Brusttasche und zeigte auf den Norden der Inselgruppe: »Team 1 wird in Bird Island operieren, Team 2 im mittleren Teil auf der Höhe von Grytviken und Team 3 im Süden.«

Er steckte seinen Stift wieder ein und sagte, das sei ein historischer Moment, »was wir hier auf Südgeorgien durchführen, ist die größte Ratten-Ausrottung aller Zeilen. Wir sichern das Überleben von Millionen Seevögeln. Ich wünsche den Rat-Teams viel Erfolg!«

* * *

In Grytviken hatten einst mehrere hundert Walfänger gelebt, heute war der Küstenort ausgestorben, geblieben waren die Gräber mit den weißen Kreuzen hinter dem kleinen Museum in der ehemaligen Villa des Antarktisforschers Carl Anton Larsen. Bald würde die Saison beginnen, und ein paar wenige Touristen würden die winzigen Ausstellungsräume besuchen. Hier war Nick Harris der Chef. Bald brachten die Expeditionsschiffe die ersten Reisegruppen an Land. Sie durften die Insel nur für neunzig Minuten betreten. Die Guides sorgten dafür, dass die Zeit nicht überschritten wurde, denn sie wussten, dass mit Harris nicht zu spaßen war. Es war seine Insel. Harris machte einen letzten Kontrollgang durch die Räumlichkeiten. Gezeigt wurden Artefakte, alte Fotografien und Gerätschaften. Während des Falklandkrieges, 1982, hatten argentinische Truppen die Insel besetzt und die Forscher vertrieben.

Harris kam später als einer der ersten Briten wieder auf die Insel zurück. Er war damals ein junger Wissenschaftsassistent, der mit seinen Forschungsarbeiten bereits seinen kleinen Teil zum heutigen Verständnis des Klima- und Erdsystems beigetragen hatte. Tempi passati. Nach Graces Tod war sein Interesse an einer akademischen Laufbahn erloschen. Jemand betätigte draußen den Türklopfer. Harris schritt zum Eingang und öffnete die Tür. Vor ihm stand Professor Luis C. Mendelez. Für einen Augenblick war Harris wie gelähmt.

»Nick!«, rief Mendelez erfreut und umarmte seinen früheren Assistenten, »habe ich dich erschreckt?«

»Nein, komm rein Luis«, sagte Harris etwas verwirrt und spürte das schale Gefühl, das ihn beim Aufwachen oft überkam, wenn er für einen kurzen Augenblick Ort und Zeit vergaß und sich fragte, ob Grace tatsächlich gestorben war.

»Du machst einen etwas verstörten Eindruck, mein Lieber. Die Einsamkeit bekommt dir wohl nicht.«

Nick Harris ignorierte die Bemerkung und sagte, er mache jetzt einen Kaffee. Mendelez folgte ihm in den kleinen Vorraum, »ich soll dir liebe Grüße von Barry Venison ausrichten.«

»Oh, Barry, den gibt es also auch noch«, wunderte sich Harris, während er den Behälter der Kaffeemaschine mit Wasser füllte.

»Ja, er leitet das Londoner Institut Nilsor«, sagte Mendelez und grinste, »er ist mein Chef.«

»Barry? Kann ich mir gar nicht vorstellen«, meinte Harris, »zu unseren Studienzeiten ist er kaum aufgefallen. Ist er verheiratet?« Allmählich taute Harris auf und freute sich, dass Mendelez da war.

»Ja, seit zwanzig Jahren, drei halb erwachsene Töchter.«

»Oh«, machte Harris bloß, als er die Nespresso-Kapseln einstöpselte, »und du?«

»Nicht mehr«, antwortete Mendelez ohne Bedauern.

»Schwierige Ehe?«

»Keine Ahnung, ich war ja nie zu Hause.«

Beide gingen mit ihrem Kaffee zum Fenster und schauten, wie ein Helikopter ein riesiges Netz mit schwarzmarkierten gelben Fässern auf der Insel absetzte.

»Ich hab die Coverstory im Time-Magazin gelesen«, sagte Harris, »ich war schwer beeindruckt.«

Luis Mendelez winkte ab und sagte, die Medien würden immer übertreiben.

»Nein, Luis, du warst stets zu bescheiden. Einen derartigen Ruf muss man sich erarbeiten, sie nannten dich die weltweit unbestrittene Koryphäe auf dem Gebiet der Rattenbekämpfung. Ich war richtig stolz auf dich.«

Mendelez winkte erneut ab und sagte, seine eigentliche Leidenschaft gehöre bekanntlich der Immunologie. Die Rattenforschung sei mehr eine Liebhaberei. »Habt ihr viele Touristen?«, fragte Mendelez, um das Thema zu wechseln.

»Jetzt fängt bald die Saison an«, antwortete Harris und nahm einen Schluck Kaffee, »im Jahr kommen etwa sechzig Expeditionsschiffe mit siebenhundert Touristen. Aber sie dürfen hier nicht übernachten. Ihr werdet also kein Problem mit den Unterkünften haben.«

»Wir sind ein Team von fünfundzwanzig Leuten, in zwei Wochen sind wir wieder weg.«

Beide verfolgten die Arbeit der Männer, die draußen die gelben Fässer aufschraubten und mit einer Schaufel die Giftköder in einen riesigen Metalltrichter warfen.

»Tut mir leid wegen deiner Frau«, sagte Mendelez und presste die Lippen zusammen.

Harris war überrascht, dass Mendelez davon erfahren hatte. Er mochte nicht darüber sprechen. Stattdessen sagte er, dass die Giftköder wohl nicht nur die Ratten ausrotten würden.

»Das ist nicht zu vermeiden, Nick. Wenn wir in den nächsten Wochen Tonnen von Giftködern über den Inseln abwerfen, werden auch einige jener Vögel sterben, die wir eigentlich retten wollen. Aber der South Georgia Heritage Trust sagt uns, dass sich die Vogelpopulationen rasch erholen werden, wenn die Ratten einmal ausgerottet sind. Der langfristige Nutzen überwiegt.«

Ein Helikopter schwebte über dem Landeplatz, vier Seile wurden hinuntergelassen. Die Arbeiter befestigten den Trichter.

»Finanziert der Heritage Trust das Ganze?«

Harris schaute zu Mendelez hoch.

»Ja, elf Millionen, aber acht hat Barry gestiftet.«

»Barry Venison?«, fragte Harris ungläubig.

»Ja, unser Barry, er hat geerbt, ziemlich viel sogar, und irgendwie schämt er sich für seinen neuen Reichtum.«

Der Helikopter stieg langsam wieder hoch. Unter dem Trichter begann eine Art Sprinkleranlage zu rotieren und schleuderte Giftköder in alle Himmelsrichtungen.

»In zwei Jahren werden wir wissen, ob wir Erfolg hatten. Dann kommen wir zurück, stellen Fallen auf und überprüfen zum Abschluss die Insel mit Spürhunden.«

»Hast du deinen Giftköder eigentlich patentieren lassen?«, fragte Harris.«

»Nein, die Rechte gehören dem Institut Nilsor. Geld hat mich nie fasziniert, Nick. Ich bin auch nicht der ›Lord of the Rats‹, wie mich die Boulevardmedien mittlerweile nennen, ich bleibe bei der synthetischen Biologie. Ich will immer noch das Immunsystem der Menschen optimieren. Wir haben früher oft darüber gesprochen. Die grösste Gefahr, die der Menschheit droht, sind nicht Kriege, Meteoriteneinschläge, Klimawandel oder Negativzinsen, sondern eine Pandemie. Letztes Jahr starben in Europa bereits über dreißigtausend Menschen an Infekten, weil sie Antibiotikaresistenzen entwickelt hatten.«

2

Neun Jahre später

Rajasthan, Indien. Mittwoch, 29. Mai, 06:48 Ortszeit

Mit einem heftigen Knall schlug die Pendeltür gegen das Chromstahlbecken. Zwei junge Inder betraten die Küche der NGO Hero-rat. Sie waren außer sich vor Zorn. Hastig schauten sie sich in der schmucklosen Kantine um. Sie waren allein, allein mit der achtzehnjährigen Nadi Satpathi. Für einen Augenblick stand die junge Frau wie angewurzelt, starrte auf ihre beiden Cousins Ishwar und Kirshan. Jemand musste ihren Plan verraten haben. Sie wusste, was der Besuch zu bedeuten hatte.

Nadi war eine attraktive Frau von dunklem Teint mit langen schwarzen Haaren, schlank und hochgewachsen. Auf dem Forschungsgelände nannte man sie ›die Magierin‹. Nicht nur, weil sie so gut kochte, sondern vor allem, weil ihre Bewegungen graziös und ihre rabenschwarzen Augen mit den kräftigen Brauen ihr eine geheimnisvolle Aura verliehen. In Europa hätte man sie als exotische Schönheit wahrgenommen. Hier war sie unsichtbar. Eben hatte sie noch Kachori-Kugeln frittiert, eine Delikatesse aus Kartoffeln, Zwiebeln und Erbsen. Die Crew liebte diesen Frühstückssnack. Sie arbeitete im gegenüberliegenden Gebäude. Dort standen die gläsernen Rattenkäfige mit den ausgestanzten Duftlöchern im Boden. Nur wenn die Ratte beim Duftstoff TNT verweilte, klickte der Trainer mit einem Blechfrosch und belohnte die Ratte mit einer dünnen Scheibe Banane. So lernten die Tiere, dass ein Klick Futter bedeutete und dass sie damit nur belohnt wurden, wenn sie vor dem TNT-Duftloch stehen blieben. Nadi liebte diese Nager, sie konnte gut mit Ratten und hoffte, eines Tages im Westen mit Ratten arbeiten zu können. Doch ihr Vater hatte ihr stets eingebläut, eine Frau brauche keine Bildung, sondern einen Ehemann, und sie müsse nicht Ratten dressieren, sondern Kinder gebären, am liebsten Buben und keine Mädchen.

Cousin Ishwar schloss die Tür und lehnte sich provozierend dagegen. Kirshan hatte keine Eile, er wusste, dass die Trainer erst in zwei Stunden mit der Arbeit beginnen würden. Nadi konnte nicht auf Hilfe hoffen. Sie hatte Angst, fürchterliche Angst, dass ausgerechnet am Tag ihrer Flucht ihr geheimer Plan durchkreuzt würde. Die beiden Cousins genossen ihre Überlegenheit, Nadi wusste, wieso sie gekommen waren. Der Teppichhändler Qureshi aus Surangani hatte der Familie Satpathi ein Ultimatum gestellt, er bestand darauf, dass die Vereinbarung zwischen den Familien eingehalten wurde. Aber Nadi hatte sich geweigert, ihn zu heiraten, weil er »Frauen klopfte«, wie sie in Surangani erzählten. Ishwar und Kirshan sollten die Familienehre retten, sie waren Brüder, orthodoxe Hindus, die vor Jahren einen muslimischen Lastwagenfahrer angezündet und gelyncht hatten, weil er angeblich Rindfleisch transportiert hatte. Die Regierung hatte wie üblich weggesehen, und sie würde auch wegsehen, wenn die beiden nun das taten, wozu sie hergekommen waren. Ishwar trug einen dünnen Schnauzer und machte einen auffallend dumpfen Eindruck, wobei man nie genau wusste, ob das eher harmlos oder ausgesprochen gefährlich war. Kirshan hingegen kleidete sich stets elegant und hatte Charisma. Die Familie hielt ihn für smart, tatsächlich war er zynisch. Er nahm einen bläulichen Flakon aus seiner Hosentasche und grinste. Dann schraubte er den Verschluss ab. Gleich würde Kirshan wie ein Rottweiler über Nadi herfallen, sie vergewaltigen, ihr vielleicht die Hüftknochen brechen – und ihr anschließend das Gesicht verätzen.

Nadi hatte schon so viele junge Frauen gesehen, deren Gesichter aus nichtigem Grund von gekränkten Verwandten verätzt worden waren. Auch ihre geliebte Tante Taneja hatte dieses Schicksal erlitten. Wulstig verwachsene Narben zeugten davon. Als Kirshan sich umdrehte und das Fläschchen Ishwar reichte, nutzte Nadi die Gelegenheit. Blitzschnell riss sie das Stromkabel aus der Fritteuse, nahm diese in beide Hände und schüttete Kirshan, als er sich wieder umdrehte, das heiße Öl ins Gesicht. Mit einem gellenden Aufschrei fiel er auf die Knie, bedeckte mit beiden Händen sein Gesicht, verbrühte sich dabei die Finger und wälzte sich brüllend auf dem Steinboden, als würde er vor Schmerz den Verstand verlieren. Ishwar stand mit dem Säurefläschchen konsterniert vor der Pendeltür. Er hatte nur ein paar Spritzer abbekommen, aber genug, um in Rage zu geraten. Nadi rannte ans andere Ende der Küche und verließ diese durch den Lieferanteneingang.

Sie hetzte über den Hof und stieg auf ihr altes Royal Enfield-Motorrad. Aber die Maschine stotterte, sprang nicht an. Nun rannte auch Ishwar über den Hof und stieß dabei wüste Drohungen aus. Nadi startete erneut den Motor, diesmal sprang er an und warf knatternd schwarzen Rauch aus. Nadi warf einen ängstlichen Blick zurück, sah, dass auch Ishwars linke Gesichtshälfte verbrüht war. Er würde sich fürchterlich rächen. Nadi raste über das abgelegene Firmengelände. Es lag in der Grenzregion Gamanewala, im Bundesstaat Rajasthan. Nadi folgte zuerst der Landstraße in Richtung pakistanischer Grenze, doch dann wendete sie abrupt und fuhr einen steilen, holprigen Feldweg hinauf. Ishwar hatte mit seinem stärkeren Motorrad die Verfolgung aufgenommen und holte auf. Oben auf dem Plateau war ein verdorrter Acker mit weißen Stoffbahnen abgesperrt, gelbe Warnschilder mit schwarzer Schablonenschrift warnten vor Minen, »Danger! Mine!«. Nadi wusste, dass diese Felder noch nicht freigegeben waren, doch als Ishwar allmählich aufholte, zögerte sie keine Sekunde. Sie bremste scharf ab, das Hinterrad drehte um neunzig Grad und wirbelte eine Menge Staub auf. Nadi gab wieder Gas und raste über den stoppeligen Acker, geradeaus, entlang der weißen Markierungen. Wie erhofft, wollte Ishwar ihr den Weg abschneiden und fuhr quer über das abgesteckte Feld. Eine kräftige Explosion erschütterte den Boden, eine staubige Fontäne aus brauner Erde schoss in den Himmel, Ishwars Motorrad wurde durch die Luft geschleudert und auseinandergerissen. Der Benzintank war gleich nach der Detonation der Landmine explodiert. Als ein zerfetzter Unterarm vom Himmel fiel, wusste Nadi, dass Ishwar ihr nichts mehr antun würde.

Südgeorgien, Antarktis

Zur selben Zeit saß Nick Harris in der Wohnung des Hafenkapitäns Fasmus Dahlström. Der eingebürgerte Schwede war um die fünfzig und hatte die Aufsicht über Zoll und Fischereiwesen. Gemeinsam vertraten sie die britische Regierung auf Südgeorgien. Harris' Schultern waren zusammengefallen, den einst sorgfältig getrimmten Bart ließ er mittlerweile wild wuchern. Es schien, als spiegelten sich die zerklüfteten Gebirgsketten in den tiefen Furchen seines Gesichts. Schweigend saßen sich Harris und Dahlström gegenüber und nippten an einem Glas Whisky. Jeder für sich, gemeinsam allein. Aus der Küche hörte man das Klirren von Glas und Gelächter. Dahlströms junge Frau Neele torkelte mit einer Flasche Champagner ins Wohnzimmer, blieb vor den beiden Männern stehen, versuchte das Gleichgewicht zu halten und prustete vergnügt los: »Was für ein trauriger Anblick, die Herren.« Sie setzte sich auf Nicks Sofalehne und legte ihm den Arm auf die Schulter: »Weißt du, Nick, wenn du mit einem

Finnen den Abend verbringst, säuft jeder für sich, und am Ende sagt der Kerl, das sei ein schöner Abend gewesen.«

»Das hast du uns schon mal erzählt«, brummte Dahlström.

»Ach, wirklich? Und weißt du wieso, Fasmus? Weil es bei uns jeden Abend so ist. Und ich sage dir, es kotzt mich an. Frauen in meinem Alter machen nachts Party, und ich sitze hier herum und werde langsam fett wie die See-Elefanten da draußen. Ich habe nachgedacht. Und weißt du, zu welchem Schluss ich gekommen bin?«

»Du wirst es uns gleich sagen.«

»Ich fahr mit dem nächsten Schiff nach London zurück!«

»Haben wir auch schon gehört«, sagte Dahlström und starrte an die Decke. Wütend erhob sich Neele von Nicks Sofalehne und baute sich breitbeinig vor ihrem Ehemann auf: »Am Freitag bringt der Eisbrecher unsere Monatseinkäufe. Kannst du alles alleine fressen! Ich fahr mit den Jungs zurück, und in Fort Stanley nehm ich den nächsten Flieger nach London.«

Keiner der beiden Männer reagierte. Neele setzte sich provozierend auf Harris' Schoß und drückte ihre Stirn gegen die seine: »Kannst du das verstehen, Nick? Für eure Pinguine mag das ein Paradies sein, für mich ist es die Hölle, eine Hölle aus Eis.«

»Lass Nick in Frieden, Neele, geh schlafen«, sagte Fasmus beherrscht und leerte sein Glas.

»Wozu?«, schrie Neele, »willst du etwa mit mir schlafen?«

»Du bist betrunken.«

»Nick, bin ich etwa betrunken?«

Nick Harris schwieg. Wie immer.

»Wieso sollte ich ins Bett gehen? Habe ich morgen irgendwelche Termine? Modeschau, Massage, Make-up? Ein Rendezvous mit einem feurigen Lover?«

Neele erhob sich wieder und löste den Verschluss des Champagners. Sie richtete den Flaschenhals auf ihren Ehemann: »Du wirst jetzt gleich putzmunter, Fasmus.«

Plötzlich ging das Licht aus, man hörte das Knallen des Champagnerkorkens und wie etwas Schweres auf dem Boden aufschlug. Nick erhob sich und stürzte über Neele, die auf dem Boden lag. Sie umarmte ihn lachend und versuchte ihn zu küssen. Nick befreite sich und tastete sich auf allen vieren vor. Ein Lichtstrahl blendete ihn. Fasmus Dahlström stand mit einer schweren Taschenlampe vor ihm: »Ich sehe im Technikraum nach.«

»Ich komme mit«, sagte Nick Harris. Er hatte wenig Lust, allein mit Neele im Haus zu bleiben.

»Großartig!«, rief Neele den Männern nach, »jetzt haben wir vermutlich auch kein Internet mehr. Wir sind komplett von der Welt abgeschlossen, ihr gottverdammten Freaks!«

Bei klirrender Kälte steuerte Harris den Land Rover Defender an verfallenen Holzbaracken durch die Nacht. Die verstärkten Scheinwerfer streiften über zerstörte Industrieanlagen und ließen die rostigen Gerippe wie surrealistische Skulpturen erscheinen. Harris hielt vor dem Eingang zu einer Bauruine und ließ die Scheinwerfer an, damit sie ins Innere leuchten konnten. Die beiden Männer betraten die Trafostation. Ein beißender Geruch lag in der Luft, im Inneren dösten See-Elefanten. Sie zeigten keinerlei Reaktionen. Nick Harris besprayte die Verschalung des Technikkastens mit einem Enteiser, Dahlström löste die Schrauben. Auf den ersten Blick war nichts Auffallendes festzustellen.

»Das blaue Kabel«, sagte Dahlström und zeigte mit dem Schraubenzieher ins Innere, »es ist durchtrennt.« Es war kein sauberer Schnitt, die beiden Enden waren ausgefranst. Dahlström hob die Hauptplatine aus der Verankerung. Harris beugte sich vor und leuchtete in die Tiefe. Irgendetwas sprang ihm ins Gesicht. Harris stieß einen Schrei aus und ließ die Taschenlampe fallen. Er stolperte rückwärts über eine abgebrochene Rohrleitung und schlug mit dem Hinterkopf hart auf. Er schrie wie von Sinnen. Dahlström kniete zu ihm nieder. Er sah, dass Harris irgendwas in den Händen hielt. Es war weiß, pelzig und zappelte. Das Ding hatte seine rasiermesserscharfen Krallen in Harrys' linke Gesichtshälfte festgehakt und ihm Auge und Wange aufgerissen. Er blutete stark. Dahlström griff mit beiden Händen nach dem Tier und versuchte es zu erwürgen, aber es geriet in Panik, zappelte noch verzweifelter, piepste und riss mit seinen Krallen Dahlströms Handballen blutig. Plötzlich war es totenstill. Man hörte nur noch das Wimmern von Harris. Dahlström hielt die Bestie immer noch fest und suchte den Lichtkegel. Sie rührte sich nicht mehr. Jetzt sah er dem Ding direkt in die Augen.

Es war eine Ratte von ungewöhnlich großem Wuchs, eine Albino-Ratte. Sie starrte Dahlström direkt in die Augen, einen Moment lang lockerte er den Griff. In diesem Augenblick schlüpfte die Ratte aus der Umklammerung und erreichte mit einem gewaltigen Sprung die schwere Maschinenkette, die von der Decke hinunterhing. Als Dahlström hinaufleuchtete, fiel der Lichtstrahl auf einen rostigen Tank. Es mussten Dutzende Albino-Ratten sein, die lauernd auf ihn hinabschauten. Gleich würden sie zum Sprung ansetzen.

Deshnok, Indien. 10:48 Ortszeit

Nadi fuhr auf der staubigen Landstraße Richtung Deshnok, eine Provinzstadt mit knapp 20.000 Einwohnern. Sie bereute, dass sie nochmals das Gelände der NGO aufgesucht hatte. Aber wie hätte sie sonst ihren letzten Lohn beziehen können? Sie würde jede Rupie brauchen. Den heutigen Tag hatte sie in den letzten Jahren oft durchgespielt, immer und immer wieder, aber jetzt, wo der Tag gekommen war, befand sie sich hart an der Grenze zur Panik. In dieser Hinsicht funktionierte ihr Gehirn wie das einer Ratte: Sie hatte alle ihre Sinne geschärft und war auf Flucht fokussiert.

Sie fuhr die Bikaner Nagaur Road hinauf bis zum mächtigen Tor des Karni Mata Tempels. Silberplatten mit Rattenmotiven zierten die Flügel des hinduistischen Heiligtums. Die Nager wurden mit Ganesha assoziiert, dem Hindugott mit dem Elefantenkopf. Die Ratte war Ganeshas Pferd.

Da die Temperaturen noch unter 40 Grad lagen, suchten bereits zahlreiche festlich gekleidete Inderinnen und Inder die sechshundert Jahre alte Pilgerstätte auf. Der Umweg über Deshnok war ein Risiko, aber Nadi wollte Ganeshas Schutz für ihre Flucht in den Westen erbeten. Sie wollte frei sein. Wie ihre Tante Taneja. Aber ohne verätztes Gesicht. Die Pilger trugen schildgroße Schalen gefüllt mit Reis und Gemüse, in einigen schwappte Milch. Nadi stieg von ihrem Motorrad, sicherte es und betrat den Vorraum des Tempels. Sie zog ihre Sandalen aus und durchquerte die Vorhalle. Der flach getretene Rattenkot auf den schwarz-weißen Bodenplatten klebte an ihren nackten Fußsohlen. Den beißenden Geruch von 20.000 fetten Ratten nahm sie nicht wahr. Zu groß war die Anspannung. Die dunkelgrauen Nager wuselten überall herum, quiekten.

Nadi kniete nieder und setzte sich mit einer Milchschale auf den Boden. Zwei Dutzend Ratten flitzten herbei, zogen sich am Schalenrand hoch und nippten, auf den Hinterbeinen balancierend, an der Milch. Einige Besucher hatten sich in einer Ecke schlafen gelegt, inmitten von Essensresten und Exkrementen. Sie dösten vor sich hin, griffen manchmal schlaftrunken nach Nahrungsresten in den silbernen Schalen, pressten mit drei Fingern Reisbrei zu einem Klumpen und steckten ihn in den Mund. Nadi tunkte die hohle Hand in eine Schale und schlürfte von der Milch. Es sollte Glück bringen, wenn man aus dem gleichen Gefäß trank wie die Tempelratten. Die Tiere kannten keine Scheu. Sie wussten, dass sie hier sicher waren vor den Spaten und Stockschlägen der Menschen draußen auf den Feldern. Die Nager außerhalb des Tempels waren nicht heilig, sie galten als Schädlinge, die man aber trotzdem nicht töten durfte. Man fing sie ein und ließ sie an einem anderen Ort wieder frei. So absurd konnte Religion sein. Und so schädlich. Seit ihrem vierzehnten Lebensjahr hatte Nadi davon geträumt, eines Tages ihr Dorf zu verlassen. Zuerst war es nur ein vager Gedanke gewesen, der ihr half, die Erniedrigungen zu ertragen. Manchmal hatte sie befürchtet, manchmal aber auch gehofft, dieser innere Drang würde nachlassen, sich ihrer erbarmen, aber er war in all den Jahren stärker und fordernder geworden.

Begonnen hatte alles kurz nach ihrem zwölften Geburtstag. Ihre Mutter erklärte ihr, wieso sie in der Nacht geblutet hatte und wieso dies von nun an jeden Monat geschehen würde; dass dies notwendig war, um all den Schmutz aus ihrem Körper abfließen zu lassen. In dieser Zeit dürfe sie die heilige Basilikumpflanze nicht anfassen, das Kraut würde sonst absterben, sie dürfe auch weder Obst noch Gemüse berühren, denn sie sei in diesen Tagen unrein. Dies sei auch der Grund, wieso ihr Vater sie in dieser Zeit jeweils im Geräteschuppen hinter dem Hühnerhaus einsperren müsse. Zu ihrem eigenen Wohl. Nadi wusste damals nicht, was mit ihr geschah, sie hatte keine Ahnung, ob es allen Mädchen in ihrem Dorf so erging, denn darüber zu sprechen, war ihr ebenfalls verboten. Aber Nadi war nicht blind.

Wer zum Schweigen verdammt ist, hat mehr Zeit, um Gesichter zu lesen, und sie bemerkte, dass auch ihre Freundinnen im Dorf ihre Tage hatten und dass dann ihre Brüste größer und die Haut unreiner wurde. Jedes Mal, wenn Nadi die Tage ihrer Menstruation im stickig heißen Geräteschuppen verbrachte, dachte sie darüber nach, wieso der Schöpfungsgott Brahma blutende Frauen erschaffen habe. Sie hasste das Eingesperrtsein in der Dunkelheit und begann sich ein Leben fernab ihres Dorfes vorzustellen. Sie hatte es stets als unrecht empfunden, dass ihre gleichaltrigen Brüder und Cousins mit ihren Kumpels abends herumziehen durften, ihr hingegen alles verboten war, was einem jungen Mädchen Freude macht. Selbst ihr jüngster Bruder, der noch grün hinter den Ohren war, hatte die Erlaubnis, sie auf Schritt und Tritt zu verfolgen und zu maßregeln. Obwohl er nicht mal richtig rechnen konnte. Sie hingegen war eine gute Schülerin, schon weil sie viel Zeit im Schulgebäude verbrachte, fernab von diesem beklemmenden Elternhaus. Vielleicht war sie deshalb die Zweitbeste ihrer Klasse geworden, aus Trotz.

Doch ihre guten Zeugnisse hatten zuletzt mehr Misstrauen als Stolz erweckt. Ihre Eltern warfen ihr vor, dass alle ihre Cousinen längst verheiratet seien und dass auch sie dieser Pflicht nachkommen müsse, um Schande von der Familie abzuwehren. Sie hätten für sie einen Ehemann gefunden, den Teppichhändler Qureshi aus Surangani, und es stehe ihr nicht zu, ihn abzulehnen. Nadi hatte versucht zu erklären, dass sich die Zeiten geändert hätten, dass sie studieren, ein eigenständiges Leben führen wolle, unabhängig von einem Mann. Ihr Vater war vor Zorn rot angelaufen, er hatte sie geschlagen, bis sie zu Boden fiel, und geschrien, dass eine Frau nach dem Gesetzbuch des Manu sinnlich und unrein sei und deshalb zum Bösen neige und in die Obhut eines Mannes gehöre. Er hatte die Rute, die an der Rückseite der Tür aufgehängt war, hervorgeholt und Nadi belehrt, dass eine Frau nur zur Erlösung gelangen könne, wenn sie als Mann wiedergeboren würde.

Nadi hatte sich zusammengerollt und schützend ihre Hände über den Kopf gehalten, während die Rute mit einem scharfen Pfiff über ihren gebeugten Rücken peitschte. Ihr Vater hatte gedroht, Nadi geknebelt und gefesselt in das Teppichlager von Qureshi zu schleifen. Schließlich war ihre Mutter eingeschritten und hatte dem Vater befohlen, aufzuhören, weil Qureshi keine Freude an roten Striemen hätte. Ihre Tochter würde Qureshi eine gute Ehefrau sein, sich um Haushalt und Kinder kümmern und ihre eigenen Ansprüche zurückstellen. Nadi hatte sich die Tränen aus dem Gesicht gewischt und versprochen, zu gehorchen. Doch tief in ihrem Innern war etwas zerbrochen, und sie hatte einen Entschluss gefasst.

* * *

Nadi saß seit einer Stunde im Karni Mata Tempel und wartete auf ein Zeichen. Plötzlich äugte eine dunkelbraune Ratte aus einer Mauerritze und presste sich mit den Hinterpfötchen aus dem Loch. Die Besucher verstummten. Diese Ratte war anders als alle andern. Ihre Artgenossen schienen sie zu fürchten oder zumindest als Rudelführerin zu respektieren. Sie wuselte herum, trank ein bisschen Milch und hüpfte über den nackten Fuß einer alten Frau, die sogleich in einen tranceähnlichen Zustand verfiel und von ihren Verwandten gestützt werden musste. Nadi gab ein Geräusch von sich, das so leise war, dass es für Menschen kaum zu hören war. Aber Ratten haben das feinere Hörvermögen. Im Nu strömten die Nager auf Nadi zu und krabbelten über ihre Füße und Schenkel. Inmitten des Rudels war die dunkelbraune Ratte, Ganeshas Pferd. Sie allein konnte die Zukunft voraussagen.

»Sie kann dir sagen, was der Wind dir will, ehe noch die Blätter wehen«, hatte Tante Taneja gesagt. Als sich die Ratte aufrichtete und ihre Pfötchen an Nadis Knie aufstützte, war klar, dass nun alles gut würde. Aber zuerst musste Nadi ihre Reisedokumente bei Tante Taneja abholen. Diese hatte alles Notwendige für Nadis Flucht organisiert, den Reisepass, das Au-pair-Visum für London, Taschengeld für die Reise und natürlich das teure Flugticket. One Way. Tante Taneja wollte, dass wenigstens ihre Nichte Nadi glücklich wird. Es war ihre Art, sich an der Familie für das erlittene Unrecht zu rächen. Sie wohnte in Ambasar, einem kleinen Dorf. Bei ihr lebte auch Juko, Nadis dressierte Ratte. Ohne diese würde sie nicht fliegen. Der Gedanke, dass bereits alle ihre Verwandten hinter Tanejas Haus lauerten, kehrte ihr den Magen um. Aber sie hatte keine Wahl. Ohne das Ticket von Tante Taneja blieben ihre Flügel gestutzt.

Ratcontrol, London. 09:18 Ortszeit

»Beeil dich, wir kommen zu spät!« Jack Black stand ungeduldig neben seinem blank geputzten Van und wartete auf seinen zwanzigjährigen Sohn Alistair. Provozierend langsam schlenderte der junge Mann über den Hof des Firmenareals. Ungeduldig öffnete Jack Black seinem Sohn die Beifahrertür. Seine linke Gesichtshälfte war stark vernarbt, die Folge einer schlecht verheilten Verletzung. Auf dem ferrariroten Van stand in großen Lettern »Ratcontrol. You better call Jack«. Eine Ratte zierte die Schiebetür. Sie erweckte den Anschein, als hätte sie sich gerade durch die Metallwand des Fahrzeugs gefressen und würde nun gleich den Betrachter anspringen. Über den Kopf des Nagers war ein gelbes Fadenkreuz gelegt.

Alistair blieb vor seinem Vater stehen und grinste: »Slow down, old man.« Jack Black ließ sich nicht provozieren und setzte sich ans Steuer.

Alistair blieb noch eine Weile gelangweilt vor der offenen Tür stehen. Er hatte ein spitzes Gesicht mit ausgeprägten Kieferknochen und trug indische Tatoos auf den nackten Oberarmen, eines zeigte den abgetrennten Kopf des indischen »Transgender-Gottes« Aravan, das andere einen schelmisch lachenden Elefanten, den hinduistischen Gott Ganesha. Alistair trug Ripped Jeans und ein ärmelloses Jackett mit Fransen. Das halblange Haar hatte er mit einem mehrfarbigen Stirnband fixiert.

»Hattest du nichts anderes zum Anziehen?«, fragte Jack Black, als sich sein Sohn endlich auf den Beifahrersitz setzte.

»Was hast du erwartet?«, spottete Alistair, »so eine Art father & son-Look?«

Jack startete den Motor und spurte auf die Straße ein. Alistair genoss es, wenn sein Vater sich nicht traute, seinem Ärger freien Lauf zu lassen. Er wollte nicht riskieren, dass sein Sohn bei der nächsten roten Ampel ausstieg. Der heutige Anlass war ihm wichtig, sehr wichtig sogar.

»Und du? Hattest du nichts anderes zum Anziehen?«, fragte Alistair.

Jack trug stets sein unverwechselbares navyblaues Army-Hemd mit gelben Epauletten und einem breiten Ledergürtel, der mit silbrigen Ratten verziert war, darüber einen schwarzen Lederkittel.

»Daddy, dein Sohn spricht mit dir. Du läufst mit fünfundfünfzig noch wie ein Teenager rum, der zu einer Wildwest-Party eingeladen ist. Ein bisschen Christian Bale als Captain Joseph Joe Blocker in *Hostiles*? Siebte US Cavalry und so?«

»Alistair«, antwortete Jack und gab sich Mühe, sich zu beherrschen, »ich habe in meinem Leben noch nie eine Universität von innen gesehen, das ist das erste Mal heute. Aber ich habe schon früh begriffen, dass man gegen die Konkurrenz nur bestehen kann, wenn man zur Marke wird. Mein Outfit mag etwas verrückt sein, aber ich bin in London so bekannt wie Starbucks, weil mein Outfit eben unverwechselbar ist.«

»Ist ja schon gut, wir spielen heute *Hostiles.* Ich bin Wes Studi als Chief Yellow Hawk oder ist's eher *Little Big Man*?«

Jack Black schüttelte den Kopf: »Alistaire, du weißt, wen die Boulevardmedien interviewen, wenn irgendwo in London eine Riesenratte auftaucht, die alle in Angst und Schrecken versetzt. Sicher keinen normalen Schädlingsbekämpfer.«

»Endlich gibst du zu, dass du nicht ganz normal bist«, grinste Alistair.

»The Sun mag mein Outfit. Sie hat unsere Firma groß gemacht.«

Alistair gähnte. »Und irgendwann bist du so groß, dass du reif bist für den tiefen Fall und den medialen Tod.«

»Wieso sollten sie das tun?«

»The Sun: ›Jack Black bumst die Freundinnen seines Sohnes‹.«

Jack fädelte in die Schnellstraße ein. Den heutigen Tag würde er sich von niemandem versauen lassen. Alistair warf ihm ab und zu einen Blick zu und schien enttäuscht, dass sich sein Vater nicht provozieren ließ. Schließlich stichelte er weiter: »›Jack Black fickt tote Ratten‹, das wäre doch eine geile Schlagzeile.«

»Alistair, die Medien sind heute vorsichtiger, sie schätzen Leute, die ehrlich und authentisch sind, Antworten, die originell, kurz und prägnant sind, nicht das übliche Geschwurbel.«

»Und all das verkörpert General Custer?«

Jack Black hatte die Hoffnung nicht aufgegeben, dass sein Sohn eines Tages die schwierige Phase der Adoleszenz überwunden haben würde. Alistair war elf Jahre alt, als seine Mutter vor neun Jahren mit einem Pizzabäcker durchbrannte. Alistair hatte ihm, Jack, die Schuld gegeben, weil er sich angeblich zu wenig um seine Frau Joline gekümmert hatte. Jack Black erinnerte sich noch genau an den Tag, als die Postkarte aus der Toskana eintraf. »I won't come back no more.« Sie würde nie zurückkehren schrieb sie, sie sei glücklich, und Alistair würde es eines Tages verstehen und darüber hinwegkommen. Der Junge hatte am folgenden Wochenende sein Zimmer mit morbiden H. R. Giger-Postern tapeziert und sich in eine finstere Welt von biomechanischen Wesen zurückgezogen. »Irgendetwas ist damals mit meinem Jungen passiert«, pflegte Jack Black zu sagen.

Er bog in die Gover Street ein und nahm Kurs auf die Keppel Street. Ob er sich denn nicht wenigstens ein bisschen freue, fragte er seinen Sohn. Sie würden eine Berühmtheit kennenlernen, die seit Jahren auf der Kandidatenliste für den Nobelpreis stand.

»Ist mir scheißegal, Jack.«

Als er sah, wie tief er seinen Vater mit dieser Bemerkung verletzt hatte, fügte er grinsend hinzu: »Du liebst es doch ehrlich und authentisch, nicht wahr, Daddy?«

* * *

Der Hörsaal der London School of Hygiene & Tropical Medicine war bis auf den letzten Platz besetzt. Die Universität gehörte zum Verbund der University of London und galt weltweit als eine der renommiertesten Institutionen in den Bereichen Epidemiologie, Globale Gesundheit, Tropenmedizin und Infektionskrankheiten. Eingeladen hatte das *Biotechnology and Biological World Science Research Center.* Aus der ganzen Welt waren sie herangereist, Immunologen, Fachärzte, Forscher und Vertreter von Pharmaunternehmen. Aus Goodwill hatte man auch den Amtsleiter der Londoner Verwaltungsstelle »Straßenreinigung und Ungezieferbekämpfung« eingeladen. Nicht auf der Liste, und dennoch anwesend, waren Jack Black und sein Sohn Alistair. Der Hauptredner hatte Jack persönlich eingeladen. Sie hatten sich vor etlichen Jahren im Jazzlokal *Cellar Door* kennengelernt und angefreundet. Jack hatte den Mann zuerst für einen Musiker gehalten.

Der Direktor des *Biotechnology and Biological World Science Research Center* begrüßte die Anwesenden und stellte in wenigen Sätzen den Gast des Abends vor: Professor Luis C. Mendelez. Er lobte ihn als unkonventionellen Forscher, der mit der Entwicklung des Rattenköders »Exterma Five« Südgeorgien vor zehn Jahren von der Rattenplage befreit habe. Er habe das Paradies auf die Inseln im Südpazifik zurückgebracht.

»Das ist Professor Mendelez«, sagte Jack Black voller Stolz.

»Ja«, antwortete Alistair gelangweilt, ohne seinen Vater anzuschauen, »das habe ich mir beinahe gedacht.«

»Wir sind die einzigen Nichtakademiker, die heute hier im Saal sitzen«, flüsterte Jack Black.

»Toll«, grinste Alistair, »und jetzt holen wir uns einen runter?«

Als sein Vater nicht reagierte, fragte er ihn, ob er denn seine blauen Pillen vergessen habe. Jack Black ignorierte auch diese Provokation.

»Alistair«, flüsterte er eindringlich, »Marketing und Networking ist alles. Eines Tages übernimmst du *Jack Blacks Ratcontrol* und …«

»Echt? Wusste ich gar nicht.« Alistair zeigte auf die Bühne und gab seinem Vater zu verstehen, dass er still sein sollte.

»*Juramaia sinensis*«, begann Professor Luis C. Mendelez seinen Vortrag, »ist die Urzeit-Ratte, eine ausgestorbene Art von Säugetieren, die vor rund hundertsechzig Millionen Jahren in Zentralasien auf Beutejagd ging. *Juramaia sinensis* ist die früheste Vertreterin der Plazentatiere. Neunzig Prozent der modernen Säugetiere gehören in diese Kategorie, auch wir hier im Saal gehören dazu.« Einige Zuhörer lachten leise, Mendelez hatte sie bereits auf seiner Seite.

»Als *Juramaia sinensis* den Planeten bevölkerte, gab es die Familie der Hominoidea, der Menschenartigen, noch nicht. Und eines Tages wird der Homo Sapiens von der Erdfläche verschwunden sein, aber die Nachfahren der Urzeit-Ratte werden in den Ruinen von New York, Delhi, Shanghai, São Paulo und Kairo überleben und weiter herumwuseln.«

Der Professor ließ den Blick über die Köpfe der geladenen Gäste schweifen: »Wir mögen keine Ratten. Sie sind schmutzig, ekelig, auf jedem Rattenpfötchen lassen sich bis zu fünf Millionen Erreger nachweisen. Sie sind verantwortlich für über siebzig verschiedene Infektionskrankheiten. Ratten leben dort, wo wir nicht enden wollen, unter der Erde. Nachts huschen sie in Rudeln die Hauswände entlang, schnüffeln an unseren Müllsäcken, reißen sie mit ihren spitzen Krallen auf, fressen sich satt und flitzen wieder davon. Sie verschwinden in der Kanalisation, in den Zuläufen von Metzgereien, Gaststätten und Spitälern.«

Auf der Großleinwand wurde der Querschnitt einer Karavelle eingeblendet, die Lagerräume des Handelsschiffes waren gelb markiert.

»Um das 14. Jahrhundert herum gelangten Ratten als blinde Passagiere auf die viermastigen Handelsschiffe europäischer Seefahrer, die unsere Häfen ansteuerten. Sie hangelten sich über Taue und Schiffsketten an Land, strömten in alle Himmelsrichtungen aus, vermehrten sich rasend schnell. Auf Feldern, in Kellern, Lagerräumen und dunklen Gassen lauerten sie auf das Einbrechen der Nacht. Menschen erkrankten an einem merkwürdigen Fieber, dunkle Geschwüre wucherten auf ihrer Haut: Im Mittelalter starben zweihundert Millionen Menschen an der Pest, allein in Europa waren es in den Jahren 1346 bis 1353 fünfundzwanzig Millionen. Das ist ein Drittel der damaligen Bevölkerung. Überträger waren die Flöhe im Fell der Ratten. Jede Katze, die eine solche Ratte fraß, brachte die Pest ins Haus.«

Mendelez legte erneut eine Pause ein, um seine Worte wirken zu lassen, und fuhr in ruhigem Ton fort: »Die Nager waren gekommen, um zu bleiben. Wieso sollten sie sich nicht in der Nähe der Menschen niederlassen? Dort wo Menschen leben, türmt sich der Müll, ein Festmahl für die kleinen Nager. Und das Todesurteil für tausend andere Tierarten.« Er nahm einen Schluck Wasser. Auf der Großleinwand wurde eine Statistik eingeblendet: »Jedes Jahr sterben auf unserem Planeten elftausend bis achtundfünfzigtausend Tierarten aus. Es ist das sechste große Artensterben der letzten fünfhundertvierzig Millionen Jahre, das Gleichgewicht der Ökosysteme ist in Schieflage geraten, es entstehen neue Lebensräume, Freiräume, in denen sich Ratten in epidemischem Ausmaß vermehren. Mein geschätzter Kollege Jan Zalasiewicz von der Universität Leicester sagt den Ratten deshalb eine große Zukunft voraus. Wir werden Ratten in einer Größe von Schafen erleben, prophezeiht er.«

Mendelez ließ den Blick erneut über das Auditorium schweifen.

»Es gibt einen Zusammenhang zwischen dem Riesenwuchs von Tieren und dem Klimawandel. Vor fünfundfünfzig Millionen Jahren stieg die Temperatur innerhalb von zweihunderttausend Jahren um sechs Grad. Bei vielen Tieren fördert ein wärmeres Klima das Wachstum. Aus jener Zeit stammen Fossilien von riesigen Boas, Schildkröten und Riesenratten. Mammuts, Säbelzahntiger und gepanzerte Gürteltiere von enormem Wuchs, vor zehntausend Jahren waren sie alle noch da. Seit Mitte des 20. Jahrhunderts könnte es wieder so weit sein. Überall auf der Welt beobachten wir Ratten von ungewöhnlicher Größe. Auch in London. Durch eine Mutation im Erbgut könnten sie resistent werden gegen alle gebräuchlichen Gifte. In Südgeorgien hat das Institut Nilsor Geschichte geschrieben. Aber London ist nicht Südgeorgien. Hier leben acht Millionen Menschen. Wir können nicht einfach Tonnen von Giftködern über London, New York, Paris oder Rom abwerfen. Was können wir also tun? Ratten haben die besseren Überlebenschancen, die bessere Anpassungsfähigkeit, das stärkere Immunsystem. Und was haben wir?«

Mendelez ließ sich Zeit und genoss die Anspannung in den Gesichtern.

»Wir haben *Crispr/Cas9,* die Genschere. Crispr ist ein mächtiges Instrument, das aufregendste Werkzeug, das die Biologie je besessen hat. Falls wir willens sind, es auch zu benutzen. Mit dieser biochemischen Schere lassen sich Teile unseres Erbgutes wie bei einem Textverarbeitungsprogramm löschen, überschreiben und korrigieren. Wir kennen die Technik. Aber uns fehlt der Mut. Meine Damen und Herren, hier geht es nicht um Ethik, es geht ums Überleben der menschlichen Rasse.«

Auf der Leinwand wurde ein Eisberg eingeblendet, der im Zeitraffer unter den Meeresspiegel sank.

»Mein Kollege, Professor Peter Frankopan von der Universität Oxford, hat nachgewiesen, dass das in Permafrostböden über Millionen Jahre konservierte Pestbakterium *Yersinia pestis* wieder freigesetzt werden könnte. Wie tausend andere Bakterien und Viren, über deren Existenz wir noch gar nichts wissen und gegen die wir somit auch kein Gegenmittel haben. In der mobilen Gesellschaft des 21. Jahrhunderts wird kaum ein Mensch vor einer Ansteckung sicher sein. Aber Ratten werden erneut überleben.«

Professor C. Mendelez trank unter dem Geraune des Publikums einen Schluck Wasser: »Wieso sind Ratten immun? Wieso ist es der Mensch nicht? Können wir ein Immunisierungs-Gen isolieren?«

Er machte erneut eine Pause.

»Ja, wir können. Dürfen wir? Ja, wir müssen!«

Die Unruhe im Publikum nahm spürbar zu. Es knisterte förmlich.

»Als Wissenschaftler fühle ich mich moralisch verpflichtet, es zu tun.« Ein Raunen ging durch den Saal.

»Ich habe das Gen, das die Immunabwehr von Ratten steuert, isoliert und menschlichen Embryonen eingepflanzt.«

Im Saal wurden die Stimmen lauter. Mendelez bat um Ruhe: »Es geht nicht mehr darum, Ratten zu töten oder ihre Population mit einem Unfruchtbarkeitsgen zu reduzieren, es geht nicht mehr um genetisch modifizierte Ratten, es geht nicht mehr darum, Menschen von Erbkrankheiten zu heilen, es geht darum, die menschliche DNA zu optimieren. Damit unsere Spezies überlebt.«

Als Mendelez seinen Vortag beendet hatte gab es nur noch verhaltenen Applaus. Die Zuhörer verließen den Saal, Jack Black und sein Sohn blieben noch eine Weile im Auditorium. Jack wusste nicht so recht, ob sie zur Bühne gehen und den Professor begrüßen sollten.

»Komm schon, ich mach euch miteinander bekannt.«

Alistair verzog den Mund zu einer mürrischen Grimasse.

»Der Mann kriegt eines Tages den Nobelpreis«, sagte Jack eindringlich, »das ist ein ganz Großer. Ihm bringen wir jeweils Ratten von außergewöhnlichem Wuchs«, flüsterte Jack.

Alistair nickte gelangweilt: »Dann bist du wenigstens etwas Kleines von etwas ganz Großem. Wie aufregend.«

»Jetzt halt mal die Klappe, verdammt nochmal, und tu, was ich sage.«

Jack Black ging zur Bühne und winkte Mendelez freundlich zu. Dieser schien erfreut, grüßte zurück und stieg zu Jack hinunter.

»Das ist mein Sohn Alistair.«

Jack drehte sich um, aber Alistair war ihm nicht gefolgt. Er winkte ihn energisch herbei, »er wird eines Tages *Ratcontrol* übernehmen«.

Alistair verdrehte genervt die Augen und begrüßte den Professor.

»Sie scheinen nicht begeistert, junger Mann«, sagte Mendelez freundlich.

»Das kommt schon noch«, beteuerte Jack.

In diesem Augenblick klingelte Mendelez' Handy. Er hatte eine SMS erhalten. Aus Port Stanley. Auf Südgeorgien hatte sich etwas Schreckliches ereignet.

Südgeorgien, Antarktis

Als die Crew des Forschungseisbrechers Winston am späten Vormittag die Antarktis-Insel betreten hatte, waren sie nicht wie üblich von der lebenslustigen Neele empfangen worden. Das, was von ihr übrig geblieben war, lag tiefgefroren auf dem menschenleeren Platz vor dem Haus des Hafenkapitäns. Das Besondere an der Leiche war, dass ihre Augen fehlten. Der Kapitän hatte nach Harris und Dahlström suchen lassen, doch sie waren spurlos verschwunden. Deshalb hatte er gegen Abend die Royal Air Force Station Mount Pleasant auf den Falklandinseln informiert. Auf diesem Militärstützpunkt waren seit dem Krieg mit Argentinien über tausend britische Soldaten stationiert. In den Hangars standen vier Eurofighter Typhoon Kampfflugzeuge, SAR-Hubschrauber, ein Vickers VC-10-Tankflugzeug und eine Herkules Transportmaschine, die dreimal wöchentlich den Warenverkehr zwischen Fort Pleasant und der 14.000 Kilometer entfernten Luftwaffenbasis Brize Norton in der Grafschaft Oxfordshire sicherten.

Als der Funkspruch eintraf, wurde umgehend der Befehlshaber der Royal Marines im fünfzig Kilometer entfernten Port Stanley benachrichtigt. Dort ankerten eine Korvette, eine Fregatte und sechs Patrouillenboote, die im Winter den Eisgang in der britischen Antarktis überwachten. Die Leiche auf Südgeorgien fiel in ihren Verantwortungsbereich. Der diensthabende Kommodore setzte ein Marineteam und einen Ermittler im Rang eines Leutnants in Marsch. Sie sollten nach den beiden verschollenen Männern suchen, den Schauplatz erkennungsdienstlich erfassen und die weibliche Leiche der Gerichtsmedizin in Port Stanley übergeben.

Ambasar, Indien

Tante Taneja wohnte am Stadtrand, dort, wo vor Jahren fünfstöckige Mietshäuser mit kleinen Balkonen und mächtigen Ventilatoren an den Außenwänden errichtet worden waren. Die Gebäude wurden jedoch nie fertiggestellt. Es gab weder eine Straße noch Hausnummern. Nur die Motorräder vor den Häusern ließen vermuten, dass in diesen Neubau-Ruinen Menschen wohnten. Zusammen mit einigen Nachbarinnen saß Nadis Tante unter einem Regenbaum. Dessen schirmförmige Krone überragte das Gebäude und ließ den kräftigen Stamm kleiner erscheinen. Die Frauen trugen senfgelbe oder rote Saris und nähten von Hand lederne Rohlinge für Mokassins. Weil sie von morgens bis abends vornübergebeugt arbeiteten, schmerzte der Rücken nach wenigen Stunden. Tante Taneja hatten dicke Schwielen an den Händen und zunehmend Mühe, die kleinen vorgestanzten Einstichlöcher zu sehen. Stach sie daneben, trug sie eine Verletzung davon. Oft entzündete sich die Wunde, denn die Chemikalien im Leder lösten allergische Reaktionen aus.

Tante Taneja hatte nach dem Säureattentat nie mehr nach einem Ehemann Ausschau gehalten. In jungen Jahren war es schwer, nicht zu verbittern, aber jetzt war sie über fünfzig, und es war ihr egal, was die Leute dachten. Im Gegenteil, sie schien dieses Gesicht nun als permanente Anklage gegen eine frauenverachtende Kultur zur Schau zu stellen. Es war auch ein Trost, wenn ihre Nachbarinnen sich über ihre faulen Männer beklagten, die nur herumsoffen und laut schnarchten. Deshalb hatte sie sich wohl mit ihrem Schicksal abgefunden und auch akzeptiert, dass ihre Mokassins, die sie für vierzehn Cents zusammennähte, in den Schaufenstern von Berlin, Paris und Rom für hundert Euro angeboten wurden. Zara, Timberland, Esprit, Gabor, Bugatti, Marco Polo, sie alle ließen hier produzieren, und kein Richter hinderte sie daran, lumpige Löhne von gerade mal hundert Rupien am Tag zu bezahlen.

Es tat ihr im Herzen weh, dass sie heute Nadi für immer verlieren und ganz allein zurückbleiben würde, aber der Wunsch, ihrer Nichte ein Leben in Freiheit zu ermöglichen, wog stärker. Sie führte Nadi in ihre Wohnung, ein schmales Zimmer mit Kochnische. Aus einer Blechdose, die sie hinter Gewürzen versteckt hatte, klaubte sie Geldscheine hervor. Nadi tat so, als könne sie das Geld nicht annehmen, aber sie konnte sehr wohl, sie musste sogar, wenn sie dem Kerker der Patriachen entkommen wollte. Draußen fuhr ein Laster vor. Nadi stockte der Atem, aber Taneja beruhigte sie, das seien die Mittler, die neue Rohlinge brachten und die fertigen Mokassins einsammelten, um sie in der Fabrik abzuliefern. Das Motorengeräusch verstummte nicht. Jetzt wurde auch Tante Taneja stutzig. Nadi packte hastig ihre Habseligkeiten zusammen und versprach, Geld zu schicken, sobald sie in London welches verdient habe. Sie beugte sich zu einem Rattenkäfig hinunter und nahm ihre Ratte Yuko eilig, aber zärtlich in den Arm. Dann öffnete sie den Boden des kleinen Zwingers und zog den Plastiksack mit ihrem druckfrischen Reisepass und den ersparten Ruppienscheinen heraus. Yuko war eine Ratte aus dem indonesischen Regenwald. Ursprünglich hatte man sie zur Minensuche ausbilden wollen, aber sie war durch das Examen gefallen, und der Prüfungsexperte hatte vermutet, dass Yuko sich zu sehr auf Menschen fixierte. Wenn Ratten nach einem Jahr Training im freien Gelände zur Prüfung zugelassen wurden, mussten sie eine Trefferquote von 100 Prozent erzielen. Ein einziger Fehler, und sie flogen aus dem Programm. Nadi hatte Yuko deshalb zu sich genommen und ihr kleine Kunststücke beigebracht. Das Tier konnte mittlerweile über gespannte Seile laufen, die indische Flagge hissen, auf einem Mini-Skateboard fahren, Kalenderblätter abreißen und durch Plastikringe springen. Mit Süßigkeiten und dem Knackfrosch aus Blech konnte man Yuko fast alles beibringen. Am liebsten mochte sie Bananenscheiben und die hellen Töne von Nadis Bambusflöte.

Draußen wurde es lauter, man hörte raue Männerstimmen. Sie riefen Nadis Namen. Als die beiden Frauen ins Freie traten, standen ein Dutzend Verwandte im Halbkreis auf dem Vorplatz. Nadi presste Yuko schützend an sich.

»Wieso tust du uns das an?«, fragte ihr Vater mit schleppender Stimme. Vor ihr stand ein gebrochener alter Mann mit dickem Schnurrbart und stoppeligem weißem Haar. Er konnte nicht fassen, was geschehen war: »Ishmar war dein Cousin. Jetzt ist er tot.«

Kirshan drängte sich nach vorn und schrie: »In dir fließt zu wenig Blut, um den Mord an meinem Bruder zu sühnen.« Seine linke Gesichtshälfte war von wässrigen Blasen entstellt, die rechte Hand einbandagiert.

»Es war nicht meine Schuld«, verteidigte sich Nadi und wandte sich an ihren Vater, »sie wollten mir Gewalt antun, ich bin einfach geflohen, und er ist mir gefolgt …«

»Du hast ihn auf dem Gewissen«, schrie Kirshan und ging wütend auf sie zu. Doch Nadis Vater hielt ihn zurück und sagte, noch sei Nadi seine Tochter und er allein entscheide, was nun geschehe.

»Du hast Schande über unsere Familie gebracht«, sagte der alte Mann leise, »es bricht mir das Herz, Nadi.«

Ihre Brüder und Cousins spuckten auf den Boden und rückten näher zu Nadis Vater auf. Auch zwei Tanten waren gekommen. An ihrer Seite saß ein Cousin zusammengekrümmt in einem klapprigen Rollstuhl und zeigte keinerlei Regung. Nadi warf ihrer Tante einen kurzen Blick zu und sagte mit fester Stimme, falls sie sterben müsse, um frei zu sein, wolle sie sterben. Einige hätten das Meer gewählt, andere das Messer, aber jetzt seien sie erlöst. Dann blickte sie direkt in die stechenden Augen ihres Vaters. Sie sah die Zornesröte in seinem Gesicht, aber nun hielt sie nichts mehr zurück. Das sei doch alles nicht normal, schrie sie ihn an: dass Kinder und Jugendliche sterben müssten, weil sie keinen Unbekannten heiraten wollten. Dass Alte, die keine Erektion mehr kriegten, aus Scham ihre Frauen zu Tode prügelten. Ihr Vater brachte vor Entsetzen keinen Ton heraus, dicke Tränen kullerten über sein Gesicht. Mit halb offenem Mund stolperte er auf Nadi zu und wollte ihr Yuko entreißen, doch Nadi wich zurück und versuchte, ihre Ratte zu schützen. In diesem Augenblick stürzten sich ihre Brüder und Cousins auf sie und packten sie an Hals und Armen. Tante Taneja wollte einschreiten, aber Nadis Vater streckte blitzschnell den Arm aus und schlug mit aller Härte gegen ihre Brust.

»Bestraft sie!«, rief jemand. Kirshan drängte nach vorne, er riss Nadi mit der linken Hand die Ratte aus den Armen und packte sie mit Daumen und Zeigefinger am Hals. Nadi wollte es verhindern, aber die anderen Cousins hielten sie an beiden Armen zurück. Nadi schrie, er solle Yuko nichts antun, aber Kirshan hob die Ratte wie eine Trophäe hoch und drückte ihr langsam die Kehle zu. Yuko quietschte und zappelte wild mit den Beinchen, urinierte, kämpfte mit aller Kraft gegen die Umklammerung, doch endlich erschlaffte ihr Körper, und Kirshan schmiss die leblose Ratte in den staubigen Bauschutt.

Nadi stürzte schreiend zu ihr nieder. Kirshan stand lachend daneben, er blutete an der rechten Hand, Yuko hatte ihm im Todeskampf mit ihren spitzen Krallen die Haut aufgerissen. Er schüttelte das tropfende Blut über Nadis Kopf und höhnte, das sei die gerechte Strafe für eine Tochter, die ihrem Vater den Gehorsam verweigert. Er beugte sich zu Nadi und drückte seine blutige Hand in ihr Gesicht: »Du hast Blut vergossen.« Nadi schlug die Hand weg und schaute hilfesuchend zu Tante Taneja hoch, doch diese zeigte keine Regung.

»Ich habe dir einen neuen Ehemann ausgesucht«, sagte ihr Vater mit bebender Stimme, »wir werden dich jetzt zu ihm bringen. Sieh es als Akt der Barmherzigkeit, dass wir dein Gesicht nicht verätzen.«

»Nur zu«, schrie Nadi, »dann bin ich unverkäuflich!«

Ihr Vater verlor die Beherrschung und versetzte ihr einen Tritt. Er sagte, sie habe nicht einen Ehemann verdient, sondern den Tod.

Kirshan packte Nadi an den Haaren und riss ihren Kopf zurück, sodass sie zu ihrem Vater aufschauen musste, »schau ihn an, wenn er zu dir spricht!«

Eine Cousine reichte Nadis Vater eine Rute. Der alte Mann versetzte Nadi einen ersten Schlag auf den linken Oberarm. Er sagte, sie täte gut daran, sich die Verhaltensregeln einzuprägen, die im Gesetzbuch des Manu niedergeschrieben seien. Dass eine Frau geduldig sein müsse, wenn ihr Gatte sexuelle Lust verspüre und dass sie nie nach Rache sinnen dürfe.

Nach jedem Satz ließ er die Rute auf sie niederzischen.

Die Verwandten schauten voller Verachtung auf das Häufchen Elend hinunter, das leise wimmernd vor ihnen kniete. Vergebens schaute sich Nadi erneut nach Tante Tajena um. Sie war verschwunden. Nadi war allein mit ihrer toten Ratte.

In diesem Augenblick zerriss ein Schuss die Stille. Tante Taneja stand im Hauseingang. In der einen Hand hielt sie Nadis Reisetasche, in der andern eine Pistole. Sie zielte auf ihren Bruder: »Ich werde nicht zulassen, dass du deiner Tochter antust, was du mir, deiner Schwester, angetan hast.«

»Noch mehr Schande?«, murmelte Nadis Vater wie zu sich selbst. Müde senkte er den Kopf.

Kirshan schrie: »Woher zum Teufel hast du dieses Ding?«

Tante Taneja richtete die Waffe auf ihn.

Es war ein 500 Gramm leichter Revolver vom Kaliber 32, der als Selbstverteidigungswaffe für Frauen entwickelt worden war.

»Das ist eine Nirbheek«, sagte Tante Taneja langsam, und ihre

Stimme klang tief und bedrohlich, »sie trifft auf fünfzehn Meter ziemlich genau.«

Kirshan machte keine Anstalten mehr, näher auf seine Tante zuzugehen. Niemand rührte sich. Alle erwarteten ein Machtwort von Nadis Vater, doch dieser hatte sich abgewandt und lief gebückt und gebrochen zu den Autos zurück.

»Lauf, Nadi, lauf!«, rief Tante Taneja mit schneidender Stimme und warf ihr die Reisetasche zu. Nadi fing sie auf und rannte zu ihrem Motorrad, schwang sich auf den Sitz und startete den Roller, es klang, als sei ein Ventil verstopft. Sie stieg wieder runter, entdeckte den Schlüssel an Kirshans neu gespritzten Royal Enfield Bullet 500 und brauste davon. Sie sah nicht mehr, wie die Nachbarinnen schützend neben Tante Taneja standen. Sie hatten nichts als ihre Nadeln in der Hand und waren entschlossen, diese auch zu benutzen.

Südgeorgien, Antarktis

Grytviken. Ein SAR-Helikopter landete vor dem Haus des Hafenkapitäns. Diese Search & Rescue-Hubschrauber waren weltweit nach den gleichen Vorgaben ausgerüstet: Beatmungsgerät, Defibrillator, Spritzenpumpen, Vakuum-Matratze, Notfallrucksack und Seilwinde. Die SAR-Flotte der Briten verfügte zusätzlich über Bristow Helikopter, die sechs Royal Marines transportieren konnten. Die Militärs wurden bereits von der Crew des Forschungseisbrechers *Winston* erwartet und begannen gleich mit der Suche nach Nick Harris und Fasmus Dahlström. Sie hatten wenig Hoffnung, da die Wärmebildkamera an Bord der SAR-Maschine die Insel bereits ohne Erfolg abgesucht hatte.

Sie waren kurz davor, die Suche abzubrechen, als sie im Technikraum der ehemaligen Walfangfabrik auf die Überreste von Harris und Dahlström stießen. Ihre Gesichter waren zerfressen. Dort, wo einst die Augen waren, klafften tiefe Höhlen, das Fleisch war derart vom Knochen geschabt, als habe man dazu ein scharfes Seziermesser benutzt.

Bikaner, Indien

Nadi erreichte die Hauptstraße Richtung Nal Airport. Der Flughafen lag in der Nähe von Bikaner, einer alten Karawanenstadt, die vor über fünfhundert Jahren als Außenposten gegründet worden war und sich zum Handelszentrum auf der antiken Straße nach Zentralasien entwickelt hatte. Nadi raste durch die Wüste Thar, an Sanddünen entlang, die sich bis auf pakistanisches Gebiet erstreckten. Unterwegs kreuzte sie Kamele aus den umliegenden Zuchtfarmen und begegnete zahlreichen Soldaten aus den grenznahen Garnisonen. Das Parlament in Neu-Delhi misstraute dem Frieden und rechnete jederzeit mit einem erneuten Aufflammen des Kaschmir-Konflikts.

Nadi verließ den National Highway NH-15 und steuerte auf ein einstöckiges Gebäude zu, das abgelegen in der Wüste stand. Der Nal Airport war ein kleiner Regionalflughafen, der kürzlich auf dem Gelände der Bikaner Air Force Station in Betrieb genommen worden war. Er verfügte lediglich über eine kleine Maschine mit 56 Sitzen, die täglich mehrmals zwischen Bikaner und der 16-Millionen-Metropole Delhi verkehrte. Von dort aus erreichte man in sieben Flugstunden die freie Welt, wo junge Frauen wie Nadi sich an Universitäten einschrieben, mit Freunden ins Kino gingen, körperbetonte Kleider trugen und sich von Männern nichts mehr vorschreiben ließen.

Es war kurz nach drei, draußen überschritten die Temperaturen die 40-Grad-Marke. Nadi genoss die kühle Luft, als sie die stark klimatisierte Flughafenhalle betrat. Tagsüber gab es kaum Passagiere, Nadi buchte ein Ticket nach Delhi. Tante Taneja hatte ihr gesagt, dass es günstiger sei, erst in Delhi das Ticket nach London zu kaufen. Sie schickte Nadi eine SMS, Kirshan sei unterwegs, sie solle sich in Acht nehmen. Zu spät. Als sie ihre Tasche auf den Boden stellte, um ihre Geldbörse rauszunehmen, wurde sie von hinten angerempelt. Kirshan! Blitzschnell bückte er sich nach ihrer Tasche und grinste. Nadi griff verzweifelt nach dem Henkel ihrer Tasche und zerrte daran, doch Kirshan hielt dagegen, er wusste, dass Nadi nicht ohne Gepäck fliegen würde. Hilfesuchend schaute sie zum Flughafenangestellten, der ihr soeben das Ticket ausgestellt hatte, doch dieser sagte, sie würde gescheiter gehorchen, das Ticket könne sie wieder zurückgeben.

»Nein«, schrie Nadi, »ich fliege!« Sie wollte davonrennen, aber Kirshan packte sie am Arm und schlug sie mit der Tasche, die er in der anderen Hand hielt, nieder. Nadi fiel der Länge nach hin, wollte sich aufrappeln, doch Kirshan trat ihr in die Lenden und begann sie lauthals zu beschimpfen. Dann trat er kräftig auf ihre Hand.

»I assume you need help?«, fragte in diesem Moment eine Stimme in bestem Oxford-Englisch.

Ein blonder Kerl mit schmalem Kinn- und Oberlippenbart, um die dreißig, war neben Kirshan stehen geblieben. Sein nackter Oberkörper war durchtrainiert und braun gebrannt. Er nahm seinen roten Wolfskin-Rucksack ab und stellte seine umgehängte Nikon auf den Boden. Kirshan zischte »Fuck you« und nannte den Engländer einen weißen Affen. Als sich Nadi erneut erheben wollte, holte er zum nächsten Fußtritt aus, doch der Blonde trat ihn seitlich gegen das Knie. Kirshan stürzte augenblicklich zu Boden. Er schrie, man habe ihm das Bein gebrochen, doch der Engländer ignorierte ihn. Er reichte Nadi die Hand und zog sie hoch, ohne dabei Kirshan aus den Augen zu lassen. Dieser wagte sich kaum zu rühren, er hatte realisiert, dass dieser Engländer kein gewöhnlicher Rucksacktourist war. Dafür hatte er viel zu schnell und zu präzise zugeschlagen. Kirshan musste mit ansehen, wie Nadi ihre Tasche vom Boden nahm und zum Boarding aufbrach, der Blonde blieb noch eine Weile vor ihm stehen und stellte sich schließlich vor. Sein Name sei Hank, und das nächste Mal würde er ihm den Arm brechen. Kirshan versuchte sich aufzurichten, doch der Engländer trat ihm kräftig auf den rechten Handrücken: »Du bist doch Rechtshänder, oder?«

* * *

Nadi passierte die Pass- und Ticketkontrolle und folgte den wenigen Passagieren über das Rollfeld zur Maschine. Zu ihrer Überraschung entdeckte sie unter den Passagieren ihren Helfer. Sie nickte ihm freundlich zu und wollte sich bedanken. Er nickte zurück, machte aber keine Anstalten, auf sie zu warten. Bevor sie sich auf ihren Sitz setzte, hielt sie nochmals Ausschau nach ihrem Schutzengel. Er saß in den vordersten Reihen der Business Class. Der Sitz neben ihm war frei – auch der Sitz neben ihr. Sie hätte sich gerne zu ihm gesetzt, aber sie war es nicht gewohnt, Männer anzusprechen.

Nach der Landung in Delhi begab sich Nadi unverzüglich in die Halle T3. Doch an der Anzeigetafel wurde kein Flug nach London angezeigt. Am Informationsschalter erfuhr sie, dass die Boardingtafel nur die nächsten 40 Flüge anzeigte und dass der nächste Flug erst in vier Stunden bereit zum Boarding sei. Das machte sie nervös. Ängstlich beobachtete sie ihre Umgebung und war plötzlich wütend auf ihre Familie, die ihr außer Religion und Unterwerfung nichts beigebracht hatte. Sie wollte kein Küken mehr sein, das eingeschüchtert durchs Leben tapste. Doch gleich geriet sie wieder in Panik, hielt Ausschau nach möglichen Verwandten, die sie in letzter Minute an der Flucht hindern könnten. Schließlich setzte sie sich hinter die Säule einer Costa-Coffee-Bar. Hier würde sie bis zum Aufruf zum Boarding ausharren. Argwöhnisch beobachtete sie jeden neuen Gast, schaute immer wieder auf die Uhr über der Bar, zählte die Minuten, sehnte den Abflug nach London Heathrow herbei.

Ein junger Mann trat an die Bar, selbstbewusst wie die meisten Europäer in der Gegend. Sie bemerkte ihn erst, als er ihr bereits den Rücken zuwandte. Sie war sich nicht sicher, ob es ihr Schutzengel war, auf jeden Fall kein Landsmann. In diesem Augenblick drehte er sich um und lehnte sich lässig gegen den Tresen. Es war tatsächlich der blonde Engländer. Verlegen schaute sie auf die andere Seite, doch sie spürte instinktiv, dass er nun auf sie zukam. Obwohl sie sich im Flugzeug noch gewünscht hatte, sich bei ihm zu bedanken, hoffte sie nun, er würde wortlos an ihr vorbeigehen. Aber der Engländer fragte mit sonorer Stimme, ob er sich setzen dürfe. Sie schaute hoch und errötete. Er fragte Nadi, ob sie hungrig sei und empfahl ihr, Tavoletta oder Orangen-Schoko-Kuchen zu probieren, das sei die Spezialität bei Costa Coffee, »die sind in England noch populärer als Starbucks«.

Nadi kannte weder die eine noch die andere Marke und kam sich furchtbar rückständig vor. In ihrer Hilflosigkeit fiel ihr nichts Gescheiteres ein, als sich nochmals zu bedanken: »Das ist sehr nett, dass Sie mir geholfen haben, ohne Sie …«

Der Engländer lächelte, er habe einfach Lust gehabt, jemanden zu verprügeln. Er sagte, sein Name sei Hank, Hank Cooper, »ich hole uns was zum Knabbern, Muffin oder Tavoletta?«. Nadi zögerte. Hank ging zur Bar und kam mit einem Teller zurück: »Da Sie sich nicht entscheiden konnten, bringe ich beides.«

Seine unbekümmerte Art machte es ihr einfach, sich zu entspannen. Hank unterhielt sich mit ihr, als seien sie alte Bekannte. Er setzte sich und fragte, wer der aufdringliche Kerl gewesen sei. Nadi erzählte ihre Geschichte, sie sagte, sie wolle nach London, ihre Tante Taneja habe ihr eine Stelle als Au-pair vermittelt.

»Dann verbringen wir also die nächsten fünfzehn Stunden zusammen«, sagte Hank freundlich, er müsse auch nach London, sein Vater habe nach ihm verlangt, er liege im Sterben und habe sich plötzlich daran erinnert, dass er vor dreißig Jahren einen Samenerguss mit Folgen hatte.

Nadi war diesen Sarkasmus nicht gewohnt. Sie sagte, es täte ihr leid, aber Hank winkte ab und meinte, sein Vater habe es eigentlich nicht verdient, dass er seine Asienreise unterbreche.

»Ich habe mir damals weder einen Jungen noch ein Mädchen gewünscht, ich habe einfach ein bisschen bumsen wollen«, seien stets seine Worte gewesen.

»Oh«, machte Nadi bloß.

Hank fuhr unbeirrt weiter und erzählte, die Stationsschwester habe ihm am Telefon gesagt, sein Vater sei sehr unruhig in der Nacht, »am Ende kommen alle Dämonen zurück, die man in seinem Leben gezüchtet hat«.

»Das ist nett«, sagte Nadi verlegen, »dass Sie ihren Vater trotzdem besuchen.«

»Ich bin kein netter Mensch«, wehrte Hank ab, »nehmen Sie sich also vor mir in Acht.«

»Aber Sie haben mir geholfen«, widersprach Nadi und spürte, wie ihr erneut das Blut ins Gesicht schoss.

Hank sagte, er könne es nicht ertragen, wenn ein Mann eine Frau schlage. Während seiner ganzen Kindheit habe er mitansehen müssen, wie sein Vater seine Mutter geohrfeigt habe. Ein Nachbar sei Amateur-Boxer gewesen, dieser habe ihm einiges beigebracht und eines Tages, kurz vor seinem fünfzehnten Geburtstag, sei er seiner Mutter zu Hilfe geeilt und habe seinen Vater mit einer Serie von Schlägen ausgeknockt. Und vorhin auf dem Nal Airport habe er nicht ihren Cousin verprügelt, sondern seinen Vater. Er verprügle ihn fast jede Nacht in seinen Träumen.

Nadi war gerührt. Hank mochte es nicht, wie sie ihn anschaute. Er legte keinen Wert auf Mitgefühl, das Leben war hart und ungerecht, er hatte kein Problem damit, er hatte es akzeptiert. Als wolle er das positive Bild zerstören, das sich Nadi von ihm zu machen begann, sagte er, dass der Besuch seines Vaters kein Akt des Mitgefühls oder der Vergebung sei, sein Erscheinen würde seinem Vater helfen, loszulassen. Somit sei sein Besuch eher eine Art passive Sterbehilfe. Ohne Phenobarbital. Und wenn der alte Herr mal tot sei, müsse er eh zur Testamentseröffnung erscheinen.

»Dann hatten wir beide nicht so viel Glück mit unseren Vätern«, sagte Nadi nach einer Weile.

»Wenigstens seine Freunde kann man sich aussuchen.«

»Unsere Väter«, sagte Nadi, »das ist Karma.«

»Nein«, widersprach Hank, »bei allem Respekt, das ist einfach Scheiße.«

Institut Nilsor, London. Ortszeit: 19:00

»Woran ist Nick Harris gestorben?«, fragte Luis C. Mendelez als er das Direktionszimmer des Institut Nilsor betrat, »weiß man schon Genaueres?«

»Wir müssen die Obduktion abwarten«, antwortete Barry Venison, »seine sterblichen Überreste sind unterwegs nach London. Aber das ist natürlich nicht der Grund, wieso ich dich hergebeten habe.«

Mendelez hob die Brauen und setzte sich. Venison schob missmutig ein Hochglanzmagazin über den Konferenztisch.

»Was ist das?«

Seine Stimme bebte, er hatte sichtlich Mühe, die Fassung zu wahren. Vor 30 Jahren hatten sie zusammen ihren Bachelor of Science gemacht. Bereits als Teenager galt ihr Interesse der Biotechnologie, der Kombination von naturwissenschaftlichen und technischen Konzepten in Genetik, Zellbiologie, Klonen und Biometrie. Nichts sollte die beiden Freunde jemals auseinanderbringen. Als beide später für das Institut Nilsor arbeiteten, musste sich Barry Venison eingestehen, dass er nicht über die außerordentlichen Fähigkeiten von Mendelez verfügte und wechselte deshalb vom Labor in die Chefetage. Mendelez hasste die Bürokratie, er war eine One-Man-Army und unterstützte die Beförderung seines Freundes, weil er wusste, dass er unter ihm mehr Freiheiten haben würde.

»Was das ist?«, wiederholte Mendelez gelassen, »das ist die Zukunft.«

Er sprach leise, emotionslos. Für jene, die ihn nicht kannten, mochte diese tiefe, schleppende Stimme kühl und schläfrig wirken, für einige vielleicht sogar respektlos oder desinteressiert, aber Mendelez' Unaufgeregtheit war einfach seine Natur. Barry Venison schüttelte enerviert den Kopf. Es war ungewöhnlich, diesen stets beherrschten Mann in gutem Tuch in einer derartigen Verfassung zu erleben, bemüht um einen souveränen Auftritt. Spontaneität und Emotionen waren ihm unangenehm wie überhaupt alles Unerwartete. Aber jetzt rutschte er auf seinem Chefsessel herum, als leide er an einer hyperkinetischen Störung.

»Das ist eine Kurzfassung meines Vortrages.«

»Wieso hast du mir den Text nicht vorab zum Lesen gegeben?«, fragte Venison, bemüht, die Situation nicht eskalieren zu lassen.

»Weil du ihn nicht bewilligt hättest.«

Mendelez streckte die langen Beine unter den Tisch. Dieses lümmelhafte Verhalten hatte Barry Venison in den letzten Jahren immer wieder auf die Palme gebracht. Er hatte gehofft, Mendelez' Ehefrauen würden ihm dieses flegelhafte Benehmen austreiben, aber er hatte sich geirrt.

Während Barry Venison immer noch mit seiner Jugendliebe Irène, einer Pianistin, verheiratet war und drei Töchter hatte, war sein Studienkollege nach zwei gescheiterten Ehen wieder Junggeselle. Es erzürnte Barry Venison, dass er allmählich die Kontrolle über diesen Berserker der Biotechnologie verlor, denn er war mittlerweile abhängiger von Mendelez als dieser von ihm. Er wollte nicht mit diesem »gottverdammten Kamikaze«, wie er ihn Irène gegenüber nannte, in den Abgrund gerissen werden. Mendelez setzte stets alles auf eine Karte, volles Risiko, aber er, Barry Venison, war der Chef und seit seiner millionenschweren Erbschaft auch Besitzer von Nilsor, er trug eine große Verantwortung und war in ein solides soziales Umfeld eingebettet.

»Kaum bin ich mal mit der Familie in Urlaub …«

»Du hast Farbe im Gesicht, steht dir gut, Barry.«

»Luis, du kennst die Regeln, du musst Interviews, Essays und Vorträge von mir absegnen lassen.«

»Du warst im Urlaub, ich wollte dich nicht stören, ich weiß, dass Irène es nicht mag, wenn ich dich in den Ferien anrufe.«

»Lass das«, winkte Vension ab, »du hättest mir den Text vorab mailen können.«

»Du hättest ihn nicht genehmigt«, wiederholte Mendelez.

»Ja, und du weißt auch, warum!«, wurde Barry Venison ungewöhnlich laut.

»Weil du die Zukunft aufhalten willst.«

»Nein, Luis, weil es für mich Grenzen gibt, rote Linien, ethische Normen. Weil ich die Verantwortung für dieses Forschungsinstitut trage; die Verantwortung für das, was in unseren Labors geforscht wird. Du hast Dinge angekündigt, die jede akademische Sorgfalt, Ethik und Norm verletzen. Wir haben keine Genehmigung für solche Experimente. Wenn du die Büchse der Pandora öffnest, ist das der Supergau!«

Mendelez versuchte, sich ein Grinsen zu verkneifen: »Barry, seit Pater Mendel vor hundertfünfzig Jahren gelbe Erbsen mit grünen Erbsen kreuzte, lässt sich die Zukunft nicht mehr aufhalten. Wir wissen seit sechzig Jahren, wie man die Aktivitäten von Genen ein- und ausschaltet, und was machen wir aus diesem Wissen?«

»Die Frage muss lauten: Was dürfen wir?«

»Barry, wir verdienen eine Menge Geld mit unseren Gentests. Über eine Million Menschen haben uns bereits ihren Speichel geschickt. Sie wollen keinen Vortrag über Ethik und UN-Deklarationen. Sie wollen wissen, für welche Krebsarten sie eine genetische Prädisposition haben. Jetzt wissen sie es, und wir lassen sie im Stich.«

Barry streckte den Arm nach vorn und bewegte den Zeigefinger wie einen Scheibenwischer: »Neinnein, Luis, dir geht es nicht um die Heilung von Erbkrankheiten, sondern um die Optimierung des menschlichen Genoms.«

»Barry, die WHO warnte kürzlich vor einer Post-Antibiotika-Ära und rechnet für das Jahr 2050 mit zehn Millionen Toten.«

»Ich halte das für übertrieben. Überall auf der Welt arbeiten Labors an neuen Antibiotika …«

»Barry, machen wir uns nichts vor, das war vor zehn Jahren so. Nach Astra-Zeneca, Sanofi und Johnson & Johnson stellt nun auch Novartis die Forschung im Bereich antibakterieller und antiviraler Wirkstoffe ein und überlässt dieses Feld kleineren Firmen. Doch denen geht das Geld aus, weil sich Investoren zurückziehen. Neue Wirkstoffe gegen Krebs und chronische Erkrankungen sind lukrativer. Wir haben keine halbe Milliarde, um einen neuen Wirkstoff zu entwickeln, aber wir haben die Genschere. Welche Säugetiere haben das bessere Immunsystem, Barry?«

»Die nächste Titelstory ist dir sicher. ›Frankenstein lebt‹.«

Mendelez winkte ab und sagte, diese Bemerkung sei jetzt doch etwas albern. »Ich habe bereits viele Anfragen von Paaren, die daran interessiert sind, dass ich befruchtete Eizellen optimiere«.

»Luis, die haben doch gar keine Ahnung, was du mit ihnen vorhast!«

»Selbst wenn du ihnen sagst, *Crispr/Cas9* sei eine Genschere, mit der man das Genom im Embryo verändern kann, sie werden es nicht verstehen. Also sage ich den Interessenten, es sei wie bei einem Word-Dokument. Man löscht ein Wort und ersetzt es durch ein anderes, copy and paste.«

Barry schüttelte verärgert den Kopf: »Wir haben die Bio-Ethikkonvention des Europarats ratifiziert. Wir haben vor vier Jahren am Kongress in Helsinki nochmals betont, dass wir die Gentechnik vorerst nicht zur Optimierung des menschlichen Genoms verwenden. Und du willst dich einfach darüber hinwegsetzen?

Du schreibst, du hättest in den bisher manipulierten Embryonen keine ›off-target-Effekte‹ gefunden. Wonach hast du denn gesucht? Wie viele Tausend Parameter hast du überprüft? Man findet nur, wonach man sucht.«

»Slow down, Barry.«

Konsterniert starrte Barry Venison erneut auf das Magazincover, das Mendelez wie einen Halbgott auf einem leicht erhöhten Stuhl im Halbdunkel zeigte. Die Story trug den Titel »Lord of the Rats«.

»Ich bin nächste Woche am *International Summit on Human Genome Editing* in Hongkong und werde eine Rede halten. Ich muss wissen, ob da noch was kommt. Mach mich vor der Weltöffentlichkeit nicht zum Narren!«

Mendelez beteuerte, er habe nicht im Sinn, einen Freund anzulügen: »Bei einigen Embryonen war die genetische Korrektur unvollständig, aber noch haben wir keine veränderte Eizelle in eine Gebärmutter eingepflanzt.«

Barry Venison gestikulierte wild mit den Händen: »Das wirst du auch nicht tun, solange du in diesem Haus arbeitest. Du würdest Kinder einem unglaublichen Risiko aussetzen, und einige hätten gar keinen Nutzen davon. Null! Nur Risiken! Und allen ihren Nachkommen würde dieses fehlerhafte Gen weitervererbt!«

»Ich sagte ›unvollständig‹, nicht ›fehlerhaft‹.«

Barry Venison ereiferte sich: »Luis, rede nicht so mit mir! Du würdest den Genpool der gesamten Menschheit beeinflussen. Ich trage als Direktor von Nilsor die Verantwortung für dein Tun. Verstehst du wenigstens, in welche Situation du mich gebracht hast?«

»Forschung braucht Freiräume«, sagte Mendelez gelassen, »mit deiner Haltung hätten wir noch kein Antibiotikum erfunden.«

»Was suchst du, Luis? Mehr Anerkennung, mehr Ruhm?«

Mendelez winkte ab, »du wirst das nie verstehen, Barry, wieso steigt jemand auf einen Achttausender? Weil er den Nobelpreis für die dümmste Freizeitbeschäftigung anstrebt? Barry, es ist weder Geld noch Ruhm. Es ist die Herausforderung, das ist erotischer als Sex.

Und ich weiß, was guter Sex ist. Wir wissen viel, doch möchte ich alles wissen. Das treibt mich an, Leidenschaft, auch die Möglichkeit zu scheitern. Du hingegen warst stets der ängstliche Typ, der nichts wagt. Weißt du, Barry, wenn du es allen recht machen willst, musst du morgens im Bett bleiben.«

Als die beiden auf den Flur hinaustraten, sagte Venison, er würde ihn in Hongkong nicht in Schutz nehmen.

»Das wird auch nicht nötig sein. Die Chinesen haben bereits das Genom aller Tierarten entschlüsselt. Und weißt du, warum? Die tragen dort keine Fußfesseln, nur ihre Dissidenten. Hier im Westen bin ich der Dissident. Wenn die Chinesen eines Tages das Genom ihrer Landsleute optimieren, werden wir im Westen dastehen wie die Schimpansen. Auch in der Genom-Forschung hat ein Wettrüsten begonnen, und wir werden verlieren, weil es Leute wie dich gibt, die lieber Vorträge über Ethik halten, damit sie keine Entscheidungen treffen müssen.«

Sie betraten den Fahrstuhl und fuhren ins Erdgeschoss.

»Willst du nicht noch eine Nacht darüber schlafen?« fragte Venison, »wir könnten uns morgen Abend nochmals zusammensetzen. In der Aqua Spirit Bar, wie in alten Zeiten.«

»Ich bin schon ausgebucht. Ich habe einen Auftritt mit den *Picadilly Five* und ohne Bass klingt ›What a Wonderful World‹ alles andere als großartig.«

»Du spielst immer noch Jazz?«

»Janis mochte das nicht, ich musste mich entscheiden, Ehe oder Jazz.«

Barry war konsterniert. Er wusste genau, was Mendelez damit meinte, Ehe oder Jazz. »Was für ein Scherbenhaufen«, dachte er. Damit hatte er nach seiner Rückkehr aus Thailand nicht gerechnet.

Schweigend liefen sie zu den Parkplätzen hinüber. Luis reichte ihm die Hand zum Abschied: »Alles, was sich ein Mensch vorstellen kann, wird ein anderer eines Tages realisieren.«

»Jules Verne? War das nicht ein Science-Fiction-Autor? ›Von der Erde zum Mond‹ und so.«

»Hältst du die Mondlandung für einen Fake?«, fragte Mendelez.

Delhi, Indien. Ortszeit: 01:38

Ready for boarding. Flugzeit zehn Stunden und 50 Minuten. Nadi erschrak. Dann stellte sie erleichtert fest, dass Hank noch da war. Sie sagte, sie wolle kurz die Toilette aufsuchen, bevor sie in den Flieger steige. Hank zeigte auf ihre Tasche am Boden und hob den Daumen. Er würde aufpassen. Als Nadi nach einer Weile zurückkam, war Hank am Telefonieren. Für einen Augenblick hielt sie es für möglich, dass Ganesha ihr diesen Mann geschickt hatte, doch gleich darauf verwarf sie den Gedanken wieder. Ganesha würde ihr wohl kaum jemanden schicken, der Karma verleugnete. Andererseits, sinnierte sie, müsse es nichts bedeuten, wenn jemand Karma für eine Form des Aberglaubens hielt, er müsse deswegen kein schlechter Mensch sein. Die beste Religion sei immer noch, ein gutes Herz zu haben. Letzter Aufruf zum Boarding.

Als die Boeing 777 von British Airways nach zwei Uhr morgens abhob, fiel Nadi ein Stein vom Herzen, jetzt würde sie niemand mehr aufhalten. Sie saß auf einem mittleren Sitz zwischen einem schwitzenden Mittvierziger, Modell Sumoringer, und einem jungen Kerl mit blasiertem Getue, der ein Buch mit schmucklosem Cover las. Ab und zu schaute er auf und nickte bedeutungsvoll, als habe er soeben die letzten Wahrheiten des Universums erfahren.

Nadi schloss die Augen und ließ in Gedanken die letzten Stunden Revue passieren. Plötzlich flüsterte jemand ihren Namen. Sie riss erschreckt die Augen auf. An Bord waren die Lichter bereits gedimmt. Der Sumoringer schnarchte, er hatte seine Füße entblößt, der andere las immer noch, das Universum ist groß.

»Jemand lädt Sie in die Business Class ein.«

»Mich?«, fragte Nadi erstaunt.

Die Stewardess nickte und zeigte Richtung Cockpit: »Darf ich Ihr Gepäck nehmen?«

Nadi hatte nur ein einziges Handgepäck. Sie zwängte sich am Sumoringer vorbei und lief mit der Stewardess den Gang nach vorn zur Business Class. Hank saß am Fenster, der Platz neben ihm war frei. Er zwinkerte ihr zu und zeigte auf den leeren Sitz. Nadi schaute fragend zur Stewardess, sie nickte freundlich, Nadi nahm Platz.

»Wäre doch schade, wenn der Sitz leer bliebe, während Sie in der Holzklasse zum Sandwich werden.«

»Das ist sehr nett von Ihnen.«

»Hank, Hank Cooper.«

»Hank«, wiederholte Nadi, »das ist ein schöner Name.«

»Ich hasse ihn. Und Sie? Haben Sie auch einen Namen?«

»Nadi, Nadi Satpathi.«

»Nadi kann ich mir merken«, grinste Hank.

»Was bedeutet Hank?«, fragte sie.

»Hank? Hank bedeutet Hank. Bei uns haben Namen keine besondere Bedeutung. Vielleicht mochten meine Eltern Hank Williams, ›Cold Cold Heart‹ und so, ich weiß es nicht, ich weiß nicht viel über meine Eltern. – Und Nadi? Nadi hat offenbar eine Bedeutung. Bei euch hat ja alles eine Bedeutung.«

»Nadi bedeutet ›Indische Bambusflöte‹.«

»Sie spielen aber nicht Flöte, oder?«

Nadis Miene hellte sich auf: »Doch, seit frühester Kindheit spiele ich Flöte.«

»Haben Sie eine dabei?«

Auf ihr Nicken forderte Hank sie auf, etwas zu spielen. Nadi antwortete verlegen, sie könne nicht alle Passagiere wecken, sonst würde sie gleich wieder nach hinten versetzt.

»War nur ein Scherz«, sagte Hank mit ernster Stimme, »daran müssen Sie sich gewöhnen. Im Westen können Sie nicht alles für bare Münze nehmen.« Hank wirkte nachdenklich, die anfängliche Heiterkeit war verflogen. Die Stewardess verteilte Decken für die Nacht. Hank sagte, sie könne ruhig schlafen, sie sei bestimmt müde, er würde auch bald schlafen. Er ist doch ganz nett, dachte sie. Ihr gefiel Hanks zurückhaltende Art, er war nicht wie die jungen Männer im Dorf, er konnte zuhören, zeigte Anteilnahme und Mitgefühl. Jetzt, wo sie endlich in der Boing 777 nach London saßen, fiel die ganze Anspannung von ihr ab, und eine unglaubliche Schläfrigkeit überkam sie. Sie änderte noch ein paar Mal ihre Sitzposition und fiel dann in einen tiefen Schlaf. Sie hörte nicht mehr, wie der Kapitän sagte, dass sie die Reiseflughöhe erreicht hätten und dass der Flug zirka neun Stunden und fünfzehn Minuten dauern würde, das Wetter sei gut, die Zeitverschiebung betrage vier Stunden und dreißig Minuten, sie würden kurz vor sieben, britischer Zeit, in London landen. Regen sei angesagt.

Nadi träumte vom Trainingsgelände, von ihren Ratten, die nicht ihre Ratten waren. Sie stand in der Küche. Plötzlich ein Knall. Dann stand sie draußen auf dem Hof und versuchte, ihren Cousins Ishwar und Kirshan zu entkommen, doch das Motorrad sprang nicht an, und als sie zu Fuß ihre Flucht fortsetzte, wurden ihre Beine schwer wie Blei, während ihre Cousins immer näher kamen. Sie schleppte sich über die Minenfelder, die noch nicht entschärft waren, hoffte, auf keinen Sprengsatz zu treten, doch plötzlich explodierte es überall um sie herum, und aus einem der Krater stieg ihr zorniger Vater auf, aus dem nächsten der Teppichhändler Qureshi aus Surangani. Plötzlich war sie umringt von all ihren Verwandten, die wie Erdmännchen ihre Köpfe aus den Kratern reckten. Sie musste aufwachen, sonst würde sie nicht überleben. Noch schlaftrunken und verwirrt öffnete sie die Augen und musterte ihre Umgebung. Hank schaute zum Fenster hinaus. Sie schloss erneut die Augen, damit er sie nicht ansprach, sie wollte mit niemandem über ihre Träume sprechen, sie brauchte Zeit.

3

Fort Stanley, Falkland Inseln. Ortszeit: 21:08

Britische Soldaten trugen drei schwarze Plastikwannen zum offenen Heck der Lockheed C-130 Herkules Maschine. Darin lagen die Leichen, eingewickelt in eine Spezialfolie, um den Verwesungsprozess aufzuhalten. Der Kapitän rollte die Maschine langsam auf das Flugfeld und wartete auf die Starterlaubnis. Das Wetter war gut. Es würde ein ruhiger Flug werden. Sie waren zu fünft. Aber nur zwei waren am Leben. Wäre das Brummen der Maschine nicht so laut gewesen, hätte man aus dem Frachtraum ein Schaben und Kratzen gehört. Etwas Spitzes durchbohrte die eine Wanne von innen. Es war messerscharf. Hätte einer der Crew zufällig nachgeschaut, er hätte sofort bemerkt, dass sich hier etwas Ungewöhnliches abspielte. In wenigen Stunden sollte die Fracht an die britische Luftwaffenbasis Brize Norton in Oxfordshire, einer Grafschaft im mittleren Süden Englands, angeliefert werden.

Schwarzes Meer

Einige Passagiere von Flug BA 142 waren schon wach, der Duft von frischem Kaffee und Croissants lag in der Luft. Die Stewardess schob ihren Servicewagen den Gang hinunter. Hank wirkte abwesend, vielleicht hatte auch er schlecht geträumt. Schweigend aßen sie ihr Frühstück. Als die Maschine über das Mittelmeer flog, fragte Hank, wo Nadis Au-pair-Familie wohne. Sie kramte einen Zettel aus ihrer Tasche, »›Ealing Broadway‹, kennen Sie die Gegend?«

»Ist ein Distrikt von West London, viele Parks und Restaurants. Aber in letzter Zeit etwas heruntergekommen. Offen gestanden ist das kein Ort, den man gesehen haben muss, aber das gilt bald einmal für alle europäischen Großstädte, die sich immer mehr ausbreiten und die Natur auffressen. Bis Delhi an Delhi grenzt und wir alle mit Atemmasken rumlaufen.«

»Ich komme aus der Hölle, Hank«, sagte Nadi ernst, »Ealing Broadway wird das Paradies sein.«

»Ein indisches Paradies, tatsächlich«, lachte Hank, »in Ealing lassen sich die meisten Pakistaner und Inder nieder, die in England einen Neustart versuchen. Doch in ihren Köpfen bringen sie all das mit, was sie aus ihrer Heimat vertrieben hat.«

Der Kapitän von Flug BA 142 gab eine Wettermeldung durch, er sagte, sie würden in ungefähr drei Stunden in London Heathrow landen. Um 06:41 Uhr Ortszeit.

Als die Boeing 777 das Ägäische Meer überflog, war auch Hank wieder eingeschlafen. Er hatte die Beine von sich gestreckt und schlief, als könne ihm nichts auf der Welt etwas anhaben. Nadi hätte nie erwartet, dass sie eines Tages einem wildfremden Menschen so viel Vertrauen schenken würde. Sie fragte sich, ob das schon Liebe sei. Nadi wusste nicht, wie sich das anfühlte. Sie schloss die Augen, sie war frei, endlich frei. Was morgen geschah, kümmerte sie nicht. Und Rajasthan war weit weg.

Atlantischer Ozean

Als die Hercules Transportmaschine übers Meer flog, fragte der Co-Pilot, ob er einen Kaffee machen solle. Der Kapitän nickte, »aber ohne Zucker und Milch«. Der Co-Pilot verließ seinen Sitz und begab sich in die Küchennische. Während das heiße Wasser die Tasse füllte, inspizierte er kurz den Laderaum. In der einen Plastikwanne klaffte ein Loch. Flüssigkeit war ausgetreten.

»Eine Leiche hat ein Leck«, sagte der Co-Pilot scherzhaft, als er die beiden Kaffeebecher ins Cockpit brachte.

»Hast du mal gesehen, wie die Gauchos das Material reinschmeißen? Verdammte argentinische Schafficker.«

»Hast du mal gesehen, wie sie in London Heathrow die Koffer aus den Maschinen werfen?«

»Machst du jetzt wieder auf politisch korrekt?«, grinste der Kapitän und prostete seinem Kollegen mit dem Kaffeebecher zu.

»Ich fliege lieber mit drei Leichen als mit hundertachtundzwanzig Infanteristen», sinnierte der Co-Pilot, »wenn du Fallschirmjäger oder Verletzte an Bord hast, gibt's darunter immer ein Arschloch. Irgendein selbstverliebtes, überempfindliches Weichei.«

Der Kapitän lachte und meinte, genau deshalb habe er sich ein abseits stehendes Haus gekauft. Bei den Reihenhäuschen sei es genau dasselbe, in jeder Straße ein Arschloch, »schau doch mal nach deiner Leiche, vielleicht fließt das Frostschutzmittel aus«.

»Vielleicht ist sie gar nicht tot«, scherzte der Co-Pilot und hob theatralisch die Brauen, »wie in den Movies, sie ersäufen den *bad guy* in der Badewanne, und plötzlich richtet er sich wieder auf. Ich denke, die Drehbuchautoren wissen nicht mehr, wie sie ihre Storys beenden sollen.«

»Vielleicht liegt's an den Produzenten. Wenn der Film zu kurz ist, müssen die Toten nochmals ran. Gehst du mal in den Laderaum?«

»Ach, vergiss es, ich mach ein Nickerchen und löse dich dann ab.«

Der Kapitän des Fluges BA142 meldete, dass sie in knapp einer Stunde in Heathrow landen würden und dass das Wetter gut sei. Hank empfahl Nadi nach der Landung den Heathrow Connect, das sei die schnellste Zugverbindung nach Ealing, »und wenn es Ihnen in Ealing zu langweilig wird, rufen Sie mich an.«

Er gab ihr seine Visitenkarte, sie fühlte sich an wie altes Pergamentpapier. »London Antique Market« stand in geschwungenen Lettern über der Adresse, und rechts war eine bronzene Merkur-Statue abgebildet. Nadi steckte die Karte in ihre Tasche. Hank sagte, sie hätten den europäischen Luftraum erreicht, sie sei jetzt in Sicherheit, und wenn es etwas zu feiern gebe, würde man in seiner Kultur ein Glas Champagner trinken. Nadi lehnte Alkohol ab, aber Hank hatte der Stewardess bereits einen Wink gegeben. Nadi wollte nicht, sie hatte in ihrer Heimat genug betrunkene Männer erlebt, die im Rausch nur noch dummes Zeug geredet und den Weg nach Hause nicht mehr gefunden hatten. Sie brauchte alle ihre Sinne, um ihr Ziel zu erreichen, und wollte nicht ausgerechnet hier, in der Fremde, die Kontrolle verlieren. Hank bestellte trotzdem zwei Gläser.

»Sie müssen sich mit den Gepflogenheiten in unserer Kultur vertraut machen«, zwinkerte er, »Ihr altes Leben liegt siebentausend Kilometer zurück, nun beginnt ein neuer Abschnitt, und es gibt nichts Schöneres, als leicht beschwipst auf britischem Territorium zu landen. Anders ist die Eile der Hauptstadt nicht zu ertragen.«

Nadi war es nicht gewohnt, Männern zu widersprechen oder eine Bitte abzulehnen. Sie nahm das Glas Veuve Cliquot, das ihr die Stewardess reichte. Sie prosteten sich zu. Der prickelnde Champagner war für die junge Frau ungewohnt, aber nach dem zweiten Schluck fand sie Gefallen daran. Sie entspannte sich, schaute zufrieden auf den Ärmelkanal hinunter, der unter grauen Wolkenfeldern sichtbar wurde. Sie spürte die Hitze in ihren Wangen aufsteigen, ein zweites Glas lehnte sie ab: »Hank, ich weiß eigentlich nichts über

Sie, und dabei bin ich Ihnen zu großem Dank verpflichtet. Ohne Sie säße ich nicht in dieser Maschine.«

Hank mimte den Bescheidenen: »Ach, Nadi, über mich gibt es nicht viel zu erzählen, eigentlich wollte ich Schauspieler werden, aber der Beruf ist nicht so, wie man meint, ich hatte mal in einem Film mitgemacht, ›Sexy Beast‹, davon haben Sie garantiert nichts gehört.«

»Nein«, sagte Nadi, und der Titel ließ sie erröten, »bei uns zu Hause laufen fast nur indische Serien.«

»Kein Schwein kennt ›Sexy Beast‹, dabei war es eine sackstarke Story. Ich hatte eine kleine Statistenrolle, einen einzigen Satz, aber immerhin. Ich war der Kellner, blutjung und attraktiv. Leider haben sie beim Schnitt den Satz weggeschnipselt, und mich sah man nur von hinten. Wissen Sie, die Leute haben eine völlig falsche Vorstellung von der Schauspielerei, da sitzen sie tagelang rum und müssen einen einzigen Satz sprechen. Zum Beispiel, ›ich liebe dich‹, stellen Sie sich mal vor, Sie mögen den Kerl überhaupt nicht, es ist sieben Uhr morgens, Sie sitzen inmitten einer Kulisse aus Pappkarton, Sie vergaßen ihre Katze zu füttern, und jetzt müssen Sie so tun, als sei dies der romantischste Abend Ihres Lebens, und der Kerl hat erst noch Mundgeruch. Und dann sagen Sie ›Ich liebe dich‹, und zwar nicht einmal oder zweimal, sondern dreißigmal. Einmal stimmt das Licht nicht, einmal donnert ein Flugzeug über das Studio, obwohl die Story in der Antike spielt, und wenn alles richtig sitzt, stellt die Regieassistentin fest, dass ein Statist seine Rolex nicht abgelegt hat, und alles beginnt von vorn. Versuchen Sie es mal, ›ich liebe dich‹.«

Nadi lächelte verlegen.

»Nein, ehrlich, versuchen Sie es mal richtig, ist gar nicht so einfach.«

»Ich liebe dich«, sagte Nadi verlegen.

»Kauft Ihnen keiner ab. Nochmals.«

»Ich liebe dich.«

»Können Sie vergessen«, winkte Hank ab, »in diesem Augenblick ruft die Regie nach einer anderen Besetzung. Letzter Versuch.«

»Ich liebe dich!«, lachte Nadi.

»Jaa, schon viel besser, aber Sie dürfen nicht lachen, es muss aus der Tiefe Ihres Herzens kommen. Sie sind aufgewühlt, vielleicht berühren Sie dabei meinen Arm und kommen etwas näher ...«

Nadi berührte seinen Arm, beugte sich näher zu ihm und hauchte: »Ich liebe dich.« Blitzschnell gab ihr Hank einen Kuss auf den Mund und sagte, das sei jetzt viel besser gewesen. Nadi fühlte sich übertölpelt, sie mochte diese Art überhaupt nicht. War er etwa doch wie all die jungen Männer in ihrem Dorf? Oder war es die Art, wie man in Europa flirtete? Hank bemerkte ihr Unwohlsein und schmunzelte, sie habe derart echt gespielt, dass er es einfach glauben musste.

»Sie haben einen merkwürdigen Humor«, sagte Nadi enttäuscht.

»Ich weiß, das hat mich schon viele Freundschaften gekostet. Ist wahrscheinlich genetisch bedingt. Aber ich hatte Sie ja gewarnt, ich bin kein guter Mensch.«

Um sechs Uhr einundvierzig landete die Boeing 777 auf dem Flughafen London Heathrow. Nadi und Hank begaben sich auf direktem Weg zum Ausgang, sie hatten beide lediglich Handgepäck. Ein Beamter prüfte ihr Visum und bat zur weiteren Abklärung in eine Kabine. Nadi fragte, ob etwas nicht in Ordnung sei und schaute sich hilfesuchend nach Hank um. Doch dieser war schon wieder mit seinem Handy beschäftigt.

Im Nebenraum wurde Nadi von einem freundlichen Beamten zu ihrem geplanten Besuch befragt, er wollte den Grund ihrer Reise wissen, ihren Aufenthaltsort, ihre finanziellen Ressourcen. Als sie schließlich in die Halle zurück durfte, hatten bereits alle Passagiere von Flug BA 147 den Zoll passiert. Insgeheim hatte sie gehofft, sie würde Hank noch einmal sehen, um Goodbye zu sagen – oder mehr –, aber es war niemand mehr da. Auch in der Halle, in der Taxifahrer und Privatleute auf die Ankunft von Hotelgästen oder Bekannten warteten, war niemand mehr zu sehen. Nicht einmal die Frau oder der Mann der Au-pair-Familie.

Für einen Augenblick fühlte sich Nadi verloren, überfordert, verlassen in einer ihr unbekannten Welt, doch gleich darauf fasste sie sich ein Herz und dachte, jetzt, wo ihr die Flucht gelungen war, würde sie auch alle weiteren Schwierigkeiten meistern. »Man wächst mit seinen Aufgaben«, hatte ihr Tante Taneja gesagt. Mit neuem Mut folgte sie den Anzeigen zum Terminal 4. Sie wechselte die 50.000 Rupien, die ihr Tante Taneja mitgegeben hatte. Dafür erhielt sie lediglich 584 Pfund. Zuerst hielt sie es für einen Fehler. Der Beamte bemerkte ihre Irritation und zeigte auf die digitale Kurstafel an der Wand. Erneut kam sie sich vor wie ein Langur unter Menschen, doch sie wollte kein Affe sein. Sie folgte den Wegweisern zu den Zügen. Vor einem Ticketautomaten bat sie eine junge Frau um Hilfe, doch diese antwortete so schnell, dass sie nichts davon verstand, das war nicht das Englisch, das sie zu Hause gewohnt war. Ein älterer Herr erbarmte sich ihrer und löste für sie einen Fahrschein nach Ealing Broadway. Unterwegs zum Bahnsteig fiel ihr auf, wie die Männer sie anstarrten. Während sie in ihrem Dorf kaum aufgefallen war, schien sie hier das Interesse des männlichen Geschlechts zu wecken. Auf dem Bahnsteig sah sie ein Graffito an der Wand: Eine Ratte stand aufrecht und hielt sich an einem Plakat fest. »Welcome to hell«, stand in blutroten Lettern darauf.

Es sollte keine lange Reise werden, keine zwanzig Minuten hatte der Rentner erklärt, aber jedes Mal, wenn der Zug an einer Station hielt, stockte ihr der Atem. Ängstlich beäugte sie die Passagiere, die zustiegen. Sie hatte das Vertrauen ins Leben noch nicht zurückgewonnen. Es hätte sie nicht erstaunt, wenn beim nächsten Halt Kirshan zugestiegen wäre. Der Haltestellenplan auf ihrem Handy zeigte sieben weitere Stationen an. Sie hätte schreien können vor Anspannung.

Atlantischer Ozean

»Nein«, widersprach der Co-Pilot Lockheed C-130 Herkules, »die Falklandinseln waren ursprünglich spanisch.«

»Da irrst du dich aber gewaltig, zuerst waren wir da, 1592. Dann kamen die Franzosen, besetzten 1764 Ostfalkland, zwei Jahre später verteidigten wir Westfalkland, und die Franzosen verkauften Ostfalkland an die Spanier, 1811 hatten sie keine Lust mehr, 1820 besetzte Argentinien ...«

»Wieso zum Teufel weißt du das alles?«

»Ich schreibe die Aufsätze meiner Tochter.«

»Kriegst du wenigstens gute Noten?«

»Das letzte Mal ging's schief. Die Lehrerin behauptete, meine Tochter hätte den Wikipedia-Artikel abgeschrieben.«

»Und? Hast du?«

Ealing Broadway, Greater London

Das Haus der Gastfamilie lag in einer Seitenstraße am New Broadway. Tante Taneja hatte Nadi gesagt, sie solle sich an der *Christ the Saviour Parish Church* orientieren. Als sie sich nach dem Gotteshaus erkundigte, sagte man ihr, es gebe hier zwei Dutzend Kirchen auf engstem Raum, aber wenn sie eine am New Broadway suche, könne das nur die *Christ the Saviour Parish Church* sein. Sie war leicht zu finden. Drei Dutzend Jugendliche hatten sich auf der Wiese vor der Kirche versammelt, einige hatten selbst gebastelte Plakate bei sich, »Save the Planet« und so. Nadi lief an ihnen vorbei den New Broadway hinunter. Vor einer kleinen Seitenstraße blieb sie stehen. Im Eckhaus war eine Bankfiliale untergebracht, davor ein kleiner Reparaturshop für Laptops und Handys. Das Schaufenster glich einem gläsernen Abfallcontainer. Für einen Augenblick dachte Nadi, Tante Taneja habe ihr vielleicht aus Versehen die New Broadway Street und nicht die Seitenstraße Bond Street angegeben. Sie googelte die

Adresse auf ihrem Handy und staunte nicht schlecht, als sie las, dass die Bond Street die teuerste Einkaufsstraße Londons war, seit dem 17. Jahrhundert bekannt und stark frequentiert. Das musste ein Irrtum sein. Nadi lief um die Bankfiliale herum, die Bond Street hinunter. Auf der rechten Seite war eine Backsteinmauer mit einem gigantischen Schablonen-Graffito. Es zeigte schon wieder diese Ratte, diesmal mit dem Schild: »Because I am worthless.« Die Ratte hielt einen Kessel mit roter Farbe in der Hand, einen tropfenden Pinsel in der andern. Am Straßenrand stapelten sich stinkende Abfallsäcke zu Müllbergen von beinahe zwei Meter Höhe. Die meisten waren aufgerissen. Die Müllabfuhr streike immer noch, erklärte ihr ein pakistanischer Kellner, der vor einem *Nando*-Restaurant eine Zigarette rauchte. Er kickte mit dem Fuß gegen einen Müllsack. Ein Rattenschwarm stob hervor, rannte zu den vergitterten Kanalisationsschächten und schlängelte sich blitzschnell durch die Verstrebungen.

»Die Viecher feiern hier das ganze Jahr über Party«, sagte der Angestellte, »irgendwann kommt kein Schwein mehr in die Bond Street und Ealing gehört ganz den Nagern.«

»Und das ist die teuerste Einkaufsstraße Londons?«, wunderte sich Nadi.

»Es gibt viele Bond-Streets. In Kanada, New York, überall, wo Englisch gesprochen wird, gibt's eine Bond-Street. Diese Straße hier in Ealing ist nicht die teuerste Einkaufsstraße von London, aber die einzige, die ein *Nando* hat. Lust auf eine scharf gewürzte Chicken breast?«

»Ich suche die Hausnummer neunzehn.«

Der Kellner zeigte die Straße runter, kickte seinen Zigarettenstummel auf die Fahrbahn und kehrte ins Lokal zurück. Nadi setzte ihren Weg fort bis zur Hausnummer 21, einem *Indian Tandoori Palace.* Sie lief ein paar Schritte zurück und blieb vor dem Nachbarhaus stehen. Es hatte keine Nummer. Aber es musste das Haus

Nummer 19 sein. Im Schaufenster waren Zinnfiguren und verstaubte Dioramen ausgestellt. *Toni's Toy Soldier Shop*. Sie betrat das Treppenhaus und stieg die Treppe hoch. Die Wohnungstür stand halb offen. Sie klingelte, horchte. Offenbar war niemand zu Hause. Sie wagte einen Blick durch den Türspalt und wunderte sich, dass der Flur so unbewohnt aussah. Sie betrat die Wohnung. Alles war leer. Es schien so, als seien die Mieter schon vor einiger Zeit ausgezogen. Nadi suchte und fand das Bad, die Tür stand offen. Sie hob den WC-Deckel hoch. In diesem Augenblick sprang eine völlig durchnässte Ratte aus der Keramikschüssel. Nadi wich entsetzt zurück. Der Nager vibrierte mit dem Schwanz, machte einen Buckel und sträubte das schwarze Fell. Dann wuselte er blitzschnell in den Flur und verschwand irgendwo.

Nadi trat wieder auf die Straße hinaus und blieb vor dem Schaufenster stehen. Der Laden hatte Sonderverkauf, überall entdeckte sie kleine Kleber mit dem Aufdruck »Sale, 50 %«. Sie war erstaunt, dass der Shop überhaupt offen war. Innen roch es nach Öl, Spray, Farben und geschmolzenem Zinn. An den Wänden standen Regale mit Eisenbahnmodellen. An drehbaren Verkaufsständern hingen transparente Blisterpackungen mit Zinn- und Resinfiguren. Auf den unteren Regalen herrschte ein Durcheinander von transparenten Packungen mit Schienen, Weichen, Bausätzen für Häuser, Bäumen, Miniaturautos. In der Mitte des Ladens trennte ein länglicher Tisch den Raum in zwei Hälften. Hier wurden Rohlinge für die Resin- und Zinnfiguren, Farben, Pinsel und einige verstaubte Dioramen angeboten, Szenen aus dem Zweiten Weltkrieg. Vor lauter Kram sah Nadi erst jetzt den Mann mit Bart und schlohweißem, nass nach hinten gekämmtem Haar, der im Hintergrund saß. Ein Gesicht wie eine Kraterlandschaft auf dem indischen Testgelände der NGO Herorat. Viel geraucht, viel erlebt. Es war der Besitzer, Toni Belotti. Er bemalte gerade einen britischen Infanteristen aus den Zulu-Kriegen und versuchte, dem roten Jackett mit einem zweiten Farbanstrich Gebrauchsspuren zu verleihen. Vor ihm war eine Palette mit Farben und eine elektronische Registrierkasse der Marke Olympia. Über ihm an der Decke hing ein Monitor, der den Ladeneingang zeigte. Er schaute kurz hoch, nickte freundlich und malte konzentriert weiter. Er war es gewohnt, dass sich die Besucher nur umschauten. Als Nadi vor ihm stehen blieb, fragte er ohne den Kopf zu heben, ob sie etwas Bestimmtes suche, alle Artikel seien auf fünfzig Prozent herabgesetzt, es sei lange her, seit ein junges Mädchen seinen Shop besucht habe, die Geschäfte liefen schlecht. »Die Kundschaft stirbt aus, es gibt noch ein paar Oldies unter dem Sauerstoffzelt in Japan und den USA. Das sind noch echte Sammler, die kaufen für ihre Vitrinen. Aber Ladenbesitzer meiner Art sterben Hand in Hand mit ihren Kunden; wir haben die letzte Eisenbahn verpasst, jetzt stehen wir auf dem Abstellgleis und sehen uns nur noch bei Beerdigungen. Die meisten von uns sind im Londoner Modellbau Club, seit einem halben Jahrhundert.«

Nadi hörte höflich zu, sie wollte fragen, aber der alte Mann redete ohne Unterlass. Er sagte, das Bemalen der Gurte sei am schwierigsten, man müsse zuerst einatmen, die Luft anhalten und dann mit sicherer Hand einen Strich ziehen. Nadi wollte endlich ihr Anliegen vorbringen, doch aus Toni Belotti sprudelte es heraus, als habe er schon seit einer Ewigkeit nicht mehr mit einem Menschen gesprochen. Jetzt pinselte er den cremefarbenen Tropenhelm seines britischen Infanteristen: »Wer sich mit Figuren beschäftigt, beschäftigt sich mit Geschichte. Die Tropenhelme wurden häufig mit Tee oder Kaffee eingefärbt, deshalb gibt's einen zweiten, bräunlichen Anstrich, wenn jemand Museumsqualität bestellt.«

Er redete ohne Hast, als könne er sich gar nicht vorstellen, dass es andere Leute eilig haben.

»Wissen Sie, ich habe damals mein Hobby zum Beruf gemacht, Eisenbahnen und Landschaften detailgetreu nachbilden, das hat mich stets fasziniert, diese Leidenschaft teile ich mit der Kundschaft.

Ich weiß, einem Geschäftsmodell sollten wirtschaftliche Motive zugrunde liegen, aber ich bin eben kein Geschäftsmann. Sagte schon meine Frau, als sie mich vor zwanzig Jahren verließ.«

Er nahm einen zweiten Pinsel, tunkte ihn in schwarze Farbe und begann, die Stiefel zu bemalen.

Nadi wandte schüchtern ein, dass man heute vielleicht eher auf dem Handy spiele. Der Alte schaute kurz hoch und schüttelte den Kopf: »Alle jammern, das Internet sei schuld, die teuren Ladenmieten, der Preisverfall, zu wenig Parkplätze, aber das ist es nicht, es ist einfach vorbei. Die Zeit bleibt nicht stehen, sie wartet auf niemanden.«

»Ich war in der oberen Etage, ich bin das neue Au-pair.«

Er schaute zu Nadi und sagte, er habe schon angenommen, sie wolle ihm die Modelleisenbahn ihres Großvaters verhökern, »da oben wohnt niemand mehr …«

»Ich habe nur eine Ratte gesehen …«

Toni Belotti stieß ein raues Lachen hervor, dabei rutschte ihm die Hand aus und die schwarze Farbe bekleckerte Brust und Kopf seiner Figur: »Jetzt habe ich aus einem britischen Infanteristen einen Zulu-Krieger gemacht.«

»Man sagte mir, es gebe im Haus ein fünfjähriges Kind …«

»Ja«, amüsierte sich Toni Belotti, »es gibt im Haus tatsächlich ein Kind. Es sitzt vor Ihnen. Es ergraut und wird dennoch nie erwachsen.«

Nadi zuckte zusammen und fragte, ob *er* ein Au-pair bestellt habe. Er lachte erneut und ließ Nadi eine Weile zappeln. Schließlich verflog der Schalk aus seinen Augen, und er schien sehr betrübt. Er sagte, im ersten Stockwerk habe tatsächlich eine Familie mit einem fünfjährigen Jungen gewohnt. Leider sei der Junge an den Masern verstorben. Seine Eltern waren anthroposophische Lehrer, mittlerweile ausgezogen, »aber fragen Sie mich nicht wohin, ich habe keine Ahnung«.

Nadi spürte, wie ihr das Blut in den Kopf stieg. Was sollte sie jetzt tun? Toni Belotti bemerkte ihre Unruhe und fragte, ob sie in London Bekannte habe, irgendeine Adresse, wo sie hinkönne. Nadi schüttelte den Kopf. Er legte den Pinsel beiseite und tupfte mit einem weichen Tuch die Figur ab, »so kann die Farbe in die Vertiefungen hineinlaufen.«

Er sagte, sein Name sei Toni Belotti, und sie könne heute Nacht im Lager übernachten.

Ärmelkanal

Im Cockpit der britischen Transportmaschine Lockheed C-130 Herkules war das Fiepsen aus dem Laderaum nicht zu hören. Selbst ohne Motorenlärm wären diese schrillen Töne kaum vernehmbar gewesen, denn diese Kreatur kommunizierte auf 80 Hertz, während das Hörvermögen von Menschen lediglich einen Bereich zwischen 16.000 und 20.000 Hertz abdeckte. Ein kleines Stück Plastik fiel aus der Seitenwand der schwarzen Wanne. Ein Schwall Kühlflüssigkeit schwappte aus dem Loch, und plötzlich stieß das schmale Köpfchen einer Albino-Ratte durch die Rissstelle und strampelte sich ins Freie. Ihr Fell war borstig und weiß, die Augen pinkfarben mit einem rötlichen Touch. Sie hatte nicht das übliche dünne Fell einer Ratte. Ihres war dick und kräftig und ließ darauf schließen, dass sie nicht wie die meisten Nager anfällig war für kleine Verletzungen und damit verbundene Entzündungen. Es war eine der Nachfahrinnen der Ratten, die der Seefahrer James Cook 1755 als blinde Passagiere nach Südgeorgien gebracht hatte. Diese Albino-Ratten waren Cook-Ratten.

Heathrow, London

Hank saß seit zwei Stunden im Zollbüro des Flughafens fest. Ihm gegenüber saß ein britisch-pakistanischer Beamter. Er hatte Hanks

Reisetasche über dem Tisch ausgeleert und schaute sich die Habseligkeiten an. In aller Ruhe. Er hatte sich als Officer Ali Khan vorgestellt und auf Hanks Nachfrage hin erklärt, dass er nicht mit Sadiq Aman Khan, dem Bürgermeister von London, verwandt sei, er stamme aus Srinagar, dem indisch kontrollierten Teil Kaschmirs, »Sie wissen ja, Mister Cooper, seit wir 1947 die Kolonialherrschaft von Britisch-Indien abgeschüttelt haben, sind ironischerweise viele unserer Vorfahren ihren Unterdrückern nach England gefolgt.«

»Kann ich jetzt gehen?«, unterbrach ihn Hank schließlich genervt, »oder machen wir noch eine Darmspiegelung?«

»Wenn Sie mir einen Tipp geben, sind wir schneller fertig«, antwortete der Offizier ruhig.

»Ich habe nichts bei mir, nur das, was Sie auf dem Tisch sehen.«

»Mr. Cooper, wie oft haben wir Sie bei der Einreise schon erwischt? Was war diesmal der Grund Ihrer Reise?«

»Eine Fotoreportage.«

Ali Khan grinste und griff nach der Nikon. Er kannte sich aus und scrollte durch die Alben.

»Kamele, nichts als Kamele«, stöhnte der Officer, »zweihundertdreiundvierzig Kamele?«

»Ja«, wiederholte Hank, »zweihundertdreiundvierzig Fotos.«

»Sind Sie ein Kamelfetischist?«

»Nein, ich bin nicht religiös. Haben Sie ein Problem damit?«

»Ich nicht«, amüsierte sich der Beamte, »aber Sie vielleicht. Haben Sie eine Lizenz für diese Aufnahmen?«

»Eine Lizenz? Seit wann braucht man eine Lizenz, um im indisch-pakistanischen Grenzgebiet Kamele zu fotografieren?«

»Das ist militärisches Sperrgebiet.«

»Nein«, lachte Hank, »diese Kamelfarm steht ganz bestimmt nicht auf einem militärischen Sperrgebiet.«

»Dieser Teil Indiens gehört eigentlich zu Bangladesch, das früher zu Ost-Pakistan gehörte …«

»Spielen wir jetzt den Kaschmir-Konflikt nach?«

»Ich kann Ihnen einen fairen Preis machen, ein Pfund pro Bild, haben wir einen Deal?«

»Wollen Sie Ihren Job verlieren?«

»Nein, ich will ein Pfund pro Bild ...«

»Oder?«

Ali Khan nahm eine kleine Tüte mit weißem Pulver aus seiner Schublade und legte sie in Hanks offenes Necessaire, »ich weiß, es ist nicht sehr originell, lernt man in jeder Netflix-Serie, aber es funktioniert immer noch.«

»Ja, das ist wirklich nicht originell, aber okay, krieg ich eine Quittung?«

Hank nahm sein Portemonnaie hervor und blätterte einige Pfundscheine auf den Tisch.

Ali Khan wischte die Geldscheine in die offene Schublade. Er nickte bedächtig und versprach, eine Quittung aufzusetzen: »Ich werde sie signieren und mit meinem Stempel versehen, dann werde ich sie zusammenrollen und Ihnen in den Arsch schieben.«

»Ich weiß nicht«, begann Hank zögerlich, »ob ich die Quittung dann noch der Steuererklärung beilegen kann. Ich hätte den Betrag gerne nachgewiesen und als Reisespesen vom Einkommen abgezogen.«

»Es fehlen noch ein Paar Pfund, Hank Cooper. Ich könnte ein Auge zudrücken, wenn Sie auf eine Quittung verzichten.«

Er nahm den Speicherchip aus dem Slot und schob ihn über den Tisch.

»Und meine Kamera?«, fragte Hank.

»Die können Sie morgen auf eBay ersteigern.«

Brize Norton, England

Bei schwachem Wind und sonnigen zwölf Grad landete die Lockheed C-130 Herkules Transportmaschine auf der britischen Luftwaffenbasis Brize Norton. Kühlwagen der zwei Fahrstunden entfernten Londoner Gerichtsmedizin standen bereit. Zwei Männer öffneten den Laderaum. In diesem Augenblick flitzten drei Albino-Ratten ins Freie. Sie suchten Schutz hinter den Rädern der Maschine und verharrten in Lauerstellung. Die beiden Männer lachten, sie hatten noch nie weiße Ratten von dieser Größe gesehen.

The Wellington, London. 20:00 Ortszeit

Luis Mendelez und Barry Venison hatten sich in der Nähe von Covent Garden verabredet, im *The Wellington*, einem klassischen britischen Pub mit historischem Flair neben dem Lyceum Theater. Nach Aufführungen war der Traditionsclub jeweils gestoßen voll. Luis Mendelez saß in einer dunklen Ecke im Erdgeschoss am Ende der Bar. Er nippte an einem Glas Stella Artois, ein belgisches Bier, vor ihm ein Teller mit Peanut Flippies. Pünktlich um acht betrat Barry Venison den Pub. Er schaute sich um und schien sich zu fragen, ob Mendelez überhaupt kommen würde. Zögernd lief er den Bartresen entlang und entdeckte schließlich den bärtigen Hünen, der ihm zuwinkte. Er setzte sich zu ihm und fragte, ob er oft hier sei.

»Das ist meine Kantine«, scherzte Mendelez, »ich esse hier, bevor ich im *Cellar Door* auftrete.«

»Es stimmt also tatsächlich, du spielst immer noch Bass? Chapeau!«, sagte Barry Venison, um gute Stimmung zu machen.

»Du hast Jazz nie gemocht«, gab Mendelez zur Antwort und steckte sich ein paar Peanut Flippies in den Mund.

»Ich mag Strukturen, Luis, und Menschen, die sich daran halten. Aber ich freue mich, dass es geklappt hat mit unserem Treffen. Mein Gott, das waren noch Zeiten, als wir damals als Studenten …«

»Damals«, unterbrach ihn Mendelez, »damals gab es noch keine Computer, Barry, kein öffentliches Internet, keine Mails, keine

Blockchain. Jede neue Technologie verändert die Gesellschaft, verändert den Menschen. Die Pferdekutscher des 19. Jahrhunderts fahren heute Taxi. Man kann es akzeptieren oder untergehen.«

Barry Venison verstand den Hinweis, aber er war mit der Absicht gekommen, eine versöhnliche Einigung mit Mendelez zu erzielen. »Und dann haben wir geheiratet, und der Ernst des Lebens begann.«

Mendelez nickte amüsiert: »Deine Irène und meine Patty haben uns dann die Barbesuche ausgetrieben, und wir mussten ihnen am Wochenende zusehen, wie sie mit den Kleinen Memory spielten.«

Barry Venison erinnerte sich gerne an die alten Zeiten. Damals war noch alles aufregend, weil es zum ersten Mal geschah. Mittlerweile war das Leben doch ziemlich schal und eintönig geworden. Mendelez schob die Peanut Flippies in die Tischmitte, doch Venison lehnte ab: »Ist nicht gesund, Luis.«

»Ich weiß, Barry, alles, was schmeckt, ist ungesund. Dass wir uns überhaupt noch ernähren, ist allein auf unsere Unwissenheit zurückzuführen. Ich habe mein Genmaterial durchgetestet, ich könnte so viel saufen wie ich will, ich würde wahrscheinlich nie an einer Leberzirrhose erkranken. Aber wenn man verheiratet ist, braucht man keine solchen Gentests, da sagt einem die Ehefrau, was gesund ist. Ich habe Menschen, die keine Laster haben, stets misstraut. Hat Irène denn gar keine Laster?«

Barry wusste, dass Mendelez recht hatte, aber er mochte es nicht, wenn sich Mendelez über Irène lustig machte.

»Es war Irènes Idee, dass wir uns hier treffen, sie lässt dich übrigens schön grüßen.«

»Danke.«

»Kaum zu glauben, dass du immer noch auftrittst«, versuchte Barry das Gespräch erneut zu entkrampfen, »gibt's denn die *Picadilly Six* noch?«

»*Picadilly Five*«, korrigierte ihn Mendelez, »einer ist verstorben, im Urlaub, dabei war er der Fröhlichste von allen.«

Endlich fragte Barry, ob sein alter Freund sich entschieden habe.

»Ich muss mich nicht entscheiden, Barry. Ich habe eine Fährte aufgenommen, und ich werde sie bis an mein Lebensende verfolgen. Es liegt an dir, eine Entscheidung zu treffen. Du entlässt mich oder du lässt mich weiter forschen.«

Barry reagierte gequält, er mochte es gar nicht, dass ihm Mendelez den Ball wieder zuspielte: »Ich möchte dich nicht entlassen müssen, Luis, wir sind Freunde, du bist eine Koryphäe auf deinem Gebiet, das Aushängeschild von Nilsor, die Schädlingsbekämpfung verdankt dir viel.«

»Aber?«, fragte Mendelez amüsiert.

Barry verzog das Gesicht zu einer Grimasse: »Wir haben eine neue Situation, Luis.«

Mendelez nickte. Egal was ihm Barry nun erzählen würde, es hätte nicht das Gewicht, ihn zu beeinflussen.

»Luis, die Regierung sitzt uns im Nacken, sie hat uns Patricia Lansley ins Haus geschickt, erinnerst du dich? Das unscheinbare Mädchen aus dem Gesundheitsministerium. Die hat sich ganz schön gemausert, eine richtig toughe Lady. Sie hat mir gesagt, dass selbst Apple Daily anlässlich des Kongresses in Hongkong eine Coverstory über dich bringt. Die haben die ganze Elite der internationalen Genforscher befragt. Sie alle kritisieren dein Vorpreschen aufs Schärfste, 97 Prozent sind gegen dich.«

»Bei Galileo Galilei waren es 99,9 Prozent. Wichtig ist nicht, wie viele dafür oder dagegen sind, in der Wissenschaft gilt nicht der Mehrheitsentscheid, Wissenschaft ist nicht Demokratie. Wir dürfen unsere Forschung nicht im Voraus behindern lassen von solchen, die immer wissen, was das Richtige ist. Harām/halāl, das überlassen wir anderen.« Barry machte eine unwirsche Handbewegung, er wollte zu einem Ende kommen: »Die ganze Branche wird darunter leiden. Wir werden einen Shitstorm sondergleichen erleben. Du vor allem. Was wirst du tun?«

»Kapuze hochziehen und weitermachen«, antwortete Mendelez, »wieso machst du es dir so schwer? Du bist dem Institut verpflichtet, ich meiner Forschung, das kann ich gut verstehen Barry. Ich nehme es dir nicht übel, wenn du mich freistellst, ich weiß, dass es nichts Persönliches ist.«

»Du würdest es akzeptieren?«

Mendelez nickte: »Aber sicher. Du hast hoffentlich nichts dagegen, wenn ich das Projekt Ratropolis mitnehme?«

Venison hob verwundert die Brauen: »Du hast Ratropolis im Auftrag des Instituts aufgebaut und wurdest dafür jeden Monat entlohnt.«

Mendelez nickte und versuchte zu verbergen, dass das der wunde Punkt war: »Sag mir etwas, dass ich noch nicht weiß, Barry. Sag mir nur, ob ich Ratropolis mitnehmen kann. Was sind deine Bedingungen?«

Barry Venison sagte, er müsse darüber nachdenken, Ratropolis sei ja ursprünglich ein Projekt gewesen, um die Ratten auf Südgeorgien auszurotten. »Das hat international Aufsehen erregt. Und ich habe viel privates Geld reingesteckt.«

»Sag mir etwas, das ich noch nicht weiß, Barry«, wiederholte Mendelez.

»Ich weiß nicht, wie ich mich entscheiden werde, Luis, ich bin kein Freund von Schnellschüssen. Du sagst ja selber, ich sei ein vorsichtiger Mensch.«

»Okay«, sagte Mendelez und erhob sich. Er versuchte, gelassen zu wirken: »In zehn Minuten beginnt die Vorstellung. Du kannst mitkommen, wir eröffnen mit einer Dixie-Nummer.«

»Das ist nett, Luis, aber heute ist ungünstig, ich habe Irène versprochen, dass ich rechtzeitig zum Dinner zu Hause bin.«

»Dann solltest du dich beeilen«, grinste Mendelez, »sonst wirst du auch noch entlassen.«

Broadway Ealing, London

»Für diese Küche brauchst du einen Waffenschein«, scherzte Toni Belotti und spülte mit einem Glas Wasser. Er aß mit Nadi in der kleinen Wohnküche hinter dem Ladenlokal, von dem sie nur durch einen roten Vorhang getrennt waren. Nadi hatte ihr Chicken Tikka Masala ordentlich mit der scharfen Sriracha-Chili-Sauce gewürzt. Sie schöpfte Toni Basmatireis nach und fragte, ob es ihm zu spicy sei.

»Falls ich die nächste Stunde auf dem Klo verbringe, war es zu scharf, aber ich mag deine Küche, ehrlich. Weißt du, im *Indian Tandoori Palace* nebenan bezahle ich dafür zwölf Pfund, wie viel ist das in Rupien?«

Nadi nahm ihr Handy hervor und tippte den Betrag in ihre Währungs-App.

»Rund tausend Rupien«, sagte sie erstaunt, ein Rikschafahrer in Bangalore verdient achttausend Rupien im Monat.«

»Dann könnte er sich dieses Essen eine Woche lang leisten und die restlichen Tage würde er kläglich hungern.«

»Ja, leider. Ich würde gerne arbeiten, damit ich Tante Taneja am Monatsende Geld schicken kann. Haben Sie keinen Job für mich?«

»Wieso glaubst du, dass ich alle Artikel auf fünfzig Prozent herabgesetzt habe? Die Geschäfte laufen schlecht. Keiner von uns kann sich Angestellte leisten, wir sind die Kapitäne auf einem sinkenden Business-Dampfer. Jeden Sonntag stauben wir unsere Modelle ab. Bis wir eines Tages selber zu Staub werden.«

Nadi fragte ihn, wieso er den Laden nicht verkaufe. Toni gluckste vergnügt und legte Gabel und Messer beiseite: »Wem soll ich verkaufen? Dir etwa? Alle Kleinen wollen verkaufen, bevor sie ins Gras beißen. Auch hier hat mir meine Leidenschaft einen Streich gespielt. Nicht nur meine Frau. Man muss ein Geschäft verkaufen, wenn es noch verdammt wehtut. Wenn es dir keine Schmerzen mehr bereitet, ist es zu spät. Denn es tut erst dann nicht mehr weh, wenn es nichts mehr wert ist. Es ist vorbei mit den Modelleisenbahnen. Ich versuche es seit einigen Jahren mit Zinnfiguren. Aber die Russen überschwemmen den Markt und bieten ihre Ware zum halben Preis im Internet an. Die sind echt gut, die Osteuropäer. Pensionierte, die früher Kirchenfenster bemalt haben, sitzen mit ein paar Kumpels zusammen und saufen den ganzen Tag, während sie ihre Kosaken malen, und kein einziges Mal rutscht ihnen der Pinsel aus.«

Toni hatte Appetit und griff mehrmals zu. Er mochte nicht nur Nadis Küche, sondern auch ihre Anwesenheit, ihre Gesellschaft. Der Anblick einer jungen Frau, die barfuß und in Shorts im Laden herumlief, gefiel ihm. Auch dass er jemanden hatte, der ihm zuhörte, wusste er zu schätzen: »Kost und Logis kriegst du hier umsonst, aber ich verstehe, dass du auch Cash brauchst. Wenn du also unbedingt Geld verdienen willst, kannst du mal bei Arundhati Kandasamy nachfragen. Sie führt den *Indian Tandoori Palace* nebenan.«

»Würden Sie ein gutes Wort für mich einlegen?«

»Ich weiß nicht, ob das eine gute Idee wäre. Sie hatte mal ein Auge auf mich geworfen, doch sie war mir zu anstrengend.«

60 Grove End Road, Pathologie, London

Die Pathologie der Gerichtsmedizin war im *Hospital of St. John & St. Elisabeth* untergebracht. Auf dem Seziertisch lagen die Überreste einer Leiche. Der Entwässerungsprozess hatte bereits begonnen, ein süßlicher Geruch lag in der Luft. Zwei Männer betraten den Raum. Sie trugen Schutzanzüge und Handschuhe. Der eine war der untersetzte Pathologe Dr. Howard White, der andere Mendelez. Der Professor blieb vor dem Seziertisch stehen. Der Anblick setzte ihm zu. Er griff mit dem Handschuh nach einem losen Unterarmknochen und drehte ihn.

»Das kann nicht sein«, murmelte er.

»Ein Freund von Ihnen?«, fragte White.

»Nicht wirklich, er war früher mein Assistent.«

»Sie erkennen an den freigeschabten Knochen zwei nebeneinanderliegende Rillen mit geringer Tiefe. Das deutet eigentlich auf Ratten hin, aber unsere Londoner Ratten haben kleinere Kiefer.«

Das Blut wich aus Mendelez' Gesicht. Er legte den Knochen zurück und wandte sich von der Leiche ab, er hatte genug gesehen. Howard White begleitete ihn zur Tür: »One more thing, Professor. Als die Leiche angeliefert wurde, war die Folie bereits aufgerissen, es war kein sauberer Schnitt, da waren keine Menschen am Werk.«

»Dann sind sie bereits hier«, stellte Mendelez konsterniert fest, »sie sind unter uns.«

Kanalisation London

Die drei Cook-Ratten erreichten das Ende eines Abflussrohres. Sie hangelten sich durch ein weiteres Gitter und landeten vor einem etwa zwei Zentimeter großen Abfluss. Erneut zwängten sie ihren Körper durch eine Öffnung, die nicht breiter war als der Durchmesser einer Zwei-Euro-Münze. Schließlich erreichten sie über ein weitverzweigtes Röhrensystem die unterirdische Welt Londons.

East Ham, London

Hank nahm die Tube nach East Ham. Die Elektronik war infolge der ungewöhnlich hohen Temperaturen ausgefallen, und trotz der offenen Kippfenster gab es kaum Zugluft. Wer zu viel Schminke aufgetragen hatte, sah nach einigen Stationen aus wie eine Komparsin aus *Walking Dead*. Die Leute schwitzten, litten und warfen sich gequälte Blicke zu, als stünde das Ende der Welt bevor. Als die Tube den Londoner Stadtbezirk Borough of Newham erreichte und in East Ham anhielt, traten die Fahrgäste stöhnend in die nun beinahe erfrischende Hitze hinaus.

Es war Sonntagmorgen. Um den Bahnhof herum hatten sich wie üblich Obdachlose im Schatten der Vordächer niedergelassen, ein Bild, das Hank stets beunruhigte, denn es führte ihm vor Augen, dass es auch jene erwischen konnte, die nie im Leben damit rechneten. Und es wurden jedes Jahr mehr. Der soziale Abstieg verlief stets viel schneller als der Aufstieg. Es machte ihn wütend, dass die Stadtverwaltung diese Menschen ihrem Schicksal überließ und dass die Obdachlosen inmitten von Müllbergen leben mussten, die sich entlang der Straßen türmten. Als seien sie sozialer Abfall. Gleichzeitig gab die Stadt ein Vermögen aus für den Ankauf von Kunst, die ohne entsprechendes Marketing kaum als solche erkannt worden wäre.

Dem Besuch bei seinem Vater sah Hank mit gemischten Gefühlen entgegen. Er hatte seinen alten Herrn nie gemocht. War das ungewöhnlich? Er wusste es nicht, er hatte sich noch nie mit jemandem darüber unterhalten. Bis er Nadi begegnete. Ihr gegenüber hatte er einiges preisgegeben, vielleicht auch nur deshalb, weil er annahm, er würde sie nie wiedersehen. Jetzt, wo ein Treffen mit seinem Vater unmittelbar bevorstand, stiegen in ihm wieder jene Bilder hoch, die ihn jahrzehntelang in seinen Träumen verfolgt hatten, der prügelnde Vater, die weinende Mutter auf dem Küchenboden, das Blut auf den Fliesen. Hank hatte seine Schulzeit damit verbracht, sich zu ducken, wenn er seinem Vater begegnete. Oft war er ihm nicht begegnet, denn Familie hatte dem Alten nie etwas bedeutet, er machte sich nichts aus Kindern. Wie oft hatte Hank sich das anhören müssen? Er hatte diesen finsteren Ort als Teenager verlassen, die Schule abgebrochen, war durch Asien getrampt. Er hatte nie eine Ansichtskarte nach Hause geschickt, obwohl dieser Brauch damals noch weitverbreitet war. Es war ein radikaler Bruch gewesen, zwanzig Jahre her, und jetzt erinnerte sich der alte Herr plötzlich daran, dass er vor 34 Jahren ein Kind gezeugt hatte. Hanks Mutter war früh verstorben. Einige Verwandte sagten damals an der Beerdigung, der Vater sei schuld. Hank hatte das auch so gesehen, aber mittlerweile wusste er, dass Menschen auch einfach so wegsterben können, in jedem Alter, obwohl sie nie verheiratet oder von groben Männern geschlagen worden waren.

* * *

Das Pflegeheim *Sunset Nursing Home* lag abseits an der 25 Sunset Road, fernab vom pulsierenden Leben in Soho. Es waren knapp hundert Pflegefälle, die in dieses Abseits geraten waren, als sie ihren Haushalt nicht mehr selbstständig führen konnten. Aber das Heim machte einen guten Eindruck, es war von einem Geriatriepfleger aus Nottingham gegründet worden. In der Pflege arbeiteten vorwiegend Inderinnen und Filipinas. Sie wurden wegen ihrer geduldigen und fürsorglichen Art geschätzt. Die junge Pflegerin Francelyn freute sich über Hanks Erscheinen, sein Vater habe sich so sehr gewünscht, ihn nochmals zu sehen. Der Kontakt zu Angehörigen mache die Pflege einfacher, leider würden Kinder manchmal ihre alten Eltern vergessen.

»Manche Eltern sind zum Vergessen«, sagte Hank, »wenn ein Vater ein Leben lang nur an sich denkt, ist eben am Ende niemand da, der an ihn denkt.«

»Aber nicht doch, Mister Cooper«, bat Francelyn freundlich, »Sie bedeuten ihm so viel, und alle hier im Pflegeheim lieben ihren Vater, er ist ein feiner Mensch. Er sitzt jetzt im Frühstücksraum.«

Hank nuschelte, wahrscheinlich würde sein Vater nach dem Tod noch heiliggesprochen.

Der Frühstücksraum war fast leer. Nur an einem rechteckigen Vierertisch saßen sich zwei uralte Menschen gegenüber, eine Frau und ein Mann im Rollstuhl. Die Frau tat gar nichts, der Mann quälte sich mit einem Stück Brot, das er nur mühsam hinunterwürgen konnte. Hank setzte sich neben ihn und wartete. Als er seinen Vater zum letzten Mal gesehen hatte, war dieser stark übergewichtig und hatte volles Haar. Jetzt saß er neben einem Häufchen Elend, das stark abgemagert und kraftlos im Rollstuhl hing, die Haare waren ihm büschelweise ausgefallen, und wenn er kaute, sah man einen einzigen Zahn im Mund. Er musste Hanks Anwesenheit bemerkt haben, aber er drehte sich nicht um, sondern erstarrte. Als wolle er sich tot stellen, um jegliche Kommunikation zu vermeiden. Er stierte immer verbissener und trotziger auf die gegenübersitzende Frau, die den Eindruck machte, als hätte sie den Plot verloren, als würden sich Erinnerungen und Gedanken zu einem modrigen Knäuel vermengen, zu einem altersbedingten gordischen Knoten.

»Ich bin es«, sagte Hank, doch es gab keine Reaktion. Erst jetzt fiel Hank auf, dass sein Vater kein Hörgerät trug, dabei war er schon vor 30 Jahren schwerhörig gewesen. Hank nahm sein Handy und schrieb in großen Lettern. »ICH BIN HANK.« Sein Vater drehte den Kopf unwirsch auf die andere Seite, doch Hank zog sein Handy nicht zurück. Er sah, dass sein alter Herr zaghaft zum Display schielte und dann, plötzlich, heftig zu atmen begann. Er schaute Hank direkt ins Gesicht und stieß ein paar heisere Worte aus. Dann warf er die Hände in die Höhe, soweit er dazu noch in der Lage war, und murmelte, er danke Gott, dass er dies noch erleben dürfe. Er ergriff die Hand seines Sohnes und klatschte die andere auf Hanks Unterarm. Seine zitternden Hände krallten sich fest, »Hank«, stammelte er, »du bist es wirklich?«. Obwohl er sehr langsam sprach und seine Stimme bebte, konnte er noch klare Sätze formulieren. Sie verharrten eine ganze Weile in dieser Position. Als sich die alte Frau gegenüber erhob, rief er ihr zu, dass Hank sein Sohn sei, dass sein Sohn gekommen sei, um ihn zu sehen – das sei sein Sohn Hank. Doch die Frau reagierte nicht, vielleicht war auch sie schwerhörig, vielleicht ergaben John Coopers Worte in ihrem Hirn auch einfach keinen Sinn. Hank begann nun Antworten in sein Handy zu tippen, Antworten auf Fragen, die ihm sein Vater möglicherweise stellen würde. Er wusste in etwa, was dieser fragen würde, ob es ihm gut ginge, wo er lebe, ob er eine Freundin habe. Auf diese Art konnten sie miteinander kommunizieren. Hank blieb viel länger, als er erwartet hatte, aber nach zwei Stunden hatte er plötzlich den Drang, diesen Ort fluchtartig zu verlassen. Als er sagte, er würde ihn noch ins Zimmer zurückbringen, fragte sein Vater mit Tränen in den Augen, ob er dies wirklich tun wolle, das sei der schönste Tag in seinem Leben. Dieser alte Heuchler, dachte Hank jetzt und brachte den Alten ins Zimmer zurück.

»Lass uns auf den Balkon gehen, Hank, es ist jetzt sehr schön, alles blüht, aber die Vögel höre ich am Morgen nicht mehr singen. Ich weiß, dass sie da sind, aber ich höre sie nicht mehr, und den Sommer werde ich wohl nicht mehr erleben, es soll ein heißer Sommer werden, sehr heiß sogar. Falls ich es bis zum Sommer schaffen sollte, wird mich die Hitze umbringen«, seufzte John Cooper.

»Ja«, pflichtete ihm Hank bei, »das ist durchaus möglich, dann würdest du den Sommer nicht überleben.« Sein Vater hatte kein Wort verstanden, und Hank hatte nicht die geringste Lust, noch länger mit ihm zu reden. Er hatte sich stets die Anerkennung dieses alten Mannes gewünscht. Aber jetzt, wo er auf diesem Balkon in Newham saß, hatte er keinerlei Ehrgeiz, seinem Vater zu imponieren. Es gab allerdings auch wenig in seinem bisherigen Leben, worauf er hätte stolz sein können. Und selbst wenn es anders gewesen wäre, sein Vater hätte bloß das passende Wort abgewartet, um dann über sein Lieblingsthema zu berichten: Die Großwildjagd in Afrika, er und die lebenden Tiere, er und die toten Tiere. Er. Hank war bloß eine Fußnote in der Biografie dieses Mannes.

Beide schauten auf die angrenzenden Felder hinaus. Es gab nichts, was sie miteinander verband. Nach einer Weile sagte John Cooper, er habe in seinem Leben vieles falsch gemacht, eigentlich alles, er sei ein schlechter Vater gewesen. Er ist überhaupt kein Vater gewesen, dachte Hank und ließ ihn reden, ließ ihn klagen, dass er alles bereue und dass es nicht seine Schuld sei, der Teufel sei schuld, der Teufel würde ihn zeit seines Lebens verfolgen, das Unglück klebe ihm an der Fersen wie heißer Asphalt. Hank hörte zu, nickte hin und wieder, er hatte keine Lust, dem alten Mann zu widersprechen oder ihm die Absolution zu erteilen. Er legte ihm die Hand aufs Knie, sein Vater legte die seine auf Hanks Unterarm und erzählte weiter, erzählte von sich, von seiner Kindheit, er erzählte ihm an diesem Vormittag mehr, als er in seiner Kindheit jemals über ihn erfahren hatte. Als sich die Rede des alten Mannes erschöpfte, brachte ihn Hank ins Bett und fragte laut und deutlich, ob es nicht angenehmer wäre, in einem klimatisierten Einzelzimmer zu liegen. Sein Vater schüttelte unwirsch den Kopf und sagte, er habe nie in der ersten Klasse liegen wollen, er habe sein gesamtes Leben in der zweiten Klasse verbracht, und dieser Mister Custer da drüben sei ein angenehmer Mensch, er schlafe die ganze Zeit über, aber Mister Custer habe wenigstens jeden Sonntag Besuch, seine Kinder brächten ihm Schokolade, *Mon Chéri.* Hank fragte seinen Vater laut und deutlich, ob er möchte, dass er ihm das nächste Mal *Mon Chéri* mitbringe. John Cooper nickte und sagte, das wäre sehr schön, wenn er ihn wieder besuchen würde, das wäre der schönste Tag seines Lebens.

Als Hank in den Flur hinaustrat, traf er wieder auf Francelyn. Sie erzählte, sein Vater habe ihr gestern verraten, er wolle sein Erbe dem Zoo vermachen, aber sie fände das keine gute Idee, die Familie sei doch wichtiger als die Eisbären und Zebras. Und sie habe es eh nicht gern, wenn Tiere zur allgemeinen Unterhaltung weggesperrt würden. Hank antwortete, sein alter Herr habe in seinem Leben so viele Tiere aus reinem Vergnügen abgeknallt, jetzt plage ihn wohl das schlechte Gewissen, und er habe Angst, dass ihm im Jenseits all die Löwen, Antilopen und Geparde auflauerten.

Francelyn war erstaunt: »Dabei ist er immer so nett.«

»Es ist nie so, wie es scheint. Aber ohne Zweifel verliert die Welt mit John Cooper einen großartigen Schauspieler.«

Francelyn meinte, er würde sein Geld gescheiter dem Pflegeheim oder einer Tierschutzorganisation vererben.

»Vergessen Sie mich nicht«, grinste Hank, »das wäre auch noch eine Möglichkeit.«

»Ja, natürlich, vielleicht kommen Sie das nächste Mal mit Ihrer Freundin, das würde ihn beruhigen, er macht sich Sorgen um Ihre Zukunft.«

»Ich habe keine Freundin.«

»Aber Lust auf einen Kaffee?«

»Vielleicht das nächste Mal«, versuchte sich Hank rauszureden – er wollte nun nur noch weg.

* * *

Auf der Rückfahrt fiel ihm ein rüstiger Opa auf, der mit einem Kleinkind unterwegs war, vielleicht sein Enkel. Hank beobachtete die beiden eine ganze Weile. Dann kam ihm eine Idee.

Kanalisation, London

Die drei Cook-Ratten rannten die Kanalisation entlang, als wüssten sie, dass ihre Spezies nur gerade zwei Jahre Zeit hat, um ihre Gene zu vererben. Jedes Mal, wenn sie auf ihrem Marathonlauf auf ein Männlein stießen, blieben sie abrupt stehen und begannen mit den Ohren zu wackeln. So flirteten sie mit den Männchen, die sie umringten und schließlich bespringen durften. Die Männchen stießen dabei melodiöse Laute aus. Nach dem Akt mit dem einen folgte jeweils der nächste Artgenosse, und nach einigen Minuten war wieder der Erste dran, fünfmal ging das Spiel oder öfter. Und dann rannten sie weiter. Kein Hindernis war den Cook-Ratten zu schwer, sie konnten kilometerweit schwimmen, meterhoch springen, Metall und Beton zerbeißen, sich durch engste Ritzen quetschen, und als ein aufgeschreckter Kanalarbeiter eine Albino-Ratte mit einem Tritt in die Tiefe beförderte, überlebte diese selbst einen Sturz aus zwanzig Metern. Die Nager rannten am Tag, sie rannten in der Nacht, denn wie alle nachtaktiven Spezies brauchten sie keine scharfen Augen. Ihr Geruchs- und Geschmackssinn überragte die Möglichkeiten des Menschen bei Weitem, ihr außerordentliches Gehör sowieso. Dabei war ihr Gehirn kleiner als eine Walnuss. Londons Unterwelt gefiel ihnen. Sie war ihr neues Zuhause.

Institut Nilsor, London. Mittwoch, 5. Juni, 11:00

»Die Presse hat angerufen«, sagte Barry Venison, als er das Labor von Luis Mendelez betrat, »wir überlassen die Kommunikation am besten dem Innenministerium. Keine Kommentare von unserer Seite, okay?«

Mendelez saß über ein Mikroskop gebeugt, darüber war ein Monitor, der die Probe auf dem Objektträger vergrößerte. Mendelez lehnte sich zurück: »Von mir wird die Presse nichts erfahren. Leider muss ich den Bericht der Pathologie bestätigen. Wir haben es mit den Nachfahren der Cook-Ratten zu tun. Die Knochen von Nick Harris weisen scharfe Nagerspuren auf.«

Shit happens, signalisierte Mendelez' Gestik: »Ja, etwas hat überlebt.«

»Du meinst, unsere Aktion vor zehn Jahren war ein Flop?«

Mendelez nickte: »Wir haben jedes Jahr mit Spürhunden Kontrollgänge durchgeführt. Da war nichts. Aber so, wie es aussieht, war eben doch etwas. Nur haben wir es nicht gefunden. Etwas hat überlebt, Barry. Und es ist hier, in London, unter uns.«

Barry Venison verrutschte das Gesicht. Ein Gedanke jagte den andern.

»Das wird eine harte Nuss für meinen Nachfolger«, murmelte Mendelez wie zu sich selbst und beugte sich wieder über das Mikroskop. Genau darüber habe er mit ihm reden wollen, sagte Barry: »Du könntest bleiben, bis die Sache erledigt ist. Es gibt keinen Besseren als dich.«

Mendelez reagierte unbeeindruckt: »Bauchpinseleien können mich nicht motivieren, Barry. Du solltest gescheiter sagen, dass *ich* dir das Schlamassel eingebrockt habe.«

»Ich mache dir keinen Vorwurf, Luis, aber wir haben am Freitag eine Sitzung im Innenministerium, sie wollen die Bedrohungslage einschätzen. Ich möchte, dass du mich begleitest.«

»Am Freitag bin ich in Hongkong.«

International Airport, Hongkong. Freitag, 7. Juni

Um 16:55 landete die Maschine der British Airways aus London auf dem Terminal 1 des Hongkong International Airport. Mendelez wurde bereits von einem Chauffeur in schwarzer Uniform erwartet. Er nannte sich Lee und nahm dem Professor den Rollkoffer ab. Gemeinsam schritten sie durch die stark klimatisierte Halle. Draußen auf den Parkplätzen war die Luft heiß und schwül. Die Taxilimousine dagegen war stark gekühlt. Fast lautlos fuhren sie über die zwei Kilometer lange Tsing-Ma-Hängebrücke. Die Sieben-Millionen-Metropole war in einen dichten Schmutznebel gehüllt, der ganze Dreck aus den Schloten der südchinesischen Fabriken. Die schlanken Türme der Hochhäuser ragten in den grauen Himmel über einer Betonwüste von unglaublichem Ausmaß. Feng Shihao und Wang Xizhe waren die führenden Immobilien-Tycoons der Stadt. Sie residierten hoch oben auf dem Peak, einem Berg über Hongkong, in der Gegend um die Barker Road, wo vierstöckige Villen für 100 Millionen Dollar als Schnäppchen galten. Nirgends auf der Welt gab es so viele Maybach-Garagen.

Ein junger Filipino empfing den Professor mit einer respektvollen Verbeugung und führte ihn auf die große Terrasse, die einen Panoramablick über den Hafen von Hongkong bot. Feng Shihao stand in einem kurzärmeligen weißen Hemd an der Brüstung und ließ den Blick über die Metropole schweifen. Ihr verdankte er Aufstieg und

Milliardenvermögen. Er war eine gepflegte Erscheinung mit einem stets würdevollen Benehmen. Höflich erkundigte er sich nach Reise und Wohlbefinden und kam rasch zur Sache. Eine junge Filipina servierte Fingerfood, ein Kellner Champagner. Mendelez zog jedoch Mineralwasser vor. »Gerne am Abend«, sagte er. Feng Shihao nahm es lächelnd zur Kenntnis und fragte, ob es wahr sei, was man in den Medien lese. Mendelez erläuterte ihm die Situation. Feng Shihao hörte geduldig zu, manchmal nickte er. Als der Professor seine Ausführungen beendet hatte, sagte er: »Der Westen wird an seinen Moralvorstellungen zugrunde gehen. Sie, Herr Professor, Sie haben das Rennen eröffnet. An Sie wird sich die Welt erinnern, aber nicht an Ihre Gegner. Wer zaudert, hat schon verloren. Militärisch haben wir mit dem Westen bald gleichgezogen, bei den IT-Technologien haben wir stark aufgeholt, das wird man bald merken. Aber bei der Gentechnik sind wir führend, denn wir haben eine andere Ethik. Kommen Sie mit Ihrem Labor nach Hongkong, hier wird man Ihnen keine Steine in den Weg legen. Im Gegenteil. Ich kann Ihnen hier oben auf dem Peak eine Immobilie zur Verfügung stellen, in unmittelbarer Nachbarschaft zu Jack Ma. Er hat das Luxusanwesen an der 22 Barker Street von Francis Yuen, dem früheren Geschäftsführer der Hongkonger Börse, für 190 Millionen Dollar übernommen. Ich werde Ihnen auch eine Niederlassungsbewilligung besorgen, die übliche Wartefrist beträgt sieben Jahre. Bei Ihnen dürfte es innerhalb einer Woche möglich sein. Haben Sie Familie?«

»Meine Familie ist das Labor«, antwortete Mendelez.

»Hier werden Sie nie einsam sein«, sagte Feng Shihao freundlich, »Sie werden die besten Mädchen aus Südostasien haben.«

Mendelez ging nicht darauf ein: »Welchen finanziellen Rahmen können Sie mir bieten?«

»Sagen Sie uns, was Sie brauchen. *Quantitative easing* flutet die Finanzmärkte mit billigem Geld. Alle Welt ist auf der Suche nach Anlagemöglichkeiten.«

»Fünfzig Millionen?«

»Aber nein, Herr Professor, damit mache ich mich lächerlich. Fordern Sie zweihundert Millionen, dann können wir reden. Eine Investorengruppe, die der Tsinghua University nahesteht, hat bereits zweihundertachtzehn Millionen Dollar durch Fundraising gesammelt. Zahlreiche Venture-Capital-Investoren warten darauf, einzusteigen. Es fehlt nur noch ein überzeugender Start-up und ein Mann, der bewiesen hat, dass er die Genschere beherrscht. Und vor allem willens ist, diese auch zu gebrauchen!«

»Sie ehren mich«, sagte Mendelez, »aber es stimmt, dies ist die Zukunft. Wer genetisch bedingte Krankheiten heilen kann, wird auch das Genom von Gesunden optimieren können. Jede Stärkung des Immunsystems bedeutet eine längere Lebenszeit.«

Als Feng Shihao keine Reaktion zeigte, fügte Mendelez hinzu: »Unsterblichkeit dauert etwas länger.«

Feng Shihao nickte höflich, Humor war seine Sache nicht, er sagte, er habe im Mandarin Hotel die Macau-Suite reserviert und den Konferenzsaal gebucht.

»Canceln Sie den Konferenzsaal, für ein außerordentliches Projekt braucht es einen außergewöhnlichen Ort.«

Ealing Broadway

»Wir sollten über die Zukunft reden«, sagte Toni Belotti, als er sich nach dem Essen den Mund abwischte, »über deine Zukunft, ich habe keine mehr, ich habe nur noch Blei in den Knochen, und bald bin ich so steif wie meine Zinnsoldaten.«

»Tante Taneja sagt immer, man sei nur so alt, wie man sich fühlt.«

Mister Belotti lächelte: »Oh, das ist mir neu. Ich sag dir, Nadi, das Alter ist nichts für Schwächlinge, da muss man sich Strategien ausdenken, kleine Notlügen, aber nenn mich doch Toni, alle meine Freunde nannten mich Toni.«

Belotti erhob sich von seinem Stuhl und ließ sich auf die ramponierte Couch unter dem kleinen Küchenfenster fallen. Sogleich flitzte eine aufgescheuchte Ratte unter der Liege hervor. Sie verschwand zwischen den Getränkekisten.

»Irgendwann krieg ich das Viech«, murmelte Belotti und legte sich hin. Er schloss die Augen und fuhr immer wieder über die Innenfläche der linken Hand.

»Sie bluten«, sagte Nadi leise, »haben Sie etwas zum Desinfizieren?«

Belotti winkte ab und sagte, schuld sei das Bajonett eines napoleonischen Dragoners, »geschieht ihnen recht, dass sie in Waterloo geschlagen wurden.«

»Ihre Hände sind spröde, wir sollten sie eincremen. Haben Sie etwas im Haus?«

»Maschinenfett.«

»Auch kleinste Wunden können sich entzünden«, beharrte Nadi, »das habe ich in einer Doku auf YouTube gesehen.«

»Vergiss es, Nadi, jeder Beruf hat seine Vor- und Nachteile. Wenn du einen Beruf ohne Nachteile suchst, wirst du nie Arbeit finden. Das sind *meine* Weisheiten. Wenn du Pakete öffnest, benütze ein Messer und nicht die Finger, die Kartonkanten sind messerscharf.«

»Aber Mister Belotti, Sie sollten wirklich …«

»Du, Nadi, ich Toni, okay? Und jetzt machst du mir einen Ingwer-Tee, das ist billiger. All diese Handcremes und Desinfektionssprays riechen abscheulich. Weißt du, meine Nachbarin, Arundhati Kandasamy vom *Indian Tandoori Palace* nebenan, die hatte ein Auge auf mich geworfen, damals vor zwanzig Jahren, ich war nach dem Tod meiner Frau hierhergezogen, es hätte vielleicht etwas daraus werden können, aber nachdem ich vier Nächte bei ihr verbracht hatte, wurde es mir bereits zu viel. Sie hat sich pausenlos die Hände gewaschen und mit Sterillium eingerieben. Wir hatten nur Sex unter der Dusche. Ich kann diesen Geruch von Sterillium nicht ausstehen, aber Ingwer, Ingwer mag ich. Also, wenn ich dir einen Rat geben darf: Deine Kochkünste reichen aus, um einen Ehemann zu finden. Aber lass ihn in Frieden mit deinen Cremes.«

Nadi sagte, sie würde gerne mehr wissen über sein Leben. Doch Belotti winkte ab und legte sich hin. Er murmelte, er schlafe meistens genau eine Stunde, und wenn jemand den Laden betrete, solle sie nach dem Rechten schauen, sonst würde man ihm noch alle Regale leer räumen. Und wenn der Kunde ein ansprechender junger Mann sei, solle sie ihm nicht 50 Prozent, sondern 75 geben – und schauen, dass er sie heiratet. Nadi sagte, sie sei nicht nach Europa geflohen, um sich hier einem Mann zu unterwerfen. Toni lachte leise und rückte sein Kopfkissen zurecht. Er schloss die Augen und murmelte, sie würde hier schon noch auf die Welt kommen, ihr Visum würde irgendwann ablaufen, und bis dann müsse sie entweder verlobt oder verheiratet sein, »und falls du das nicht bist, buchst du am besten ein Rückflugticket, bevor sie dich in Abschiebehaft nehmen.«

Die letzten Worte waren kaum noch verständlich. Belottis Atmung wurde ruhiger, schließlich begann er zu schnarchen. Nadis Selbstbewusstsein bekam einen empfindlichen Knacks. Sie hatte sich vor lauter Freude über ihre gelungene Flucht kaum Gedanken über ihre Zukunft in London gemacht. Es gab keine Au-pair-Familie, und sie hatte keinen Plan B. In diesem Augenblick klingelte die Glocke über der Tür. Jemand hatte den Laden betreten. Ein junger Mann stand vor der Vitrine mit den Dioramen. Als Nadi hinter dem Vorhang hervortrat und ihn begrüßte, drehte er sich um. Es war Hank. Hatte Ganesha ihn geschickt? Einen Zufall hielt sie nicht für möglich. Sie freuten sich beide über das Wiedersehen und machten ein bisschen Small Talk. Dann musste Nadi endlich loswerden, was ihr auf der Zunge brannte: »Leben Sie mit Ihrer Frau in London?«

Hank ahnte, was Nadi mit dieser Frage bezweckte: »Ich bin weder verheiratet noch in einer Beziehung«, sagte er, »falls Sie das meinen. Es ist etwas kompliziert, wie das meiste in meinem Leben.«

Nadi war es peinlich, dass sie mit ihrer leicht durchschaubaren Frage ihr Gesicht verloren hatte. Aber Hank machte keine Anstalten, ihre Blöße auszunutzen.

»Ich könnte Ihnen die City zeigen«, schlug Hank vor, »ich mache gern den Fremdenführer und zeige Ihnen ein paar interessante Fotomotive, ich bin ja sozusagen Fachmann. Oder müssen Sie vierundzwanzig Stunden am Tag für das Baby da sein?«

»Das Baby ist etwas größer«, schmunzelte Nadi. Am liebsten wäre sie Hank um den Hals gefallen, sie war wie elektrisiert. Vielleicht würde ihr Leben jetzt eine glückliche Wendung nehmen, dachte sie.

»Der eigentliche Grund, wieso ich hier bin«, sagte Hank plötzlich, und es fiel ihm nicht leicht, den Satz zu beenden: »Sie haben etwas, das mir gehört.«

Nadi verstand nicht.

»Es ist in Ihrer Handtasche, im Innenfutter.«

Nadi stand wie versteinert da, sie ahnte nichts Gutes, hatte plötzlich Angst, dass sie in irgendetwas hineingezogen würde, das sie unter keinen Umständen wollte.

»Wenn Sie es bitte holen würden.« Er forderte sie mit einem Kopfnicken dazu auf. Hank wirkte wie verwandelt, seine Gesichtszüge waren härter geworden, die Stimme leiser, bedrohlicher, unnachgiebiger. Das war nicht mehr der Mann, der sie am Flughafen beschützt und eben wieder so charmant unterhalten hatte. Sie eilte in ihre Schlafkammer, nahm ihre Tasche und kehrte damit in den Laden zurück. Hank hatte bereits die Hand ausgestreckt. Er öffnete den Reißverschluss im Innenfutter und zog eine Brosche heraus. Er war sichtlich erleichtert: »Das ist ein Saphir-Diamant, ein indischer Goldschmuck aus dem Jahre 1840. Nehmen Sie es mir bitte nicht übel, aber es gibt ein Ausfuhrverbot für Antiquitäten.«

Er griff erneut in das Innenfutter und nahm zwei Goldringe und einen Ohrstecker heraus.

»Das war von Anfang an Ihr Plan?«, fragte Nadi konsterniert. Sie kam sich so töricht vor.

»Machen Sie nicht so ein Gesicht«, lächelte Hank, nun wieder ganz gelöst, »ich habe Ihnen schließlich keinen ausgestopften Wasserbüffel oder Crystal Meth in die Handtasche geschmuggelt, aber die Zollbehörde in Heathrow hat mich auf dem Radar. Bei jeder Einreise stecken sie mir ein Fernrohr in den Arsch – Verzeihung! Bei einer Frau gibt's keine Bedenken, die mögen Schmuck, könnte ja ein Geschenk ihrer Großmutter sein.«

»Sie haben mich bloß ausgenutzt, missbraucht«, sagte Nadi fassungslos.

»Die Welt ist schlecht, Nadi.«

»Ich hätte genauso gut in einer Zelle enden können«, stieß Nadi wütend hervor, »hätten mich die Zollbehörde gefragt, woher ich den Schmuck habe, ich hätte keine Antwort gewusst …«

»Sie hat aber nicht gefragt. Machen Sie also bloß nicht auf Drama Queen. Ich mag Sie, Nadi, aber Sie müssen verstehen, dass es in meiner Welt andere Regeln gibt. Ich habe Ihnen einen Gefallen getan und Sie haben mir einen Gefallen getan. Wir nennen das eine Win-win-Situation.«

»Dann sind wir jetzt fertig?«, fragte Nadi mit beißendem Unterton.

»Das kommt ganz auf Sie an«, grinste Hank, »Sie machten einen guten Job. Und falls Sie wieder einen brauchen …«

»Verschwinden Sie! Ich werde Ihr Problem nicht zu meinem Problem machen.«

»Okay, dann lade ich Sie einfach zum Essen ein, und sobald ich den Schmuck verhökert habe, zahle ich Ihnen eine Risikoprämie, einverstanden?«

Nadi schwieg.

»Aber wenn Sie mich nicht mehr sehen wollen«, sagte Hank und senkte den Kopf wie ein treuherziger Dackel, »kann ich das gut verstehen, no bad feelings, ich verschwinde dann einfach aus Ihrem Leben.«

Nadi war unschlüssig. Hank machte Anstalten, den Laden zu verlassen, dann blieb er stehen und drehte sich um: »Was geschehen ist, kann ich nicht rückgängig machen, aber wir können nach vorne schauen und zusammen essen gehen. Drücken wir die Reset-Taste?«

Nadi lief vor Zorn rot an. Hank ging auf sie zu. Als er ihren Arm berühren wollte, wich sie energisch aus.

»Jaja, ich habe Sie enttäuscht, ich weiß, das war nicht die feine englische Art, und es tut mir aufrichtig leid, sorry, okay? Krieg ich eine zweite Chance? Dinner for two?«

Nadi starrte ihn ungläubig an: »Sie sind ein Schuft!«

»Ich hatte Sie mehrfach gewarnt, ich bin kein guter Mensch, aber ich mag Sie, Nadi, vielleicht machen Sie aus mir einen besseren Menschen.«

Hank zog alle Register, wollte erneut ihren Arm berühren, aber sie schlug seine Hand aus. Er sagte leise, er könne auch ein Au-pair gebrauchen.

Nadi kehrte wortlos in die Küche zurück.

»Verstanden!«, rief Hank ihr nach, »ist schon okay, ich werde Sie nie mehr belästigen.« Er rührte sich nicht und wartete ab. Er war sich sicher, sie würde zurückkommen. Nadi kam tatsächlich nochmals zurück und stemmte die Hände in die Hüften: »Ja, Sie belästigen mich. Ich will Sie nicht mehr sehen. Ich bitte sogar darum! Ich sollte Sie bei der Polizei anzeigen!«

»Ich habe nichts dagegen«, grinste Hank, »wenn Sie mir versprechen, mich jeden Tag in der Zelle zu besuchen.«

Nadi war nicht zum Scherzen zumute. Sie zeigte demonstrativ auf die Ladentür, damit er endlich verschwinde. Doch Hank machte keine Anstalten zu gehen: »Riecht vielversprechend aus Ihrer Küche. Ist noch was übrig?« Schließlich legte er seine Visitenkarte auf den Tisch, »und wenn ich irgendetwas für Sie tun kann, SMS genügt.

You are not alone, I'm your man.« Nadi war wütend, dass er ihre Drohung nicht ernst nahm. Sie zerriss seine Visitenkarte.

»Sie haben ja noch die Karte, die ich Ihnen im Flugzeug gegeben habe«, sagte Hank und tippte sich zum Abschied lässig an die Stirn. In der offenen Ladentür blieb er stehen und drehte sich ein letztes Mal um: »Hätten Sie vielleicht eine Tüte für den Schmuck?«

Kanalisation, London

Die Cook-Ratten rannten das Abflussrohr entlang, das unter den Toilettenanlagen der *Christ the Saviour Parish Church* in Ealing vorbei in die Bond Street führte. Unter der Hausnummer 21 blieben sie stehen, schnupperten, flitzten in ein senkrechtes Rohr und krabbelten blitzschnell die Abflussleitung hinauf zu einer Klosettschüssel in den Damentoiletten des *Indian Tandoori Palace*. Eine junge Thai, die gerade den Klodeckel hochgehoben hatte, stieß einen gellenden Schrei aus. Eine Albino-Ratte sprang auf den Klosettrand und starrte die hysterisch zitternde Frau an. Arundhati Kandasamy kam angerannt: »Brauchen Sie Hilfe?«

Die Toilettentür sprang auf und die junge Thai wich rückwärts zurück. Arundhati Kandasamy warf einen Blick in die WC-Kabine. In diesem Moment flitzte die Cook-Ratte zwischen ihren Beinen hindurch und stürmte ins Restaurant. Man hörte Schreien und das Klirren von Geschirr, das auf dem Fußboden zerschellt. Zwei weitere Ratten sprangen aus der Klosettschüssel.

Toy Soldier Shop, Ealing Broadway

Nadi saß hinter dem Ladentisch und spielte auf ihrer Bambusflöte. Toni mochte das. Er sagte, es beruhige ihn. Er schlafe besser, wenn er ihre Flöte höre, weil er dann wisse, dass er nicht allein sei. Nadi horchte, über ihr vernahm sie ein hektisches Trippeln, es war ein vertrautes Geräusch. Sie mochte es und spielte weiter. Nach einer Weile kroch eine schwarze Wanderratte unter einem Regal hervor. Sie blieb wie hypnotisiert vor Nadi stehen und lauerte. Eine schnelle Bewegung, und sie würde fluchtartig das Weite suchen. Nadi spielte weiter.

»Nadi? Bist du da?«

»Ja, Toni, ich bin im Laden.«

»Falls du keinen Ehemann findest, kannst du mich heiraten. Hast du schon einmal darüber nachgedacht? Du hättest einen britischen Pass und würdest alles erben. Ich habe ja keine Familie mehr.«

Nadi wollte in die Küche, blieb jedoch auf halbem Weg hinter dem Vorhang stehen und sagte, sie habe noch nie darüber nachgedacht.

»Das solltest du aber, denn die Zeit wartet auf niemanden.«

Als sie sich wieder umdrehte, war die schwarze Wanderratte verschwunden.

Ocean Park, Hongkong

Das Quallenhaus im Ocean Park war für Besucher seit zwei Stunden geschlossen. Die Seilbahnen und Außenrolltreppen standen still. Um diese späte Abendstunde pendelte kein Ocean Express mehr zwischen der Waterfront und dem Summit. Nur die Limousinen und Leibwächter auf dem Areal vor dem Museumspark ließen vermuten, dass heute illustre Gäste zu Besuch waren. Ein paar Dutzend Männer und Frauen folgten drei jungen Hostessen in roten Jacketts und liefen durch einen bläulich fluoreszierenden Glastunnel, der unter einem gigantischen Aquarium hindurchführte. Die V.I.P.s wurden von ihren Securities begleitet, groß gewachsene, athletische Männer mit dunklen Sonnenbrillen. In der Aquarium-Halle des *Sea Jelly Spectacular* wurden sie bereits erwartet. Ein diskretes Lichtspiel von wechselnder Farbe und Intensität beleuchtete die Deckenspiegel und erweckte einen surrealen Eindruck. Man hatte das Gefühl, mitten in einem Aquarium zu sitzen. Riesenquallen ließen sich im Wasser treiben und schienen die eintreffenden Gäste zu beobachten.

Professor Luis C. Mendelez war der Star des Abends. Feng Shihao hatte ihn als Pionier der synthetischen Molekularbiologie und visionären Gründer der Personal Genom Design Ltd. (PGD) vorgestellt. Unter den Anwesenden erkannte man die Eliten der Finanzwelt und IT-Unternehmer, denen eine einzige Generation gereicht hatte, um die Welt nachhaltig zu verändern. Aus den USA eingeflogen waren Bill Gates, Warren Buffett, Larry Elison, Michael Bloomberg und Trevor Neilson, Investor und Gründer des mächtigen Kapitalfonds Climate Emergency Fund. Aus Italien angereist waren Guido Barilla, Weltmarktführer im Pasta-Segment, aus Schweden Finanzunternehmer Ingmar Rentzhog, aus Mexico IT-Milliardär Carlos Slim Helú, aus Sierra Leone Rodney Kargbo. Sie gesellten sich zu einem Dutzend Chinesen aus Hongkong und dem Festland.

Der Professor wurde mit gedämpftem Applaus willkommen geheißen. Er bestieg relaxt, mit jugendlichem Elan die leicht erhöhte Bühne vor dem Panorama-Aquarium, als hätte er sich in dieser Halle bloß zu einer Plauderstunde eingefunden. Ohne jegliche Einführung begann er zu sprechen, deutlich und verständlich, und legte zwischen den Sätzen kurze Pausen ein, um dem Gesagten mehr Gewicht zu verleihen: »Mein verstorbener Kollege Stephen Hawking charakterisierte Intelligenz als die Fähigkeit zur Veränderung. Alle hier Anwesenden zeichnet diese Fähigkeit aus. Ihr habt die Welt verändert, das Undenkbare gedacht und umgesetzt. Wer aber wird eure Errungenschaften fortsetzen? Wer besitzt das Genie, das euch auszeichnet und euch zu herausragenden Persönlichkeiten der Zeitgeschichte gemacht hat?«

Er machte eine längere Pause und schritt die Halle ab, ohne den Blickkontakt zu den Anwesenden zu suchen: »Stellt euch vor, was ihr alles noch erreichen könntet, würdet ihr länger leben. Aber ihr werdet alle sterben, wir alle werden sterben. Dass der Mensch ein individuelles Verfallsdatum hat wie jedes Nashorn und jeder Mandarinenjoghurt, ist höchst unerfreulich und für einige sogar besorgniserregend. Seit Anbeginn der Zeit versuchten die Menschen, die beschränkte Lebensdauer mithilfe religiöser Fantasien ins Unendliche zu verlängern. Sie glaubten an ein Leben nach dem Tod. Aber mit dem Tod enden unsere Biografien. Die einen früher, die anderen später. Aber wäre es nicht reizvoller, nicht sinnvoller, Sie würden noch viel länger leben? Und dabei gesund bleiben.«

Er blieb vor den Ikonen der digitalen Revolution stehen und sagte, dass intelligente Menschen nie sterben sollten. Ein heiteres Raunen erfüllte den Saal.

»Wir sind heute dank den Fortschritten in der synthetischen Biologie in der Lage, uns neu zu designen. Ich verspreche Ihnen nicht Unsterblichkeit, aber ich verspreche Ihnen, dass wir unsere Lebenszeit signifikant verlängern können, wenn wir das Immunsystem des Menschen stärken.«

Er beobachtete die Reaktionen der Gäste. Sie lauschten konzentriert.

»Die Riesenschildkröten auf den Galapagosinseln«, fuhr er fort, »werden bis zu hundertfünfzig Jahre alt, der Grönlandwal erreicht zweihundert Jahre, der Grönlandhai vierhundert Jahre, sie verfügen alle über das bessere Immunsystem und über das Gen, das die Alterung der Zellen verlangsamt. Es ist kein Zufall, dass wir heute Abend im *Sea Jelly Spectacular* zusammenkommen.«

Er zeigte auf die Riesenquallen hinter dem Aquariumglas. Mit anmutiger Leichtigkeit glitten sie durchs Wasser, als würden sie schweben.

»Was wir hier sehen, sind Quallen. Sie verfügen über eine Zellstruktur, die es ihnen erlaubt, sich selbst wieder und wieder zu erneuern. Sie lassen sich auf den Meeresboden sinken und erneuern ihr Zellvolumen. Die Forschung hat das »Buch des Lebens« gelesen und verstanden, jetzt könnten wir korrigierend eingreifen und uns auch gegen zu erwartende Pandemien schützen, Leben verlängern. Wir haben die Reise begonnen, meine Damen und Herren, Sie sind hier, weil unser Planet eine Zukunft braucht, weil es Sie braucht, weil die Zukunft nicht von den Zögernden geprägt wird, sondern von den Mutigen. Wir haben das Know-how, wir haben die Werkzeuge, aber wir brauchen auch das Kapital, um sie zu nutzen. Mit einer halben Milliarde Dollar wird das Unmögliche möglich. Ich werde keine Mammuts zu neuem Leben erwecken, sondern Sie vor der nächsten Pandemie schützen und somit Ihr Leben verlängern.«

Er zeigte auf den Mexikaner Carlos Slim Helú und ließ den Zeigefinger anschließend über die Hörerschaft fahren: »Sind vierzig Millionen von jedem von uns zu viel, um seine Urenkel aufwachsen zu sehen?«

Er machte eine kurze Pause und fuhrt dann fort: »Lasst uns die Zukunft beginnen! Lasst uns Darwin überlisten.«

19, Bondstreet, Ealing Broadway

Vor einer Zuleitung blieben die beiden Albino-Ratten stehen, schnupperten und kletterten senkrecht das Rohr hinauf, bis sie die Kloschüssel im zweiten Stockwerk von Nadis Zuhause erreichten. Mit ihren Krallen zogen sie sich hoch, rutschten über den Klosettrand und sprangen hinunter. Zielstrebig rasten sie in die Küche. Auf dem Armaturenbrett lauerte die schwarze Wanderratte. Ein Piepsen ging abwechselnd hin und her. Schließlich sprang der schwarze Nager runter und streckte der Cook-Ratte sein Hinterteil entgegen. Diese schnupperte hastig – und stieß die Krallen ihrer Vorderläufe in den Körper der schwarzen Ratte. Mit einem einzigen Biss hackte sie ihre Vorderzähne in den Nacken des winselnden Tiers. Während es qualvoll verendete, entleerte sich seine Blase. Die Cook-Ratte drehte sich kurz in der Urinlache: Jetzt gehörte sie für alle Ratten im Haus zum Rudel.

* * *

Nadi saß hinter der Ladenkasse und spielte Flöte. Hohe Töne schienen die beiden schwarzen Ratten anzulocken. Doch seit einigen Tagen gesellte sich eine weitere, auffallend große Ratte mit einem für London ungewöhnlich weißen Fell hinzu. Sie schien intelligenter als die andern, mutiger, risikobereiter. Sie kam jeden Tag näher zu Nadi, schließlich sprang sie mit einem einzigen Sprung auf den Ladentisch. Nadi vermied hektische Bewegungen und spielte weiter. Die Albino-Ratte wurde immer zutraulicher. Eines Tages saß der Nager auf ihrer Schulter und musterte ihre Umgebung wie ein Feldherr das Schlachtfeld.

Nadi achtete darauf, dass Toni Belotti nichts von ihrer Passion erfuhr, die ihr ein Gefühl von Heimat schenkte. Er hielt Ratten für Dreckschleudern und verabscheute sie wie die meisten Menschen. Aber die weiße Cook-Ratte war anders. Deshalb gab ihr Nadi einen Ehrennamen: Ganesha.

Am Abend schloss Belotti jeweils den Laden und soff sich in einen komatösen Schlaf. Nichts konnte ihn dann mehr aufwecken. In dieser Zeit gehörten Laden und Wohnküche Nadi. Mit Ganesha auf ihrer Schulter bereitete sie in der Küche das Essen für die nächsten Tage vor. Toni mochte frisch geraspelte Rüben, aber Nadi hatte Mühe damit, weil sie sich oft die Fingerkuppen blutig rieb. Das lag daran, dass sie eben die ganze Rübe raspeln wollte, auch das letzte kleine Stückchen, denn dort, wo sie herkam, verschwendete man keine Nahrungsmittel und verwertete alles. Toni Belotti hatte keine hohen Ansprüche, er war *easy going*. Wenn Ganesha sanft Nadis Ohrläppchen anknabberte, reichte sie ihr eine Scheibe Banane. Ratten lieben Bananen.

Sunset Nursing Home, London

Als Hank das Zimmer seines Vaters betrat, fiel ihm ein, dass er die Schokolade vergessen hatte. Aber hatte sein alter Herr jemals etwas für ihn getan? Was denn? Nichts. Eine *Menge* nichts. Eine Jugend voller nichts dauert lange, sehr lange, und ehe man das alles realisierte und verstand, wie man zu dem geworden ist, der man heute war, flog einem die Zeit um die Ohren, als sei man bereits auf dem *Highway to Hell.* John Cooper schlief, er hatte die Beine angewinkelt und eine embryonale Stellung eingenommen, der Mund war weit offen, der einzige Zahn, der ihm geblieben war, ragte wie ein Megalith aus der dunkel verfärbten Mundhöhle. Hank berührte das Knie seines Vaters, die Hände mied er, diese vor Gewalt strotzenden Hände, die so viel Böses getan hatten.

John Cooper wachte auf, reagierte verstört, verängstigt, als hätte er soeben dem Tod ins Auge geblickt. Schließlich sagte er, das sei schön, dass Hank da sei, der Kerl nebenan sei letzte Nacht verstorben, endlich, der habe dauernd Besuch gehabt, jetzt habe er das Zimmer für sich allein.

»Ja«, sagte Hank, das sei fast schon ein Upgrade in die erste Klasse. Sein Vater nickte zustimmend, obwohl er bestimmt kein einziges Wort verstanden hatte. Er bat Hank nachzuschauen, ob in der Nachttischschublade des Verstorbenen noch ein paar *Mon Chéri* übrig seien, er hoffe, der Kerl habe nicht alle gegessen. Hank schaute nach und fand noch eine Handvoll Pralinen. Umständlich versuchte John Cooper, an die mit Branntwein und einer Piemontkirsche gefüllte Schokolade heranzukommen. Er war motorisch sehr ungeschickt geworden. Schließlich bat er seinen Sohn, die Sache für ihn zu erledigen.

Er öffnete wie ein Kleinkind den Mund und streckte die schwarz verfärbte Zunge heraus, als würde er gleich die heilige Kommunion empfangen. Es war sehr offensichtlich, dass er den Alkohol vermisste. Hank verfütterte ihm alle *Mon Chéri* und reichte ihm dann ein Taschentuch, damit er sich den braunen Speichel abwischen konnte.

»Ich habe dich gar nicht gefragt, ob du auch welche willst«, sagte sein Vater, als keine Praline mehr übrig war, und fuhr, ohne eine Reaktion abzuwarten, fort: »Es ist gut, dass der liebe Gott ihn zu sich geholt hat, der hat immer schrecklich gepupst, und da er taub geworden war, hat er es gar nicht bemerkt. Aber ich hab's bemerkt, an seinem Gesichtsausdruck. Aber mal ehrlich Hank, man spürt doch, wenn man furzt, oder? Auf jeden Fall hat ihn der liebe Gott nun zu sich geholt, und er kann von mir aus da oben weiterpupsen, bis Gott die Flucht ergreift. Weißt du, Hank, wenn ich sterbe, muss ich diese Gluthitze nicht mehr ertragen. Unter der Erde ist es wenigstens kühl.«

»Ich dachte, du willst kremiert werden?«

John Cooper hatte auch diesmal ein großes Bedürfnis, zu reden. Hank hörte sich geduldig an, wie John Cooper sein Leben, in dem sein Sohn keine Rolle spielte, neu erfand. Er wusste, dass alles gelogen war, denn seine Verwandten hatten ihm Jahre später reinen Wein eingeschenkt. Je mehr er darüber nachdachte, desto mehr widerte ihn dieser alte Mann an, aber er schaffte es nicht, einfach rauszugehen.

»Was mache ich hier?«, klagte John Cooper, »warte ich auf den Tod? Ist das der Abschluss eines Lebens? Ich liege hier wie ein Müllsack, den die Straßenreinigung vergessen hat, und warte, bis es endlich vorbei ist.« Es ist seine Entscheidung, dachte Hank. John Cooper klammerte sich trotz der Schmerzen an ein Leben, das er für misslungen hielt, und er haderte, weil er es ungerecht fand, mit 95 Jahren sterben zu müssen. Dann begann er, über die Großwildjagd in Sambia zu reden, obwohl er genau wusste, dass sein Sohn dieses Thema hasste.

»Ich habe sie alle gesehen, den Steppenelefanten, das Spitzmaulnashorn, den afrikanischen Büffel, den Löwen und den Leoparden. Die Big Five. Aber es blieb mir versagt, auch den Leoparden zu schießen. Du könntest es für mich zu Ende bringen.«

»Das werde ich bestimmt nicht tun«, sagte Hank leise, »ich mag Tiere. Und ich hasse Menschen, die Tieren Leid zufügen.«

Sein Vater lächelte dankbar, er hatte wieder kein Wort verstanden. Am liebsten hätte ihn Hank aus dem Bett gezerrt, auf den Balkon geschleift und über die Brüstung gestoßen. Beim Abschied fiel dem alten Cooper wieder etwas ein, um Hank am Gehen zu hindern: »Du könntest mir das nächste Mal *Mon Chéri* mitbringen, aber die große Packung.«

Das nächste Mal?, dachte Hank, er hatte nicht im Sinn, wiederzukommen. Sein Vater lamentierte, es sei so langweilig hier, mit 95 Jahren lägen schon alle Freunde und Bekannten unter der Erde, die Welt habe ihren Reiz verloren, Aktualitäten gingen ihn nichts mehr an, er habe jetzt nur noch ihn, seinen Sohn, »Hank, bleib doch noch ein bisschen bei mir.«

Als Hank zögerte, wollte John Cooper wissen, ob er eigentlich verheiratet sei. Erst jetzt fiel Hank auf, dass sein Vater bisher nur von sich gesprochen hatte. Hank zögerte mit der Antwort.

»Du hältst mich wahrscheinlich für dement, Hank, das bin ich ab und zu, ohne Zweifel, vor allem nach den Infusionen, aber ich weiß, es missfällt dir, dass ich alles dem Zoo vererben will. Diese Filipina hat mir das erzählt. Wenn du verheiratet wärst und einen Sohn hättest, würde ich alles dir vererben, denn das Einzige, was von einem Menschen zurückbleibt, sind die guten Taten und die Gene. Bei den guten Taten mag nicht viel vorhanden sein, aber du hast auch keine Frau und keine Kinder, und somit wären es Perlen vor die Säue, würde ich dir etwas vermachen.«

Hank ließ die Worte über sich ergehen und starrte auf den Linoleumboden. Dann hob er den Kopf: »Du bist Großvater geworden.«

John Cooper starrte seinen Sohn mit offenem Mund an. Es dauerte eine ganze Weile, bis er sprechen konnte: »Ist das wahr?«

Hank nickte. Sein Vater wurde von einer heftigen Gefühlsregung erfasst. Er schien den Tränen nahe und fragte, ob das wirklich wahr sei, »ist es ein Junge?«

»Ja«, sagte Hank, »es ist ein Junge, er sieht dir so ähnlich, wir haben ihn deshalb John genannt, John Cooper junior.«

Tränen der Rührung flossen über das eingefallene Gesicht des alten Mannes. Er ergriff Hanks Arm und würgte kaum verständliche Worte heraus: »Bring mir meinen Enkel, Hank, bitte, und auch meine Schwiegertochter, das wäre der schönste Tag in meinem Leben!«

Toy Soldier Shop, Ealing Broadway

Ganesha kauerte auf der Chromstahlablage, während Nadi kleine Cherrytomaten wusch und halbierte. Toni hatte sich einen griechischen Salat mit Fetakäse und Zwiebeln gewünscht. Und eine Flasche Retsina. Er sagte, dann würden Erinnerungen lebendig, und das sei gut so, denn Erinnerungen seien das Einzige, was einem niemand nehmen könne. Toni hatte sich in den letzten Tagen verändert. Er war müder als sonst, schweigsamer. Der hochrote Kopf war wahrscheinlich dem Alkohol geschuldet. Er sagte, das heiße Wetter bringe ihn noch um, und wechselte mehrmals täglich sein verschwitztes Shirt. Als Nadi das Essen auf den Tisch stellte, war Toni bereits wieder eingeschlafen. Sie ging in den Laden und setzte sich hinter die Kasse. Ganesha folgte ihr. Nadi begann auf ihrer Bambusflöte zu spielen. Bei einer Tonfolge stellte sich Ganesha auf die Hinterpfoten, und Nadi gab ihr ein Stückchen Banane; bei anderen Tonlagen, Rhythmen oder Klangfolgen führte Ganesha andere Kunststückchen aus. Nadi wusste, dass alle Tiere gerne trainierten und lernten und dass die meisten Leute Tiere nur deshalb für dumm hielten, weil sie nie versucht hatten, mit ihnen zu kommunizieren. Aber selbst mit den Hühnern hinter ihrem Elternhaus hatte Nadi eine gemeinsame Sprache gefunden, die auf Mimik, Handzeichen und Lauten beruhte. Ganesha wurde immer anhänglicher. Sie leckte Nadis Gesicht und schnappte sanft nach den Salzstangen, die Nadi zwischen den Lippen festhielt.

Eines Abends hörte Nadi ein heftiges Gepolter aus der Küche. Erst jetzt fiel ihr auf, dass Toni nicht mehr schnarchte, er musste aufgewacht sein. Sie legte Ganesha in die große Schublade unter dem Geldfach der Kasse. Damit die Albino-Ratte atmen konnte, ließ sie einen Spalt offen. Auf dem Weg in die Küche flitzten zwei schwarze Ratten an ihr vorbei. Toni verfolgte sie mit einem langen Holzstiel, der normalerweise dazu diente, die Jalousien runterzuziehen. Deshalb der Haken am oberen Ende. Toni war außer sich vor Zorn. Die beiden Ratten krochen unter ein Regal. Toni versuchte, sie mithilfe des Hakens hervorzuzerren, doch die Ratten huschten ans andere Ende des Regals. Kurz darauf kamen sie wieder zum Vorschein und retteten sich mit einem unglaublichen Sprung auf das gegenüberliegende Regal. Mit ihren bekrallten Zehen konnten sie beinahe senkrecht die gestapelten Figurenboxen hochkraxeln. Toni schlug nach ihnen, aber die Ratten drehten ihre Hinterpfoten um 180 Grad und stiegen auf demselben Weg wieder hinunter. Nadi stand wie gelähmt hinter der Kasse. Einen derartigen Furor hätte sie Toni nicht zugetraut, sie kannte ihn nur als gutmütigen alten Mann.

Die Ratten sprangen auf ein anderes Regal und blieben auf dem obersten Tablar in lauernder Stellung stehen. Ihre Augäpfel waren starr, ihnen fehlte die Fähigkeit des scharfen Sehens. Da aber die beiden Augen seitlich am Kopf waren, konnten sie die Pupillen unabhängig voneinander bewegen und ihre Umgebung als Panorama sehen. Mit einem Auge überblickten sie den Laden, mit dem andern sahen sie Toni. Er starrte in diese rötlichen Pupillen, die ihn fixierten. Instinktiv legte er die Hände vors Gesicht, denn er fürchtete, dass ihn die Ratten gleich anspringen würden. Doch sie tippelten über die Regale, verschwanden hinter einem Stapel Modellbau-Gips und stießen einige Packungen mit Spielzeugtannen auf Toni hinunter. Fluchend stürzte er sich auf das Regal, sprang hoch und schlug mit seinem Holzstab zu. Bis er strauchelte, sich am Regal festhielt und es mit sich zu Boden riss. Eine der beiden Ratten hatte sich beim Aufprall verletzt. Ein Regal hatte ihr die beiden Hinterpfoten zerquetscht. Sie zappelte, wollte sich befreien und davonflitzen, doch sie knickte ein.

Toni lag noch am Boden, schlug mit dem Holzstab nach ihr, verfehlte sie zunächst, traf sie dann aber mit dem Haken direkt in den Bauch. Er sprang hoch und trat die Ratte mit voller Wucht. Sie flog gegen die Wand der Ladentheke, er setzte ihr nach, trat auf ihren Kopf. Immer und immer wieder. Die Ratte quietschte und röchelte, bis Tonis Schuh ihren kleinen Schädel zermalmte. Ihre Gedärme platzten und sie blieb reglos liegen. Toni hielt kurz inne und kickte den leblosen Nager vor sich hin. Er war außer Atem und buchstäblich außer sich.

»Sie ist doch längst tot!«, schrie Nadi entsetzt. Sie hatte vorsorglich die Schublade geschlossen, damit Ganesha nicht auch noch in die Fänge dieses Berserkers geriet.

»Schaff mir das Ding vom Leib! Und bestell die Profis der Schädlingsbekämpfung! Jetzt! Wenn die Viecher bereits im Laden sind, ist der Keller schon voll davon.«

»Wir sollten sie fangen und draußen aussetzen«, versuchte Nadi ihn zu beruhigen, »unsere Göttin Ganesha sieht es nicht gerne, wenn man …«

»Hör mir auf mit diesem Aberglauben!«, herrschte er sie an, »schau dir an, wie die Leute hier leben, keiner bringt deinen Göttern ein Opfer dar, und doch haben alle ein besseres Leben als du. Ich sage dir, das Erste, was man im Westen verliert, ist die Religion! Wenn hier ein Bauer auf der Hackney City Farm seine Kuh anbetet, schicken wir ihn zum Psychiater!«

4

Hotel Mandarin, Hongkong

In einem schlauchförmigen, abgedunkelten Raum waren modernste Laufbänder aufgestellt. Um diese frühe Morgenstunde trainierten erst wenige Gäste. Die grünen Rollos waren noch nicht hochgezogen, aber man sah zwischen den Lamellen hindurch auf den tropischen Garten, der im Innenhof angelegt war. Der italienische Lockenkopf Guido Barilla trainierte mit dem stark übergewichtigen Mexikaner Carlos Slim Helú. Schweigend liefen sie ihre Kilometer. Manchmal warfen sie sich einen kurzen Blick zu, um zu prüfen, ob der andere bald aufgeben würde. Aber keiner wollte sich eine Blöße geben. Schließlich fragte der Italiener keuchend, was er von der ganzen Sache halte. Der Mexikaner nutzte die Gelegenheit, um ohne Gesichtsverlust vom Laufband runterzusteigen. Er sagte, normalerweise würde er länger aushalten, aber Jetlag und so. Guido Barilla gab ihm recht, auch er würde normalerweise mehr schaffen, »troppo pasta« lachte er und hielt sich den Bauch. Sie trockneten sich den Schweiß von Stirn und Nacken.

»Ich dachte«, begann der Mexikaner, »man würde uns die Gelegenheit geben, in ein Start-up zu investieren, welches sich auf die Heilung von genetisch bedingten Krankheiten spezialisiert hat.«

»Mich hätte interessiert, wann sie damit an die Börse wollen, aber hier geht es eher um Utopien. Sollen wir so alt werden wie Schildkröten?«

»Man könnte meinen, altern und sterben sei eine Krankheit.«

Sie liefen den Flur zu den Duschkabinen hinunter.

»Es war ja ganz nett hier«, sagte Guido Barilla, »aber wenn wir hier mit Risikokapital einsteigen, verkaufen wir keine Pasta mehr. Wir haben Erfahrung mit Shitstorms und Boykottaufrufen.«

Der Mexikaner lachte, selbst in Mexiko hätten die Medien darüber berichtet, dass Barilla keine Werbung mit Schwulen machen wolle.

Der Italiener blieb vor den Duschkabinen stehen: »Ich denke, ich werde heute Abend nach Rom zurückfliegen. Und Sie?«

»Ich habe meinen Rückflug schon gebucht.«

Der Indoor-Pool war Luxus in Blau. Am oberen Ende bedeckte ein Großbildschirm die gesamte Wand und erweckte den Eindruck, man würde durch ein Panoramafenster auf den Hafen von Hongkong hinunterschauen. Wände, Decken, Kacheln, alles war in bläulich fluoreszierendem Licht gestaltet. Unter der Wasseroberfläche zeichneten sich vier dunkle Silhouetten ab. Plötzlich tauchte der Kopf eines älteren Mannes auf, es war Warren Buffett. Er stieg aus dem Pool und ließ sich von einer Angestellten abtrocknen und einen Bademantel reichen. Dann bat er um eine Cola. Michael Bloomberg tauchte als Nächster auf und gleich nach ihm Bill Gates und Trevor Neilson, der seinerzeit Kampagnenchef unter Bill Clinton war.

»Die Leistungen von Professor Mendelez in Ehren«, begann Bill Gates, »aber seine Ziele sind nicht die Ziele unserer gemeinnützigen Stiftung.«

»Ich verstehe nichts davon«, gestand Warren Buffett, »und ihr kennt ja meine Devise: Investiere nur in Unternehmen, die du verstehst und die auch ein Trottel führen kann.«

Bill Gates sagte, das Ziel seiner Stiftung sei die Verbesserung der sanitären Anlagen in den Entwicklungsländern, die Bekämpfung von bakteriellen und viralen Infekten, die zu Pandemien ausarten können, aber nicht die Erschaffung von Superbabys.

»Warum investiert ihr nicht in meinen Kapitalfonds *Climate Emergency Fund?*«, fragte Trevor Neilson in die Runde.

»Nicht schon wieder«, winkte Warren Buffett ab, »wir haben Ihre Unterlagen studiert. Sie promoten eine Sensibilisierung der Öffentlichkeit durch eine umfassende Störung des Alltags, wir wollen nicht die Gesellschaft umbauen, Mister Neilson, wir wollen unsere Aktionäre zufriedenstellen.«

»Mister Buffett«, antwortete Trevor Neilson unbeeindruckt, »in den nächsten fünfzehn Jahren werden weltweit 93 Billionen Dollar in eine kohlenstoffarme Infrastruktur investiert. Die Staaten werden dem Druck der Straße nicht widerstehen können. Wir investieren nicht nur in Start-ups, die davon profitieren werden, sondern stecken auch eine Menge Geld in Klimabewegungen wie *Extinction Rebellion.* Wir stellen ihnen Kampagnen-Knowhow, Logistik und personelle und finanziellen Ressourcen zur Verfügung. Schauen Sie sich die Spenderliste auf der Homepage von *Extinction Rebellion* an. Wir sind der größte Spender, und wir würden nicht investieren, wenn wir uns davon nicht eine enorme Rendite versprechen würden.«

Warren Buffett reagierte amüsiert, »ich habe davon gehört, aber wenn Ihre Fondsanteile Laufzeiten von fünf Jahren haben, glauben Sie wohl eher nicht an den Weltuntergang in achtzehn Monaten.«

Neilson lachte: »Lasst uns in die Sauna gehen.«

* * *

Der schwedische Finanzunternehmer Ingmar Rentzhog saß bereits auf einer Holzliege neben Rodney Kargbo aus Sierra Leone. Er sagte, er habe soeben die Nachricht erhalten, dass das Forschungsinstitut Nilsor sich gestern Abend von Professor Mendelez getrennt habe.

Michael Bloomberg sagte, in diesem Fall könne man das Thema endgültig abhaken, Mendelez sei eine gute Story für die Medien, aber Gift für die Stiftung. Er wandte sich an Warren Buffett und fragte, wie das Orakel von Omaha die aktuelle Börsenlage einschätze.

»Ich investiere nur in Dinge, die ich verstehe. Aber zurzeit gilt: *Run for cover, hard times ahead*, ich würde in Deckung gehen«, antwortete Buffett, »ich rechne für längere Zeit mit volatilen Märkten, es gibt zu viele potenzielle Krisenherde auf unserem Planeten, die Politik ist unberechenbar geworden, China, Iran, Nordkorea, der Nahe Osten, Italien, die globale Verschuldung, all diese Unsicherheiten sind Gift für die Börsen. Die Wähler sind nicht berechenbar, sie haben das Vertrauen in Politik, Medien und Wissenschaft vollständig verloren, aber historisch gesehen, ist man mit Aktien immer besser gefahren. Aber was soll man kaufen, wir haben über hundert Millionen Cash und wissen nicht, wohin damit. Und Kraft-Heinz hat uns wenig Freude bereitet.«

»Ketchup ist eh zu süß. Zucker ist ein Auslaufmodell. Mein Sekretariat bucht unsere Rückflüge nach New York«, schlug Bill Gates vor, »vier Flüge?«

Toy Soldier Shop, Ealing Broadway

»Ich bin Jack Black«, nuschelte der Mann, der seinen ferrariroten Van vor *Toni's Toy Soldiers* geparkt hatte. Nun stand er breitbeinig vor Toni, der apathisch hinter dem Ladentisch saß. Toni fühlte sich schlecht an diesem Morgen, unglaublich müde, fiebrig, vielleicht der Magen oder eine beginnende Erkältung. Das Pochen hinter den Augenhöhlen bereitete ihm Mühe beim Lesen und verursachte einen Schwindel, der ihm den Magen umdrehte. Er musterte den Besucher misstrauisch. In Jack Blacks breitem Ledergurt steckten Taschenlampe, Schraubenzieher und anderes Werkzeug. Das dünne

Haar hatte er nass nach hinten gekämmt: »Wo ist die Ratte?« Toni zeigte auf einen Plastiksack, der unter dem Tisch lag. Jack Black kniete nieder: »Oh, eine Freak-Ratte. Haben Sie die so zugerichtet?«

Toni nickte müde, er hatte nur noch einen Wunsch: sich hinlegen und schlafen.

»Die Viecher werden immer größer. Darf ich das Exemplar mitnehmen?«

»Verkaufen Sie das Ding in China Town«, höhnte Toni, »die frittieren alles, was vier Beine hat und kein Stuhl ist.«

Jack Black erhob sich: »Ratten von dieser Größe bringe ich Professor Mendelez. Wie alle in unserer boomenden Branche – wir nennen ihn ›Lord of the Rats‹, Sie haben bestimmt schon in der Zeitung über ihn gelesen.«

»Nein, habe ich nicht«, antwortete Toni müde, »Sie können das Viech mitnehmen, Hauptsache, ich bin es los. Bezahlt Ihr Professor etwas dafür?«

Jack Black schüttelte den Kopf: »Nein, ich tue das für die Wissenschaft, ich töte die Ratten, und er seziert die großen Exemplare.«

»Und was haben Sie davon?«

»Eintrittskarten für das *Cellar Door*, ein Nachtclub in der Wellington Street. Der Professor spielt am Freitagabend mit der Picadilly Band Dixie und Jazz.«

Toni schüttelte den Kopf: »Verdient er zu wenig?«

Jack schritt die Regale ab: »Riechen Sie diesen beißenden Geruch? Wie Ammoniak. Das ist Rattenpisse. Wer in diesem Job erfolgreich sein will, braucht eine gute Nase. Wie ein Bordeaux-Liebhaber, der muss einen *Cheval Blanc* von Kapuzinerpisse unterscheiden können. Die Drüsen, die diesen beißenden Geruch erzeugen, sind das Navi-System der Ratten, sie markieren damit die Laufwege für ihre Artgenossen und identifizieren sich damit. Wir haben biometrische Pässe, Ratten haben ihre Pisse, das ist ihre olfaktorische ID, und was ich hier rieche ist eine gigantische olfaktorische Dating-Plattform.«

Toni stützte seinen Kopf in den Händen auf, ihm war speiübel: »Ist ja schon gut ...«

»Wo haben Sie die Ratte getötet?«, fragte der Kammerjäger.

Toni zeigte auf das Regal mit dem Modellbauzubehör.

»Oje, die hat ja richtig gespritzt. Noch im Sterben lassen sie den Urin laufen und markieren damit den Tatort, damit die gesamte Population diese Stelle weiträumig meidet. Irgendwie heroisch, wenn man noch im Sterben an die Artgenossen denkt und ›Mayday‹ pisst.«

Er klopfte mit der Faust gegen die Wand und sagte, dass doppelschalige Dämmwände, abgehängte Decken und aufgeständerte Böden die Luxuswohnungen der Ratten seien. Wie ein Arzt, der die Lunge abhört, klopfte er mit dem Plastikende seines Schraubenziehers auf die Abluftröhre, die an der Decke von der Küche durch den Laden führte. Sofort hörte man ein flinkes Trippeln und Trappeln, dann war es mucksmäuschenstill.

»Zwanzig bis dreißig Nager, schätze ich. Wenn ich das Rohr öffne, fällt mir ein ganzes Rattennest auf den Kopf. Jetzt brauch ich eine Zigarette! Wir kriechen hier alle auf dem Zahnfleisch.«

»Hier können Sie nicht rauchen«, murmelte Toni.

Jack Black nahm ein Päckchen Marlboro aus seiner Brusttasche und tippte sich an die Stirn: »Bin gleich wieder da.«

* * *

Jack Black trat auf die Straße hinaus und zündete sich eine Zigarette an. Nebenan verließ eine Frau den *Indian Tandoori Palace*. Es war Arundhati. Sie nickte Jack Black zu, und als dieser den Gruß freundlich erwiderte, zeigte sie auf den roten Lieferwagen und fragte, ob der Toy Shop ein Problem habe.

»Kann man wohl sagen«, antwortete Jack Black und ging ein paar Schritte auf sie zu, »die ganze Straße hat ein Problem, wir kommen kaum nach ...«

»Solche Sorgen möchte ich haben«, klagte Arundhati und steckte sich eine Zigarette an. Jack Black gab ihr Feuer.

»Wenn Ihr Wagen noch lange da draußen steht«, fuhr sie fort, »geht mir noch der letzte Gast verloren …«

Jack Black fixierte sie eindringlich: »Wissen Sie, wie viele Babys eine einzige Wanderratte im Jahr produziert?«

»Ein Dutzend?«

»Siebzig! Eine Schwangerschaft dauert rund drei Wochen, und zirka sechs bis neun Wochen nach der Geburt sind die Weibchen geschlechtsreif, die Männchen zeugungsfähig. Jeder Wurf bereichert die Kanalisation um acht bis zwölf Babys. Und das fünf bis sechs Mal pro Jahr. Das sind jährlich rund siebzig Babys von einer einzigen Rattenmami. Und was kriegen wir Zweibeiner nach zwölf Monaten auf die Reihe? Nichts! Wir scheißen immer noch in die Windeln und können nicht mal aufrecht gehen. Bis unsereiner geschlechtsreif ist, dauert es noch zwölf Jahre oder mehr.«

»Erklären Sie das mal dem Geizkragen da drinnen, bevor sich seine Viecher bei mir breitmachen.«

Jack Black schnippte seinen Zigarettenstummel auf die Fahrbahn und reichte Arundhati seine Visitenkarte: »Schicken Sie mir eine Mail, ich setze Sie auf die Warteliste. Wir sind mittlerweile rund um die Uhr auf Achse, früher habe ich noch Dithalliumsulfat benützt. Wirkt in dreißig Sekunden. Gibt es heute nicht mehr. Im Gegensatz zum Menschen lernen Ratten aus ihren Fehlern. Sie sind das Ergebnis einer Jahrmillionen währenden Evolution. Wenn ich heute Giftköder auslege, schauen sich das die Ratten drei oder vier Tage lang an. Dann schicken sie den Schwächsten unter ihren Artgenossen vor, um den Tatort auszukundschaften. Stirbt die Ratte, pissen sie auf den Köder, keine Ratte rührt ihn mehr an. Ratten sind grausam clever. Ihr neuronales Gewebe wiegt kaum zwei Gramm. Aber damit überlisten sie unsere über ein Kilo schweren Gehirne. Erstaunlich, denn wir haben etwa 90 Prozent identische Gene, 90 Prozent! Im

Gegensatz zu uns können diese Tiere sich nicht nur einer zerstörten Umwelt anpassen, sondern sie entwickeln sich weiter. Kein Lebewesen ist derart anpassungsfähig. Und wissen Sie, warum?«

Auch Arundhati warf ihren Stummel auf die Straße.

»Ich sag's Ihnen. Im Gegensatz zum Menschen haben Ratten bereits wesentlich mehr Genmutationen erlebt. Kein Lebewesen ist derart resistent gegen Gifte. Wir befinden uns im Krieg! Ratten bedrohen unsere Existenz!«

»Kommen Sie doch anschließend bei mir vorbei!«

»Tut mir leid, Madam, ich kann Sie nur auf die Warteliste nehmen, Mail genügt.«

Jack Black ging in den Laden zurück.

* * *

Toni Belotti saß immer noch hinter dem Ladentisch und schaute mit zusammengekniffenen Augen auf. Sein Schädel schien förmlich zu explodieren.

»Ich arbeite mit einer neuen Substanz, Mister Belotti, die hat mein Freund, der Professor entwickelt, *Exterma Five*. Damit hat er vor Jahren alle Ratten auf Südgeorgien ausgerottet. Wir würden das Gift sofort rauskotzen, das kann die Ratte nicht, ihr fehlt der Würgereflex. Unsere Kehlköpfe sind verschieden, wären sie das nicht, könnten Ratten sogar sprechen.«

»Ach ja?«, murmelte Toni, »was Sie nicht sagen …«

Jack Black nahm wieder seine dominante Pose ein, breitbeinig, das Kinn angehoben, die Arme lässig am Gurt: »Dort drüben sehe ich Rattenkot. Wanderratten produzieren ihn spindelförmig auf einem Haufen, bei Hausratten ist er bananenförmig und weit verstreut. Wenn er weich und glänzend ist wie hier, ist der Befall noch frisch. Sie sind noch unter uns, Mister Belotti!«

Toni Belotti erhob sich schwerfällig und sagte, er solle alles Weitere mit Nadi besprechen, die verstünde mehr von der Materie, die habe früher in Rajasthan Ratten zu Spürhunden abgerichtet. Dann verschwand er hinter dem Vorhang, der den Laden von der Wohnküche trennte.

»Ich dressiere keine Ratten«, rief ihm Jack Black nach, »ich vernichte sie!«

»Jaja, ist mir nicht entgangen«, hörte er Toni hinter dem Vorhang murmeln.

Jack Black hörte, wie eine Frauenstimme auf Toni einredete und ihm sagte, er müsse sich hinlegen und schlafen. Sie meinte, er habe Fieber, sie würde ihm nachher einen Tee kochen. Dann betrat Nadi den Laden.

»Nicht sehr gesprächig, der Mann«, sagte Jack Black, »Ihr Opa?«

»Nein, ich arbeite als Au-pair bei der Familie im oberen Stock und koche ab und zu für Mister Belotti.«

»Und Sie hören nachts keine Ratten?«

»Nein, ich schlafe gut«, log Nadi.

»Aber Ihr Gehör ist in Ordnung?«, grinste Jack Black.

»Ja, mein Gehör ist in Ordnung.«

Er zeigte zur Küche: »Schluckspecht, hm?«

»Er hat sich erkältet, irgendeine Sommergrippe.«

»Und Sie riechen also gar nichts?«, fragte Jack Black erneut. Nadi schwieg. Er setzte seine Inspektion fort, leuchtete den Boden aus und untersuchte nun systematisch den Laden.

»Mister Belotti sagt, Sie hätten in einem Forschungslabor mit Ratten gearbeitet?«

»Ich war bei der NGO Herorat in Rajasthan angestellt. Wir trainierten Ratten, damit sie lernten, TNT und Tuberkulose aufzuspüren …«

Er warf ihr einen skeptischen Blick zu: »Dann wissen Sie, dass eine einzige Ratte etwa vierzig Kotballen am Tag produziert. Und hier entlang der Sockelleisten sehen wir Hunderte von winzig kleinen Kotballen, und das wollen Sie nicht gesehen haben?« Er zwinckerte ihr zu. »Das sind die Leitplanken auf dem Highway, das heißt, wir haben es mit einem ganzen Bataillon zu tun. Das bedeutet: Krieg!«

Jack Black kniete vor der Sockelleiste hinter Tonis Schreibtisch: »Hier haben sie kürzlich gefrühstückt, das Telefonkabel ist angeknabbert, mit ihren rasiermesserscharfen Zähnen können sie alles zerschneiden, Aluminiumbleche, Mörtel …«

Jack Black lockerte mit seinem Schraubenzieher die Holzleiste, ein kleines Loch kam zum Vorschein: »Sie können von Glück reden, dass ich hier bin. Überall frische Nagespuren, und wissen Sie, was Ratten am liebsten mögen? Elektrokabel! Die fackeln ganze Häuser ab. Auch Ihr Laden ist in Gefahr! Das bedeutet: Generalmobilmachung!«

Jack Black erhob sich: »Sie kriegen von uns eine Offerte. Aber es kann eine Weile dauern, wir sind am Anschlag.«

Beim Hinausgehen bückte er sich nach einem Gegenstand. Es war Nadis Bambusflöte. Er nahm sie in die Hand: »Schauen Sie sich das Mundstück an, es ist mit Rattenpisse markiert. Werfen Sie das Ding weg!«

Er öffnete die Ladentür: »Und all diese Müllsäcke, die da draußen herumliegen, *all you can eat* für unsere Nager, wieso sollten sie uns jemals verlassen? Am Ende werden sie uns alle auffressen. Have a nice day.«

* * *

Jack Black trat auf die Straße hinaus. Er versetzte den aufgetürmten Abfallsäcken am Straßenrand einen Tritt. Augenblicklich flitzten ein halbes Dutzend Nager zwischen den Plastiksäcken hervor und rannten auf das wenige Meter entfernte Gitter zu, das den Schacht über der Kanalisation vor grobem Abfall schützte. Obwohl die Eisenstäbe engmaschig angelegt waren, turnten die Ratten blitzschnell daran herum und verschwanden in der Kanalisation. Nach mehreren milden Wintern hatten die fetten Wanderratten ihre Invasion fortgesetzt. Sie hatten die eher zierlichen Hausratten verdrängt, in Kanalisation und Lüftungsschächten ihre Nester gebaut und sich in den Häusern der Stadtbewohner niedergelassen. Aber wann hatte London zuletzt einen harten Winter? Jack Black fragte sich, wann er zum letzten Mal Sex gehabt habe. Als seine Frau ihn vor neun Jahren verließ, verschrieb er sein Leben der Vernichtung der Ratte, es war zu einer Obsession geworden, als könne er dadurch seinen ganzen Frust loswerden. In jeder Ratte steckte ein kleiner Pizzabäcker. Ihm fehlte ein Korrektiv im Leben, eine Leitplanke. Ja, dachte Jack Black, ich habe sie alle vollgequasselt, als hätte ich seit Monaten mit niemandem mehr reden können, vielleicht bin ich ein Robinson der Großstadt geworden.

Ein ungewohntes Geräusch erlöste ihn von seinen düsteren Gedanken. Spielte da jemand Flöte? Die Melodie kam direkt aus Tonis Laden. Jack Black drückte seinen Kopf gegen das verdreckte Schaufenster. Er glaubte, etwas zu erkennen. Eine tanzende Ratte? Eine weiße Ratte, die sich im Takt der Melodie bewegte? Er schloss die Augen und schüttelte heftig den Kopf. Als er wieder durch die Scheibe schaute, war das Ding weg. Wahrscheinlich sehe ich schon Wahnbilder, sinnierte Jack, weiße Ratten wie Alkoholiker auf Entzug. Es begann ihn zu beschäftigen, und er dachte auch spätabends noch darüber nach, als er alleine in seinem abgedunkelten Wohnzimmer saß und ein Bier trank.

Hotel Mandarin, Hongkong

Professor Luis C. Mendelez saß zusammen mit drei Kongressteilnehmern und Mian Xiaoting im hinteren Teil des Frühstückssaals. Sie informierte die Anwesenden, dass auch die restlichen Europäer ihre Rückflüge gebucht hatten. Die Nachricht aus London hätte viele irritiert.

»Niemand kann gezwungen werden, am Fortschritt teilzunehmen«, sagte Mendelez unbeeindruckt.

Larry Ellison meldete Bedenken an, er sagte, nicht alle würden unter Fortschritt das Gleiche verstehen. Es gehe stets um die Frage, wem dieser Fortschritt nütze und wer das Risiko trage. Ellison gab zu bedenken, dass jede Epoche die gesellschaftlichen Risiken anders gewichte. Er warf einen Blick in die Runde und beteuerte, dass ihm die ethischen Fragen durchaus bewusst seien: »Industrialisierung und Erfindungen des 19. Jahrhunderts haben unsere Zivilisation auf einen höheren Level gebracht, aber die Verbrennung fossiler Treibstoffe hat die Umwelt geschädigt, die Spaltung von Atomen schaffte neue Energien, aber die Atomkraft kann auch ganze Regionen auf Hunderte von Jahren unbewohnbar machen.«

»Das mag alles richtig sein«, entgegnete Mendelez, »aber mit Gen-Design werden wir viele tödlich verlaufende Krankheiten heilen oder zumindest zu einem behandelbaren chronischen Leiden machen.« Leukämiepatienten müssten heute schwere Chemotherapien, Bestrahlungen und folgenschwere Knochenmarktransplantationen erdulden und würden an den Folgen der Langzeitbehandlung sterben, »jetzt konnte erstmals bei siebzig Patienten das zerstörerische Gen entfernt und die Patienten ohne jegliche weitere Behandlung geheilt werden.«

»Herr Professor«, wandte Ellison ein, »Sie wollen keine Krankheiten heilen, sondern die DNA von Embryonen optimieren. Was bedeutet das für unsere Zivilisation, wenn es nur einigen wenigen Menschen vorbehalten ist, ihr Genom zu optimieren? Eine weitere Fragmentierung der Gesellschaft!«

Mian Xiaoting widersprach und sagte, das sei die westliche Denkweise: »Sie können hundert Personen je eine Million Dollar geben, nach zehn Jahren wird der eine verschuldet sein, und der andere wird sein Vermögen verdreifacht haben. Die Fabel von der Gleichheit der Menschen ist ein westliches Märchen. Die einen werden mit einem hübschen Gesicht geboren, die anderen mit einem weniger hübschen.«

»Wir müssen Gleichheit wenigstens anstreben«, entgegnete Ellison.

»Ich bin dabei«, sagte der Mexikaner Carlos Slim Helú. Nun meldete sich auch Rodney Kargbo aus Sierra Leone zu Wort: »Wovor fürchten wir uns am meisten? Vor dem Tod! Was nützen mir meine Goldminen in den Kangari Hills, wenn ich sterbe. Ich möchte ewig leben. Oder wenigstens etwas länger.«

Feng Shihao, der bisher aufmerksam zugehört und geschwiegen hatte, teilte dem Professor mit, dass er in dessen neuen Start-up investieren wolle. Hier in China hätte er wahrscheinlich kaum Einschränkungen zu befürchten.

»Wahrscheinlich? In Sierra Leone bestimmt nicht«, sagte Rodney Kargbo, »wir erneuern in Freetown den Flughafen, die Infrastruktur …«

»Wir haben Sierra Leone einen Kredit von vierhundert Millionen Dollar gewährt, um die Neubauerweiterung zu realisieren«, sagte Mian Xiaoting, das sei Teil ihrer *One Belt, One Road*-Initiative, »ein weiterer Abschnitt der neuen Seidenstraße.«

Rodney Kargbo beteuerte, dass der Flughafen fertig gebaut werde, und sagte, Transportminister Kabineh Kallon sei ein Flip-Flop-Minister, einmal sage er dies, einmal das, es komme stets darauf an, wer ihn gerade geschmiert habe. »Das ist Afrika, meine Damen und Herren, wir sind flexibel, und wenn ein paar Dollar in unsere Taschen fließen, sind wir noch flexibler.«

»Wir schaffen Arbeitsplätze«, sagte Mian Xiaoting, »aber Ihr im Westen interessiert Euch mehr für den Schutz der Ökosysteme. Wir helfen den Menschen aus der Armut, wir hieven sie in den Mittelstand, wir verbessern ihre Kaufkraft, das hilft der Industrie. Mir ist es egal, ob die Bongos und Leoparden im Gola-Nationalpark verschwinden. Kommen Sie nach Sierra Leone, Professor. Dann haben

Sie beides: die afrikanische Rechtslage und die Hightech-Labors aus Shenzhen.«

Toy Soldier Shop, Ealing Broadway

»Wenn Sie zwei Figuren nehmen, gebe ich Ihnen fünfundsiebzig Prozent«, sagte Nadi.

Der ältere Herr lehnte lächelnd ab und sagte, er sei nur an der *Whole Dog's Life*-Serie von *Attica Miniatures* interessiert, das seien acht britische Soldaten, jeweils mit einem Hund, aus den napoleonischen Kriegen. Das sei eine ungewöhnliche Komposition.«

»Resin oder Zinn?«

»Resin, fünfundsiebzig Millimeter.«

Nadi ging zielstrebig auf ein Regal zu und stapelte acht Boxen. Diese legte sie auf den Tresen. Der Kunde begutachtete die Ware, er schien zufrieden. Er bezahlte und verließ den Laden. Nadi legte das Geld in das Schubfach der Kasse zurück und ließ die große Schublade darunter offen. Sie warf einen Blick zum Vorhang und horchte. Dann nahm sie eine Fünfpfundnote und steckte sie in ihre Jeanstasche.

»Wo steckst du schon wieder?«, rief Toni verärgert aus der Küche.

»Ich bin im Laden, wir hatten Kundschaft!«

»Du bist nie da, wenn man dich braucht!«, schrie Toni mit heiserer Stimme. Nadi ging sofort zu ihm. Toni saß erschöpft auf der Couch unter dem Küchenfenster und atmete schwer: »Setz dich zu mir.«

Er hustete heftig und spuckte Schleim.

»Ich bin immer da, Toni«, sagte Nadi, »was kann ich für dich tun? Soll ich dir einen Tee kochen? Soll ich den Laden schließen?«

»Ich brauche keinen Tee. Aber den Laden schließen … wieso nicht, dann hätten wir ein bisschen Zeit füreinander …« Er legte seine rechte Hand auf ihren linken Schenkel und sagte, wenn sie bei ihm sei, ginge es ihm besser. Er ließ seine Hand zwischen ihre Schenkel gleiten. Nadi schob sie weg.

»Ich mag das nicht, Toni«, sagte Nadi und wollte aufstehen, doch Toni hielt sie zurück.

»Willst du einem alten Mann einen Wunsch abschlagen? Mach doch nicht so eine große Sache daraus.« Er fuhr ihr wieder zwischen ihre Schenkel und versuchte sie zu küssen. Doch Nadi stieß ihn von sich und stand auf.

»Was bildest du dir eigentlich ein«, schimpfte er, »du solltest die Hand, die dich füttert, nicht abweisen. Wo willst du hin? Zurück in deine Bambushütte?«

»Meine Familie ist nicht reich, Toni, aber wir leben nicht in einer Bambushütte.« Ihr Handy klingelte. Sie schaute auf das Display.

»Wieso gehst du nicht ran?«, fragte Toni.

»Das ist so ein Typ, den ich im Flugzeug kennengelernt habe. Aber ich mag ihn nicht sehen.«

»Du bist sehr wählerisch, Prinzessin. Aber das Leben wird dich noch Bescheidenheit und Demut lehren.«

In der Nacht wurde Toni unruhig. Nadi tupfte ihm den Schweiß von der Stirn und fragte, ob er etwas essen möge. Er öffnete die Augen, die Pupillen waren geweitet, sie sah, dass sich das Weiße im Augapfel gelb verfärbt hatte. Nadi sagte, sie würde jetzt einen Arzt rufen, ob er einen Hausarzt habe. Toni fielen die Augen zu. Beim Einatmen machte er seltsame Geräusche, stöhnte, er wolle keinen Arzt, bloß keinen Arzt, er habe einmal einen Freund gehabt, der sei sein Leben lang nie zum Arzt gegangen, und als ihn seine Frau zum ersten Mal hinschickte, war es um ihn geschehen, »zwei Wochen später biss er ins Gras«. Toni rang erneut nach Atem und flüsterte, er brauche nur ein bisschen Ruhe, Nadi solle ihm ein Chicken Curry kochen, aber mit einer richtig scharfen Tikka-Masala-Sauce, das würde seinen Körper reinigen, die Viren ausräuchern, »haben wir noch Panadol?«

»Ja.«

»Bring mir Panadol, bevor mein Kopf explodiert, und mach mir dann dieses Curry.«

Nadi holte ein Dragee aus der Schublade und reichte es Toni mit einem Glas Wasser. Er versuchte, die Pille runterzuschlucken, aber sie blieb im Hals stecken, er röchelte, geriet in Panik und spie das Medikament wieder aus. Nadi sagte, sie würde eine neue Tablette holen und im Mörser zerstampfen. Sie verrührte das Pulver in einem Glas Wasser. Toni trank und starrte Nadi mit großen Augen an. Er hatte Angst.

»Bring mir eine Banane«, keuchte er, »zerdrücke sie in einer Schale mit Kokosnuss-Milch.«

»Wir haben keine Bananen mehr«, sagte Nadi, »soll ich welche holen? Kann ich dich kurz alleine lassen?«

»Das kann nicht sein!«, stieß Toni wütend hervor, »ich habe immer Bananen im Hause. Ich werde jetzt schlafen«, drohte er, »und wenn ich aufwache, liegt eine Banane auf dem Fisch.«

»Auf dem Fisch?«

»Auf dem Tisch natürlich! Ich brauche kein Chicken Masala, ich brauche Bananen. Geh schon! Und lass mich endlich in Ruhe schlafen!«

Nadi blieb noch eine Weile auf der Bettkante sitzen. Als Tonis Atem ruhiger und gleichmäßiger wurde, erhob sie sich leise und zerschnitt eine Hühnerbrust in dünne Streifen. Ganesha kauerte auf der Ablagefläche. Ab und zu reichte ihr Nadi eine Scheibe Banane.

Cellar Door, London

Jack Black saß an einem Zweiertisch vor der Bühne im Londoner Nachtclub *Cellar Door*. Die *Picadilly Five* spielten »Pay me my money down«. Am Bass: Professor Luis C. Mendelez. Er hielt sich diskret im Hintergrund, aber aufgrund seiner Größe überragte er sie alle. Er schien abwesend, es war seine Art, sich auf seinen Part zu konzentrieren, er spielte so, als stünde er ganz allein mit seinem Bass im *Cellar Door*. Als das Stück beendet war, kündigte der Bandleader zwanzig Minuten Pause an. Mendelez stieg von der Bühne, erkannte unter den Gästen Jack Black und ging auf ihn zu: »Haben Sie wieder etwas für mich?«

Jack Black zeigte auf die Kühlbox unter dem Tisch: »Eine Freak-Ratte, sechzig Zentimeter lang, ohne Schwanz.«

Mendelez setzte sich und nahm die Kühlbox auf seine Knie. »Darf ich?« Jack nickte. Mendelez öffnete die Box und schaute hinein. Er zeigte keine Reaktion, sagte lediglich, das sei ein echter Brummer.

»Woher haben Sie das Exemplar?«

»Ealing Broadway. Ein kleiner Laden, der Zinnfiguren verkauft. *Toni's Toy Soldiers*. Gehört einem älteren Herrn, Toni Belotti.«

Mendelez schloss die Kühlbox und stellte sie auf den Boden.

»Sie werden immer größer, nicht wahr?«, sagte Jack Black.

»Ja, das liegt an der Ernährung. Auch ihre Gehirne wachsen. Sie fressen mehr proteinhaltige Nahrung, die Straßen sind voller Hundekot, das ist hochwertige Nahrung. Und wissen Sie, woher sie das Vitamin K beziehen? – Aus dem Hausmüll. Sie fressen Mäuse, sie fressen sich gegenseitig auf. Und dann noch die milden Winter. Wir schätzen die Rattenpopulation im Land auf mittlerweile zweihundert Millionen Nager. In einigen Gegenden müssen sie bereits Schulen schließen. Und wenn einer im Supermarkt eine Ratte entdeckt und das Bild auf Facebook postet, kann der Laden ebenfalls dichtmachen.«

Toy Soldier Shop, Ealing Broadway

An einem Nachmittag, es war kurz vor vier, ertönte in einer Seitenstraße am New Broadway ein heftiger Knall. Nadi stand gerade im

Laden vor der offenen Münzschublade der Registrierkasse und zuckte zusammen. Für einen Augenblick dachte sie, Toni habe sie überrascht und auf sie geschossen. Aber dann sah sie die Flammen, die draußen auf der Straße in die Höhe schossen. Ein weißer Tesla brannte lichterloh. Sie ließ alles stehen und rannte hinaus. Auf der Straße standen mehrere Schaulustige vor dem Wagen.

»Das ist die Hitze«, sagte eine ältere Inderin mit bebender Stimme, als erwarte sie gleich die Ankunft der apokalyptischen Reiter. Es war Arundhati Kandasamy, die Besitzerin des *Indian Tandoori Palace* nebenan. Sie flüsterte in konspirativem Ton, dass gestern in der City of London gleich drei Autos in Brand geraten seien, das sei das Werk von Surya, der indischen Sonnengöttin. Seit Jahrtausenden würde sie auf der Erde alles zum Blühen bringen und die Herzen der Menschen erwärmen, doch nun wolle sie alle bestrafen und setze ihre Autos in Brand. Sie lud Nadi zu einem Ingwertee ein. Um diese Zeit saß kaum jemand in ihrem Restaurant. Arundhati erzählte, dass sie und Toni es vor zwanzig Jahren miteinander versucht hätten, aber es habe nicht funktioniert, Toni sei eben doch ein sehr eigenwilliger Mann, und im Alter sei er nicht einfacher geworden. Aber sie würden immer noch manchmal zusammen essen, nur nicht mehr so oft. Nadi möge ihm doch ausrichten, dass er wieder einmal vorbeischauen solle.

»Es geht ihm nicht gut«, sagte Nadi, »er hat Fieber und will nicht zum Arzt.«

»Hat er dir schon die Hochzeit angeboten?«, fragte Arundhati unvermittelt.

»Nein«, log Nadi.

»Such dir einen Ehemann, aber nicht Toni. Du bist hübsch, aber zier dich nicht, Mädchen, wir müssen alle Kompromisse eingehen, und wenn du Glück hast, entsteht mit den Jahren so was wie Liebe.«

* * *

Als Nadi in den Laden zurückkam, hatte sie Toni bereits erwartet. Er hielt sich an einem der Regale fest. Misstrauisch fragte er, wo sie sich wieder herumgetrieben habe. Er erwartete keine Antwort, sondern lästerte über die Stadtverwaltung und den Müll, der sich vor dem Laden türme, »hat die Schädlingsbekämpfung endlich angerufen?«

Die letzten Worte hatten ihn überanstrengt, er schnaufte wie ein Tier. Als er in die Küche zurückwollte, strauchelte er. Nadi fing ihn auf und hakte ihn unter.

»So etwa habe ich mir das vorgestellt, wenn du mich zum Altar führst«, flüsterte er, »aber in meiner Fantasie bist du nackt.«

Als ihn Nadi auf der Bettkannte abgesetzt hatte, fragte er, ob es ihr etwas ausmachen würde, nackt in der Küche zu kochen.«

»Wieso nicht gleich nackt hinter der Kasse stehen?«

»In roten Strapsen?«

»Du hast Fieber, Toni, du solltest dich jetzt ausruhen.«

Institut Nilsor, London

Professor Luis C. Mendelez stand in seinem Büro im zweiten Stock des Forschungsinstituts Nilsor und räumte seinen Schreibtisch. Die Schublade leerte er über einem Karton aus, er hatte wenig Lust, den Inhalt zu sortieren. Bücher, Magazine und Manuskripte stapelte er in Bananenschachteln. Jemand klopfte an die offene Tür.

»Stör ich?«, fragte Barry Venison verlegen.

»Kommt drauf an, wie lange du bleibst«, grinste Mendelez.

Venison schloss die Tür hinter sich: »Ich dachte, du überlegst dir mein Angebot nochmals. Aber wie ich sehe, hast du dich bereits entschieden. Luis, wir können offen miteinander reden, Hongkong hat dir nicht den gewünschten Erfolg gebracht.«

»Ach, wirklich? Ist mir gar nicht aufgefallen.« Mendelez setzte seine Aufräumarbeiten ungerührt fort: »Du weißt doch, Barry, es kommt immer drauf an, bei wem man sich erkundigt. Viel Feind, viel Ehr.«

Venison war nicht gekommen, um zu streiten: »Ich wollte dir lediglich sagen, dass die Tür immer offen bleibt, der guten alten Zeiten wegen.«

Mendelez hielt inne und setzte sich auf die Tischkante: »Barry, das ist sehr nett von dir, aber niemand kann mich davon abhalten, meine Forschung fortzusetzen.«

»Ohne Geld wird das kaum möglich sein. Ist dir bewusst, was du alles verlierst?«

»Mein lieber Barry, liest du überhaupt noch die neuen Forschungsberichte? Was weißt du zum Beispiel über die multiresistenten Darmkeime, die bei Londoner Ratten genauso stark verbreitet sind wie bei Ratten in Delhi, Manila oder Mexico City? Über zehn Prozent unserer Londoner Ratten tragen bereits Escherichia coli-Bakterien vom Typ B3 in sich und bringen es über die Abwassersysteme zu den Menschen. Es ist hochansteckend und resistent gegen alle bisher bekannten Antibiotika. Die Menschen erkranken an Leptospirose, Salmonellen und Hepatitis E. Wenn die Infizierten kein robustes Immunsystem haben, sterben sie. Ich erhielt kürzlich ein Prachtexemplar aus einem Spielwarenshop in Ealing. Bei der hat eine Mutation stattgefunden. Wir können das Ratten-Gen, das für die Resistenz verantwortlich ist, in das menschliche Erbgut einbauen!«

Barry Venison schaute betrübt auf die Kartonschachteln. Es tat ihm leid, dass sein Freund nicht von seiner fixen Idee ablassen wollte: »Luis, bei aller Freundschaft, ich glaube, du hast komplett den Verstand verloren. Du steckst in einer Blase, du hast nie eine andere Meinung geduldet, daran sind wohl auch alle deine Ehen gescheitert.«

»Ich hatte viele Frauen, Barry, sie wollten mich alle umerziehen. Ich habe mich jeweils von meinen Partnerinnen getrennt und du dich von deinen Träumen. Während du gestern Abend mit deiner

Frau *Britain got Talent* geschaut hast, hatte ich mit Mitch Sogin vom *Marine Biological Laboratory Woods Hole* eine Telefonkonferenz. Er sprach von 23 Milliarden Zombie-Bakterien, die Kilometer unter der Erdoberfläche schlummern, von Viren, die in 700 Jahre altem Karibu-Kot gefunden wurden und im Labor wiederbelebt werden konnten. Die Biomasse dieser unterirdischen Biosphäre ist 385-mal größer als die der Menschheit. Und wenn die Gletscher weiter schmelzen, werden diese Zombie-Organismen freigesetzt.«

»Und was hat das mit der Freak-Ratte aus dem Spielwarenshop zu tun?«

»Nichts, ich versuche dir lediglich klarzumachen, dass wir das Problem nicht lösen, wenn wir stets neue Gifte entwickeln. Wir müssen das Erbgut verändern, bevor die ersten Pandemien diesen Planeten heimsuchen.«

»Luis, ehrlich gesagt halte ich das für populistischen Alarmismus.«

Mendelez ging einen Schritt auf Venison zu. Er überragte ihn um einen ganzen Kopf: »Fakt ist, dass Permafrostböden und Gletscher schmelzen. Fakt ist, dass dabei Bakterien und Viren freigesetzt werden, die Jahrtausende im Eis gefangen waren. Gegen Zombie-Bakterien hilft kein Antibiotikum. Wir hatten bereits um 1340 herum eine ähnliche Situation. Damals erwärmte sich die Erde aufgrund von Sonneneruptionen und vulkanischen Aktivitäten plötzlich um 1,5 Grad. Dies veränderte das Bakterium *Yersinia pestis,* das sich darauf zum Schwarzen Tod entwickelte. Die Pest kehrt zurück, 2016 starb in Sibirien ein zwölfjähriger Junge an der Pest. Das Bakterium war freigesetzt worden, nachdem im Sommer der Permafrostboden geschmolzen und ein seit Jahrhunderten gefrorener Rehkadaver aufgetaut war. Aber vermutlich studierst du eher Ferienprospekte für deinen nächsten Urlaub auf den Malediven.«

Venison war die dominante körperliche Präsenz von Mendelez unangenehm. Er wich einen Schritt zurück, näher zur Tür: »Luis, im Augenblick haben wir es hier in London mit außergewönlichen Ratten zu tun. Aber nicht mit Zombie-Ratten. Ich glaube, eine weitere Diskussion erübrigt sich. Wenn du nun durch diese Tür gehst, Luis, verlierst du Ratropolis.«

Barry Venison hatte sich lange überlegt, ob er das große Zukunftsprojekt als letzten Trumpf ausspielen sollte. Jetzt hatte er es getan, nicht, weil er Mendelez umstimmen, sondern weil er ihn bestrafen wollte. Doch sein alter Freund zeigte keinerlei Emotionen: »Willst du die Ratten wirklich behalten?«

Er richtete sich erneut vor Venison auf und schaute auf ihn hinunter: »Ich kann sie gleich freilassen. Vielleicht in deinem Büro?«

Barry Venison war nicht zum Scherzen zumute. Ohne seinen Studienkollegen Mendelez würde er sich im Institut einsam fühlen. Im Gegensatz zu Mendelez mochten ihn die Angestellten nicht, er war ihnen zu bieder, zu verstockt. Mendelez hingegen genoss mit seiner besonderen Art Kultstatus. Dieses coole, extrovertierte Auftreten entsprach einfach nicht Barrys Naturell.

»Nichts kann dich offenbar umstimmen«, sagte Barry enttäuscht, »nimm von mir aus alles mit, die Nager, die Lebendigen und die Toten, die Dossiers, du kannst alles haben.«

Die letzten Worte hatte er nur noch leise ausgesprochen. Als Venison bereits im Flur stand, drehte er sich nochmals um: »Luis, du denkst, ich wüsste nicht mehr, was auf der Welt abläuft? Ich habe vor einer Stunde eine Pressemeldung aus Hongkong erhalten. Die chinesische Regierung verbietet dir jegliche Forschungstätigkeiten auf ihrem Staatsgebiet.«

Mendelez verrutschte das Gesicht, damit hatte er nicht gerechnet. Er versteckte seine Enttäuschung nicht: »Das sind in der Tat *bad news,* Barry. Aber man ist erst besiegt, wenn man aufgibt. Und ich denke nicht ans Aufgeben.«

Barry Venison trat in den Flur hinaus. Sein Handy klingelte. Vor dem Fahrstuhl warf er einen Blick auf die WhatsApp-Message. Wie angewurzelt las er immer noch, als sich die Türen des Fahrstuhls öffneten. Schließlich lief er den Flur wieder zurück und blieb in der offenen Tür von Mendelez' Büro stehen. Der Professor tippte gerade eine Nachricht in sein Handy.

»Luis, wir haben eine neue Situation. Ich muss dich bitten, zu bleiben.«

Mendelez ließ sich nicht stören und sagte, ohne den Blick zu heben, er habe soeben Rodney Kargbo in Sierra Leone informiert, man könne mit den Vorbereitungen beginnen.

Toy Soldier Shop, Ealing Broadway

Toni ging es von Tag zu Tag schlechter, aber er weigerte sich weiterhin, einen Arzt zu sehen. Er hatte Schmerzen, Nadi vermutete Leberschmerzen. Er sagte, er lasse sich in seinem Alter von niemandem den Alkohol verbieten. Auch von ihr nicht. Nach wie vor konnte er es nicht lassen, Nadi beim Vorbeigehen an den Po zu fassen. Sie reagierte immer rabiater, was ihn trotz seines Zustandes belustigte.

»Ich habe Lust auf Bananen!«, rief Toni. Es war bereits später Nachmittag. Nadi erschrak, sie hatte angenommen, er schlafe. Sie legte Ganesha in die Schublade unter der Kasse. Toni schleppte sich in den Laden, er sagte, sie solle auch Ananas kaufen, er würde ihr Geld geben, aber Nadi winkte ab. Sie wollte kein Geld, weil sie nicht wollte, dass Toni sich der Kasse näherte.

»Du bist eine ehrliche Haut, Nadi, weißt du das?« Er sagte, er würde so lange im Laden sitzen. Nadi hielt das nicht für eine gute Idee, vielleicht würde er dabei einschlafen und ausgeraubt. Es sei besser, wenn er den Laden vorübergehend schließe und sich auf die Couch lege. Sobald er wieder gesund sei, würde sie sich übrigens eine andere Bleibe suchen.

»Oh!«, spottete Toni mit matter Stimme, »London hat nur auf jemanden wie dich gewartet, ich wette, du kommst noch am selben Abend wieder zurück und bittest mich auf Knien, dich zu heiraten.«

Nadi ging zurück in den Laden und entwendete zwei Pfundnoten.

* * *

Toni trank mehr und schlief öfter als sonst. Den Laden öffnete er nur noch am Nachmittag. Nadi saß hinter der Ladenkasse, spielte Flöte und brachte Ganesha neue Kunststücke bei. Ein Musikstück schien die Ratte besonders zu mögen, das Marschlied der britischen Grenadiere aus dem 17. Jahrhundert, das später auch im amerikanischen Unabhängigkeitskrieg zum patriotischen Liedgut gehörte und heute als »Arabi« von den Basler Fasnächtlern gespielt wird. Wenn Nadi den Marsch spielte und in gleichmäßigen Schritten an den Regalen entlang ging, stellte Ganesha ihre Nackenhaare auf und folgte ihr.

Manchmal schickte Hank eine SMS, bisher hatte sie die Nachrichten immer gelöscht. Doch eines Tages schrieb sie zurück: »Was willst du von mir? Ich will nichts von dir.«

Hank simste, sein Vater liege im Sterben, die Pflegerin habe ihm gesagt, er könne nicht loslassen, weil er sich Sorgen machte um Hanks Zukunft. »Deshalb habe ich ihm gesagt, ich sei verheiratet. Um ihn zu beruhigen, damit er weiß, dass ich nicht alleine bin auf dieser Welt, dass noch jemand auf mich schaut.«

Nadi antwortete nicht sofort. Es störte sie, dass er schon wieder eine Story machte, aber andererseits war es ja nett von ihm, dass er seinem Vater helfen wollte, Frieden zu finden. Und Toni war keine Option mehr. Schließlich antworte sie mit einem Emoji: *Daumen hoch*.

* * *

Nadi wartete vor dem Schaufenster. Arundhati verließ pünktlich ihren *Indian Tandoori Palace.* Sie hatte versprochen, nach Toni zu schauen, damit Nadi ihre Chance mit Hank wahrnehmen könne. Arundhati hatte für Toni frische Samosas frittiert.

»Du bist wunderschön«, sagte sie, »lass es dir gut gehen. Wenn dein Verehrer Geld hat und nicht trinkt, ist das schon ein guter Anfang. Der Alltag wird euch zusammenschweißen.«

»Männer und ihre Spielzeuge«, schmunzelte sie, als ein roter BMW M8 am Ende der Straße einspurte und seinen Achtzylinder-Motor aufheulen ließ. Sie gab Nadi einen Wangenkuss und öffnete die Ladentür. Aus dem Innern schaute sie noch einmal zurück. Das tat auch Nadi, sie wirkte nervös. »Lass dir Zeit«, rief Arundhati ihr zu, »aber nicht zu viel, das Leben ist kein Wunschkonzert, es fährt nicht jeden Tag ein roter BMW vorbei.«

* * *

Nadi staunte nicht schlecht, als sie neben Hank im offenen BMW Sportcoupé saß. Sie sagte, der Wagen sei bestimmt sehr teuer. Hank zuckte die Schulter und meinte, Luxus habe eben seinen Preis. Unterwegs sprachen sie Belangloses, manchmal trafen sich ihre Blicke. Die alte Sicherheit, die Nadi auf dem Flug nach Europa so geschätzt hatte, war zurück. Sie lachten viel, und Nadi spürte, dass Hank das Vorgefallene wirklich leidtat.

»Was ist der Grund, dass du mich in diesem schicken Wagen ausführst?«

»Ich mag deine Gesellschaft.«

»Und der andere Grund?«

Hank grinste: »Du lernst schnell, Nadi. Du bist smart, das mag ich an dir.«

»Wieso hast du keine Freundin?«, fragte sie aus heiterem Himmel.

»Ich hatte mal eine. Sie war Schauspielerin, ihre Kollegen aus der Filmbranche hielten sie für wahnsinnig gescheit, aber das lag nur daran, dass sie beim Dreh die Dialoge von gescheiten Drehbuchautoren vortrug.«

»Und wieso habt ihr euch getrennt?«

»Sie hatte nur Interesse an ihren Filmen, also an sich selbst. Ihre freien Tage, und sie hatte eine ganze Menge davon, denn ihr Ehrgeiz war größer als ihr Talent, also ihre Freizeit verbrachte sie vor dem Fernseher und schaute sich ihre Filme an. Ich glaube, sie hat gar nicht bemerkt, dass ich sie verlassen habe.«

»Sie hat tatsächlich nur Filme geschaut?«, fragte Nadi ungläubig.

»Natürlich nicht, sie hatte auch ein Handy, das war ein Fulltime-Job, man hätte meinen können, sie sei der CEO von Apple und müsse rund um die Uhr erreichbar sein. Sie postete mehrmals am Tag ihre Bilder. Für ein paar Follower mehr ließ sie alles andere sausen. Ich wurde ihr Hausfotograf, ihr *human selfie stick,* aber wir hatten guten Sex, doch den gab's nur, wenn ihr Akku leer war. Aber als die Dinger immer leistungsfähiger wurden, begann unser Sexleben zu leiden. Selbst als ihr Handy einmal ins Klo fiel, funktionierte es danach noch!«

»Das tut mir leid«, sagte Nadi.

Hank lachte und sagte, er habe etwas übertrieben, »aber du hast recht, es gibt noch einen anderen Grund, wieso ich dich gebeten habe, mich zu begleiten. Mein alter Herr liegt im Sterben, aber er möchte unbedingt noch meine Ehefrau kennenlernen …«

»Aber du bist nicht verheiratet, oder war das auch wieder eine Lüge?«

»Das ist ja gerade mein Problem. Ich wollte meinen Vater beruhigen, weil er sich Sorgen macht, wenn sich keine Frau um mich kümmert. Deshalb habe ich ihm gesagt, ich sei verheiratet. Und jetzt will er meine Ehefrau sehen.«

»Jede Lüge gebiert eine noch größere Lüge, Hank.«

»War das jetzt Philosophie?«

»Du willst mich aber nicht etwa heiraten?«, fragte Nadi zögernd und begann zu lachen, als sie realisierte, dass die Frage vielleicht doch etwas peinlich war.

»Nein, natürlich nicht, ich brauche lediglich ein weibliches Wesen, das für dreißig Minuten meine Ehefrau spielt. Kannst du das verstehen?«

»Wieso ausgerechnet ich?«

»Weil ich dich mag, und weil mir ein Escortservice zu doof ist«, sagte Hank, »ich will nicht mit irgendeiner aufgetakelten Nutte nach Westham.«

Hank beobachtete Nadis Reaktion und fügte dann schelmisch an, dass ihr ein kleiner Ausflug zu zweit vielleicht Freude machen würde. Er habe schließlich einiges gutzumachen und deshalb auch einen Tisch im *Galvin at Windows*-Restaurant an der Park Lane reserviert, mit traumhafter Aussicht über London.

Nadi war nicht wirklich enttäuscht. Es war ja gut gemeint.

»Ist okay, wenn ich dir damit einen Gefallen erweisen kann …«

»Nicht mir, sondern einem alten Mann. Wenn einer mit fünfundneunzig Jahren stirbt, kannst du ihm alles erzählen, es muss nicht wahr sein, es muss ihm einfach guttun, verstehst du? Dann kann er endlich loslassen.«

»Muss ich lügen?«

»Hm, ein bisschen wäre nicht schlecht.«

»Wenigstens bist du jetzt ehrlich.«

Hank lachte: »Endlich erkennst du meine Qualitäten.«

Nadi tat so, als wolle sie ihn schlagen, berührte aber nur seinen Oberarm. Nach einer Weile fragte sie, was er eigentlich beruflich mache, nicht jeder könne sich ein solches Auto leisten. Hank wiegelte ab, er sei ein bisschen alles, ein Allrounder, er fotografiere für Reisemagazine, und da er viel in der Welt herumkomme, nutze er die Gelegenheit, um auf den einheimischen Märkten Antiquitäten einzukaufen.

»Antiquitäten, die man nicht ausführen darf?«

Hank zuckte die Schulter und sagte, er sei eben zwei Tage in Marokko gewesen, sei mittendrin gestanden, als über zweihundert afrikanische Migranten den Grenzzaun zur spanischen Exklave Ceuta stürmten, etwa 70 hätten es dann geschafft. Viele Migranten verletzten sich an den Zäunen, wurden von Gummigeschossen getroffen und mussten in umliegende Krankenhäuser gebracht werden, etliche Polizisten wurden durch Branntkalk und selbst gebastelte Flammenwerfer verletzt.

»Und du warst mittendrin?«, fragte Nadi neugierig.

»Ja, ich versuche allen Wünschen gerecht zu werden. Die einen Bildredaktionen wollen junge Mütter mit weinenden Kindern, die anderen Horden randalierender Afrikaner. Die einen kaufen prügelnde Polizisten, die anderen plündernde Migranten. Ein Foto bewirkt oft mehr als der Essay eines Migrationsforschers. Wer liest heute noch Sätze, die länger sind als ein Twitter-Beitrag?« Als sie vor dem Pflegeheim parkten, sagte Hank, Nadi solle sich einfach vorstellen, sie würde jetzt gleich bei einem Casting vorsprechen.

»Nicht schon wieder«, lachte Nadi, der Ausflug begann ihr zu gefallen.

»Okay, du bist Nadi, ich bin Hank, ich werde dich nicht küssen, and one more thing«, grinste Hank, »wir haben ein Baby zu Hause. Es heißt John, ist zwei Jahre alt und leider krank. Scharlach, einverstanden?«

»Mumps, lieber Mumps.«

»Okay, Mumps.«

Toy Soldier Shop, Ealing Broadway

Arundhati saß mit Toni im Laden. Schweigend aßen sie die gefüllten Teigtaschen.

»Ich könnte öfter für dich kochen und vorbeikommen, Nadi wird ja nicht immer da sein. Ich hoffe, es klappt mit ihrem Date.«

»Wird es nicht, Arundhati, die Jungs wollen nur Sex. Und je schneller sich eine Frau hingibt, desto schneller wird sie wieder fallen gelassen. Das ist der Jagdinstinkt, die Jungs wollen erobern, Trophäen und nicht Windeln wechseln.«

»Du selbst hast ihr aber nicht etwa die Heirat angeboten?«

Toni mimte den Unschuldigen.

»Sie hat so was angedeutet«, sagte Arundhati gekränkt.

»Na ja«, sagte Toni verlegen, »aber wenn das die letzte Möglichkeit wäre ...«

»Du bist doch ein gottverdammter Dreckskerl, Toni. Mich hast du nicht gewollt, du hast dir bei mir nur den Bauch vollgeschlagen und hast dich dann in dein Loch verdrückt.«

»Ach, geh doch zurück in deine Bambushütte«, schrie Toni sie wütend an, »und nimm deine Scheißsamosas gleich mit, die schmecken nämlich nach gar nichts.«

»Was verstehst du schon davon, deine alten Geschmacksnerven sind doch vom Alkohol längst ruiniert!« Arundhati packte mit beiden Händen die gefüllten Teigtaschen und schmiss sie ihm ins Gesicht. »Zum Glück ist damals aus unserer Beziehung nichts geworden. Ich hatte einfach Mitleid mit dir, als du aus dem Knast zurückkamst, aber es wäre besser gewesen, du wärst dort verreckt, du pädophiles Schwein!«

Zornig verließ sie den Laden.

Sunset Nursing Home, London

Hank und Nadi saßen schweigend in John Coopers Zimmer. Der alte Mann lag zusammengerollt auf dem Bett. Die einst so kräftigen Hände, die so viel Böses getan hatten, klebten wie dürre Ranken am Absperrgitter, der Mund weit offen, der letzte Zahn war noch da, die Augenhöhlen tief und finster. Was hatte diesen alten Mann nicht alles umgetrieben in seinem Leben, und was war aus ihm geworden?

Was hatte für ihn eine Bedeutung gehabt, und was war jetzt noch wichtig?

»Mister Cooper?«

Hank schaute hoch und erhob sich. Francelyn stand in der Tür. Sie wiederholte leise, was sie ihm am Telefon schon mitgeteilt hatte, sie könnten jetzt nichts mehr tun. Sein Vater würde im Laufe der nächsten Stunden sterben.

Nadi warf Hank einen erstaunten Blick zu.

»Ihr Vater ist ein sehr alter Mann«, fuhr Francelyn fort, »und sehr krank. Sind Sie der einzige Angehörige?«

»Ja, meine Mutter ist schon lange verstorben, Geschwister habe ich keine.«

Francelyn versuchte dienstlich zu bleiben: »Wenn Sie damit einverstanden sind, würden wir jetzt die Medikamente absetzen und jeweils Morphium verabreichen, wenn er Schmerzen hat.«

Hank stimmte zu. Francelyn sagte, er solle anschließend ins Stationsbüro kommen und die Einwilligung unterschreiben.

Als Hank und Nadi das Heim verließen, sagte Nadi, es tue ihr leid, dass sein Vater im Sterben liegt.

Hank antwortete, es sei ihm egal.

»Wieso hast du mich hergebracht, wenn es dir egal ist? Du wusstest doch bereits, dass dein Vater nicht mehr ansprechbar ist.«

Hank zuckte die Schulter.

Nadi wurde gereizter: »Du lässt wohl keine Gelegenheit aus, um mich zu enttäuschen«, warf sie ihm vor, »die Pflegerin hatte dich bereits telefonisch benachrichtigt, du wusstest genau, dass dein Vater nicht mehr ansprechbar und mein Besuch somit völlig überflüssig ist!« Sie beschleunigte ihren Schritt, Hank folgte ihr: »Ich mag dich, Nadi. Ich musste etwas erfinden, damit wir wieder zusammen sind.«

»Du hast wohl darauf spekuliert, dass ich dich in den Arm nehme und tröste. Aber ich weiß, dass du deinen Vater nicht magst. Du bist und bleibst ein Halunke!« Sie lief weiter. Hank wollte ihr nach, besann sich anders und eilte zu seinem BMW. Mit quietschenden Reifen fuhr er auf die Straße hinaus und langsam neben Nadi her. Er rief ihr zu, es sei ihm nichts Gescheiteres eingefallen, um wieder mit ihr in Kontakt zu treten, und als er sie bat, ihn zu begleiten, an diesem Tag habe sein Vater noch irgendwie gelebt. Da Nadi nicht stehen blieb, folgte er ihr weiter im Schritttempo. Nadi schimpfte ihn einen notorischen Lügner und sagte, sie hätte sich den Ausflug sparen können, sie habe weiß Gott schon genug Ärger am Hals.

»Genau deshalb will ich dir helfen.«

Nadi blieb stehen: »Alles, was du anpackst, wird Scheiße, und jede Person, die du triffst, ziehst du in deine Scheiße hinein.«

»Sehr gut, du hast deinen Sprachschatz erweitert.«

»Das habe ich von dir gelernt. Aber merke dir eins: Deine Probleme sind nicht meine Probleme, und ich werde sie auch nicht zu meinen Problemen machen! Ich habe die Nase gestrichen voll von euch allen! Ich habe mir lange genug von euch auf dem Kopf herumtanzen lassen, fuck you!«

Nadi lief weiter, Hank hielt den Wagen an, blieb konsterniert im offenen BMW sitzen. Diese Reaktion hatte er nicht erwartet, »du lernst verdammt schnell!«, rief er ihr nach.

Toy Soldier Shop, Ealing Broadway

Toni saß allein hinter dem Ladentisch und schaute sich wehmütig um. Er spürte, dass es mit ihm zu Ende ging, das war keine gewöhnliche Grippe mehr. Alles, was er hier aufgebaut hatte, würde bald Geschichte sein. Da er mit der Miete im Rückstand war, würde der Vermieter wohl alles im Laden verramschen. Und was würde von ihm übrig bleiben? Er griff zu seinem Handy und rief Nadi an. Toni sagte, er hätte Lust auf Bananen und Ananas, ob sie welche bringen könnte? Aber in der Dose. – »Weinst du?«

Nadi saß im Zug und telefonierte. Wut und Enttäuschung trieben ihr die Tränen in die Augen. Sie sei auf dem Weg nach Hause und würde ihm Bananen und eine Dose Ananas bringen, sagte sie und wischte sich die Tränen aus dem Gesicht. Nach dem Anruf blickte sie zum Fenster hinaus, fieberhaft suchte sie nach einer Lösung. Nadi realisierte, dass niemand ihr helfen würde.

South Kensington, London

Hank bog in die Petersham Mews und hielt vor der Hausnummer 18. Hier reihte sich Garage an Garage, die Tore waren alle offen, damit man die luxuriösen Sportwagen sehen konnte. Hank betrat das Büro der *Avis Prestige.* Im Empfangsbüro hing ein großes Poster: »Luxury Car Hire«.

Hank legte die Autoschlüssel auf den Tresen.

»Gibt's ein Problem?«, fragte die gut gelaunte Avis-Angestellte. Sie strahlte ihn freundlich an und rückte ihre zu enge Bluse zurecht.

»Ja«, antwortete Hank mürrisch, »aber keins, das Sie lösen könnten.«

Sie legte die Stirn in Falten: »War wohl ein kurzes Date.«

»Das geht Sie einen Scheiß an«, blaffte Hank zurück.

»Sie müssen trotzdem drei Tage bezahlen«, sagte sie unbeeindruckt.

Hank blätterte ein paar Scheine auf den Tresen und verließ wortlos den Raum.

Toy Soldier Shop, Ealing Broadway

Toni saß schwitzend und schwer atmend hinter der Ladenkasse und bemalte die Brust einer knienden Amazone. Er versuchte es. Immer wieder. Wischte die verschmierte Farbe wieder ab, übermalte den Körper von Neuem, während sein eigener Körper am Limit war. Die

Feinmotorik war beeinträchtigt, das war neu. Die Schelle über der Tür klingelte. Ein junger Mann betrat hastig den Laden und rannte zur Kasse. Er trug eine schwarze Sturmhaube.

»Jetzt habe ich es wieder versaut«, nervte sich Toni, »schau mal«, er zeigte ihm die Amazone, »du hast mich erschreckt, ich dachte schon, du bist der Gerichtsvollzieher.«

»Das ist ein Überfall!«

»Ich hör nicht sonderlich gut, ohne Untertitel läuft bei mir nichts mehr.«

»Das ist ein Überfall!«, brüllte der Mann.

»Was du nicht sagst! Aber ist es nicht etwas zu heiß für deine Maskerade, wir sind hier in Ealing und nicht in St. Moritz.«

»Halt die Schnauze, du alter Sack!«

»Weißt du, mein Junge, es ist deprimierend, wenn dein Laden nie überfallen wird, weil die Leute ihn für derart beschissen halten, dass es niemand für möglich hält, ein bisschen Kleingeld in der Kasse vorzufinden. So gesehen, ist dein Besuch erfreulich.«

»Gib schon her!«

»Hm, glaubst du, dass ein Mann, der Zinnsoldaten verkauft, ein Weichei ist, der sich bei der kleinsten Bedrohung in die Hosen macht?«

Der Junge zog ein Messer aus der Brusttasche und fuchtelte damit herum. Er befahl Toni, die Kasse zu öffnen.

»Die Leute bezahlen meistens mit Kreditkarte, hm? Aber sag mal, weiß deine Mami eigentlich, dass du heute die Schule schwänzt?«

»Ich bring dich um, alter Sack, wenn du mir nicht sofort …«

»Eine großartige Idee, bring mich um, das wäre aktive Sterbehilfe, ich hab's dann hinter mir – und du hast zehn Jahre Knast vor dir. Haben wir einen Deal?«

Der Junge fuchtelte mit dem Messer vor Tonis Gesicht herum. Toni wich keinen Millimeter: »Das Tragische bei dummen Menschen ist, dass sie gar nicht merken, wie dumm sie sind.«

Die Ladenklingel ließ den Maskierten zusammenzucken. Nadi betrat den Laden. Sie war immer noch aufgewühlt und wütend. Sie bemerkte sofort, dass sich hier etwas Ungewöhnliches abspielte.

»Darf ich zuerst die Dame bedienen?«, grinste Toni, »sie holt eine Bestellung ab.«

Er wandte sich Nadi zu, die sich dem Ladentisch näherte. Der Vermummte wich einen Schritt zurück und hielt nun auch Nadi auf Distanz. Toni nahm seelenruhig eine Schachtel mit einem Post-it-Kleber aus dem Regal und legte sie auf den Tisch: »Ist gestern eingetroffen. *Executioner* von Jeff Yagher, Modell Kit 90 mm. Eine wunderbare Arbeit.«

Der Räuber verlor die Beherrschung und schlug mit einer Handbewegung die Schachtel weg, beugte sich dann über den Ladentisch und versuchte, mit einer Hand die Kassenschublade zu öffnen. In diesem Augenblick nahm Nadi eine Ananasdose aus ihrer Tasche und schlug sie dem Jungen mit voller Wucht von hinten auf den Kopf. Er sackte lautlos über dem Tisch zusammen, Toni riss ihm die Mütze vom Kopf, er war blutüberströmt. Der Junge klammerte sich an den Tisch, während er langsam zu Boden glitt. Mit offenem Mund schaute er zu Nadi hoch. Diese entlud den ganzen Frust und Ärger, der sich auf der Heimfahrt aufgeladen hatte, und klatschte ihm die Dose mitten ins Gesicht. Toni stand da mit der blutgetränkten Zipfelmütze und kriegte den Mund nicht mehr zu. Der junge Mann lag reglos am Boden.

»Und du, Toni!«, schrie Nadi, »komm mir bloß nicht zu nahe, ich habe es satt, mich ständig von dir befummeln zu lassen. Ich bin keine verfluchte Zinnfigur!«

* * *

Nach etwa zehn Minuten hielt ein ziviles Auto der *Metropolitan Police* hinter dem Krankenwagen. Der ehemalige Detective Constable Ben Davies stieg aus. Der Mittvierziger war chronisch missgelaunt, seit man ihn vom *Criminal Investigation Department* zur *Metropolitan Police* abgeschoben hatte. Er warf einen Blick in den offenen Kankenwagen. Der Junge war nicht bei Bewusstsein, ein Sanitäter leistete Erste Hilfe. Davies unterhielt sich kurz mit dem Fahrer und betrat den Laden. Er war eine ziemlich normale Erscheinung, doch man begriff sofort: Davies gehörte zu den Männern, die es gewohnt waren, dass man ihre Autorität nicht infrage stellt. Er war bestimmt kein Mann, der klein beigab. Er trug abgetragene Wildlederschuhe, sein Hemd war verwaschen und ungebügelt. Wahrscheinlich ein Junggeselle oder ein »Single-Again«. Er zeigte seine Dienstmarke, die er immer noch nicht ausgetauscht hatte: »Ben Davies, Detective Constable. Es ist mir egal, wenn ihr euch gegenseitig abmurkst, aber nicht in meinem Revier, von mir aus in Mayfair oder Lutton, die haben mehr Personal und größere Budgets. Aber noch besser wäre, ihr würdet den nächsten Flieger nehmen und dorthin zurückfliegen, wo ihr herkommt. Und jetzt will ich eure Ausweise sehen.«

Toni und Nadi holten ihre Ausweise, Davies folgte ihnen in die Küche und verlangte eine genau Beschreibung des Tathergangs. Während sich Toni auf die Bettkante setzte und den Überfall schilderte, scannte Davies mit seinem Handy die Ausweise und sandte die Bilder ins Büro.

»Was hätte sie sonst tun sollen?«, schloss Toni seine Schilderung ab und schaute zu Davies hoch, »etwa warten, bis mich der Kerl aufgeschlitzt hat?«

Ben Davies ignorierte Toni und fragte Nadi, ob sie eine Arbeitsbewilligung habe. Sie sagte, sie arbeite als Au-pair bei der Familie im oberen Stock. Und da sie gerade einkaufen war, habe sie Mister Belotti noch die Ananasdose mitgebracht. Davies entfaltete die Kopie des Visums, die in Nadis Pass eingelegt war.

»In neun Monaten müssen Sie zurückfliegen, ist Ihnen das klar?«

»Ja, natürlich.«

»Ihre Pässe ziehe ich ein, bis die Untersuchung abgeschlossen ist. Sobald der Mann vernehmungsfähig ist, werden wir ihn befragen und gegebenenfalls dem Haftrichter vorführen. Und falls er Anzeige erstattet, werden auch Sie vorgeladen.«

»Wie bitte?«, rief Toni entsetzt, »wir haben den Kerl nicht eingeladen. Muss man zuerst tot sein, bevor man sich wehren darf?«

»Es geht um die Verhältnismäßigkeit, Mister Belotti, und diese Frage klärt der Staatsanwalt.«

* * *

Montagmorgen. Toni fühlte sich sterbenselend, er hatte Kopfschmerzen, Gliederschmerzen und steigendes Fieber. Dort, wo er die Nieren vermutete, fühlte er einen dumpfen Schmerz. Da er Blut im Urin hatte, führte er das Ganze auf einen Nierenstein zurück. Nadi war immer an seiner Seite, aber an ihrem Entschluss, ihn bald zu verlassen, hatte sich nichts geändert. Am Abend hatte Toni zunehmend Probleme mit dem Kreislauf, er sagte, er friere. Unter Tränen bat er Nadi nun um Verzeihung dafür, dass er sie nicht immer gut behandelt habe. Er würde es wiedergutmachen, ihr das Geschäft übergeben, sie sei ein guter Mensch. Bevor er wieder einnickte, bat er sie, noch etwas auf ihrer Bambusflöte zu spielen, er habe es ihr nie gesagt, aber sie spiele sehr schön, die Melodie würde ihn wieder dorthin zurückbringen, wo er hingehöre.

Während Nadi auf ihrer Flöte spielte, fiel Toni in einen komatösen Schlaf. Es dauerte nicht lange, und Ganesha wuselte in die Küche und sprang auf den Metallrand des Spültrogs. Sie lauschte, prüfte ihre Umgebung. Dann hüpfte sie flink in die offene Salatschleuder und knabberte am frisch gewaschenen Salat.

»Mama! Mama, hilf mir!«, hörte man Toni in der Nacht. Nadi wickelte seine Beine in kalte Umschläge und gab ihm immer wieder zu trinken. Am Morgen schien es ihm etwas besser zu gehen. Das Fieber war gesunken. Aber Toni wollte nach wie vor keinen Arzt.

Das sei bloß eine Lebensmittelvergiftung, jetzt sei es überstanden, er brauche einen Grappa, in seiner Familie seien alle mit Grappa uralt geworden. Nadi setzte sich auf die Bettkante, tätschelte seine Hand und sagte, es sei leider noch nicht überstanden. Dann tupfte sie ihm den Schweiß von der Stirn: »Habe Geduld, Toni, alles wird gut.«

»Bring mir einen Grappa«, murmelte Toni. Nadi sagte, die Flasche sei leer. »Dann kauf mir im Laden um die Ecke einen Broker's Premium Dry Gin, sag James, es sei für Toni, er weiß dann Bescheid, der mit dem Vanille-Aroma.«

Nadi eilte in den *Indian Tandoori Palace* und bat Arundhati Kandasamy, die um diese frühe Tageszeit noch mit dem Abwischen der Tische beschäftigt war, nach Toni zu schauen, während sie noch einige Besorgungen machte. Arundhati reagierte erstaunt, sie fragte, ob Toni denn nichts erzählt habe.

»Was soll er erzählt haben?«

Sie sagte, es sei okay, sie werde solange nach ihm schauen, und nahm den Schlüssel, den ihr Nadi reichte.

Cody Spirituosen, Ealing Broadway

Ein Mann entsicherte das Metallrollo, welches das Schaufenster des *William Cody Spirituosen*-Shops schützte, und drehte das Schild, das an der Türe hing, von *closed* auf *open.* Nadi ging auf ihn zu und sagte, Toni schicke sie. Der Mann, der offenbar der Inhaber war und William Cody hieß, reichte ihr eine Flasche über den Ladentisch und fragte, wann Toni gedenke, seine Schulden zu bezahlen. Nadi reagierte erstaunt, sie wisse nichts von Schulden. William Cody schlug ein kleines Ringbuch auf und schob es über den Tisch: »Ich hörte, der Vermieter würde Toni demnächst auf die Straße setzen, wer kauft denn heute noch Zinnsoldaten? Sind Sie neu in der Gegend?«

»Ich suche einen Job«, sagte Nadi, als sie das Geld auf den Tresen legte.

»Was können Sie denn? Haben Sie einen Abschluss?«

»Ich kann kochen.«

William Cody reagierte amüsiert: »Es gibt in London über sechstausend Restaurants und über fünftausend Pubs. Über eine Million sind arbeitslos, Hunderttausende arbeiten schwarz, und selbst wenn Sie besonders gut kochen könnten, hätten Sie im Rotlichtmilieu weit bessere Chancen – obwohl dort die Konkurrenz noch größer ist.«

Er zwinkerte ihr zu: »Ich könnte Sie höchstens für eine Stunde beschäftigen.«

Nadi nahm den Broker's Premium Dry Gin und verließ wortlos den Laden. Verärgert blieb sie vor dem Geschäft stehen und schaute sich um. Schließlich verließ sie New Broadway und suchte die Wiese vor der *Christ the Saviour Parish Church* auf. Sie setzte sich auf eine leere Parkbank im Schatten. Der gesamte Abfall, der sich übers Wochenende angesammelt hatte, lag noch da. Links und rechts von Nadi quollen die Abfalleimer über, Ratten wühlten ungestört im Müll. Nadi dachte nach.

»Gibst du mir einen Schluck?«, fragte jemand. Ein Penner torkelte auf sie zu, er mochte um die vierzig sein, vom Leben und vom Alkohol gezeichnet. Er zitterte und fragte, ob der Platz neben ihr frei sei. Nadi nickte, obwohl sie keinen Wert auf Gesellschaft legte. Er streckte die Hand nach der Flasche aus. Nadi hielt den Gin mit beiden Händen fest und sagte, die Flasche sei für ihren Chef.

»Nur ein Schluck«, bettelte der Mann.

Nadi schüttelte den Kopf.

»Ich kann auch sehr ungemütlich werden«, drohte er nun.

»Fuck you!«, stieß Nadi hervor und verließ in zügigen Schritten den Park. Aber sie mochte nicht auf direktem Weg nach Hause zurück. Irgendetwas hielt sie davon ab. Ziellos zog sie durch das Viertel, bis sie schließlich feststellte, dass Stunden vergangen waren.

Toy Soldier Shop, Ealing Broadway

Nadi begriff sofort, dass in ihrer Abwesenheit etwas Außerordentliches geschehen war. Am Tisch saß ein Mann mit Schnauzer und kurz geschnittenem weißem Haar, er füllte ein Formular aus. Auf dem Tisch lag ein offener Medizinkoffer.

Arundhati Kandasamy ging auf Nadi zu und nahm sie in die Arme, sie sagte, wir müssten alle eines Tages gehen. Die einen früher, die anderen später, das sei der Lauf der Zeit, und niemand würde wirklich lange leben, weder die Bäume noch die Tiere noch die Menschen: »Das ist Doktor Gibson, ich habe ihn gerufen.«

Der Arzt schaute zu Nadi hoch und fragte, ob sie okay sei, ob er ihr etwas zur Beruhigung gebe sollte. Nadi brauchte nichts.

»Ich muss jetzt die Polizei informieren«, sagte Doktor Gibson, »da ich auf dem Totenschein die genaue Todesursache nennen muss. Aber das kann ich nicht. Wahrscheinlich ein Infekt.«

»Aber er war krank«, entgegnete Nadi irritiert.

»Einiges deutet auf eine Vergiftung hin, aber bei gewissen Infekten hat man ähnliche Symptome wie bei einer starken Grippe. Wir brauchen einen Befund. Nur die Gerichtsmedizin kann uns diesen Bericht liefern.«

Beim Wort »Vergiftung« war Arundhati erschrocken und hatte Nadi einen merkwürdigen Blick zugeworfen. Nadi zuckte bloß die Schulter. Sie setzte sich an den Esstisch. Arundhati holte zwei Gläser aus dem Schrank und öffnete die Ginflasche.

Als Ben Davies nach einer Stunde an die geschlossene Ladentür klopfte, ließ ihn Arundhati herein und wies ihm den Weg in die Küche.

Er war überrascht, Nadi zu sehen: »Sie schon wieder?«

Auf dem Tisch standen die Broker's Premium London Dry-Flasche und zwei halb volle Gläser, Gin mit Cola gemixt.

Davies beugte sich übers Bett und befühlte die Halsschlagader des toten Toni: »Sie sind das Au-pair aus dem oberen Stock?«, fragte er Nadi und drehte sich nach ihr um. Nadi nickte. Er wandte sich an Arundhati: »Und Sie?«

»Eine Nachbarin«, antwortete Arundhati, »ich führe den *Indian Tandoori Palace* nebenan.«

»Wer hat den Arzt gerufen?«

Arundhati reichte Davies den Arztbericht: »Ich habe Dr. Gibson gerufen. Er musste zu einem Notfall und hat das hier für Sie hinterlassen.«

Davies überflog den handschriftlich ausgefüllten Totenschein und wandte sich wieder an Nadi: »Eine Glückssträhne sieht anders aus. Der Arzt meint, eine Vergiftung könne nicht ausgeschlossen werden. Was hat er zuletzt gegessen?«

»Bei mir hat er seit einem halben Jahr nicht mehr gegessen«, wehrte Arundhati ab.

»Habe ich Sie danach gefragt?«, gab Davies unwirsch zurück und zeigte auf Nadi.

»Gestern Chicken Curry und Salat«, sagte Nadi leise, »heute Morgen ein paar Scheiben Ananas und eine Banane.«

»Nichts anrühren«, sagte Davies und bot telefonisch Gerichtsmedizin und Spurensicherung auf, »in den nächsten zwei Stunden wird hier viel los sein, Sie dürfen London nicht verlassen, wie kann ich Sie erreichen?«

* * *

Am nächsten Morgen saß Nadi verkatert in der Küche des Toy Shops. Sie war Alkohol nicht gewohnt. Ganesha krabbelte an ihr herum, machte es sich auf ihrer linken Schulter gemütlich und schnappte nach den Bananenscheiben, die ihr Nadi nach hinten reichte.

Plötzlich spitzte die Ratte die Ohren und sprang auf den Tisch. Sie sträubte das Fell und ging in Angriffsposition. Jemand stand vor der Ladentür. Es war Arundhati, sie brachte Nadi ein Frühstück:

»Du brauchst etwas Nahrhaftes«, sagte sie und nahm die Flasche Broker's Premium Dry Gin vom Tisch, »damit du nicht auf dumme Gedanken kommst.«

Nadi winkte müde ab, sie sagte, das sei das erste und letzte Mal, dass sie Alkohol getrunken habe.

»Den Gin nehme ich nachher mit, da krieg ich fünf Pfund pro Glas. Als kleine Widergutmachung für all die kostenlosen Mittaglunches, die er jahrelang bei mir gegessen hat.«

Sie klagte, Toni sei ein undankbarer Mensch gewesen, selbst im Angesicht des Todes habe er ihr noch die kalte Schulter gezeigt, »ich verstehe heute, wieso ihn seine Frau damals verlassen hat.«

Nadi blickte erstaunt hoch: »Ich dachte, er sei Witwer?«

»Ach wo«, ärgerte sich Arundhati, »der hat allen Märchen aufgetischt, damit sie ihn bemitleiden, ich bin sicher, er hat dir Avancen gemacht, oder?«

Nadi zuckte die Schulter. Arundhati sagte, das sei auch eine Antwort und wechselte das Thema: »Wir sollten ein Schild an die Tür hängen, neunzig Prozent Rabatt, damit wir so viel wie möglich noch zu Geld machen können, bevor der ganze Laden in die Konkursmasse fällt.«

»Ist das erlaubt?«, fragte Nadi.

»Ist noch Bargeld in der Ladenkasse?«

»Nicht viel, Toni hatte kaum Kundschaft.«

»Lass uns nachschauen.«

Sie gingen in den Laden, Arundhati öffnete die Kassenschublade und nahm ein kleines Bündel Geldscheine heraus, zählte die Banknoten und machte dabei zwei Häufchen. Dann schob sie das eine Häufchen zu Nadi: »Fifty-fifty, und es bleibt unter uns.«

Nadi zögerte, eine oder zwei Banknoten hätten ihr nichts ausgemacht, aber gleich die ganze Kasse leeren ...«

»Zier dich nicht so«, sagte Arundhati ungeduldig und gab ihr einen Schubs, »was glaubst du denn, was die Hinterbliebenen machen, wenn einer stirbt? Sie schauen, ob der Verstorbene Bares hinterlassen hat und räumen den Kühlschrank aus.«

Nadi nahm das Geld widerwillig.

»Und du, Kleines, solltest schauen, dass du bald einen Ehemann kriegst.«

Als Nadi wieder alleine im Laden war, setzte sie sich hinter den Ladentisch und starrte ins Leere. Nach einer Weile krabbelte Ganesha aus der großen Schublade unter der Kasse und versuchte, ihr Köpfchen unter Nadis rechte Hand zu schieben. Nadi nahm ihre Bambusflöte und begann zu spielen. Ganesha spitzte die Ohren, stellte sich auf die Hinterfüßchen und tanzte im Takt der Melodie. Als Nadi die Flöte beiseitelegte, sprang die Ratte auf ihren Schoß und drehte sich auf den Rücken. Sie wollte gekrault werden.

Zu Mittag aß Nadi Reis und getrockneten Fisch aus der Konserve. Ganesha aß mit und sprang dann auf ihre linke Schulter. Nadi füllte eine Schale mit Milch. Ganesha nippte daran, Nadi trank wie immer aus der hohlen Hand. Die Albino-Ratte sprang erneut auf ihre Schulter und versuchte, die Milchtropfen von Nadis Lippen zu lecken. Plötzlich ertönte die Ladenklingel. Nadi griff sofort zu ihrer Bambusflöte und gab einen schrillen Ton von sich.

Ganesha sprang auf den Boden und verkroch sich unter dem Bett.

»Ich mag Ihr Flötenspiel«, sagte eine sonore Stimme. Jemand schob den Vorhang zur Seite. Jack Black stand im Raum: »Ich hatte gerade in der Gegend zu tun, ist Mister Belotti da?«

»Er ist leider gestern verstorben.«

Jack Black hob erstaunt die Brauen: »Oh, das tut mir aber leid. Ein Unfall?«

Erneut ertönte das Glockenspiel über der Ladentür. Ben Davies sah, dass niemand im Laden war und kam direkt in die Küche. Er nickte Nadi zu und zeigte Jack Black seine Marke: »Wer sind Sie?«

»Jack Black, *Ratcontrol,* wollte gerade vorbeischauen.«

»Gibt's hier ein Rattenproblem?«

»Sie sind gut«, sagte Jack, »aber dies hier ist tatsächlich ein Fall für sich.«

Davies wandte sich an Nadi und sagte, die ersten gerichtsmedizinischen Untersuchungen ließen vermuten, dass eine meldepflichtige Infektion den Tod von Toni Belotti versursacht habe.«

»Leptospirose?«, fragte Jack interessiert.

»Die Anzahl der Thrombozyten war stark erhöht, es gibt einen Verdacht auf einen bakteriellen Infekt, aber die Untersuchung ist noch nicht abgeschlossen.«

»Leptospirose? Rickettsien? Mit diesen Bakterien ist nicht zu spaßen«, sagte Jack Black, er versuchte, sich gegenüber Ben Davies Respekt zu verschaffen, »die infizierten Ratten bleiben gesund und dienen dem Bakterium als Wirt. Die Viecher scheiden die Erreger über Speichel, Urin und Kot aus. Sogar der Staub von getrocknetem Rattenkot kann beim Einatmen eine Infektion auslösen. Am Ende krepiert man an einem Nierenversagen.«

Davies missfiel, wie sich Jack als Fachmann aufspielte. Er warf ihm einen schiefen Blick zu.

»Mister Belotti hatte mich gerufen, weil er im Laden ein richtig fettes Ding erschlagen hatte. Ein ungewöhnlich großes Exemplar. Ich sollte die ganze Sanierung in die Hand nehmen.«

»Und wo ist das dicke Ding?«, fragte Davies.

»Beim Lord of the Rats«, grinste Jack.

Davies fand die Antwort nicht lustig: »Geht's ein bisschen genauer?«

»Professor Luis C. Mendelez. Er berät auch die Regierung, denn es gibt Szenarien, wonach Terroristen infizierte Ratten als biologische Waffe ...«

»Jaja, schon gut, wo finde ich ihn?«, unterbrach ihn Davies ungeduldig.

»Er arbeitet und forscht im Institut Nilsor.«

Ben Davies nickte und schaute sich in der Küche um, als hoffe er, irgendetwas zu entdecken, das ihm weiterhalf. Schließlich wandte er sich an Nadi und sagte, dass sie mitkommen müsse, »Blutkontrolle, dauert nicht lange.«

Nadi konnte ihre Verunsicherung nur schlecht verbergen.

»Es ist zu Ihrem eigenen Wohl«, versuchte Jack sie zu beruhigen.

Institut Nilsor, London

Ben Davies saß am Steuer seines Austin Martin und fuhr Nadi ins Blutlabor des Institut Nilsor. Er sagte, für eine Schnellanalyse sei das ausreichend, und wenn er dort den Professor antreffe, spare er einen Weg.

»Waren Sie verwandt mit Toni Belotti?«

Die Frage irritierte Nadi. Sie hatte ihm doch gesagt, dass sie im ersten Stock als Au-pair arbeite.

»Nein«, antwortete sie, »ich kannte ihn nur flüchtig, ich wohne in der oberen Wohnung. Mister Belotti sagte mir, er sei Witwer, aber die Nachbarin sagt, seine Frau habe ihn vor langer Zeit verlassen.«

»Hat er Sie sexuell belästigt?«, fragte Davies ohne Umschweife und schaute prüfend zu ihr rüber.

Nadi war überrascht: »Wie kommen Sie darauf?«

»Ja oder nein?«

»Er hat mir manchmal an den Po gefasst, aber ich habe ihm gesagt, dass ich das nicht mag und dass er das lassen soll. Und dann wurde er krank. Wieso wollen Sie das wissen?«

»Der Mann hat eine dicke Strafakte, Kinderpornos, Pädophilie, versuchte Vergewaltigung.«

»Toni?«, fragte Nadi ungläubig.

»Jetzt nennen Sie ihn schon *Toni*«, stellte Davies trocken fest, »hatten Sie ein Verhältnis?«

»Nein«, rief Nadi entsetzt, »wieso fragen Sie all diese Dinge?«

»Solange die Todesursache nicht restlos geklärt ist, müssen wir alle Möglichkeiten in Betracht ziehen.«

»Sie meinen …«, stotterte Nadi ungläubig, »ich könnte Toni …«

»Ich meine gar nichts, wir machen jetzt die Blutuntersuchung. Und dann suche ich diesen Professor auf.«

Davies zeigte am Empfangsschalter des Institut Nilsor seinen Ausweis und sagte, er brauche eine Blutprobe von der Dame.

»Haben Sie einen Termin?«, fragte die ältere Angestellte.

»Nein, aber eine Polizeimarke. Wir brauchen die Blutprobe sofort«, sagte Davies barsch, »und dann möchte ich Professor Mendelez sprechen.«

»Haben Sie einen Termin?«

»Wo finde ich ihn?«

»Die Blutentnahme ist in A9, den Gang runter und dann nach links.«

»Und Mendelez?«

»Ist heute außer Haus.«

Sie wurden in A9 bereits erwartet. Eine junge Mitarbeiterin bat Nadi, in einem schmalen Zimmer Platz zu nehmen. Davies reichte ihr eine Liste der Blutwerte, die das Labor untersuchen sollte.

»Bis wann haben wir das Resultat?«

»In zwei Stunden.«

Die Institutsangestellte desinfizierte flink Nadis Armbeuge, suchte die Vene, zog sich Plastikhandschuhe über und nahm ein Set für die Blutentnahme aus einer Schublade. Ben Davies schaute aus dem Fenster und hörte: »Es gibt jetzt einen kleinen Piks.«

Als Davies und Nadi das Zimmer A9 verließen, kam ihnen auf dem Flur Barry Venison entgegen.

»Der Empfang hat mir gemeldet, dass Sie Professor Mendelez suchen, ich bin Barry Venison, der Leiter des Instituts.«

Ben Davies zeigte seine Polizeimarke: »Wo finde ich Mendelez?«

»Ich weiß es nicht. Er hat um ein paar Tage Ruhe gebeten. Am ehesten werden Sie ihn heute Abend im *Cellar Door* an der Wellington Street finden. Er spielt dort in einer Jazz-Band.«

Davies reichte ihm seine Visitenkarte.

Auf dem Weg zum Parkplatz fragte Nadi, ob sie nun gehen könne.

»Noch nicht, Sie müssen mit aufs Revier, dort warten Sie, bis wir das Resultat erhalten.«

»Und dann kann ich gehen?«

»Es ist in Ihrem Interesse, dass wir das genau abklären. Wenn Sie infiziert sind, kommen Sie in Quarantäne und erhalten Infusionen. Wenn Sie nicht infiziert sind, erhalten Sie Ihren Pass zurück und können gehen.«

Im Auto sagte Nadi, es gebe viele Möglichkeiten, von einer Ratte infiziert zu werden. Toni hätte vom Aufreißen der Lebensmittel-Kartons stets spröde Hände gehabt, »ich habe ihm oft die Hände eingecremt, obwohl er Cremen hasste – oft hatte er feine Risswunden und blutete.«

»Sie sind Au-pair, sagen Sie. War Toni Belotti das Kind, das Sie hüten mussten?«

»Ich …«, begann Nadi zögernd.

»Die Wohnung im ersten Stock ist leer«, sagte Davies ohne Umschweife und warf Nadi einen strengen Blick zu, »Sie haben mich angelogen, und jetzt frag ich mich: Wieso? Je mehr Sie verschweigen, desto mehr machen Sie sich verdächtig. Und wenn ich etwas absolut nicht mag, dann sind das Leute, die glauben, wir seien Idioten.«

Nadi verbrachte den Vormittag in einer Arrestzelle. Am Nachmittag stattete Davies ihr einen Besuch ab und sagte, sie sei clean: »Ich fahr Sie zurück, ich muss sowieso noch einmal diesen Rattenmann sprechen.«

* * *

»Bin ich jetzt immer noch verdächtig?«, fragte Nadi auf der Rückfahrt.

»Zum jetzigen Zeitpunkt können wir nicht ausschließen, dass Sie Toni Belotti mit Bakterien oder Viren von toten oder lebendigen Ratten vergiftet haben.«

»Aber das habe ich doch nicht!«, entsetzte sich Nadi.

»Das ist eine von vielen Hypothesen. Sie hätten auf jeden Fall ein Motiv gehabt. Im ersten Stock gibt's keine Au-pair-Familie, Ihr Visum läuft ab, Sie sind auf Toni Belotti angewiesen, er hat Sie sexuell belästigt …«

»Und deshalb bringe ich ihn um?«

»Es sind schon Leute für weniger gestorben.«

Toy Soldier Shop, Ealing Broadway

»Gesund?«, fragte Jack Black, als Nadi und Davies den Laden betraten. Er nahm seinen Mundschutz ab. Er trug einen Schutzanzug mit Kapuze.

»Ja«, sagte Davies, »sonst wäre sie nicht hier.«

Er ging zur Ladenkasse und öffnete die Geldschublade. Sie war leer.

Er schaute zu Nadi rüber.

»Die Geschäfte liefen schlecht«, sagte sie leise.

»Okay, ich hoffe für Sie, dass das stimmt.«

Er tippte sich an die Stirn und verließ den Laden.

»Der Kerl macht mir Angst«, flüsterte Nadi, während sie beobachtete, wie Davies draußen am Schaufenster vorbeiging und auf der gegenüberliegenden Straßenseite in seinen mattschwarzen Austin Martin stieg.

»Er macht nur seinen Job«, grummelte Jack Black, »aber es freut mich, dass Sie gesund sind. Ich habe Sie kürzlich beobachtet. Sie spielten Flöte.«

Nadi reagierte verunsichert. Kam da noch was?

»Sie können gut mit Ratten«, sagte Jack und grinste, »besonders mit Albino-Ratten. Woher haben Sie dieses ungewöhnliche Exemplar? In meiner ganzen Laufbahn bin ich in London noch nie einer Albino-Ratte begegnet.«

»Sie war plötzlich da. Und sehr zutraulich, aber ich habe sie schon lange nicht mehr gesehen.«

»Ich dachte schon, Sie züchten die Viecher«, sagte Jack amüsiert, »dann hätte ich Ihnen ein Geschäftsmodell vorgeschlagen. Sie züchten Ratten, und ich töte sie. Vor dem Brexit hätte es einen EU-Fonds gegeben, der das alles finanziert. Wissen Sie, als die EU einmal die Idee hatte, für Rattenschwänze zu bezahlen, habe ich mir überlegt, Ratten zu züchten und eine Maschine zu entwickeln, die automatisch die Schwänze abschneidet. Wenn Sie die ganze Ratte zur Aufnahmestelle bringen, ist das ein ziemliches Volumen, wenn man sich auf Schwänze beschränken kann, sieht es aus wie ein pelziger Bund Schnittlauch.«

Nadi wurde nicht schlau aus diesem Schädlingsbekämpfer.

»Just kidding«, grinste Jack Black und machte wieder ein ernstes Gesicht, »was wird nun aus Ihnen?«

»Ich weiß es nicht«, antwortete Nadi, »die Au-pair-Familie im ersten Stock war bereits weggezogen, als ich in London ankam. Toni hat mir deshalb angeboten, bei ihm zu bleiben, bis ich etwas anderes finden würde.«

»Sie sind Wissenschaftlerin«, versuchte sie Jack Black aufzumuntern, »Sie werden bestimmt etwas finden.«

»Ich habe in Indien wohl auf dem Forschungsgelände der NGO Herorat gearbeitet, aber …«, sie senkte beschämt den Blick, »aber in der Küche.«

Jack schien enttäuscht. Rasch fügte Nadi deshalb an, dass sie aus Indien geflohen sei, um einer Zwangsheirat zu entkommen. Und falls man sie nach Indien zurückschicke, würde sie lieber sterben.

Jack begriff die verzwickte Lage, in der Nadi steckte, und sagte versöhnlich: »Dann können Sie ja wenigstens kochen.«

»Es tut mir leid, dass ich gelogen habe, das ist nicht meine Art.«

»Wir rudern alle in imaginären Galeeren. Und wissen Sie, bei *Jack Blacks Ratcontrol* reicht es, wenn Sie kochen können. Ich liebe die indische Küche.«

»War das etwa ein Angebot?«, fragte Nadi misstrauisch.

»Ich bin alleinerziehender Vater und hab diese Fertiggerichte satt. Es gibt genügend Zimmer in unserem Haus, und ehrlich gesagt, meinem Sohn Alistair würde es nicht schaden, wenn wieder eine Frau nach dem Rechten sähe. Seit seine Mutter die Koffer gepackt hat, ist irgendetwas in ihm zerbrochen. Ich komme nicht mehr an ihn heran. Vielleicht isst er wieder mit mir, wenn er den Duft von Tikka Masala einatmet.« Nadi war erleichtert und sagte, die Leute von der NGO Herorat seien stets zufrieden mit dem Essen gewesen.

»Dann werde ich es auch sein«, sagte Jack Black freundlich, »wir werden versuchen, für Sie eine Aufenthalts- und Arbeitsgenehmigung zu erlangen. Ich habe gute Kontakte zur Verwaltung.«

»Und ich müsste keine Ratten töten?«

»Nein, kochen. Aber nicht die Ratten, die ich abends nach Hause bringe. Die sind für Professor Mendelez.«

Nadi dachte fieberhaft nach, sie fühlte sich unter Druck, musste schnell entscheiden, aber vor allem die richtige Entscheidung treffen. Das Angebot war verlockend, aber gab es irgendetwas, das sie nicht bedacht hatte? Sie zögerte.

»Hier können Sie auf jeden Fall nicht bleiben, wir werden Köder auslegen, die Wände, Böden und Decken aufbrechen, eine ziemlich staubige Angelegenheit. Wir werden alles vernichten, was mit einem grauen Fell herumkrabbelt, tut mir leid, und dann werden wir alles nochmals desinfizieren.«

* * *

Als Jack Black am Ravenscourt Park Richtung Chelsea vorbeifuhr, erzählte er Nadi, »die Ratten werden immer größer, fetter als die Hauskatzen von Taylor Swift«.

»Ich habe eine Doku auf YouTube gesehen.«

»Die erste Monsterratte war ein Fake, eine optische Täuschung, Toni Smith, ein Mitarbeiter der Gaswerke, guter Junge, ich kenne ihn, der hatte sich einen Scherz erlaubt und die Ratte beim Fotoshooting so weit nach vorne gehalten, dass man den Eindruck hatte, sie sei einen halben Meter lang«, Jack Black lachte leise vor sich hin und wurde dann plötzlich ernst, »aber wenig später fanden wir tatsächlich Freak-Ratten – und zwar nicht in Hackney Downs, sondern unter dem Buckingham Palace! Unter den königlichen Gemächern fließt der Tyburn in Richtung Victoria Station. Jahrhundertelang hielten sich die Royals Palast-Katzen, aber seit dort eine Freak-Ratte aufgetaucht ist, hört man kein Miauen mehr. London ist ein Paradies für Ratten. Unter dem gesamten Stadtgebiet estrecken sich kilometerlange Tunnelsysteme und an der Oberfläche gibt es täglich Selbstbedienungsrestaurants. Und dann streikt noch die Müllabfuhr und die Winter werden milder.«

Jack warf Nadi einen Blick zu. Sie hörte Jack Black nicht richtig zu, zu stark war sie mit den Gedanken an ihre Zukunft beschäftigt.

»Ich habe dann wenig später sechs Freak-Ratten in einer stillgelegten U-Bahn-Station entdeckt, aber die Medien zogen es ins Lächerliche, und man behauptete, auf den Fotos, die ich gemailt hatte, seien Nutrias zu sehen, südamerikanische Biberratten. Also lud ich diese Ignoranten ein, meine Beute mit einem Fachmann zu besichtigen. Dort traf ich zum ersten Mal Professor Luis Mendelez, den ›Lord of the Rats‹. Der Mann ist ein Genie. Er sagte, das seien mutierte Ratten, er gab ihnen den Namen ›Freak-Ratten‹.«

Sie fuhren die Gloucester Road hinunter bis zur Ecke Clareville Grove / Old Brompton Road. Dort stand eine Shell-Tankstelle. Sie fuhren daran vorbei in den offenen Hof von *Jack Blacks Ratcontrol.*

Das Areal bestand aus einem hufeisenförmig angeordneten zweistöckigen Gebäude. Der rechte Trakt diente als Büro- und Wohnhaus, die anderen beiden Teile als Lager und Werkstatt. Zwei der fünf Parkplätze waren belegt. Dort standen die knallroten Vans der *Ratcontrol* mit dem Furcht einflößenden Rattenkopf im gelben Fadenkreuz. Jack sagte, Nadi könne bis auf weiteres im Untergeschoss wohnen. Er zeigte auf ein längliches Kellerfenster unterhalb des Empfangsbüros: »Sie haben wenig Tageslicht, aber Ihre eigene Dusche und Toilette.«

Sie betraten den Empfangsraum, der mit einer großen Fensterscheibe den Flur vom Büro trennte. Das war das Revier von Elisabeth, einer dynamischen Frau Mitte vierzig mit rotem Kurzhaarschnitt und einem etwas altmodischen Kleiderstil. Jack stellte die beiden Frauen einander vor. Er sagte, Elisabeth sei die gute Seele im Haus und scherzte, ohne sie wären sie alle längst von Freak-Ratten aufgefressen worden. Elisabeth hatte als Buchhalterin angefangen und vor neun Jahren auch den Job von Jack Blacks Ehefrau Joline übernommen: Sekretariat und Empfang. Sie hätte nichts dagegen gehabt, Joline auch im Privatleben zu ersetzen. Aber Jack Black hatte die Trennung von seiner Frau zugesetzt, er vernügte sich nur noch mit leichten Mädchen, die ihm nichts bedeuteten. Vielleicht war es seine Art, sich an Joline für die erlittene Demütigung zu rächen. Aber natürlich war ihm bewusst, dass Joline auf dem Landgut ihres toskanischen Pizzabäckers davon nichts mitbekam und alles Hadern nur ihm selber schadete.

Elisabeth sagte mit einem Augenzwinkern, sie sei eigentlich nur für die Buchhaltung zuständig, aber ihr Büro sei hier beim Empfang, und so erledige sie zwei Jobs auf einmal – bekomme aber nur einen Lohn.

Auf Jacks Scherz, er würde sie eines Tages für ihr Lamentieren entlassen, erwiderte sie, dann könne er gleich die ganze Bude zumachen.

Jack zeigte Nadi die Räumlichkeiten im Erdgeschoss und führte sie schließlich in eine große Halle. Hier wurden die großen blauen Behälter mit der Aufschrift »Rentokill« gelagert. Jack erklärte, dass alle sogenannten Rotendizide, die sie für die Vergiftung der Ratten benutzten, mit Bitrex angereicht würden, das sei eine für Menschen und Haustiere extrem abstoßende, bittere Substanz, man würde gleich kotzen, wenn man das versehentlich in den Mund kriegte, aber für Ratten schmecke es vorzüglich. Es sei indes nur eine Frage der Zeit, bis die Ratten auch mit den Rotendiziden klarkommen würden, denn ginge eine daran zugrunde, wüssten innerhalb weniger Stunden alle zwanzig Millionen Ratten in Londons Unterwelt Bescheid, ohne Handy und Facebook, »die sind unglaublich clever. Aber Professor Mendelez arbeitet an etwas ganz Neuem.«

Jack lief mit Nadi durch die Halle und zeigte ihr Rattenköderstationen, Gummilippen zur Abdichtung von Löchern und Türspalten, Metallgitter, Bleche, Schneidewerkzeuge, enge Maschendrähte, 50-Kilo-Säcke mit Zementmörtel, Werkzeugkästen und Rückstauklappen für Toiletten.

»Die wenigsten Leute wissen, dass jede halb tote Ratte, die sie im Klo runterspülen, auf dem selben Weg wieder zurückkehrt. Die Tiere sind nicht nur intelligent, sie haben auch die passenden anatomischen und biologischen Voraussetzungen, um diese Intelligenz zu nutzen.«

»Ich weiß«, sagte Nadi, »die Ratten, die gab es schon vor uns, und es wird sie auch nach uns noch geben.«

Jack musterte sie nachdenklich und sagte, vielleicht könne sie ihm heute Abend mehr über ihre Arbeit in Indien erzählen, er wisse nur, wie man Ratten tötet.

Alistair durchquerte die Halle. Er trug ein enges, ärmelloses T-Shirt, das eine Ratte mit einem vor roter Farbe triefenden Pinsel zeigte. Darunter stand der Text: »Our time will come«.

»Das ist Ali«, stellte ihn Jack vor, »mein Sohn.«

»Das ist mein alter Herr«, grinste Alistair, »er nennt mich immer noch Ali, weil ihm entgangen ist, dass ich bereits einen Kopf größer bin als er. Nehmen Sie sich vor ihm in Acht, tagsüber killt er Ratten, nachts stellt er meinen Freundinnen nach und legt sie flach«, er tippte sich an die Stirn und eilte weiter, »Bye, Sugardaddy, und vergiss deine blauen Pillen nicht.«

Jack versuchte wie immer, gute Miene zum bösen Spiel zu machen und sagte, das sei halt die Pubertät. Die Kids tun immer nur das, was die Eltern auf keinen Fall wollen. Würde man ihnen das Zähneputzen verbieten, sie würden auf die Dächer steigen und sich demonstrativ die Zähne putzen. Und die Medien würden schreiben, das sei ein ernst zu nehmender Protest gegen den Kapitalismus.

Jack Black lachte leise vor sich hin und schüttelte den Kopf.

5

Toy Soldier Shop, Ealing Broadway

Hank lief die Bond Street hinunter und blieb vor dem Schaufenster mit den Zinnsoldaten stehen. Es war elf Uhr mittags. Der ausgebrannte Tesla stand immer noch in der Parkbucht. Jemand hatte Abfall ins Eisengerippe geworfen, ein anderer ein altes Sofa und eine Matratze entsorgt. Hank drückte sein Gesicht gegen das Panoramafenster und schaute ins Ladeninnere. Da war nichts mehr, sogar die Regale waren entsorgt. Ratlos schaute er die Straße hinunter. Um diese Zeit erreichte die Hitze biblische Ausmaße. Wo kein Schatten hinfiel, war der Asphalt aufgeweicht. Das T-Shirt klebte am Körper wie eine zweite Haut. Sein Blick fiel auf den *Indian Tandoori Palace* nebenan. Vor der offenen Eingangstür hing eine Menükarte in einem Glasrahmen. Er warf einen Blick auf die Uhr und betrat das Lokal. Es war menschenleer. Arundhati Kandasamy verließ die Küche gerade mit einer Ofenform aus Edelstahl und stellte diese auf den halb leeren Buffetttisch. Hank fragte, ob man schon essen könne. Arundhati antwortete, das Buffett sei erst in einer halben Stunde hergerichtet, aber wenn ihm Reis und Chicken Pakora genügten, könne er sich schon bedienen. Ob sie ihm etwas zu trinken bringen könne? Hank bestellte ein kühles Bier. Als sie ihm eine Flasche Kingfisher servierte, fragte er, was im Laden nebenan los sei. Arundhati sagte, der Besitzer sei leider verstorben, die Polizei sei hier gewesen, die hätten ein Riesenproblem mit Ratten, jetzt versuchten die Schädlingsbekämpfer der Plage ein Ende zu setzen, indem sie alles desinfizierten: »Der alte Geizkragen hätte das gescheiter schon vor zwei Jahren gemacht.« Jetzt sei es zu spät. Man müsse das ganze Haus niederbrennen, wenn man diese Rattenplage beenden wolle, am besten die ganze Straße, nein, ganz Ealing Broadway.

Hank nahm einen Schluck Bier: »Tja, die Ratten, die folgen einfach der Nahrung, deshalb nennt man sie wohl Kulturfolger.«

Arundhati Kandasamy machte eine abschätzige Bewegung: »Zwei Verbrennungsanlagen sind kaputt. Also türmt sich der Müll. Bis vor Kurzem kamen nur die Ratten, Katzen und Vögel, jetzt kommen nachts sogar Wildschweine.«

Hank nickte abwesend und wischte sich den Schweiß von der Stirn: »Habt Ihr keine Klimaanlage?«

»Die Geräte überhitzen und fallen aus, ich habe letzten Monat das neueste Modell gekauft, aber plötzlich begannen die Kabel zu schmoren, das ganze Lokal stank, die Ratten hatten die Leitung angeknabbert. Sagen Sie's nicht weiter.«

Hank nahm einen weiteren Schluck und fuhr sich mit der Zunge über die Lippen: »Ich wollte eigentlich zu Nadi, wissen Sie, wo …«

»Fragen Sie die Leute von *Jack Blacks Ratcontrol*, ich seh jeden Nachmittag den roten Van vor dem Laden. Sie kontrollieren die Fallen. Setzen Sie sich ans Fenster, dann sehen Sie, wann die Leute von der Mittagspause zurückkommen.«

* * *

Nadi verließ die Dusche neben der Waschküche von *Ratcontrol* und ging in ihren möblierten Hobbyraum zurück. Bevor sie die Tür hinter sich schloss, horchte sie. Dann kniete sie vor dem Bett nieder und zog ihr Gepäck hervor. Sie öffnete ihre Tasche und drückte Ganesha liebevoll an ihr Gesicht.

* * *

Alistair schleppte einen Hochdruckreiniger und einen Kanister Desinfektionsmittel über den Hof. Jack wartete bereits vor dem offenen roten Van. Er wollte etwas sagen, aber sein Sohn kam ihm zuvor: »Wohnt sie jetzt bei uns?«

»Vorläufig, bis sie etwas gefunden hat.«

»Machst du wieder auf Samariter?«

Jack Black reagierte verärgert: »Irgendwann gehört das alles dir, aber vorläufig ist es noch meine Bude, und ich mache auf meinem Grundstück, was ich will.«

Alistair schob das Material auf die Ladefläche des Vans: »Ich werde sicher nicht mein ganzes Leben mit dem Totprügeln von Ratten verbringen.«

»Alistair, wenn ich eines Tages …«

»Just do it, Nike«, fiel ihm Alistair ins Wort.

»Wenn ich einmal tot bin …«

»Ich kann es nicht mehr hören! Wenn du einmal tot bist, dann bist du tot, das ist meistens so, wenn man tot ist.«

»Verdammt noch mal, Alistair«, zischte Jack leise, »hör mir doch einmal zu …«

Alistair stellte sich provozierend vor seinem Vater auf: »Wenn du tot bist, hast du mit *Ratcontrol* nichts mehr zu tun. Dann sitzt du vielleicht da oben in den Wolken und schaust Netflix. Und ich habe dann auch nichts mehr mit *Ratcontrol* zu tun, denn du bist dann nicht mehr da, und ich bin nicht mehr hier. Sorry, aber der Traum von der großen *Ratcontrol*-Dynastie, den kannst du dir abschminken.«

»Ja«, sage Jack Black leise, »irgendetwas zwischen uns ist zerbrochen, seit deine Mutter gegangen ist. Uns fehlt irgendein Glied.«

Toy Soldier Shop, Ealing Broadway

Hank saß im *Indian Tandoori Palace* und beobachtete die Straße. Kurz nach zwei parkte der rote Kastenwagen von *Ratcontrol* vor dem *Toy Soldier Shop*. Hank bezahlte und gab ein anständiges Trinkgeld. Arundhati fragte, ob er verliebt sei und zwinkerte ihm zu, als kenne sie seine geheimen Absichten. Hank zuckte die Schulter: »Muss es gleich Liebe sein?« Arundhati beugte sich zu ihm und flüsterte, Liebe sei eine Krankheit, sie habe nie geheiratet und sei damit gut gefahren. Hank verließ das Lokal und trat auf die Straße hinaus.

Alistair trug gerade den Hochdruckreiniger in den Figurenladen. Er ließ die Tür offen. Hank folgte ihm.

»Hier können Sie nicht rein«, sagte Alistair, »der Shop ist verseucht.«

»Ich bin ein Freund von Nadi«, sagte Hank unbeeindruckt und blieb im Laden stehen.

Alistair stellte die Fallen auf den Boden und nahm eine lässige Haltung ein: »Wenn Sie ein Freund sind, haben Sie bestimmt ihre Telefonnummer. WhatsApp ist Ihnen ein Begriff?«

»Hör mir zu, Arschloch!«

Alistair ignorierte ihn und ging in die Küche, der Vorhang war entfernt worden. Er öffnete den Kühlschrank und nahm ein kühles Bier heraus. Hank folgte ihm und reichte ihm seine Visitenkarte: »Für Nadi. Sag ihr, dass ich hier war und nach ihr gesucht habe?«

Alistair machte keine Anstalten, die Karte anzunehmen: »Ich fürchte, Sie kommen zu spät«, grinste Alistair, »sie hat sich einen Sugardaddy angelacht, und es sieht so aus, als würde sie demnächst meine Stiefmutter.«

Hank steckte Alistair ungefragt die Visitenkarte in die Brusttasche: »Für deine Stiefmutter in spe. Das nächste Mal stecke ich sie dir in den Hals!«

* * *

Nadi stand am Kochherd vor einem Wok und rührte mit langsamen Bewegungen eine Currysauce. Die Schale des Reiskochers hatte sie bereits auf den Tisch gestellt. Jack Black stand im Türrahmen und beobachtete sie. Er mochte Nadi. Sie war anders als europäische Frauen, sie strahlte eine stille Lebensfreude aus, Anmut, Zuneigung, und es gab wohl in ganz London kein Restaurant, das bessere indische Gerichte zubereitete als sie.

»Essen Sie nie mit Alistair zusammen?«

»Selten«, bedauerte Jack, »wir geraten oft in Streit. Ich esse für gewöhnlich allein, meistens Fastfood.«

»Das ist schade ...«

»Alistair hat seine Clique, seine eigene Familie. Das gehört zum Erwachsenwerden, dass man sich von der Familie trennt und im Freundeskreis seinen neuen Clan findet. Das kennen Sie sicher auch.«

Nadi stellte das Curry auf einen Korkuntersatz in die Mitte des Tisches und schöpfte Reis: »In unserer Kultur ist das anders. Die Familie steht über allem. Und wenn dich die Familie verstößt, bist du ein Nichts.«

Die letzten Worte hatte Nadi mit Bitterkeit ausgesprochen. Jack hatte sich an den Tisch gesetzt und blickte zu ihr hoch. Sie bemerkte es nicht. Als sie ihm Reis schöpfte, berührte er zaghaft ihren Arm: »Lassen Sie uns Ihre Familie sein.«

Nadi zog ihren Arm sanft zurück: »Warum vertragen Sie sich nicht mit Alistair?«

»Das war nicht immer so«, sagte Jack, »wir hatten es gut miteinander, aber dann verließ uns Joline, meine Frau. Ali machte mich dafür verantwortlich, und als er in die Pubertät kam, hat er kaum noch mit mir gesprochen.«

Jack mochte den scharfen Curry, immer wieder machte er große Augen, nickte anerkennend und hoffte, es würde für immer so sein. Nadi hatte die Sonne in sein Leben zurückgebracht. Er hatte keine weiteren Erwartungen. Schweigsam aßen sie ihren Lunch, manchmal trafen sich ihre Blicke, und Jack lächelte zufrieden. Einmal sagte er, er sei vielleicht ein ruppiger Kerl, und vielleicht würde er mit seinem martialischen Auftreten auch manche abschrecken, doch das sei Marketing, man müsse zur *Brand* werden, so eine Art Dirty Harry, dann würden die Kunden ihm auch zutrauen, Probleme zu lösen. Doch tief in seinem Innern sei er einfach Jack, ein Mann, der allein mit seinen Gedanken durchs Leben ginge.

Er wirkte plötzlich bedrückt und wich Nadis Blick aus. Es war ihr unangenehm, denn sie spürte, dass Jack sich Dinge auszumalen begann, zu denen sie nicht bereit war. Sie wollte frei sein und frei bleiben, aber es war nicht der richtige Augenblick, es ihm zu sagen. Wichtig war, im Westen zu überleben, und dazu brauchte sie eine Aufenthalts- und Arbeitsbewilligung. Als hätte Jack ihre Gedanken erraten, sagte er, der einfachste Weg, in England zu bleiben, sei ein Job. Oder noch besser, eine Heirat. Nadi wurde unruhig und räumte den Tisch ab.

»Alistair ist ein netter Junge«, fuhr Jack fort, »reden Sie doch mit ihm, er ist kein schlechter Junge. Lassen Sie sich von all seinen Tattoos nicht abschrecken, das ist die Jugend, man sucht nach Orientierung, nach irgendetwas, sieht oft nur schwarz-weiß – aber besser Tattoos als Drogen oder Scientology. Seien Sie nachsichtig mit ihm, er ist wirklich ein guter Junge.«

* * *

Den Nachmittag verbrachte Nadi in ihrem Zimmer im Untergeschoss und spielte mit Ganesha, sie brachte ihr neue Kunststücke bei und benützte dazu ihre Flöte. Sie erschrak, als plötzlich jemand an die Tür klopfte. Es gefiel ihr überhaupt nicht, dass Jack sie hier unten aufsuchte, aber es war schließlich sein Haus. Sie legte Ganesha in ihre Tasche zurück und schob diese hinter den Vorhang. Doch vor der Tür stand nicht Jack, sondern Alistair. Nadi begrüßte ihn freundlich. Alistair blieb distanziert und reichte ihr wortlos Hanks Visitenkarte.

»Davon habe ich schon drei«, schmunzelte Nadi.

»Er lungert vor dem Toy Shop herum. Ich kann ihm das nächste Mal auch eins in die Fresse hauen.«

»Das würde ich mir zweimal überlegen«, sagte Nadi, »er kann ziemlich hart zuschlagen.«

Als Alistair gehen wollte, sagte Nadi, sie möge seine Tattoos. Ob er die Geschichte von Aravan kenne?

»Denken Sie, ich sei irgendein Depp, der sich irgendeinen Scheiß tätowieren lässt?«

»Nein, nein«, beschwichtigte Nadi, »das habe ich nicht gemeint, aber wenn Sie die indische Kultur mögen, lieben Sie vielleicht auch das indische Essen. Ich bin Köchin, es wäre schön, wenn Sie mittags mit uns essen würden.«

Alistair winkte ab: »Hat Sie Sugardaddy geschickt? Rufen Sie lieber diesen Hank an, das wäre die bessere Partie. Aber vögeln wollen sie wohl beide.«

Kanalisation, London

Die Cook-Ratten rannten einen stillgelegten Tunnel entlang, der während des Zweiten Weltkrieges der Londoner Bevölkerung Schutz vor Bombenangriffen geboten hatte. Ein Dutzend schwarzer Wanderratten folgte ihnen. Plötzlich stoppte eine der Albino-Ratten und begann, eine schwarze Ratte zu bespringen.

Ratcontrol, London

Jack Black hatte sich für den heutigen Abend fein herausgeputzt. Er stand aufgeregt im Hof von *Ratcontrol* und wartete auf Nadi. Es sollte ihr erster gemeinsamer Abend werden, ein besonderer Abend.

Er war eine Viertelstunde zu früh. Im Untergeschoss brannte noch Licht. Er schritt zum schmalen Fenster und warf einen Blick hinunter ins Gästezimmer. Er glaubte, eine Flöte zu hören. Er kniete nieder und schaute genauer. Er traute seinen Augen nicht. Er kniff die Augen zusammen, blickte erneut durchs Fenster. Das war keine Sinnestäuschung. Da unten tanzte tatsächlich eine weiße Ratte auf ihren Hinterpfoten zum Flötenspiel. Auf dem Bettrand saß Nadi und spielte auf ihrer Bambusflöte. Jack Black fuhr sich erschrocken übers Gesicht, als wolle er sich am Sprechen hindern. Fieberhaft überlegte er, was nun zu tun sei. Würde er die Albino-Ratte vernichten, würde er Nadi verlieren.

Cellar Door, London

Der Nachtclub *Cellar Door* lag in der Nähe von Covent Garden in Zero Aldwych. Den Eingang konnte man glatt übersehen. Jack erklärte Nadi, die Bar sei etwas speziell, nichts für Leute, die unter Klaustrophobie litten. Sie stiegen die Treppe zu den stillgelegten Toilettenanlagen der ehemaligen U-Bahn-Station hinunter. Jack wollte sich von seiner besten Seite zeigen und bemühte sich um elegante Manieren. Er war nicht mehr der raubeinige Rattenjäger, sondern eher ein *Elder Statesman* aus einer anderen Epoche. Der Türsteher ließ sie passieren, Jack war hier kein Unbekannter. Die Bar schimmerte rötlich und gab dem Club etwas Verruchtes. An den Wänden hingen Vintage-Poster von Filmen aus den 40er-Jahren, Schwarz-Weiß-Porträts von berühmten Gästen, die heute kaum noch jemand kannte. Die Bar war nicht groß, schließlich war das einst der Vorraum zu den Toilettenanlagen gewesen. Mit übergroßen Spiegeln versuchte man, das *Cellar Door* optisch größer erscheinen zu lassen. Es änderte nichts daran, dass hier unten höchstens 50 Leute Platz hatten. Die Tische waren mit weißen Tüchern gedeckt, es herrschte eine intime Atmosphäre, ein bisschen Family in der Drei-Millionen-Metropole, die heute mit Greater London rund vierzehn Millionen Menschen zählte. Aus dem Off ertönte gedämpfte Musik. Eine spindeldürre Frau mit einem Nasenring wies ihnen einen Platz zu. Ihre bunte Uniform erinnerte an die Fantasie-Uniformen der Beatles auf dem Album *Sgt. Pepper's Lonely Hearts Club*. Jack sagte, er sei oft hier am Freitagabend, mit all den Nachteulen, die der Einsamkeit entfliehen wollen.

Nadi mochte Jacks negative Gedanken nicht besonders. Sie kannte die Armut in ihrer Heimat und verstand nicht, wieso die Leute hier im Westen immer irgendwie unzufrieden waren und ihnen stets etwas zu ihrem Glück zu fehlen schien. Beide bestellten eine Cola, obwohl Jack ein Cognac lieber gewesen wäre. Sie teilten sich ein Fladenbrot. Die Vorführungen begannen um acht. Zuerst trug ein älterer Mann, der wie ein Obdachloser auf die Bühne trat und so tat, als hätte er sich in London verirrt, Limericks vor. Jack bemerkte, dass Nadi die Pointen nicht verstand und sagte ihr, es würde gleich besser. Als Nächstes folgte Ashley Tonga, eine korpulente Drag Queen, die eine Version von »Rollin' on the river« hinschmetterte und das Publikum mit ihren Bariton-Einlagen zu Lachstürmen hinriss. Sie tanzte, schrie, ließ sich auf die Knie fallen und rutschte vorwärts, während sie mit kreisenden Armbewegungen das Rad eines Mississippi-Dampfers nachahmte. Nadi war irritiert, aber die nächste Nummer weckte schlagartig ihr Interesse: Es trat eine in schwarzem Latex gekleidete Dame auf, die kleine Kunststücke mit ihrer Ratte vorführte. Outfit und Inszenierung waren allerdings spektakulärer als ihre Zirkusdarbietung. Ihr wahres Talent lag eher in den Comedy-Einlagen. Ein groß gewachsener Mann Anfang sechzig trat unter dem steinernen Gewölbe hervor, das zu den Toiletten und S/M-Räumen führte. Professor Luis C. Mendelez. Er kam an ihren Tisch, nickte Nadi freundlich zu und wandte sich an Jack: »Ich dachte, wir sehen heute endlich einmal eine intelligente Ratte, aber wahrscheinlich hat sie Jack Black schon alle vergiftet.« Die beiden lachten. Jack stellte Nadi vor und sagte, sie habe in Indien bei der NGO Herorat in Rajasthan gearbeitet. Sie könne gut mit Ratten.

»Oh«, machte der Professor und setzte sich zu ihnen, »das ist interessant.«

»Sie arbeitete in *Toni's Toy Soldier Shop* in Ealing Broadway.«

Mendelez erinnerte sich sofort: »Von dort stammt die letzte Freak-Ratte. Ich hoffe, das Areal ist jetzt clean.«

»Es gab dort noch eine andere Ratte, eine Art Albino-Ratte«, Jack schaute kurz zu Nadi, der das Gesicht verrutschte, »Nadi hat sie dressiert, ich traute meinen Augen nicht, sie spielte auf einer Bambusflöte und die Albino-Ratte vollführte Kunststücke.«

Nadi wäre am liebsten im Boden versunken, doch Mendelez schien in keiner Weise schockiert, er nickte ihr anerkennend zu und Jack Black fuhr fort: »Sie kann wirklich gut mit Nagern, und diese Albino-Ratte konnte wesentlich mehr als das Viech da oben auf der Bühne.«

Der Professor schaute fragend zu Nadi und scherzte: »Und die hat überlebt?«

»Sie ist verschwunden, Mister Black hat sie wohl mit seinem Outfit erschreckt.« Das war der erste Witz, der Nadi in Europa gelungen war, und sie freute sich, dass der Professor lachte. Jack Black warf ihr erneut diesen seltsamen Blick zu und sagte, diese weiße Ratte sei irgendwo untergetaucht.

»Eine weiße Ratte, hier in London«, sinnierte der Professor und wandte sich Nadi zu, das sei eher ungewöhnlich, »und sie war offenbar zutraulich. Was konnte sie denn?«

»Alles, was ich ihr beibrachte«, antwortete Nadi kleinlaut und warf Jack einen verlegenen Blick zu.

»Hätten Sie Ihrer Ratte auch eine Sprache beibringen können?«

Nadi reagierte irritiert und sagte, eine sprechende Ratte habe sie noch nie erlebt, aber in Rajasthan habe man Ratten nur für das Aufspüren von Landminen abgerichtet.

»Glauben Sie, dass Ratten eine Sprache erlernen könnten?«, fragte Mendelez ernst.

»Ich weiß es nicht. Ratten verstehen Worte, Signale, können aber nicht sprechen.«

Mendelez fragte weiter, ob sie jemals einen sprechenden Papagei erlebt habe und sagte, auch diese hätten wie Rabenvögel, Delfine, Hunde oder Schimpansen eine außerordentliche Intelligenz, »aber was sie befähigt, verständliche Laute auszustoßen, ist die Bewegungsfreiheit der Zunge. Es liegt an der Anatomie. Unsere Vorfahren konnten auch nicht sprechen, doch im Laufe der Evolution vergrößerte sich der Rachenraum, unser Resonanzkörper, der Kehlkopf, senkte sich ab, und der Gaumen wölbte sich und gab der Zunge mehr Freiheit. Unsere Stimmbänder können nur deshalb Vokale und Konsonanten erzeugen, weil Rachenraum, Mund- und Nasenhöhle, Gaumensegel, Lippen und Zunge perfekt aufeinander abgestimmt sind. Könnten wir diese anatomischen Voraussetzungen durch einen Eingriff ins Erbgut schaffen, könnte man einer Ratte das Sprechen beibringen. An der Intelligenz würde es nicht scheitern. Ähnlich wie beim Menschen verläuft der große *Nervus hypoglossus* durch eine Öffnung der Schädelbasis und steuert die Zungenbewegung. Da der *Canalis nervi hypoglossi* bei Neandertalern ähnlich groß war wie beim heutigen Menschen, wissen wir, dass sie sprechen konnten.«

Der Professor dozierte wie im Hörsaal, er war wieder ganz in seinem Element. Am Ende fragte er Nadi erneut, ob sie es denn für möglich hielte, dass Ratten sprechen können.

»Wieso fragen Sie mich?«

»Ich möchte wissen, wie weit sich Ihre Fantasie von der Realität lösen kann.«

Nadi reagierte erneut verlegen und fragte, wozu das gut sein solle. Sie fragte Mendelez, ob *er* es denn für möglich hielt, Ratten zu züchten, die sprechen können.

Mendelez antwortete, er wisse schon, wie man das anstellen müsste, »aber wozu sollten wir sprechende Ratten herstellen? Welchen Nutzen hätten sie? Wer außer Cabarets könnte ein Interesse daran haben? Ich konzentriere mich auf Dinge, die für den Menschen wirklich von Nutzen sind. Die Nager haben von allen Plazentatieren das stärkste Immunsystem. Das interessiert mich. Ich arbeite nicht in der Unterhaltungsbranche. Jedenfalls nicht hauptamtlich«, schob er nach.

Ratcontrol, London

Alistair stand mit nacktem Oberkörper in der Werkhalle und reinigte Rattenkäfige. Er bemerkte nicht, dass Nadi die Halle betreten hatte. Sie blieb neben ihm stehen. Er schaute verwundert auf, als wolle er fragen, ob sie etwas Bestimmtes wolle, dann arbeitete er weiter: »Kann ich irgendetwas für Sie tun?«

»Nein, ich wollte nur Hallo sagen.«

»Prima, das haben Sie jetzt getan.«

Nadi wollte erst gehen, nahm dann aber einen neuen Anlauf: »Sie haben zwei indische Götter tätowiert, Ganesha und Aravan – waren Sie schon mal in Indien?«

Alistair ließ den Käfig in den Trog rutschen und drehte sich um: »Wenn Sie meinen alten Herrn bumsen, ist mir das egal, es ist mir sogar recht, dann verschont er meine Freundinnen, und ich muss ihm nicht in die Eier treten. Es ist auch okay, wenn Sie ihn heiraten, aber lassen Sie sich eins gesagt sein: Ich brauche keine Stiefmami, verstanden? Also hören Sie auf mit dem ganzen Gequatsche.«

»Aravan schützt vor bösen Geistern«, sagte Nadi unbeirrt, »aber manchmal steckt der böse Geist in einem selbst.«

Sie verließ die Halle, ohne Alistairs Reaktion abzuwarten.

* * *

Es war an einem Sonntagmorgen. Jack saß kreidebleich am Esstisch und schob den Teller von sich, er hatte keinen Appetit. Er sagte, er fühle sich schlecht, er würde heute weder Speck noch Eier vertragen. Nadi meinte, das sei das Wetter, viele ältere Leute hätten Probleme mit dem Kreislauf, es sei einfach viel zu heiß, und in der Stadt könne die Luft kaum noch zirkulieren. Sie habe gelesen, dass auch noch eine Sommergrippe umgehe, ja, auch im Sommer gebe es virale Infekte, nicht nur im Winter.

»Hab Geduld mit Alistair«, sagte Jack müde, »in diesem Alter spielen die Hormone verrückt, auch ich hatte meine wilden Jahre, das wird schon.«

»Er wirft dir vor, du hättest eine Affäre mit einer seiner Freundinnen gehabt.«

»Dumm gelaufen, Nadi, schon einige Jahre her, wir hatten ein Firmenjubiläum. Wir haben im Hof gefeiert, Barbecue und drei Straßenmusiker, die Alistair im St. James Park aufgelesen hatte. Eins der Mädchen machte mich halb verrückt, stellte mir nach, fragte, ob ich ihr Geld leihen würde für ein paar Jeans, dafür würde sie alles tun – und das hat sie dann auch getan.«

Jack zuckte die Schulter: »Das war ein Fehler. Im Nachhinein ist man klüger, aber die Jugend ist nachtragend, sie weiß noch nicht, dass man im Leben Fehler macht, die man später bereut. In meinem Alter ist man nachsichtiger, man weiß, dass vieles schiefgehen kann, man versteht die Natur des Menschen und urteilt nicht mehr so streng.«

Er erhob sich und sagte, er würde sich etwas hinlegen. Da verlor er das Gleichgewicht, hielt sich am Tischtuch fest und riss es mit dem ganzen Geschirr zu Boden.

Nadi kniete nieder, schaute, ob er sich verletzte hatte, half ihm hoch und begleitete ihn zum großen Boxspringbett, das sie nie miteinander geteilt hatten.

Hornsey, London

Es war kurz nach neun, als Hank an der U-Bahn-Station Hornsey ausstieg. Sie lag in Haringey, im Norden Londons, einer Broken-Windows-Gegend, in der über 10.000 Obdachlose ein menschenunwürdiges Dasein fristeten. Sie säumten die Straßen in Bahnhofsnähe wie abgestelltes Sperrgut, das nicht mehr zu gebrauchen ist. Die meisten schliefen noch um diese Zeit, hatten ihr Gesicht mit alten Zeitungen bedeckt, aber man sah die Blutergüsse an den schmutzigen Füßen, die unter den Lumpen hervorlugten. Manchmal war die Zeitung über dem Kopf im Schlaf verrutscht und ein Auge starrte einen an, und man fühlte sich schuldig.

Das Haus von John Cooper lag an der schmalen Harold Road, lauter kleine Einfamilienhäuschen aus den 50er-Jahren, aneinandergereiht wie Legosteine. Die einst weißen Fassaden waren von der Sonne gebleicht, der Verputz zur Hälfte abgeblättert, die Fenster verlottert, einige Rollläden waren aus der Verankerung gerissen und in den Vorgarten gefallen.

Hank kramte den Schlüsselbund seines Vaters hervor und öffnete die Eingangstür. Abgestandene Luft schlug ihm entgegen, kalter Zigarrenrauch, säuerlicher Schweißgeruch und der Duft von altem Frittieröl. Er öffnete die Fenster im Wohnzimmer, an einigen Stellen platzte der spröde Kitt aus dem Rahmen. Die Wohnung war so, wie man sich das Zuhause von alten Menschen vorstellt, denen die Energie fehlt, um das Ganze instand zu halten. Überall lagen Stapel von alten Zeitungen herum, Socken, Unterwäsche, leere Chipstüten, im Kühlschrank eine angebrochene Flasche Jade Terminus Absinthe und der Geruch von faulen Eiern. Hank wollte den Kühlschrank gerade wieder schließen, als er das Handy auf der Eierschale sah. Er nahm es an sich und trocknete es mit einem schmuddeligen Küchentuch. An den Wänden hingen Trophäen, die sein Vater von den Großwildjagden in Afrika nach Hause gebracht hatte. Hank hasste dieses Haus, wie konnte jemand, der zum Spaß wunderschöne Tiere abknallte, Menschen lieben? Er nahm ein gerahmtes Foto von der Wand, das seinen Vater in Siegerpose vor einer erlegten Giraffe zeigte. Auf den Fotos lachte er, als sei er ein Mordskerl. Hank machte einen Rundgang durchs Haus. Es sah überall so aus, wie Häuser nun einmal aussehen, wenn ältere Senioren vereinsamen und in einem Meer von Absinth durch den Herbst des Lebens schippern. Aber Hank trieb die Hoffnung, dass er hier noch etwas vorfinden würde, Gold oder Cash. Doch sein Vater hatte nichts zurückgelassen außer schlechte Laune. Jemand klingelte an der Tür. Hank warf einen Blick auf die Uhr. Es war eine Mitarbeiterin der Hausverwaltung. Sie staunte nicht schlecht, als sie den Zustand des Hauses sah. Hier müsse man alles renovieren, meinte sie.

»Ihr Vater ist drei Monate im Rückstand.«

Hank zeigte zur Decke: »Ja, er ist gestorben. Ich werde eine Räumungsfirma beauftragen, alles wegzuschaffen.«

»Wir können das für Sie erledigen, kostenlos, wenn Sie uns im Gegenzug die Einrichtung überlassen.«

Hank Cooper war einverstanden und reichte der Frau den Hausschlüssel. Sie wünschte ihm viel Kraft und das Übliche.

»Jaja«, murmelte Hank. Es stimmte ihn melancholisch, dass er seinen Vater nur dafür vermissen würde, was er nie gewesen war.

In der Tube Richtung Tower Hill wurde Hank bewusst, dass er keine Familie mehr hatte, alle waren verstorben. Er sah sich als einsamen Wolf enden, der rastlos durch die Straßen der City of London lief, auf der Suche nach etwas, das er nie finden würde, weil er nicht wusste, was es war. Erneut kam ihm Nadi in den Sinn.

* * *

Nadi saß im Empfangsbüro von *Ratcontrol.* Elisabeth freute sich, dass sie Gesellschaft hatte. Sie sagte, der Job sei trotz der vielen Arbeit manchmal langweilig, und es sei schon so, dass Jack die modernen Medien nicht zu nutzen wisse. Er sei halt *old school,* und Alistair verweigere sich, er hasse es, in einem Büro zu sitzen, er brauche die frische Luft – wobei man darüber streiten könne, wie frisch der Smog über London sei. Nadis Aufgabe bestand darin, die sozialen Medien zu durchforsten und sich überall dort einzumischen, wo über Ratten und ihre Bekämpfung diskutiert wurde. In gewissem Maße war sie ein weiblicher Troll. Sie überprüfte auch jeden Morgen die Plattformen, auf denen Firmen Aufträge im Bereich der Schädlingsbekämpfung vergaben. Die Geschäfte liefen gut, aber Jack Black wollte mehr.

»Jack glaubt«, sinnierte Elisabeth, »er könne sich die Anerkennung von Alistair verdienen, wenn er als erfolgreicher Unternehmer noch einen Zacken zulegt.« Er gebe die Hoffnung nicht auf, dass Alistair eines Tages die Firma weiterführe, aber das sei eine Illusion, der Junge könne nicht so gut mit Menschen, Musik und Tattoos seien seine Welt.

* * *

Am Abend lud Elisabeth Nadi zu einem Drink im *Bumpkin South* ein. Das Bar-Restaurant lag gegenüber der Shell-Tankstelle und war in der Gegend bekannt für das rustikale Interieur und die fetten Speisen. Elisabeth erzählte viel über sich und betonte immer wieder, wie sehr sie sich freue, dass sie nun zu zweit waren, sie habe nämlich nichts außer der Arbeit. Nadi erhielt eine SMS. Hank. Elisabeth sagte, sie könne ruhig antworten, sie erhalte nie solche Nachrichten. Nach dem Essen wollte sie noch einen Schlummertrunk an der Bar nehmen. Es wurden mehrere, aber Elisabeth vertrug eine ganze Menge, und als Nadi ihr sagte, sie wolle nun zurück und nach Jack schauen, es gehe ihm nicht besonders gut, da sagte Elisabeth, es sei schon komisch, Millionen Menschen lebten in dieser Stadt, und sie habe ihren Mr. Right immer noch nicht gefunden. Sie hielt plötzlich inne und hob die Brauen, »der Junior kommt«. Alistair kam auf sie zu, tippte sich wie immer zum Gruß an die Stirn und informierte

Nadi darüber, dass der Laden in der Bond Street nun desinfiziert und wieder bezugsbereit sei. Er wartete keine Antwort ab, sondern setzte sich ans andere Ende der Bar. Dort saßen bereits zwei seiner Kollegen, man begrüßte sich mit High Five und gab männliche Geräusche von sich.

»Das war wohl ein deutlicher Hinweis, meine Koffer zu packen«, sagte Nadi.

»Das ist Alistair, für eine diplomatische Karriere wäre er weniger geeignet.«

* * *

Die Cook-Ratte rannte am schmalen Ufer eines unterirdischen Flusses der Kanalisation entlang, drei Dutzend Wanderratten versuchten mit ihr Schritt zu halten. Seit dem Ende des 18. Jahrhunderts hatten Abfälle von Schlachthöfen, Gaststätten und Kliniken die zahlreichen Flüsse in Brutstätten von Krankheitserregern verwandelt, bis aus den offenen Kanälen unterirdische wurden; schließlich diese offenen Schmutzwasserkanäle überbaut wurden.

* * *

Jacks Zustand hatte sich verschlechtert. Nadi versuchte, mit eiskalten Wadenwickeln die Temperatur zu senken, aber es nützte nur vorübergehend. Das Fieber stieg, und auch die Medikamente wirkten nur wenige Stunden. Gegen Mitternacht wechselte sie die verschwitzte Bettwäsche, wusch Jack mit einem kalten Lappen und machte ihm eine Linsensuppe mit Chilischoten, Currypulver, Kurkuma und Garam Masala. Jack flüsterte »danke«. Auf der Küchenkombination kauerte Ganesha, versteckt hinter einer Packung Kelloggs. Sie ließ Jack nicht aus den Augen. Im Laufe der Nacht wurde er unruhig, einmal schreckte er hoch und fragte, wieso sie ihm nicht vertraut habe? Die weiße Ratte. Er habe alles gewusst. Jetzt mache er sich Sorgen, was wohl mit Nadi geschehe, wenn er nicht mehr da sei.

Sie setzte sich auf die Bettkante und tupfte ihm den Schweiß von der Stirn: »Habe Geduld, alles wird gut.«

Jack Black starb noch vor Morgengrauen. Nadi war schockiert, sie konnte nicht glauben, dass nach Toni Belotti auch Jack Black gestorben war. Dieser Zufall – war es Zufall? –, machte ihr Angst. Davies würde ihr kein Wort glauben. Sie traute sich nicht, Alistair anzurufen, und Elisabeth würde erst gegen acht kommen. In drei Stunden. Sie stieg ins Empfangsbüro hinunter. Dort waren alle Notfallnummern aufgelistet. Sie rief die Ambulanz.

Vielleicht hatte sie sich am Telefon ungenau ausgedrückt. Die ausrückenden Sanitäter gingen von einem Notfall aus und rasten mit Blaulicht auf den Hof. Nadi blieb im Empfangsbüro sitzen und heulte. Nach einer Weile kam der Notfallarzt zu Nadi und sagte, er habe die Polizei verständigt, das sei so üblich bei Todesfällen, deren Ursachen nicht ganz klar seien. Nadi nickte, sie war mit allem einverstanden. Sie blickte zum Arzt auf, dann sah sie auf den schwach beleuchteten Hof hinaus und erkannte Alistair. Er sprach mit dem zweiten Sanitäter. Dieser legte ihm die Hand auf die Schulter und schien tröstende Worte zu sprechen. Nadi blieb allein im Empfangsbüro sitzen. Nach einer guten halben Stunde fuhr ein mattschwarzer Austin Martin auf den Hof und hielt vor dem Empfangsgebäude. Ein Mann stieg aus. Ben Davies. Neben ihn trat Alistair aus dem Dunkeln. Die beiden Männer unterhielten sich, und nach einer gefühlten Ewigkeit betraten sie das Gebäude. Alistair stieg die Treppe zum ersten Stock hoch und setzte sich neben seinen toten Vater. Ben Davies betrat das Büro und blieb vor Nadi stehen.

»Sieht definitiv nicht nach einer Glückssträhne aus«, sagte er müde.

Nadi saß wortlos da und senkte den Blick.

»Und? Ich höre.« Davies hatte schlecht geschlafen, wirres Zeug geträumt, und war nicht erfreut, dass man ihn bereits wieder aus dem Bett geholt hatte.

»Er hatte plötzlich hohes Fieber und schwitzte wie in der prallen Sonne, ich gab ihm fiebersenkende Mittel, machte ihm kalte Wadenumschläge, es nützte alles nichts. Ich wollte ihn in die Klinik bringen, doch Mister Black wollte nicht. Er sagte, wenn man in seinem Alter in eine Klinik geht, komme man nie mehr nach Hause.«

»Welcher Art war Ihre Beziehung?«

Nadi war sich sicher, dass Alistair schlecht über sie und seinen Vater gesprochen hatte. Sie sagte, Mister Black habe ihr vorübergehend Unterschlupf gewährt, bis das Ladenlokal desinfiziert sei.

»Das Ladenlokal ist clean, Sie aber sind noch hier.«

»Natürlich! Ich musste mich um Jack kümmern.«

»Jetzt nennen Sie ihn Jack.«

»Ich weiß nicht, was Ihnen Alistair erzählt hat, aber ich mochte Jack, er war gut zu mir.«

»Wie gut?«

»Einfach gut, mehr nicht, wenn Sie das meinen.«

»Ich versuche mir ein Bild zu machen. Finden Sie es nicht merkwürdig, dass innerhalb weniger Wochen gleich zwei Männer an einem Infekt sterben, und jedes Mal sind Sie dabei?«

Nadi schwieg betreten. Er machte einen Schritt auf sie zu: »Sie haben mich schon einmal angelogen. Ihre Au-pair-Familie hat London bereits im Frühling verlassen.«

Nadi schwieg immer noch.

»Eigentlich wollte ich Ihnen morgen Ihren Pass zurückbringen, aber ich denke, das hat sich vorerst erledigt.«

»Ich werde vom Pech verfolgt«, Nadi hatte Tränen in den Augen, »es ist unglaublich.«

»Vom Pech verfolgt?«, fragte Davies, »was meinen Sie, wie oft ich das schon gehört habe? Wie haben Sie Jack Black denn kennengelernt?«

»In *Toni's Toy Soldier Shop*. Wir hatten ein Rattenproblem, das wissen Sie doch. Wir brauchten die Schädlingsbekämpfung.«

Ben Davies überlegte, ob es tatsächlich möglich sei, dass sich sowohl Toni Belotti als auch Jack Black im Figurenshop infiziert hatten. Aber dann müsste auch Nadi erkrankt sein: »Werden Sie von Jack Blacks Tod profitieren?«

»Wie soll ich das wissen? Fragen Sie seinen Sohn.«

Ben Davies wählte eine Nummer auf seinem Handy: »Alistair, hat Ihr Vater ein Testament hinterlassen?« Er hörte zu, verabschiedete sich knapp, steckte sein Handy ein und wandte sich wieder an Nadi: »Wie war das Verhältnis zwischen Vater und Sohn?«

Nadi zuckte die Schulter: »Ich weiß es nicht.«

»Haben sie gestritten?«

»Ich bin noch nicht so lange hier.«

Davies lächelte müde: »Haben sie oft gestritten?«

»Da müssten Sie Elisabeth fragen. Sie ist die Buchhalterin und arbeitet seit vielen Jahren auch am Empfang.«

Davies rieb an seiner Nase und sagte, die Gerichtsmedizin würde gegen acht hier sein und den Leichnam zur Obduktion mitnehmen, »sobald wir Laborergebnisse haben, wissen wir mehr. Bleiben Sie hier, verlassen Sie nicht das Areal.«

Nadi sah, wie er draußen in seinen Sportwagen stieg und die Scheinwerfer anwarf. Sie erschrak, als sie plötzlich Alistairs Silhouette hinter der Scheibe sah. Er hatte die letzten Sätze ihres Gesprächs mit Davies heimlich mitverfolgt. Sein Gehör war fast so gut wie das einer Ratte. Er betrat das Büro und stellte eine Flasche Mineralwasser auf die Empfangstheke.

»Mein Vater hätte gewollt, dass ich Ihnen Wasser bringe. ›Wenn jemand stirbt, vergisst man zu trinken‹, sagte er immer.«

* * *

»Hatte kürzlich jemand Fälle von tödlichen Infekten?«, fragte Davies, als er gegen Abend sein Büro im Erdgeschoss der Polizeistation an der 69 Uxbridge Road betrat.

»Wieder eine Butterattacke in der Hopkins Street«, grinste Peter Mitchell gut gelaunt. Er war eine echte Frohnatur, übergewichtig, um die vierzig. Im Milieu war er dank seiner kumpelhaften Art gut vernetzt. Einige Kollegen scherzten, er ließe manchmal Einsatzpläne in der Bar liegen und kriege dann eine Woche lang Blowjobs for free.

»Das Bordellgeschäft wird immer härter, Ben, ich habe fast gekotzt, als ich im Treppenhaus stand, da kriegst du vier Wochen lang keinen mehr hoch.«

»Er fragte nach tödlichen Infekten«, grummelte Wesley O'Brien, ohne von seiner Akte aufzublicken. Der rothaarige Zweimeterschrank, den alle nur Wes nannten, war ein ehemaliger Rugbyspieler. Er stand kurz vor der Pensionierung und hatte sich mittlerweile damit abgefunden, dass Menschen manchmal falsche Entscheidungen treffen und nichts daraus lernen.

»Was haben die beiden Fälle miteinander zu tun?«, fragte Carla Mansutti rhetorisch, »sowohl in der Bond Street als auch in der Old Brompton Road reiht sich ein Restaurant an das andere. Und kurz vor Mitternacht stellen die alle ihren Müll auf die Straße.«

Carla Mansutti war eine durchtrainierte Single-Mum Mitte dreißig, attraktiv und sich dessen bewusst, sie war auch die Ehrgeizigste von allen. Ihre Kollegen schätzten ihren intellektuellen Scharfsinn und die Geschwindigkeit, mit der sie Fakten kombinierte und schlüssig interpretierte.

»Es gibt noch eine andere Gemeinsamkeit«, fuhr sie nun fort, »die Inderin.«

»Und der Junge? Wie hat er den Tod seines Vaters aufgenommen?«, fragte Wesley O'Brien.

Ben Davies zuckte die Schultern: »Hat ihn nicht gerade umgehauen. Aber es gibt noch eine weitere Parallele: diese Freak-Ratte.«

»Kennst du Professor Mendelez?«, fragte Carla Mansutti.

»The Lord of the Rats?«, spottete Davies.

Cellar Door, London

Randy Hanson betrat die kleine Bühne im *Cellar Door*. Bereits sein Erscheinen löste großes Gelächter aus. Er war ganz in Schwarz gekleidet, seine Schärpe reichte bis auf den Holzboden, und er bewegte sich leicht nach vorn gebeugt und bedeppert wie Ozzy Osbourne in seinen schlechtesten Zeiten. Auch Brille und Halsschmuck waren seinem Idol nachempfunden. Er legte gleich los und sang »Paranoid«, während er wie ein Irrer auf der Bühne hin- und herlief. Nadi und Elisabeth saßen an einem Zweiertisch neben dem tunnelartigen Eingang, der zu den Toiletten und den Künstlergarderoben führte.

»Jack liebte dieses Lokal«, sagte Elisabeth wehmütig, »er hat mich nach dem Tod seiner Frau einige Male hierher eingeladen. Ich dachte immer, vielleicht würde etwas aus uns beiden, aber Jack wollte nach seiner Scheidung keine feste Verbindung mehr eingehen. Er hat sich dann stark verändert, er war irgendwie *signed off*. Auch diese Fantasie-Uniform legte er sich erst nach dem Weggang von Joline zu. Seine Frau hätte das nie geduldet.«

Elisabeth hatte viel zu erzählen. Sie sei sehr einsam, und sie hasse die Sonntage, denn an den Wochenenden weine sie oft, weil sie allein sei und sich geniere, abends auszugehen. Allein zu sein, das sei schwierig für sie in ihrem Alter, und deshalb finde sie es sehr nett, dass Nadi sie heute Abend begleite. Sie trank viel, und je mehr Grey Goose-Wodka sie kippte, desto intimer wurden ihre Geschichten über verpasste Gelegenheiten und Männer, die sie enttäuscht hatten. Nadi fiel auf, dass sie immer wieder zur Bar hinüberblickte. Einmal flüsterte sie, dass der Kerl am Tresen genau ihr Typ sei, sie spüre das deutlich. Nadi ermunterte sie, zu ihm an die Bar zu gehen, jetzt sei der Hocker links von ihm gerade frei geworden. »Stellen Sie sich vor, morgen sind Sie tot, es ist Ihr letzter Abend. Sie können nichts mehr verlieren, und wenn es schiefgeht, ist es egal, Sie werden diesem Fremden nie mehr begegnen.« Entschlossen nahm Elisabeth Nadis

Glas und trank es in einem Zug leer. Sie erhob sich und fand nach einigen motorischen Anlaufschwierigkeiten den Weg zur Bar. Der Fremde schien erfreut, und Nadi sah, dass es keine peinlichen Schweigeminuten gab. Sie schienen sich vergnügt zu unterhalten.

»Darf ich?«

Professor Mendelez stand vor ihrem Tisch: »Tut mir wirklich leid wegen Jack, ich werde ihn vermissen. Er war ein sehr guter Kammerjäger.«

Er setzte sich und fragte Nadi nach einer Weile, was genau sie an Ratten so fasziniere. Sie antwortete prompt: »Ihre Intelligenz, ihr soziales Verhalten, ihre Anpassungsfähigkeit und die Zuneigung, die sie mir entgegenbringen. Im NGO Herorat lehrten wir die Ratten, TNT aufzuspüren, in der zweiten Abteilung trainierten wir sie auf Tuberkulose.«

Mendelez sagte, Ratten seien in der Tat außergewöhnliche Säugetiere, sie hätten über zehn Millionen geruchsempfindliche Nervenzellen.

»Bei uns in der NGO erschnüffelten sie den gewünschten Geruch in fünfzig Millisekunden.«

Mendelez nickte zustimmend: »Dreihundert Speichelproben Tuberkulose pro Stunde. Unser Labor schafft am Tag gerade mal zwanzig.«

»Jack hat mir gesagt, dass man Sie den ›Lord of the Rats‹ nennt, wie kamen Sie denn auf die Ratte?«

Mendelez antwortete, seine Forschung gelte der Optimierung des menschlichen Immunsystems, das mache die Ratte interessant für ihn. »Die karibischen Spitzmäuse stellten einst eine der allerältesten Linien der Säugetiere dar – bis Ratten sie auch von der letzten Insel verdrängt und ausgerottet haben. Seitdem erobern diese unseren Planeten. Und sie werden die letzten Säugetiere sein, die ihn verlassen.«

Der Professor hielt inne und musterte Nadi. Sie hatte den Eindruck, dass sich Mendelez gerade fragte, ob sie überhaupt verstand, was er ihr soeben erzählt hatte. Nadi vermutete, dass er sie in die Kategorie der »bildungsfernen Zuwanderer« einordnete. Das ärgerte sie, denn sie hatte alles gelesen, was man im Internet über Ratten lernen konnte. Auch Jack hatte sie immer übertrieben fürsorglich behandelt, als sei sie bloß ein nettes Mädchen aus der indischen Provinz. Nadi hatte es satt, wie ein Dummerchen behandelt zu werden. Sie war aus ihrem Land geflohen und entschlossen, sich hier durchzuschlagen. All diese Männer hier, so vermutete Nadi, waren im Grunde auf Rosen gebettet, hatten an Universitäten studiert, um später auf andere Leute herabschauen zu können. Sie aber hatte etwas, das die anderen nie gelernt hatten: Kampfgeist, den Willen, nie aufzugeben. Mendelez spürte das Unbehagen, das er mit seinen Ausführungen bei Nadi ausgelöst hatte, und sagte freundlich, er habe im Gegensatz zu ihr keine Erfahrung im alltäglichen Umgang mit Ratten: »Im Augenblick interessiere ich mich für die Bauchspeicheldrüse der Nager. Im Labor schimmern die Organe grün. Aber etwas sticht besonders hervor, weil es heller leuchtet. Es ist die Bauchspeicheldrüse. Das grüne Fluoreszenzlicht kommt von den Markermolekülen. Und das Besondere daran: Die Bauchspeicheldrüse stammt von einem fremden Säugetier. Ein Transfer von Maus zu Ratte stellt für uns keine besondere Anforderung mehr dar. Aber geht auch ein Transfer von Ratte zu Mensch? Man könnte Millionen Menschen das Leben retten. Wer Rattenzellen in menschliche Embryonen injizieren könnte …«

»Sie züchten neue Wesen?«

»Nein«, lachte Mendelez, »das findet alles im Labor statt. Es gibt ethische Normen, die uns verbieten, gentechnisch veränderte Embryonen auszutragen.«

»In Indien haben wir viele Götter, es sind Mischwesen, halb Mensch, halb Tier, einige werden mit unzähligen Armen dargestellt, weil sie alles können, aber wenn man sie braucht, sind sie nie zur Stelle.«

Mendelez berührte freundlich ihre Hand: »Dann wissen Sie, was Chimären sind, ein uralter Menschheitstraum. Das Alter des sogenannten Löwenmenschen aus dem süddeutschen Lonetal – vielleicht kennen Sie die Skulptur – wurde auf fünfunddreißigtausend Jahre datiert. Die Mythologien kennen einen ganzen Zoo von Zentauren, Sphinxen, Werwölfen und Meerjungfrauen, und Homer lässt in seiner *Ilias* Chimaira höchstpersönlich auftreten. Aber ein gentechnisch optimierter Mensch ist noch kein Mischwesen.«

Nadi verstand kaum ein Wort. Sie spürte den Groll, der in ihr aufstieg, die Wut gegen ihre Familie, die ihr jegliche Bildung und Entfaltung verwehrt hatte. Sie nahm sich vor, all diese Begriffe zu googeln, die der Professor benutzte.

Mendelez sagte, er könne viel von ihr lernen. Er würde gerne mehr erfahren über die Art und Weise, wie Ratten denken und lernen. Ob sie Pläne habe?

»Meine Zukunft ist ungewiss«, sagte Nadi, »mein Visum läuft bald ab, ich habe keine Arbeit, aber ich will nicht mehr nach Indien zurück. Ich will hierbleiben und lernen.«

Mendelez reichte ihr seine Visitenkarte und sagte, er bereite ein neues Projekt vor, vielleicht hätte sie Lust, ihn dabei zu unterstützten.

Drei vollbusige Filipinas in spärlichem Outfit betraten unter Applaus die kleine Bühne.

»Das sind *The Three*«, schmunzelte der Professor. Die Leadsängerin begrüßte mit einer kindlichen Piepsstimme das Publikum und rockte dann mit einem verrauchten Bariton eine Cover-Version von »Good Golly Miss Molly«. Asiatische Ladyboys waren im Club beliebt. Auch Nadi musste lachen und suchte den Blickkontakt zu Mendelez. Er saß da, still und vergnügt. Der Mann begann sie zu faszinieren. Sie hätte gerne einen Vater wie Mendelez gehabt. In seiner Nähe wäre sie aufgeblüht wie eine Blume.

* * *

Die Cook-Ratte rannte mit ihrem Gefolge durch die Kanalisation, nahm eine Abzweigung und spurtete nun den unterirdischen River Fleet entlang, der 1768 in die Unterwelt verbannt worden war. Dass schwarze Rinder dort unten grasen, war ein Mythos, der lange überlebte. Die Nager erreichten die breite Mündung in die Themse bei der Blackfriars Bridge. Hier hatten im Mittelalter Handelsschiffe angedockt. Und nachts hatten sich Ratten aus den Vorratskammern geschlichen und waren über die massiven Schiffstaue von Bord gegangen.

Institut Nilsor, London

Mit ein paar flinken Mausbewegungen lud der Professor die schwarze Monsterratte auf den Bildschirm: »Das ist die Ratte aus Ealing Brodway. Wir nennen sie Freak-Ratte, denn sie gehört zur neuen Generation der resistenten Londoner Ratten.«

»Hat sie Toni Belotti infiziert?«, fragte Ben Davies.

»Nein, weder Toni Belotti noch Jack Black.«

Mendelez griff nach einer dünnen Mappe neben dem PC und schlug sie auf: »Wir haben im Blut der beiden Verstorbenen mutierte Bakterien aus der Gruppe der Spirochäten nachgewiesen, sie lösen die Weil'sche Gelbsucht aus. Leptospirose. Der Mensch kann sich über kleinste Hautverletzungen infizieren, die Inkubationszeit beträgt ungefähr eine Woche, und ohne Behandlung stirbt man rasch. In der Regel sind Schädlingsbekämpfer und Kanalarbeiter in der Dritten Welt davon betroffen.«

Der Professor lud eine Grafik auf den Monitor. Sie zeigte drei identische DNA-Sequenzen: »Sehen Sie einen Unterschied?«

Davies beugte sich zum Monitor: »Als Laie fällt mir nichts auf.«

»Sie finden keinen Unterschied«, sagte Mendelez, »weil es keinen gibt. Die DNA-Sequenzen eins und zwei haben wir dem Blut von Toni Belotti und Jack Black entnommen.«

»Und die dritte DNA-Sequenz?«

»Nick Harris.«

»Nick Harris?«

»Er arbeitete früher für das Institut Nilsor. Vor einigen Tagen starb er in der Antarktis, in Südgeorgien. Wir haben in der Laborprobe das Protozoon *Toxoplasma gondii* nachgewiesen. Das ist ein Parasit, der immer wieder das Gehirn von Ratten befällt. Das senkt ihre Hemmschwelle. Ratten haben keine natürliche Angst mehr. Sie springen den Leuten ins Gesicht und beißen sich fest, sie greifen sogar Katzen an, obwohl sie gegen diese keine Chance haben. Die Katzen fressen die Ratte, und der Parasit legt seine Eier in ihrem Darm ab. Ist die Katze einmal infiziert, kann sie der ganzen Familie den Tod ins Haus bringen. Im 17. Jahrhundert starben allein in London siebzigtausend Menschen daran, ein Viertel der damaligen Stadtbevölkerung. In den drei Leichen konnten wir eine Mutation feststellen. Das war keine Freak-Ratte mehr. Das war eine Zombie-Ratte!«

»Wie kommt eine Ratte aus Südgeorgien nach London?«

»Auf dem gleichen Weg, wie die Ratten an Bord von James Cooks Schiffen nach Südgeorgien gelangten.«

»Sie meinen, wir haben hier in London eine solche Zombie-Ratte?«

»Ja, irgendwo. Das Bakterium auf ihren Flöhen kann nur über einen direkten Kontakt mit Blut, Sperma, Vaginalsekret oder Muttermilch übertragen werden. Aber wir wissen nicht, wie lange das so bleiben wird. Auf jedem Rattenfüßchen tummeln sich rund fünftausend Bakterien, E.Coli, Bartonellen, Salmonellen, Rickettsien, und mit jeder Generation kann eine weitere Mutation stattfinden, die gegen jedes Breitbandantibiotikum resistent ist.«

Ben Davies versuchte sich einen Reim zu machen: »Beide Opfer waren in diesem Toy Shop. Aber auch die Inderin und der Sohn von Black Jack waren dort. Wieso sind *sie* nicht erkrankt?«

»Beide sind wesentlich jünger«, antwortete Mendelez, »und wir haben nicht alle das gleiche Immunsystem. Wenn ein Infizierter rasch ärztliche Betreuung in Anspruch nimmt, kann man im Einzelfall mit hoch dosiertem Antibiotikum gute Ergebnisse erzielen, aber da die Infektion bei Hausärzten wenig bekannt ist, assoziiert man die Symptome mit einer beginnenden Grippe. Dann entzünden sich Hirnhaut, Nieren, Leber und Herz und jede Hilfe kommt zu spät.«

»Hätte man Toni Belotti und Jack Black retten können, wenn man sie rechtzeitig ins Spital gebracht hätte?«

»Nicht unbedingt. Wahrscheinlich haben beide in ihrem Leben bereits zu viele Antibiotika geschluckt. Über die Nahrung oder nach ärztlicher Verordnung. In der Tierhaltung werden unglaubliche Mengen Antibiotika eingesetzt, die wir täglich unfreiwillig zu uns nehmen. Je älter ein Mensch wird, desto größer ist die Wahrscheinlichkeit, dass er multiresistente Erreger entwickelt, die kein heute bekanntes Antibiotikum neutralisieren kann.«

Mendelez hielt inne, er schien einen Moment lang abwesend zu sein.

Dann wandte er sich in eindringlichem Ton wieder Davies zu: »Bringen Sie mir noch einmal die junge Inderin!«

Davies verstand nicht.

»Sagt Ihnen der Name Mary Mallon etwas?«

Davies verneinte.

»Sie wurde als ›Typhoid Mary‹ bekannt. Ende des 19. Jahrhunderts war die Frau aus Irland in die USA eingewandert. Sie arbeitete als Köchin und verbreitete Typhus, ohne selber daran zu erkranken. Sie war eine sogenannte Dauerausscheiderin.«

»Wäre es denn möglich, dass auch unsere Inderin eine solche Dauerausscheiderin ist?«

»Ausschließen kann ich das nicht. Wir haben lediglich überprüft, ob sie infiziert ist.«

»Dann bringe ich Ihnen nochmals die Inderin.«

Ben Davies hatte sich bereits verabschiedet, als ihm noch eine Frage einfiel: »Ist es möglich, dass man mit dem Blut einer solchen Zombie-Ratte vorsätzlich einen Menschen tötet?«

»Grundsätzlich: Ja.«

Ratcontrol, London

Ben Davies fuhr in den Hof von *Ratcontrol* und hielt vor dem Büroeingang. Er betrat das Gebäude und betätigte die Klingel. Wenig später stand er im Büro von Elisabeth. Sie sagte, hier sei alles ein bisschen durcheinandergeraten, sie könne es immer noch nicht fassen, dass Mister Black so plötzlich verstorben sei. Er hätte, weiß Gott genug durchgemacht, und ausgerechnet jetzt, wo sich alles zum Guten zu wenden schien, habe ihn … Sie stockte, holte tief Atem und fragte Ben Davies, was sie für ihn tun könne.

»Wir müssen Nadi finden. Das hat oberste Priorität. Dann brauche ich Jacks Einsatzpläne der letzten Monate. Ich will wissen, wo er überall im Einsatz war.«

»Sie glauben, vielleicht hat er sich irgendwo …«

»Wir brauchen Gewissheit, wir müssen eine Möglichkeit nach der anderen ausschließen können.«

Elisabeth öffnete auf dem PC die Datei mit dem Einsatzplan des laufenden Monats und druckte ihn aus. Davies wollte mehr: »Drucken Sie mir die letzten drei Monate aus, und rufen Sie den Sohn von Jack Black. Sie müssen mich beide begleiten. Für eine Blut-Untersuchung. Und vor allem: Wo ist die Inderin?«

»Jetzt gleich?«, fragte Elisabeth und verwarf die Hände, »ich kann doch nicht …«

»Sie müssen«, gab Ben Davies trocken zur Antwort. Elisabeth rief Alistair an und sagte, er müsse dringend ins Büro kommen. Der Detective sei wieder da. Nach dem Anruf fragte Davies auch sie, wie das Verhältnis zwischen Vater und Sohn gewesen sei.

Elisabeth zögerte.

»Ist das so schwer zu beantworten? Entweder war es gut oder es war nicht so gut.«

»Nicht so gut.«

»Wie sehr *nicht so gut*?«

»Er lebt im gegenüberliegenden Gebäude.«

»Dann war es verdammt schlecht.«

»Manchmal wurde es schon laut. Das ist die Pubertät.«

»Wie alt ist er?«

»Demnächst zwanzig. Wir planten bereits seinen …«

»Wie lange dauert eine Pubertät?«

Institut Nilsor, London

Alistair saß im Behandlungszimmer A9 des Institut Nilsor und ließ sich von einem Assistenten Blut abnehmen. Elisabeth stand daneben. Sie würde die Nächste sein.

»Glaubt er etwa, ich hätte meinen alten Herrn umgebracht?«, ärgerte sich Alistair.

»Er hat sich nach eurem Verhältnis erkundigt«, antwortete Elisabeth.

»Und? Was hast du gesagt?«

Elisabeth zuckte mit den Schultern: »Dass es eben nicht so toll war.«

»Jaja!«, schrie Alistair, »und so eine steht auf der Lohnliste von *Ratcontrol*. Weißt du was, Elisabeth, ich werde die Bude verkaufen! Ja, Jack und ich hatten ein beschissenes Verhältnis, na und? Das kam ja nicht von ungefähr. Ist das ein Grund, jemanden umzubringen? Falls ja, müsste ich ganz London abfackeln! Hörst du? Das ganze Königreich!«

Elisabeth erschrak: »Woher kommt bloß dieser Hass, Alistair, er ist doch jetzt tot. Du solltest dir besser überlegen, wie es weitergeht?

Vielleicht könntest du Nadi einstellen. Sie ist sehr nett.«

Alistair verdrehte die Augen: »Nett sein genügt nicht, Elisabeth, was soll ich mit dieser Thai?«

»Sie ist Inderin.«

»Okay, eine nette Inderin, die Ratten mögen offenbar ihr Flötenspiel. Aber kann sie damit Ratten fangen?«

»Wie meinst du das, Alistair?« Elisabeth verstand die Anspielung nicht.

»Die Rattenfängerin von Rajasthan« spottete Alistair und beließ es bei dieser Andeutung, »ich hätte Lust, die ganze Bude zu verkaufen und mit einer Harley durch Südamerika zu fahren, zur Südspitze Argentiniens, über den Monte Fitz Roy bis zum Nationalpark Los Glaciares.«

»Das ist gefährlich, Alistair, da werden doch laufend Touristen umgebracht …«

»Jack war nie in Südamerika und ist trotzdem gestorben.«

»Und was wird aus mir?«

* * *

Alistair betrat Nadis Zimmer im Untergeschoss. Es war leer. Ein säuerlicher Geruch lag in der Luft. Er öffnete die beiden schmalen Fensterflügel und suchte den Boden ab. Vor einer Fußleiste kniete er nieder. Er zog einen Schraubenzieher aus seinem Gurt und lockerte die Holzleiste. Ein Auto fuhr in den Hof. Alistair ging zum Fenster und sah die Räder eines mattschwarzen Austin Martin und die ausgelatschten Wildlederschuhe von Ben Davies. Alistair hatte nicht die geringste Lust, nach oben zu gehen. Er durchquerte die Lagerhalle, nahm einen Kessel mit Desinfektionsmittel und wollte zum Van. Da stand plötzlich Ben Davies vor ihm.

»Sie schon wieder?«, ärgerte sich Alistair und wollte an Davies vorbei. Doch dieser hielt ihn am Arm zurück.

»Sie tun Ihren Job, ich tue meinen. Ist Nadi im Haus?«

»Nadi?«

»Ja, Nadi, oder gibt es noch andere Mädchen im Haus?«

»Mein Vater hatte nie mehr als eine Freundin zur selben Zeit, für mehr reichte es nicht. Obwohl er Viagra schluckte wie andere Hustenbonbons.«

»Offenbar mögen Sie weder Nadi noch Ihren Vater.«

»Sind wir fertig?«

»Nicht ganz. Wo ist Nadi?«

»Bin ich etwa ihr Kindermädchen?«

»Sie sind nicht besonders kooperativ, Alistair, schlechte Erfahrungen gemacht?«

»Was soll die Heuchelei? Sie kennen bestimmt meine Strafakte.«

»Wie war Ihre Beziehung zu Nadi?«, wiederholte Davies.

»Beziehung?« Alistair verzog das Gesicht. »Sagen wir es mal so: Ich vermisse sie nicht. Ich vermisse auch meinen Vater nicht. Und ich werde auch Sie nicht vermissen, wenn Sie mir endlich aus dem Weg gehen.«

Er wollte erneut an Ben Davies vorbei, doch dieser packte ihn unsanft am Oberarm: »Ich kann Sie auch auf dem Revier befragen. Zum letzten Mal: Wo ist Nadi?«

»Ich weiß es nicht, ein Typ hat mal nach ihr gefragt, ich hatte den Eindruck, die hatten was miteinander. Hank Cooper. Er gab mir seine Visitenkarte, aber die hat jetzt die Inderin. Was wollen Sie eigentlich von ihr?«

»Eine zweite Blutprobe. Dringend!«

* * *

Nadi stand hinter dem Vorhang im ersten Stock und beobachtete den Hof. Sie sah, wie Davies zu seinem Wagen zurückkehrte, doch er setzte sich nicht in den Wagen, er schaute zu den Fenstern hoch. Blitzschnell zog Nadi ihren Kopf hinter den Vorhang und wartete, bis Davies den Motor startete. Doch Davies blieb. Er betrat den

Empfangsraum. Nadi hörte, wie er sich im Erdgeschoss mit Elisabeth unterhielt. Der Tod von Toni und Jack hatte sie stark verunsichert. Sie hatte Angst, dass man ihr irgendetwas anhängte, eine Mitschuld am Tod der beiden Männer. Sie war in London auf sich allein gestellt, rund achttausend Kilometer von der Heimat entfernt, ohne Verwandte, ohne Bezugsperson, sie wäre den britischen Behörden schutzlos ausgeliefert. In Indien hätten ihr Verwandte geholfen, da war fast jeder Beamte bestechlich, jeder hatte dem andern einmal einen Gefallen erwiesen, eine Hand wusch die andere. Nadi überlegte, ob sie sich in etwas hineinsteigerte, ob sie sich Dinge einbildete, die nicht plausibel, nicht möglich waren. Sie hätte vieles darum gegeben, sich mit jemandem austauschen. Vielleicht mit Elisabeth, aber die stand mit Davies im Büro.

Nadi nahm Ganesha aus dem kleinen Käfig, den sie aus dem Lager entwendet hatte, bettete die Albino-Ratte in ihre Tasche und schlich leise durchs Treppenhaus. Sie horchte. Davies war immer noch da. Vom Büro aus waren die Treppen nicht sichtbar. Sie ging auf Zehenspitzen den Flur hinunter. Er führte zu den Toiletten. Dort war eine Tür, die auf den Parkplatz des angrenzenden Grundstücks führte. Verschlossen. Sie betrat die Toilette und setzte sich auf den Klodeckel. Die Tür ließ sie offen. Sie hörte, wie sich Davies von Elisabeth verabschiedete. Erst als der Motor des Austin Martin aufheulte, stieg sie ins Büro hinunter. Elisabeth sagte, Davies sei eben hier gewesen, sie solle sich dringend bei ihm melden. Nadi sagte, sie habe Angst, nach Indien zurückgeschickt zu werden, aber es sei nicht ihre Schuld, dass Jack gestorben sei. Lieber würde sie sterben, als wieder zurückzukehren nach Rajasthan.

Cellar Door, London

Es regnete in Strömen. Endlich. Nadi hatte, wie andere Passanten auch, unter dem gedeckten Säuleneingang des Lyceum Theatre in der Wellington Street Schutz gesucht. Große gelbe Plakate bewarben »The Lion King«.

Es war kurz vor vier. Nadi überquerte die stark befahrene Kreuzung und stellte sich unter den verglasten Rundbogen, der die Treppe zum *Cellar Door* überdachte. Der Nachtclub war noch geschlossen. Der Regen verdampfte auf dem heißen Asphalt, die Luft wurde schwer und schwül. Nadi war völlig durchnässt und wartete auf Angestellte der Bar, die ihr vielleicht Einlass gewährten. Aber die Leute gingen an ihr vorbei. Zwei kamen mit weißen Abfallsäcken aus dem *Wellington Restaurant,* einem Nachbargebäude des Lyceum Theatre, und stapelten den Müll entlang der Hausmauer. Es wurde immer mehr. Ein Obdachloser wollte einen Abfallsack entwenden, doch die beiden Angestellten jagten ihn davon.

»Wir öffnen gleich«, sagte jemand. Nadi fuhr erschrocken herum, vor ihr stand ein alerter Kerl mit einem Oberkörper wie Arnold Schwarzenegger und Beinen wie Danny DeVito. Vielleicht um die sechzig, er schien gut gelaunt.

»Ich möchte hier auftreten«, sagte Nadi ohne Umschweife.

Der Mann reagierte amüsiert und sagte, das würden viele wollen: »Kennen Sie die Peepshow da unten? Die Sado-Maso-Kammer?«

»Ich kann gut mit Ratten«, unterbrach ihn Nadi selbstbewusst und öffnete ihre Tasche einen Spalt, Ganesha stieß ihr Näschen an die frische Luft und schnupperte. »Geben Sie mir eine Chance, zehn Minuten.«

»Wissen Sie was?«, grinste der Mann, »ich gebe Ihnen fünfzehn Minuten.« Nadi wusste zu diesem Zeitpunkt nicht, dass sie mit John Bradey sprach, dem Betreiber des *Cellar Door.*

Ratcontrol, London

Der rote Van von *Ratcontrol* fuhr auf den Hof der Firma und hielt vor dem Bürofenster. Alistair stieg aus und klopfte an die Scheibe.

»Ist die Thai wiederaufgetaucht?«

Elisabeth öffnete das Fenster: »Alistair, sie ist Inderin.«

»Ist sie aufgetaucht?«

»Nein, ich habe dem Detective gesagt, er solle sich mal im *Cellar Door* umschauen, Jack war oft dort am Freitagabend. Ein paarmal hat er sie mitgenommen.«

»Ja und? Mein Vater ist tot«, antwortete Alistair unwirsch, »was soll sie dort? Seit wann interessieren sich Inderinnen für Dixieland-Jazz?«

»War doch nur eine Idee«, sagte Elisabeth kleinlaut. Sie spürte, dass sie mit Jacks Tod auch ihren Platz in der Firma verloren hatte. Alistair meinte, es müsse für Nadis Verschwinden eine andere Erklärung geben, »sie wäre schön dumm, wenn sie ihre *human credit card* getötet hätte.«

»Sie war ein nettes Mädchen«, entgegnete Elisabeth trotzig.

»Auch nette Mädchen begehen Dummheiten.«

Cellar Door, London

Auf der Bühne des *Cellar Door* stand eine junge Frau im schwarzem Latex-Anzug hinter einem grünen Tisch, der wie ein Fußballfeld markiert war. Sie trug eine Katzenmaske. Eine dunkelgraue Ratte schob einen Fußball über das kleine Spielfeld. Als der Ball über die Torlinie rollte, gab es Applaus. Ein Mann betrat das Lokal. Für einen Augenblick hatte es den Anschein, als würde der Applaus ihm gelten: Ben Davies. Er ging zur Bar, bedächtig und langsam, wechselte ein paar Worte mit dem Barkeeper hinter dem Tresen und schaute sich um. Mehr als dunkle Gestalten in bläulichem Licht waren nicht zu erkennen. Er ging von Tisch zu Tisch, beugte sich zu den Gästen und zeigte seine Polizeimarke. Und dann eine Fotografie.

»Suchen Sie Ihre Katze?«, scherzte Luis C. Mendelez, als Davies an seinen Tisch trat, »oder Ihre Ehefrau?«, fügte der Professor augenzwinkernd hinzu. Davies zeigte keinerlei Reaktion: »Ich suche immer noch die Inderin«, antwortete er kühl, »jemand sagte, Sie hätten hier kürzlich etwas mit ihr getrunken.«

»Ja«, antwortete Mendelez, »sie war ein paar Mal mit Jack Black hier, wir haben uns unterhalten, ein nettes Mädchen.«

Davies schaute an Mendelez vorbei. Er hielt das Lokal im Auge, wollte sehen, ob sich irgendetwas tat, ob Gäste, die er soeben befragt hatte, ungewöhnliche Reaktionen zeigten, zum Handy griffen oder auffällig unauffällig das Lokal verließen.

»Sie ist untergetaucht«, sagte er, ohne den Professor anzuschauen.

»Wieso sollte sie untertauchen?«, fragte Mendelez. Er wirkte plötzlich nachdenklich. Er schaute zu Davies hoch: »Ja, Sie müssen sie finden, je früher, desto besser.«

Davies beobachtete zwei Frauen, die gemeinsam auf das Tunnelgewölbe zusteuerten. Wahrscheinlich suchten sie die Toiletten auf. Davies legte seine Visitenkarte auf den Tisch: »Rufen Sie mich an, wenn sie hier auftaucht.«

Davies verließ das Lokal. Der Regen prasselte immer noch mit voller Wucht auf das Glasdach über der Eingangstreppe. Er überquerte die Straße und setzte sich im gegenüberliegenden *Wellington* an einen Fensterplatz. Von hier aus konnte er den Eingang zum *Cellar Door* im Auge behalten. Er ließ sich einen Teller Ocean Fish & Chips und ein Bier bringen. Er war überzeugt, dass sich das Warten lohnen würde.

* * *

Nadi zuckte zusammen, als jemand die Tür zur Künstlergarderobe aufstieß. Es war John Bradey. Sie hatte gerade ihren Lederanzug ausgezogen und stand in Unterwäsche vor dem Schminktisch. Erschreckt kreuzte sie die Hände vor der Brust. John Bradey wandte den Blick von ihr ab und setzte sich rittlings auf einen Hocker vor einem der Schminktische: »Ich habe längst alle Titten gesehen, die sich der liebe Gott ausgedacht hat, also ziehen Sie sich an, wir müssen reden.«

Nadi schlüpfte hastig in ihre Jeans und zog ihr Shirt über.

»Hat Ihnen die Vorführung nicht gefallen?«, fragte sie verunsichert.

»Sie können gut mit Ratten, und Ihre Idee, als maskierte Katzenfrau aufzutreten, ist auch nicht schlecht. Was mir aber nicht gefallen hat, ist der Typ, der zwischen den Tischen herumtigert und den Gästen Ihr Foto zeigt.« John Bradey stieß sich mit einer schnellen Bewegung vom Tisch ab und rollte auf seinem Stuhl näher zu Nadi: »Was will er von Ihnen? Haben Sie etwas ausgefressen?«

»Nein«, beteuerte Nadi, »ich wohnte bei Jack Black, er ist an einem Infekt gestorben, und jetzt wollen sie, dass ich mein Blut im Institut Nilsor testen lasse.«

»Das klingt vernünftig.«

»Aber das habe ich bereits getan.«

John Bradey kratzte sich am Hinterkopf und verzog das Gesicht: »Nadi, machen Sie mir nichts vor, der Professor hat mir die Story erzählt. Ich denke, Sie sollten Ihre Sachen packen und gehen, bevor dieser Detective mein Lokal auf dem Radar hat.«

»Aber ich bin gesund!«, beteuerte Nadi, »ich habe nicht die geringsten Symptome.«

»Wissen Sie, es ist einfacher, einen Fluss zu stoppen als ein Gerücht. Sie mögen in allem recht haben, ich bin sogar gewillt, Ihnen zu glauben, aber wenn einer in meinem Lokal das Wort Rattenpest flüstert, ist es so, als würden Millionen Ratten aus Londons Kanalisation hochsteigen und den *Cellar Door* verwüsten.«

John Bradey nahm ein Bündel zusammengerollte Geldscheine aus seiner Hosentasche, löste das Gummiband und blätterte einige Pfundnoten auf den Schminktisch. Er wollte das Bündel wieder zusammenrollen, legte aber einen weiteren Schein auf den Tisch und sagte, wenn die Sache geregelt sei, könne sie sich wieder melden.

»Alles Gute, Nadi!« Bradey nickte ihr kurz zu und ging zurück an die Bar. Dort stand Mendelez und unterhielt sich mit der Bardame. Als er Bradey sah, nickte er ihm anerkennend zu: »Das war großartig, was ich soeben gesehen habe.«

John Bradey ging nicht darauf ein. Er fragte Mendelez, worüber er mit diesem Detective gesprochen habe.

»Er sucht eine Frau«, gab der Professor zur Antwort, »ist Nadi noch hier?«

»In der Garderobe. Geht es um diese Blutprobe?«

Mendelez nickte, »ich fahr sie gleich ins Labor und anschließend nach Hause, dann ist die Sache erledigt.«

Bradey zeigte zur Künstlergarderobe: »Sie kennen den Weg.«

Als Mendelez den Raum betrat, leuchteten nur ein paar Lämpchen über den Schminktischen. Da war niemand.

* * *

Nadi erreichte keuchend die oberste Stufe, die zum *Cellar Door* hinunterführt. Der Regen hatte aufgehört. Ihr Blick fiel auf die gegenüberliegende *Wellington Bar.* Sie war bereits geschlossen. Dann rannte sie die Straße hinunter.

The West End, London

Ben Davies lag regungslos auf einem King Size Bett. Es war mit einem bordeauxroten Frotteetuch überzogen, das Zimmer abgedunkelt, am Kopfende flackerten zwei Duftkerzen. Davies lag auf dem Bauch, die Augen geschlossen, man hörte nur den Ventilator an der Decke, den Verkehrslärm draußen auf der Straße, ab und zu Gelächter. Davies war nackt. Eine schwarze Inderin, Ende dreißig, saß rittlings auf ihm und massierte seine Schultern. Sie sagte, er sei heute sehr verspannt, es sei deshalb gut, dass er gekommen sei. Davies fragte, seit wann sie in London sei.

Avanchaniya, so hieß die Masseurin, antwortete, das sei schon eine Weile her, zwölf Jahre.

»Waren Sie ganz auf sich allein gestellt?«

»Ich hatte entfernte Verwandte in London, aber die leben heute in Birmingham.«

»Hatten Sie Vertrauen in die Behörden, in die Polizei ...«

Avanchaniya rutschte auf Davies' Beinen hinunter und begann mit ausufernden Bewegungen, seinen Rücken bis hinunter zum Po zu massieren: »Dort, wo ich herkomme, hat man kein Vertrauen in Polizei und Behörden, man geht ihnen aus dem Weg. Wir kennen immer jemanden, der auf dem Polizeiposten schlechte Erfahrungen gemacht hat, ich selber kenne einige Mädchen, die dort vergewaltigt wurden. Wo soll man sich beklagen? Ich weiß nicht, ob es irgendwo ein Land gibt, in dem so viele Frauen Opfer von Massenvergewaltigungen werden. Wir erwarten keine Hilfe von Polizisten, sie sind eine Gefahr.«

Sie wechselte die Seite und bat Davies, sich auf den Rücken zu legen.

»Happy End?«, fragte sie.

Bloomsbury Square Garden

In der Morgendämmerung wurde Nadi unsanft aus dem Schlaf gerissen. Sie hatte im Bloomsbury Square Garden übernachtet, da Obdachlose hier offenbar in Ruhe gelassen wurden. Nach dem Regen am Vortag waren die Nachttemperaturen angenehm frisch gewesen. Doch jetzt stand ein ausgemergelter Junkie vor ihr und fragte, ob sie ihm etwas leihen könne.

»Sehe ich etwa aus wie eine Bank?«, fragte Nadi genervt und packte eilig ihre Sachen. Sie wollte verschwinden. Der Mann rief ihr nach, sie sei eine gottverdammte Nutte. Hatten am Vorabend nur wenige Menschen hier gelegen, waren es jetzt ziemlich viele. Plötzlich trat ein älterer Herr grinsend aus einem Gebüsch hervor, er trug nur ein T-Shirt. Er massierte seinen erigierten Penis und schnaufte wie ein Ross. Nadi wollte an ihm vorbeirennen, doch er stellte sich ihr in den Weg und versuchte, sie zu umarmen und zu küssen. Instinktiv riss Nadi ihr Knie hoch, traf den Mann in den Unterleib, er sackte stöhnend zusammen. Sie trat ihm seitlich gegen das Knie wie Hank damals am Flughafen. Das tat richtig weh. Der Mann krümmte sich am Boden und begann zu jammern. Dann trat sie ihm mitten ins Gesicht. Nicht weil sie ihn bestrafen wollte, sondern aus Angst, er könne nochmals aufstehen. Sie rannte aus dem Park und lief zur nächsten Underground-Station. Dort studierte sie den Haltestellenplan und nahm die Tube Richtung Norden, Borough of Haringey.

An der Station Hornsey verließ sie die Bahn und suchte mithilfe ihrer Navi-App die Wightman Road. Auch hier türmten sich die Müllsäcke entlang der Straßen, manchmal sah man ein Rattenrudel zwischen aufgerissenen Plastiksäcken hervorwuseln. Ein Obdachloser schob einen Einkaufswagen über die Straße, kein Autofahrer hupte, man hatte sich daran gewöhnt, wie man sich auch in Delhi oder Kalkutta daran gewöhnt hatte, dass am frühen Morgen tote Babys im Straßengraben lagen, die von streunenden Hunden beschnuppert wurden.

Das Navi führte Nadi in die Pemperton Road. Am Ende der Straße, an der Kreuzung Green Lanes, war ein türkisches Restaurant, daneben *China City*, ein Take-Away mit Nudel-Bar, und gegenüber *Indika*, ein indisches Restaurant. Die meisten Häuser waren dreistöckig und bestanden jeweils aus einem Laden oder Restaurant im Erdgeschoss und zwei darüberliegenden Stockwerken mit Fassaden aus rotem Backstein. Eine Lücke in der Häuserzeile hatte die Trennmauer zum Nachbargebäude freigelegt. Jemand hatte die Wand mithilfe einer Schablone besprayt. Das Graffito erstreckte sich über zwei Stockwerke und zeigte eine Riesenratte, die ein Plakat in den Pfoten hielt. »You lie«, stand darauf, du lügst. Nadi lief die Straße hinunter, bis ihr Navi die Message »Das Ziel befindet sich rechts« anzeigte. Sie stand vor einem verlotterten *King Kebas* Schuppen, links davon ein Nail Design Studio, rechts davon ein Laden, der Altgold gegen Cash kaufte. Sie schaute die Fassade hoch. Der Putz bröckelte. Die Fenster erweckten den Anschein, als würde der nächste Sturm sie aus der Verankerung reißen. Nadi öffnete die Haustür und stieg die knarrende Holztreppe zum ersten Stock hoch. Das Türschild war überklebt. Sie klingelte. Klingelte nochmals. Es ertönte eine Stimme, Nadi verstand nur »fuck«. Als sie energisch an die Tür klopfte, vernahm sie schleppende Schritte, jemand riss die Tür auf. Vor ihr stand ein verschlafener junger Mann in Unterwäsche, Hank Cooper mit Fünftagebart.

Kanalisation, London

In den frühen Morgenstunden rannte ein Rattenrudel durch das unterirdische Labyrinth von Rohren, Gewölben und Schienen. Die Cook-Ratte kletterte an einem Schaltkasten hoch und gelangte über eine aufgerissene Stelle im Gehsteig ans Tageslicht. Nun huschte sie mit ihrer Gefolgschaft einige Hundert Meter über eine leere Straßenkreuzung und verschwand so geräuschlos, wie sie gekommen war, wieder in der Kanalisation. Dort machten sich die Nager an Kabeln zu schaffen, sie knabberten flink den Plastikmantel an und ließen erst davon ab, als einige von einem Stromschlag getroffen durch den Tunnel geschleudert wurden. Im gesamten Viertel fiel der Strom aus.

Broadway Ealing, London

Ben Davies parkte seinen Austin Martin hinter den roten Van von *Ratcontrol* und betrat den ehemaligen Toystore in der Bond Street.

Das Geschäft war leergeräumt, einige Regalbretter lagen zum Abtransport bereit, es sollte alles verbrannt werden. Alistair trat im roten Overall aus der Küche. Er nahm Brille und Atemmaske ab:

»Sie schon wieder?«

»Ich dachte, der Job sei erledigt.«

»Sie sagten mir kürzlich: Sie haben Ihren Job, ich habe meinen, das ist tatsächlich so, Mister Davies, Sie finden den Ausgang alleine?«

»Wo ist die Inderin?«

»Wie kommen Sie auf die Idee, dass ich das weiß? Wieso sollte ich es Ihnen verschweigen?«

»Sie wurden vor drei Jahren wegen Drogenbesitz und Handel mit Kokain rechtskräftig verurteilt.«

»Ach, hören Sie auf mit dem Scheiß! Haben Sie in Ihrer Jugend nie Mist gebaut? Slow down.«

Ich habe sogar eine ganze Menge Scheiße gebaut, dachte Ben Davies und sagte, bei ihm sei diese Jugend irgendwann zu Ende gewesen. »Wissen Sie, wie ich Sie einschätze?«, fragte er, »als jemand, der aus Trotz nie im Leben mit der Polizei kooperieren würde. Aus purem Trotz.«

»Okay, Boomer.«

»Profitieren *Sie* eigentlich vom Tod Ihres Vaters?«

Alistair warf die Hände in die Luft: »Was für eine blöde Frage! Ich erbe die Firma, aber die hätte ich auch geerbt, wenn er in zehn Jahren gestorben wäre.«

»Aber dann wären Sie zehn Jahre älter gewesen.«

»Mein Vater starb an einem Infekt«, sagte Alistiar zornig, »sehe ich etwa aus wie ein Bakterium?«

»Man kann jemanden auch vorsätzlich mit Bakterien infizieren.«

»Ach, wirklich? Dann habe ich wohl meinen Vater mit einem Bakterium infiziert. Und das habe ich vielleicht einfach bei Amazon gekauft?«

»Ein Rattenpfötchen in der Suppe genügt«, entgegnete Ben Davies kühl.

»Mein Vater kannte das Berufsrisiko, er hatte in diesem verfickten Toy Shop einen Einsatz. Der Inhaber starb an der Rattenpest, mein Vater starb an der Rattenpest. Besteht da ein Zusammenhang?«

»Ich fragte Sie nach der Inderin!«

Criminal Investigation Department (CID), London

Ben Davies stand breitbeinig im Übungskeller des Criminal Investigation Departments (CID) und feuerte das Magazin seiner Heckler & Koch P30 leer. Das Display an der Decke versicherte ihm, dass er auch mit der neuen Dienstpistole zielsicher war. Davies wechselte das Magazin und feuerte weitere Neun-Millimeter-Patronen gegen die Zielscheibe. Neben ihm absolvierte Carla Mansutti ihre monatliche Schießpflicht. Sie war mittlerweile besser als er, ging noch mit jugendlichem Ehrgeiz ans Werk, der ihm längst abhandengekommen war. Peter Mitchell unterhielt sich mit dem rothaarigen Zweimeterschrank Wesley O'Brien. Sie warteten im Hintergrund, bis sie an der Reihe waren. Es gab im Keller nur noch zwei funktionierende Bahnen.

»Neues von der Inderin?«, foppte ihn Mitchell, als Davies die Bahn frei machte.

»Die Vermisstenanzeige kommt heute in den Fünfuhrnachrichten und morgen in The Sun«, antwortete Davies.

»Ich wette, wir finden sie im Red Light District. Wo soll sie denn hin? Wo kann sie sich Geld beschaffen?«

Mitchell warf ein, dass sie ja gar nicht wüssten, über wie viel Cash sie bei der Einreise verfügte, »und wenn ihr mich fragt, die Frau hat einfach Angst.«

»Und wovor?«, mischte sich Carla Mansutti ein, »vielleicht vor euch gottverdammten Sexisten?«

Mitchell lachte und hielt sich den schwabbelnden Bauch fest. Wesley O'Brien meinte, wer untertauche, mache sich verdächtig, »findet die Inderin und der Fall ist gelöst.«

Pemperton Road, London

Nadi stand am Herd der kleinen Einbauküche und kochte Bhuna Gosht, Lammwürfel mit Tomaten und Zwiebeln. Sie hatte Hank einen Einkaufszettel geschrieben. Er hatte sich gewundert, wieso sie ihn nicht begleiten wollte. Nun lag er auf der halb zerschredderten Couch, die Beine auf dem gläsernen Clubtisch, und schaute die Abendnachrichten. Ganesha kauerte in sicherer Entfernung vor der heißen Kochplatte und beobachte aufmerksam ihre neue Umgebung. Ab und zu machte Nadi eine kreisende Handbewegung, Ganesha drehte sich um die eigene Achse und erhielt dafür eine dünn geschnittene Bananenscheibe.

Hank hatte nicht viele Fragen gestellt, es war beinahe selbstverständlich gewesen, dass sie hier vor einer Woche aufgetaucht war. Als sie ihn vorsichtig nach seiner Einstellung zu Ratten gefragt hatte, war seine Antwort überraschend und eindeutig: Sie seien cool. Dann hatte sie ihm gestanden, dass sie nicht allein gekommen war. Er mochte Ganesha auf Anhieb. Vielleicht lag es daran, dass sie weißes Fell hatte.

»Was haben eigentlich all diese Rattenbilder an den Hauswänden zu bedeuten?«, fragte Nadi.

»Die sind von Banksy, einem Typ aus Bristol. Früher schlich er nachts durch die Straßen und sprayte seine Schablonengraffiti, Street-Art. Heute ist er weltberühmt, obwohl keiner seine Identität kennt. Sotheby's hat gerade ein monumentales Gemälde von ihm, es zeigt Affen im britischen Parlament, für elf Millionen versteigert und an der Church Street in Croydon hat er einen Laden eröffnet, der immer geschlossen ist.«

Das Essen schmeckte Hank. Nadi nutzte die Gelegenheit, um mehr über ihn zu erfahren. Sie stellte sich den Beruf des Pressefotografen sehr aufregend vor, doch Hank wehrte ab, bald würde er Millionen erben, dann würde er dieses Rattenloch verlassen und sich etwas in Chelsea, Kensington oder Notting Hill kaufen. Nadi verstand nicht, aber sie hätte gerne gewusst, ob er mit ihr plane. Obwohl sie sich kaum kannten, hatte sie manchmal den Eindruck, dass sie ein Paar sein könnten. Sie hatte zwei Seiten dieses Mannes kennengelernt, den hilfsbereiten und mutigen Hank am Flughafen und den schlitzohrigen Schmuggler Hank, der sie schamlos ausgenutzt hatte. Irgendetwas faszinierte sie an diesem Typen, er war ganz anders als die Männer in ihrem Dorf. Sie war sich nicht im Klaren, ob sie ihn nun mochte oder gar sehr mochte, denn sie wusste sehr wenig über die Liebe. Dort, wo sie herkam, wurden Ehen von den Eltern organisiert. Die Liebe, so hatte ihre Mutter immer wieder behauptet, würde im Laufe der Jahre entstehen. So sei es immer gewesen. »Und wenn sie nicht entstünde, die Liebe?«, hatte Nadi einmal gefragt. Dann hätte sie immer noch die Pflichten einer Ehefrau, hatte ihre Mutter geantwortet.

Nadi fühlte sich wohl in Hanks Wohnung, aber sie hatte nie das Bedürfnis, von ihm in die Arme genommen zu werden. Für sie wäre es in Ordnung gewesen, wenn sie hier zusammen gelebt hätten wie Bruder und Schwester. Ihr genügte es, ein Dach über dem Kopf zu haben und Sicherheit. Aber Europäer suchten all die Dinge, die sie im Kino gesehen hatten.

Nach dem Essen zog sich Hank ins Badezimmer zurück. Er rasierte sich, wusch sich die Haare und zog einen anständigen Anzug an. Nadi wurde misstrauisch, Zweifel stiegen in ihr hoch. Hatte Hank etwa ein Date mit einer anderen Frau? War sie eifersüchtig? Bedeutete ihr Hank mehr, als sie zugab? War es bloß ein Akt der Höflichkeit, dass Hank sie bei sich wohnen ließ? Sie dachte an Tante Taneja: »The way to a man's heart is through his stomach«, hatte sie ihr stets gesagt, Liebe geht durch den Magen. Aber Toni hatte ihr mal im Rausch gesagt, eine Frau müsse stets dafür sorgen, dass der Mann den Bauch immer voll und die Eier leer hat.

Als Hank das Badezimmer verließ, sah er wie ein britischer Gentleman aus, teures Tuch, sauber gekämmt.

»Kleider machen Leute«, grinste er, »habt ihr auch solche Redensarten in Indien?«

»Du blutest«, gab Nadi zur Antwort und strich ihm mit einem Küchentuch über das Kinn. Hank hatte sich beim Rasieren geschnitten. Es gefiel ihr, dass Hank beim Abschied sagte, er müsse zum Notar, zur Testamentseröffnung. Offenbar war keine andere Frau im Spiel. Hank sagte, er sei als armer Schlucker unter der Dusche gestanden und käme in zwei Stunden als Millionär zurück.

»Falls Sie als Millionär zurückkommen, könnten Sie mir bitte etwas mitbringen, um die Haare zu färben, Lila Hochglanz.«

Hank hatte gezwinkert und ihr zum Abschluss einen Kuss auf die Stirn gegeben: »Du solltest dich doch allmählich daran gewöhnt haben, mich zu duzen, Nadi, schließlich leben wir wie Mann und Frau.« Er gab ihr einen zweiten Abschiedskuss auf die Wange. Das war der Hank, den sie mochte, den sie vielleicht eines Tages lieben könnte. Vielleicht war Liebe doch besser als ihr Ruf. Was wäre sonst der Grund, dass sich alle Menschen danach sehnten und vor Eisenbahnen warfen, wenn die Liebe nicht erwidert wurde?

Kanalisation, London

Die Cook-Ratte rannte durch mittelalterliche Krypten, Hunderte von Artgenossen folgten ihr. Am Fuße einer Metallleiter, die in die Oberwelt führte, lag ein Obdachloser. Es war nicht ersichtlich, ob er vor Erschöpfung eingeschlafen oder bereits tot war. Der Rattenschwarm stürzte sich auf seinen Körper. Als die Nager von ihm abließen, war nicht mehr viel von ihm übrig.

Knightsbridge, London

»Sie können das Testament ablehnen«, sagte der stark beleibte Executor Ronald Straw, der wie üblich vom Probate Court, dem Nachlassgericht, zum Testamentsvollstrecker ernannt worden war. Er reichte Hank ein handschriftlich verfasstes Schriftstück über den Tisch. Hank überflog die einleitenden Standards und stellte fest, dass ihn sein Vater als Alleinerbe eingesetzt hatte.

»Worin besteht die Erbschaft?«, fragte Hank.

Ronald Straw räusperte sich. Zögernd schob er Hank die Inventarliste über den Tisch: »Mietschulden, Steuerschulden, ein paar Tausender sollten übrigbleiben, aber ich kann erst auszahlen, wenn die definitive Steuerrechnung vorliegt.«

Hank stockte der Atem, er starrte auf das Nachlassinventar: »Dann hat er also sein ganzes Geld in seine Nutten reingepumpt.«

»Es war sein Geld«, sagte der Executor ruhig und wartete auf eine Antwort Hanks. Sie kam nicht. »Wenn Sie das Erbe ablehnen, kommt der Staat für die Beerdigungskosten auf.«

Margaret Street, London

Hank stampfte die Margaret Street hinunter. Er schäumte vor Wut. Vor der Hausnummer 12 blieb er stehen, *iCorrect*, ein Handyshop. Der Mann im Shop öffnete das Handy von Hanks Vater und zeigte ihm kommentarlos das Innenleben. Mainboard, Prozessor und Arbeitsspeicher waren korrodiert.

»Futsch?«, fragte Hank.

»Ziemlich futsch. Ich könnte es mit Isopropanol versuchen, aber ohne Garantie. Und am Ende zahlen Sie die missglückte Reparatur und müssen trotzdem ein neues kaufen.«

Der Verkäufer zeigte auf die Wand mit den Aktionsangeboten. Hank griff ohne zu zögern nach einem iPhone: »Haben Sie auch ein Case dazu, irgendwas mit Kamelen?«

Wahaca, London

Eine Straße weiter setzte sich Hank ins *Wahaca*, ein schmales, mexikanisches Restaurant mit Take-away. Er hatte früher oft hier verkehrt. Salomon, ein jüdischer Afrikaner mit schlohweißem Haar, begrüßte ihn überschwänglich: »Wir dachten schon, du kehrst nie mehr zurück.«

»Mein alter Herr ist gestorben, ich war eben beim Notar …«

»Mein Beileid, Hank.«

»Mach nicht so ein Gesicht, man könnte meinen, Arsenal hätte verloren.«

Er bestellte ein Bier und gegrillte Corn Tortillas mit Chickenfüllung. Dann machte er sich am neuen Handy zu schaffen, das er als Überraschung für Nadi gekauft hatte. Er lud die Familien-App *Live360* runter, ein GPS-Tracker, mit dem man jederzeit den Aufenthaltsort seiner Kinder sehen konnte. Er installierte das Programm auch auf seinem Handy und fügte Nadi als Familienmitglied hinzu. Jetzt würden beide jeweils den Aufenthaltsort des anderen sehen. Eine Anzeige zeigte den Batteriestand der Familienmitglieder an und in welcher Geschwindigkeit sich jemand fortbewegte. Hank machte zum Abschluss noch ein Selfie und fügte es als Profil-Bild hinzu. Für Nadi wählte er ein Bild der Göttin Ganesha. Als Salomon den Imbiss brachte, fragte er Hank, ob er wenigstens geerbt habe.

»Ein Handy, leider war es kaputt. Sonst hätte ich wahrscheinlich all die Schwänze gesehen, die mein alter Herr seinen afrikanischen Freundinnen gemailt hat. Weißt du, Salomon, es ist schon merkwürdig, ich weiß praktisch nichts über meinen Vater, aber ich weiß wie der Schwanz aussah, mit dem ich gezeugt wurde.«

Der Fernseher, der an der Decke über den Tresen hing, brachte die Nachrichten. Zum Abschluss wies der Sprecher auf eine Ausstellung hin, in der Künstler mittels Fotomontagen zeigten, wie sie sich London im Jahre 2100 vorstellten. Die halbe Stadt lag unter Wasser, ein bisschen Venedig mit britischem Akzent, die Freude am Weltuntergang war unübersehbar. Und je schwärzer die Prognose, desto positiver war der Expertenkommentar.

Anschließend folgte ein dringender Aufruf: Eine junge Inderin aus Rajasthan wurde aufgefordert, sich umgehend ins Institut Nilsor zu begeben.

Pemperton Road, London

Nadi hatte alle Fenster geöffnet und die Rollläden runtergelassen. Die Wohnung kühlte nicht mehr ab. London erlebte den heißesten Sommer seit Einführung der Wetterprognosen. Die Mittagsnachrichten hatten berichtet, dass die Rekordmarke des Jahrhundertsommers 2003 geknackt worden war. Damals hatte man in der Grafschaft Kent 38,5 Grad gemessen. Heute überstieg das Thermometer bereits am frühen Nachmittag die 40-Grad-Marke. Die Hitze war in London anders als in Rajasthan. Sie lag wie Blei in der Luft, kein Windchen erbarmte sich der Londoner Bevölkerung, während Ruß und Schwefeldioxid in die feinsten Verästelungen der Lungen eindrangen.

Nadi schlief noch auf der Couch, als Hank in die Wohnung zurückkam. Er legte die Lila-Haarfärbung auf die Konsole neben der Eingangstür. Wenn Nadi aufwachte, würde sie die Packung sogleich sehen, denn auf der Konsole lag auch ihre Bambusflöte. Hank ging ins Badezimmer, schloss die Tür hinter sich zu und duschte so ausgiebig, als könne er sich den ganzen Ärger abwaschen. Als er sich abtrocknen wollte, stellte er fest, dass das Handtuch fehlte. Wahrscheinlich hatte es Nadi benutzt und nicht wieder an den Haken gehängt. Er trat nackt ins Wohnzimmer und schaute sich um. Nadi schlief immer noch. Sie hatte das Badetuch um ihren nackten Körper geschlungen. Offenbar hatte die Hitze auch sie unter die Dusche getrieben, und danach war sie hier eingeschlafen. Langsam löste er das noch feuchte Handtuch von ihrem nackten Körper. Der Anblick erregte ihn. Ihre Scham war behaart. Das erregte ihn noch mehr. Er umfasste sein Glied, es war steinhart. Nadi wurde langsam wach, blinzelte, und als sie Hank sah, stieß sie vor Schreck einen Schrei aus. In diesem Augenblick tauchte Ganesha aus dem Nichts auf und sprang Hank ins Gesicht. Mit ihren Krallen hakte sich die Albino-Ratte in seine rechte Wange ein. Hank schrie auf und griff nach der Ratte, hielt sie in seiner Faust umschlossen und presste ihren Leib, so fest er konnte, zusammen. Ihre Pfoten lösten sich von seinem Gesicht, er eilte ins Badezimmer, hob den WC-Deckel hoch und warf Ganesha ins Klo. Unverzüglich betätigte er die Spülung, ein Strudel riss Ganesha in die Tiefe. Die Ratte war weg. Dann schlug Hank blitzschnell den Deckel zu und drückte erneut die Spülung. »Aus die Maus«, stieß er keuchend hervor.

»Was hast du getan?«, schrie Nadi. Sie stand zitternd in der Tür, das Badetuch vor ihrem nackten Körper. Sie wollte den Deckel hochheben, doch Hank setzte sich darauf und betätigte erneut die Spülung. Sie prügelte auf Hank ein, doch dieser wich keinen Zoll und wehrte mit den Armen die Schläge ab: »Du wirst polizeilich gesucht«, sagte er und schubste sie weg.

»Ich habe nichts verbrochen! Lieber sterbe ich hier, als dass ich nach Rajasthan zurückkehre!«

Hank blieb auf dem Klodeckel sitzen: »Kannst du mir das Desinfektionsmittel aus dem Spiegelkasten reichen?«

»Nein!«, schrie Nadi, sie kehrte wütend zur Couch zurück und zog sich an. Hank rief ihr nach: »Wäre es dir lieber gewesen, deine Ratte hätte mir die Augen ausgekratzt?«

»In fünf Minuten bin ich weg.«

Hank schrie: »Und ich Trottel habe dir noch ein Geschenk gekauft!«

Hank horchte, Nadi antwortete nicht.

»Und vergiss nicht, dir die Haare zu färben, auf dem Fahndungsfoto sind sie noch schwarz.«

Hank sah, dass Ganesha ihn im Todeskampf vollgekotet hatte. Er ging erneut unter die Dusche und reinigte anschließend die Wunde mit einem Desinfektionsmittel. Es brannte fürchterlich, aber das Adrenalin machte die Prozedur erträglicher. Hank verzog nur das Gesicht. Als er ins Wohnzimmer zurückkehrte, war Nadi gerade dabei, in ihre Jeans zu steigen. Sie drehte Hank den Rücken zu und zog sich ein weißes T-Shirt über. Hank fühlte sich plötzlich unwohl, rannte ins Badezimmer zurück und erbrach über der Kloschüssel alle Biere, die er im *Wahaca* getrunken hatte. Schließlich ging er ins Schlafzimmer, knallte die Tür zu und legte sich auf das durchwühlte Bett. Gegen Abend war Nadi immer noch da. Sie sagte, sie würde jetzt gehen.

Marsham Street, London

Barry Venison und Luis Mendelez betraten das staatliche Home Office an der 2 Marsham Street. Das Innenministerium hatte sie hergebeten. Im dritten Stock wurden sie von Suzie McPherson begrüßt, einer sportlich gekleideten, resoluten Blondine in ihren Dreißigern mit einem goldenen Love-Armband von Cartier. Sie trug einen langen schwarzen Off-Shoulder über Brax-Montana-Jeans und hatte erst vor Kurzem den Chefposten *Director Communication* übernommen. Sie kam gleich zur Sache. Der Innenminister sei über den Stand der Ermittlungen informiert. Es sei im Interesse der Stadt, dass man die Kommunikation koordiniere.

»Wir geben der Presse keine Auskunft«, beteuerte Venison.

»Die Bevölkerung soll informiert werden. Aber *wir* werden das tun«, sagte McPherson. »Wir machen uns nichts vor. Das indische Gesundheitsministerium hat die WHO informiert, dass im Aashlok Hospital in New Delhi ein gelähmter Patient auf der Intensivstation von einer sogenannten Zombie-Ratte angefressen und schwer verletzt worden ist. Die Ratten haben ihm Ohren und Lippen weggefressen. Auch die Schläuche seines Beatmungsgeräts haben sie durchgebissen. Morgen weiß die ganze Welt, dass Zombie-Ratten London erreicht haben. Wir haben bereits vierzehn Infizierte in den Krankenhäusern. Die haben Verwandte, Bekannte – verschweigen geht nicht. Alle Kliniken in London wurden angewiesen, Isolierzimmer mit Schleusen einzurichten. An den Flughäfen werden wir ab nächster Woche Einreise-Screenings einrichten, um die Temperatur der Passagiere zu überprüfen. Alle Arztpraxen wurden informiert, dass ab sofort eine Meldepflicht besteht.«

»Die meisten Privatärzte werden eine Grippe diagnostizieren, weil die Anfangssymptome identisch sind. Und das Bakterium mutiert laufend, es ist uns stets einen Schritt voraus.«

»Die Infizierten sind mittlerweile ansteckend, bevor sie erste Symptome haben. Einige erkranken überhaupt nicht und geben den Infekt weiter«, ergänzte Venison Mendelez' Expertise.

»Wir werden proaktiv kommunizieren. Ab morgen beginnen wir mit der Sensibilisierung der Bevölkerung. Sind Sie einverstanden: Die einfachsten Hygieneregeln, die auch bei grippalen Infekten mit Influenza-Viren einzuhalten sind: gründliches Händewaschen, in die Armbeuge niesen, beim Husten Einwegtaschentücher benutzen und nach einmaligem Gebrauch in einem geschlossenen Behälter entsorgen. Wenn nötig Sterillium und Mundschutz benutzen.«

»Ihr müsst vor allem die Quellen dichtmachen«, empfahl Mendelez, »schließt endlich die illegalen Bushmeat-Märkte. Immigranten aus Afrika und Asien kaufen dort die Wildtiere ein, die sie zu Hause essen. Sie geraten in Kontakt mit frisch geschlachtetem Wildfleisch. Und wenn Viren und Bakterien vom Tier auf den Menschen überspringen, haben wir Zoonosen wie bei Sars, Ebola, Schweine- und Vogelpest …«

»Das mag sein«, unterbrach ihn Suzie McPherson, »aber wir müssen vermeiden, dass ganze Ethnien unter Verdacht geraten, das wäre Wasser auf die Mühlen der Migrationsgegner.«

»Miss McPherson«, sagte Mendelez wenig beeindruckt, »in zahlreichen Kulturen ist die Ratte ein wichtiger Eiweißlieferant; Asien, Afrika, China. Auf den Philippinen können sie Rattenfleisch überall im Supermarkt in der Dose kaufen. Kambodscha exportiert täglich zwei Tonnen wildlebende Ratten nach Vietnam. Dort gehört Rattenfleisch zu jedem Hochzeitsfest, und in Indien ist die Ratte heiliges Kulturgut und ein beliebtes Geschenk bei feierlichen Anlässen …«

»Es geht um London, Herr Professor«, unterbrach ihn George Hawking, ein Staatssekretär aus dem Gesundheitsministerium, »haben Sie konkrete Vorschläge?« Hawking war um die sechzig und gehörte zu den Beamten, die gerne die Macht des Ministeriums demonstrierten. Er trug ein kariertes Jackett, hatte den Bart kurz geschoren und spielte gerne mit seiner Brille. Er mochte keine Belehrungen, schon gar nicht von Professoren.

»London ist doppelt so groß wie Südgeorgien und hat neun Millionen Einwohner. Wir können keine vierhundert Tonnen Giftköder über London abwerfen.«

»Abgesehen davon, war das Ergebnis in Südgeorgien nicht so toll, oder?«, bemerkte Hawking süffisant.

»Meine Herren«, bat Suzie McPherson ungeduldig, »wir sollten uns an der heutigen Sitzung auf erste Massnahmen einigen und in der Zwischenzeit einen Plan B für eine mögliche Epidemie entwickeln.«

George Hawking nickte zustimmend: »Wir werden Budget und Personal der Verwaltungsstelle Straßenreinigung und Ungezieferbekämpfung noch einmal aufstocken, das wird Geld kosten. Wir werden diese Mehrausgaben ausgleichen mit Mehreinnahmen aus einem neuen Bußgeldkatalog, der das Halten oder Füttern von Ratten und den Handel mit Wildtieren unter Strafe stellt. Auch Littering soll mit höheren Geldbußen geahndet werden. Wer bereits am Vorabend seinen Müllsack auf die Straße stellt, wird empfindliche Strafen bezahlen müssen. Dafür brauchen wir neue Kontrolleure. Auch das wird Geld kosten.« Er wandte sich an Suzie McPherson: »Sie müssen die Menschen wachrütteln, ohne sie in Panik zu versetzen, sonst gerät alles außer Kontrolle.«

Beim Abschied fragte George Hawking den Professor, ob er sich vorstellen könne, für seine Behörde zu arbeiten, er wäre direkt ihm, Hawking, unterstellt.

»Ich kann mir vieles vorstellen«, schmunzelte Mendelez, »aber ich tauge nicht zum Staatsbeamten. Ich will das Genom des Menschen an veränderte Umweltbedingungen anpassen. Ich will das Immunsystem der Menschen optimieren.«

* * *

Als Venison und Mendelez ins Institut Nilsor zurückfuhren, spottete der Professor, dass Politiker dazu neigten, Probleme so lange vor sich herzuschieben, bis sie mit einer üppigen Pension von ihrem Amt zurücktraten. »Die hätten die Bushmeat-Märkte längst schließen müssen. Aber wer will schon die gesamte asiatische und afrikanische Diaspora gegen sich aufbringen?«

Venison mochte nicht darüber diskutieren, er kannte alle Sprüche, die Mendelez über Politiker zum Besten gab. Sein Partner hielt diese für den moralischen Abschaum der Bevölkerung, der nur an der eigenen Wiederwahl interessiert war.

»Luis, ich schätze es sehr, dass du nicht ins Gesundheitsministerium wechselst. Oder liegt es nur an deiner Abneigung gegenüber …«

»Ich wechsle nach Sierra Leone, Barry.«

Pemperton Road, London

Auch eine Woche später war Nadi noch in Hanks Wohnung. Sie hatten jeden Abend die Nachrichten verfolgt und die neuen Verhaltensregeln, Verbote und Strafen erfahren. Bisher hatte in diesem Rekordsommer immer noch die Klimadebatte dominiert. Samt Politiker und Celebrities, die um die ganze Welt jetteten, um an Konferenzen teilzunehmen, welche dem Normalbürger das Fliegen verbieten wollten. Jetzt aber waren die Zombie-Ratten eine unmittelbarere Gefahr. Sie hatten rasiermesserscharfe Zähne und konnten jeden in den eigenen vier Wänden angreifen. Das war nicht Netflix, das war eine reale Bedrohung. Die Bewohner der Hauptstadt wurden angewiesen, Katzen in der Wohnung einzusperren und Hunde nur noch angeleint auszuführen. Großveranstaltungen wurden verboten, Schulen und Bordelle geschlossen. Fake News verbreiteten sich schneller als die Rattenkrankheit. Freak- und Zombie-Ratten hatten die Klimadebatten von den Titelseiten verdrängt.

Nadi fürchtete eine Ausweisung mehr als die Albino-Ratten, die sich angeblich in Londons Kanalisation vermehrten. Sie hatte schlaflose Nächte. Es war nur eine Frage der Zeit, bis offiziell nach ihr gefahndet würde. Sie traute sich nicht mehr auf die Straße. Hank war verstummt. Nadi kochte weiterhin für ihn, aber sie sprachen nicht mehr miteinander. Manchmal weinte sie leise, weil sie Ganesha vermisste. Aber Hank vermisste sie nie, wenn er tagsüber weg war. Meistens kam er erst tief in der Nacht zurück. Sie war dann bereits auf der Couch eingeschlafen. Er ließ sie in Ruhe. Und sie ihn. Sie musste ihm dankbar sein, dass er sie nicht der Polizei meldete. Und dass ihn sein schlechtes Gewissen plagte. Offenbar hatte er eins.

An einem Morgen blieb Hank im Bett. Sie hatte gekocht, aber der Duft der indischen Kräuter hatte ihn nicht an den Tisch gelockt. Er hatte ein Kissen über seinen Kopf geschlagen, weil um diese Zeit grelle Sonnenstrahlen zwischen den Lamellen der Jalousien hindurchschienen. Sie zog das Kissen weg. Hank schlief nicht. Er starrte sie an, die Pupillen waren gelblich verfärbt, der Blick starr. Er flüsterte etwas Unverständliches, fragte, wo sie denn hinwolle, »es fahren keine Züge mehr«, sie solle bleiben, es täte ihm alles so leid, er habe schon wieder alles vermasselt. Er sagte, in der Schublade sei ein Geschenk für sie. Nadi schaute nach und nahm das neue iPhone heraus. Sie setzte sich auf die Bettkante und bewunderte das Case ihres neuen iPhones. Es zeigte zwei Kamele, die sich küssten. Ein Lächeln huschte über ihr Gesicht.

»Es ist das neueste Modell, Nadi, dein altes kannst du wegschmeißen.«

Hank fiel erneut in einen unruhigen Schlaf. Er murmelte wirres Zeug, riss manchmal die Augen auf. Einmal sagte er, diese Ratte habe ihn infiziert, wie sie auch Toni Belotti und Jack Black vergiftet habe. Nadi antwortete nicht, stattdessen sagte sie, sie wolle jetzt das Mittagessen aufwärmen, Linsen mit Lamm, doch Hank hatte keinen Appetit. Er hatte Durst, unglaublichen Durst. Sie brachte ihm Wasser. In der Nacht schnitt sich Nadi im Badezimmer die Haare. Sie hatte ihr Handy auf der Ablage über dem Waschbecken aufgestellt. Ein YouTube-Video erklärte, wie man Haare färbt. Während bei *Ombre Hair* ein sanfter Übergang der Farben entstand, konnte der Kontrast bei *Dip Dye* nicht grell genug sein. Es musste so aussehen, als habe man aus Versehen die Haarspitzen in einen Farbtopf gedippt. Mit ihrer neuen Frisur sah Nadi aus wie ein lebendig gewordenes It-Girl aus einem Computergame.

Am Vormittag hatte sich Hanks Zustand merklich verschlechtert. Er zitterte und stöhnte, ihm sei kalt, obwohl es im Zimmer bereits wieder drückend heiß war. Er wiederholte, er habe alles vergeigt, er sei auch nicht Pressefotograf, er sei ein Nichts, er sei nie in Marokko gewesen. Sie habe schon recht. Alles, was er anpacke, werde zu Scheiße. Aber er würde es wiedergutmachen, sie solle ihm noch eine letzte Chance geben. Nadi tupfte ihm den Schweiß von der Stirn und sagte: »Habe Geduld, alles wird gut.«

Nadi googelte die Notfallnummer und rief an. Doch kaum hatte es einmal geklingelt, legte sie auf. Sie nahm das Handy von Hank und wählte die Nummer erneut. Sie sagte, hier liege ein verletzter Mann. Sie nannte die Adresse und sagte, die Tür sei offen, sie sollten sich beeilen. Wenig später hielt ein gelber Mercedes-Kastenwagen des *London Ambulance Service* vor dem Haus. Zwei Sanitäter stiegen aus, zogen eine Bahre aus dem Laderaum und stiegen in den ersten Stock. Hank stöhnte und warnte die Sanitäter vor der Rattenfängerin aus Rajasthan. Sie legten ihn auf die Bahre und trugen ihn hinaus. Draußen auf der Straße beobachtete Nadi, wie Hank ins Fahrzeug der Ambulanz geschoben wurde. Sie war erleichtert. Jetzt konnte sie den Ort verlassen.

Kanalisation, London

Hunderte von Ratten machten sich an etwas zu schaffen. Ein süßlicher Leichengeruch lag in der stickigen Luft. Als sie weiterrannten, blieb ein Fetzen Plastik übrig. Es hatte mal zur Weste eines Kanalarbeiters gehört.

Tube, London

Eine Frau hetzte durch den morgendlichen Smog, der sich allmählich lichtete. Wenig später saß Nadi in der halbleeren Tube Richtung Euston. Ihr fiel auf, dass einige Leute einen Mundschutz trugen.

Hornsey Central Hospital, London

Hank lag in einem Isolierzimmer des ehemaligen Hornsey Central Hospital an der 151 Park Road, das Ende des 19. Jahrhunderts das Krankenhaus der Armen gewesen war und heute als Poliklinik betrieben wurde. Es lag seinem Wohnort am nächsten. Hank hatte noch in der Ambulanz gesagt, eine Ratte hätte ihn gebissen, doch dann hatte er erneut das Bewusstsein verloren. Jetzt lag er im Zimmer 4115. Hier herrschte Unterdruck, damit Keime nicht herumgeblasen wurden. Die Abwässer solcher Zimmer wurden aufgefangen und sterilisiert. Vor dem Raum war eine Schleuse mit Schutzkleidung und Wäschekorb. Über eine Nasenbrille wurde Hank Sauerstoff zugeführt, über die Armvene eine Kochsalzlösung mit einem Cocktail an schmerz- und entzündungshemmenden Medikamenten. Am Bettende standen zwei Personen in weißen Schutzkitteln. Sie trugen einen chirurgischen Mundschutz und eine Haarhaube. Ein Pager piepste. Die eine Person, die sich als Frau Dr. Kittipon vorstellte, warf einen Blick auf ihren Pager. Das Labor meldete, dass die Blutwerte abrufbar seien. Dr. Kittipon setzte sich vor den PC, der auf einem fahrbaren Untersatz neben dem Fenster stand, und tippte ein Passwort ein. »Hank Cooper«, sagte die andere Frau und nannte Hanks Geburtsdatum, sie war für die Pflege zuständig. Eine Exceltabelle erschien auf dem Bildschirm. Die Ärztin scrollte die Zeilen hinunter und sagte, man müsse den Patienten hierbehalten, er sei positiv. Die Schwester antwortete, seit heute früh würden bereits wieder acht Patienten auf ein freies Isolierzimmer warten.

»Auf den normalen Stationen haben wir noch fünf freie Zimmer. Desinfizieren Sie die Räume, bis wir freie Isolierzimmer haben, und schicken Sie jene nach Hause, die unsere Klinik mit einem Pflegeheim verwechseln. Alt und bedürftig zu sein, ist keine Krankheit.«

Criminal Investigation Department (CID), London

Als Ben Davies das Büro betrat, sagte Carla Mansutti, sie habe etwas für ihn, einen weiteren infizierten Bekannten der Inderin, die Nummer drei sozusagen, aber im Unterschied zu Toni Belotti und Jack Black lebe die Nummer drei noch. Hornsey Central Hospital.

»Hat sie einen Namen?«

»Hank Cooper, 34, in London geboren, Beruf? Keine Angabe.«

»Dafür ist sein Vorstrafenregister bekannt«, sagte Peter Mitchell,

»schmuggelt Antiquitäten aus Asien. Er kam am 29. Mai mit der British Airways zurück. Aus Delhi. Flugnummer 142. Und das ist noch nicht alles, Ben, ich habe die Passagierliste durchgesehen. Und du wirst es nicht glauben, was ich gefunden habe.«

»Du wirst es mir gleich sagen, Peter, nicht wahr?«

»Deine Inderin saß in der gleichen Maschine.«

Ben Davies blieb vor seinem Schreibtisch stehen: »Hank Cooper.« Ein Lächeln huschte über sein Gesicht, »Alistair Black hatte ihn mal erwähnt. Dieser Hank soll die Inderin gesucht und bei *Ratcontrol* seine Visitenkarte hinterlassen haben.«

Davies rief die Klinik an und ließ sich mit der Station verbinden. Er hörte eine Weile zu. Hank war weiterhin nicht ansprechbar. Davies sagte, man solle ihn anrufen, wenn Hank Cooper wieder bei Bewusstsein sei, und hinterließ seine Mobilnummer.

»Der soll uns bloß nicht abkratzen«, sagte Mitchell, als Davies das Telefonat beendet hatte.

»So schnell stirbt man heute nicht mehr«, sagte Carla Mansutti, »er kann von Glück reden, dass ihn eine Ratte gebissen hat, sonst hätte er Grippemittel geschluckt und wäre wie die beiden anderen zu Hause gestorben.«

»Wir schreiben die Inderin jetzt zur Fahndung aus!«, rief Davies durchs Büro und wählte die Nummer von *Ratcontrol.* Er ließ sich von Elisabeth mit Alistair verbinden. »Ich brauche Sie sofort an der ...«, Davies schaute fragend zu Mansutti.

»Pemperton Road 74.«

»Pemperton Road 74.«

Starbucks Coffee, London

Nadi setzte sich ins *Starbucks* an der Palmer Street. Das Kaffeehaus war klimatisiert, freier Wifi-Zugang. Sie trug ein weißes T-Shirt mit der schwarzen Aufschrift »If you want to change the world, start with yourself«. Ein Hipster schaute sich immer wieder diskret nach ihr um. Lag es an ihrer Lila-Bob-Frisur? Der Mann winkte die Bedienung herbei und wechselte mit ihr ein paar Worte. Nadi nahm die Visitenkarte von Mendelez aus ihrer Tasche und sandte dem Professor eine SMS. Die Filialleiterin kam auf sie zu und sagte ihr, dass die Behörden ein vorläufiges Einreiseverbot für Flugpassagiere aus Asien erwägen, es sei deshalb für alle Beteiligten besser, wenn sie in Zukunft ihren Kaffee woanders trinke. Das tue ihr persönlich leid, aber sie schrecke die Kundschaft ab.

Pemperton Road, London

Ben Davies zog die Rollläden hoch, um Hanks Wohnung genauer zu inspizieren. Er schaute sich im Badezimmer um, öffnete den Spiegelkasten, warf einen Blick in den Papierkorb unter dem Waschtisch. Er sah die Haarsträhnen und die Schachtel mit dem Färbungsmittel. Jemand klopfte an die halb offenstehende Tür.

»Kommen Sie rein!«

Alistair betrat die Wohnung. Er trat auf einen Gegenstand vor dem Beistelltisch. Es war Nadis Bambusflöte. Ben Davies bemerkte Alistairs Irritation.

»Ist was?«

Alistair betrachtete die Bambusflöte.

»Gehört sie der Inderin?«, fragte Davies.

Alistair nickte.

»Der Mieter heißt Hank Cooper«, sagte Davies, »er liegt im Krankenhaus, eine Ratte hat ihn im Gesicht verletzt.«

»Hank Cooper? Das ist der Mann, der nach Nadi gesucht hat.«

»Langsam schließt sich der Kreis«, sagte Davies und fragte, ob es normal sei, dass Ratten Menschen angreifen?

»Nur wenn das Gehirn der Ratte befallen ist, dann kennt sie keine Angst mehr. Sie flieht nicht mehr, sie greift an.«

»Hank Cooper hat sich mit dem gleichen Bakterium infiziert wie Ihr Vater und Toni Belotti vom *Toy Soldier Shop*. Finden Sie diese Ratte!«

Alistair schaute sich um, untersuchte die Wandleisten, schließlich kniete er neben der Wohnungstür und sagte, dass man eine Rattenpopulation ausschließen könne. Ben Davies reichte ihm seine Visitenkarte: »Rufen Sie mich an, wenn Sie etwas finden.« Er ging ins Badezimmer zurück und nahm den Papierkorb mit.

»Und die Rechnung?«, rief ihm Alistair nach.

»Geht an das *Criminal Investigation Department.*«

Als Ben Davies die Wohnung verlassen hatte, ging Alistair zum Kühlschrank und nahm eine Dose Bier heraus. Er trank sie in wenigen Zügen leer. Dann ging er ins Bad, um zu pinkeln. Er löste den Reißverschluss seiner Hose und klappte den Klodeckel hoch. Eine pudelnasse Albino-Ratte starrte ihn an. Ganesha. Reflexartig schlug er den Klodeckel zu und betätigte die Spülung.

Hornsey Central Hospital, London

Hank lag eine Woche im Isolierzimmer. Dann wurde er in ein normales Viererzimmer verlegt. Im Bett nebenan hing ein älterer Portugiese an Schläuchen. Er hatte offenbar eine große Verwandtschaft. Sie saßen auf seinem Bett, tischten ein Picknick auf und hörten laute Musik. Auf der anderen Seite waren zwei weitere Betten. Hier lagen zwei sehr alte Männer an Schläuchen, wobei man nicht genau wusste, ob sie im Sterben lagen oder bereits tot waren. Ben Davies betrat das Krankenzimmer und blieb vor Hanks Bett stehen.

»Sie haben nochmal Glück gehabt, sagt der Arzt, Sie können morgen nach Hause.«

»Sieht so aus.«

»Wie ist das passiert? Hatten Sie Besuch?«

Hank überlegte, ob er die Wahrheit sagen sollte.

»Sie überlegen gerade, ob Sie mich anlügen sollen. Wieso sollten Sie? Wollen Sie die Inderin schützen?«

Hank wusste nichts zu entgegnen.

»Sie saßen mit ihr im Flugzeug von Delhi nach London. Sie haben sie im Toy Shop besucht. Sind Sie verliebt?«

»Ich weiß nicht, wo sie ist. Plötzlich sprang mich diese Ratte an.«

»Und wo ist diese Ratte jetzt?«, fragte Davies.

»Ich habe sie im Klo runtergespült.«

»Einfach runtergespült?«, fragte Davies verärgert, schüttelte ungläubig den Kopf und ging zum Fenster. Er schaute auf die Straße hinunter: »Haben *Sie* ihr das Haartönungsmittel gekauft?«

Hank tat erstaunt. Davies drehte sich um: »Eine einfache Frage. Oder überfordere ich Sie?«

Hank schaute zum Portugiesen, um Zeit zu gewinnen.

»Ich habe das Haar der Inderin im Papierkorb unter Ihrem Waschtisch im Badezimmer gefunden. Ihre DNA-Spuren finden sich auch auf Ihrem Pass und in der Wohnküche von *Ratcontrol*. Wollen Sie nur bestätigen, was ich schon weiß?«

Hank realisierte, dass es sinnlos war, Davies anzulügen.

»Sie weiß also, dass sie gesucht wird, und verändert deshalb ihr Aussehen«, fasste Davies zusammen.

»Sie hat Angst, dass sie von den Behörden ausgewiesen wird.«

»Die Angst ist berechtigt. Hat die Inderin auch bei Ihnen gekocht?«

»Ja«, antwortete Hank.

»Das Bakterium, das wir bei Toni Belotti, Jack Black und Ihnen identifiziert haben, ist meldepflichtig. Wissen Sie, was das bedeutet? Auch das Verteidigungsministerium musste informiert werden. Es ist also kein leichtes Vergehen, wenn Sie uns etwas verschweigen, das Millionen Menschen gefährden könnte.«

Ben Davies trat näher an Hanks Bett. Er sah, dass Hank fieberhaft überlegte, ob er mit der Wahrheit herausrücken sollte.

»Sie hatte eine dressierte Ratte«, stieß Hank schließlich hervor, »eine Albino-Ratte, sie nannte das Viech ›Ganesha‹.«

»Wenn Sie die Ratte die Toilette hinuntergespült haben, können wir sie nicht mehr untersuchen. Die Inderin hingegen schon.«

»Aber sie selbst ist ja nicht erkrankt.«

»Wie wollen Sie das wissen? Hatten Sie Sex miteinander?«

»Das nicht – leider.«

Labor Institut Nilsor, London

Unter dem Rasterelektronenmikroskop bewegten sich schwarze Fäden. Mendelez wandte sich an Nadi, die neben ihm stand: »Das ist ein Verwandter des Bakteriums *Yersinia pestis*, eine weitere Mutation. Bei Ratten finden wir es am *Xenopsylla-cheopis*-Floh, der im Fell nistet. Bei Menschen können wir nachweisen, ob sie sich damit über Blut, Sperma oder Vaginalsekret infiziert haben. Bereits mikroskopisch kleinste Verletzungen reichen dafür aus. Das ist bei Köchen und Handwerkern nicht ungewöhnlich.«

»Ich bin infiziert?«, fragte Nadi und fuhr sich nervös durchs Haar, »das kann nicht sein, Herr Professor.«

Mendelez drehte sich auf seinem Hocker und schaute zu Nadi hoch: »Sie haben Glück. Sie sind eine ›Mary Mallon‹, eine sogenannte Dauerausscheiderin. Sie tragen das Bakterium in sich, Sie sind infiziert, Sie können andere anstecken, aber Sie erkranken selbst nicht daran. Auch Mary Mallon war Köchin. Überall wo sie kochte, verstarben die Damen und Herren des Hauses.«

Das Blut wich aus Nadis Gesicht: »Was ist aus ihr geworden?«

Sie fragte, als ginge sie davon aus, dass das Schicksal von Mary Mallon auch ihr Schicksal werden würde.

»Sie verbrachte den Rest ihres Lebens in Quarantäne.«

»Eingesperrt?«

Mendelez nickte.

In diesem Augenblick betrat Shabana das Labor und sagte, dieser Detective sei im Wartezimmer und lasse sich nicht abwimmeln.

»Fünf Minuten noch«, sagte Mendelez. Kaum hatte Shabana das Labor verlassen, fasste Nadi Mendelez am Arm: »Sie haben mir am Telefon versprochen, dass Sie mich nicht der Polizei melden. Sonst wäre ich nicht gekommen.«

»Warten Sie hier, ich bin gleich zurück.«

»Ich habe einen Vorschlag für Sie«, sagte sie hastig.

Mendelez hob fragend die Brauen.

»Ich biete Ihnen eine Blutkonserve an. Für Ihre Forschung.«

»Eine Ampulle?«

»Sehe ich aus wie eine Ampulle?«

Mendelez lachte leise vor sich hin. Nadi setzte gleich nach und sagte, wenn sie keinen Sex miteinander hätten und sie nicht für ihn kochte, könne sie ihn auch nicht anstecken. »Ihre neue Frisur gefällt mir«, sagte der Professor freundlich, »Lila steht Ihnen besonders gut.«

***

»In dieser Bruthitze sollte man niemanden warten lassen«, sagte Mendelez, als er im Wartezimmer auf Ben Davies zuging, »kommen Sie in mein Labor, die Wände haben zu viele Ohren.« Ben Davies folgte Mendelez ins Labor.

»Was kann ich für Sie tun?«

»Wir suchen immer noch die Inderin …«

»Ich dachte, Sie hätten sie mitgebracht.«

Davies verrutschte das Gesicht, er hatte Mühe, nicht die Beherrschung zu verlieren.

»Ich hatte Ihnen doch versprochen, mich umgehend bei Ihnen zu melden, falls …«

»Wollen Sie mich verarschen?«

»Sehen Sie irgendwo eine Inderin?« Ben Davies schaute sich um. Es war niemand da außer ihm und dem Professor.

»War das schon alles?«, fragte Mendelez.

»Für den Augenblick«, sagte Davies und verließ das Labor.

Mendelez ging in den Nebenraum. Dort stand Nadi inmitten von Kisten voller Laborzubehör.

»Wieso schützen Sie mich?«

»Ich hätte auch Mary Mallon geschützt. Ich sagte Ihnen bereits im *Cellar Door*: Was mich wirklich interessiert und antreibt, ist die Optimierung des menschlichen Immunsystems. Mary Mallon ist seit über hundert Jahren tot, aber Sie, Sie leben noch. Ihr Blut könnte für mich von unschätzbarem Wert sein.«

»Dann kann ich bei Ihnen bleiben?«

»Kennen Sie Sierra Leone?«

Nadi verneinte.

»Ein kleines Land in Westafrika, das von China abhängig ist. Investoren aus Hongkong haben mir dort ein Labor zur Verfügung gestellt für den Fall, dass meine Forschung im Westen verboten wird. Begleiten Sie mich, es wird die Erfahrung Ihres Lebens sein. Aber wir müssen strikte Hygieneregeln einhalten.«

»Ich kann nicht fliegen«, sagte Nadi, »spätestens bei der Flughafenkontrolle würde man mich verhaften.«

Mendelez blieb gelassen: »Vertrauen Sie mir. Ich bin in der Lage, eines der größten Probleme unserer Zukunft zu lösen. Dann werde ich wohl auch in der Lage sein, eine junge Frau nach Sierra Leone zu bringen. Nadi, wir werden Geschichte schreiben, eines Tages stehen wir in Madame Tussauds Wachsfigurenkabinett.«

Cellar Door, London

John Bradey saß in seinem Büro im *Cellar Door*. Vorsichtig klebte er das Passfoto einer jungen Frau mit einer Lila-Bob-Frisur in einen frisch gedruckten Pass: »Die Geschäfte laufen schlecht, Luis, die Leute gehen abends nicht mehr aus, die haben alle die Hosen voll, dabei gibt es nur ein paar Hundert Infizierte. Jede normale Wintergrippe ist schlimmer. Aber jetzt stürmen die Leute beim ersten Husten die Notfallstationen.«

Mendelez schaute ihm über die Schulter.

»Du bist nicht aus der Übung gekommen, Bradey.«

»Du wirst mein Unternehmen ruinieren, Professor, zuerst bleiben die Gäste aus, und dann kommst du mit deinen Sonderwünschen. Ich wollte mit dem ganzen Scheiß aufhören, zwei Jahre im Knast haben mir gereicht, aber kaum bin ich raus, ziehst du mich wieder rein.«

»Ach, Bradey, glaubst du, ich hätte so viel Geld ins *Cellar Door* gesteckt, um es dann zu verbrennen?«

»Du bist ein gottverdammter Freak, Luis. Du und deine Freak- und Zombie-Ratten, und jetzt schleppst du noch dieses Punk-Girl nach Sierra Leone.«

»Ich werde Geschichte schreiben, Bradey, und ihr werdet sogar hier unten im *Cellar Door* davon hören.«

»Und was wird aus den *Picadilly five*?«

»Die *Picadilly four.*«

Wahaca, London

Hank saß im mexikanischen Restaurant *Wahaca* und starrte ins Leere. Der jüdische Afrikaner Salomon brachte ihm ein Bier und sagte, er habe kaum noch Gäste. Er trug ein T-Shirt mit der Aufschrift »Ich bin kein Virus«.

»Es ist unglaublich, Hank, jede Grippe rafft mehr Tote dahin, aber die Leute glauben, die Pest sei auf dem Vormarsch.«

Hank nickte bloß, er hatte nicht zugehört.

»Liebeskummer?«

Hank hob den Kopf, wollte etwas sagen, da erklang der Jingle der App *Live360* und zeigte ihm an, dass sich Nadi mit einer Geschwindigkeit von 80 Stundenkilometern aus London entfernte.

Nadi unterwegs nahe Airport, Batterie: 12 %.

Hank sprang hoch und eilte auf die Straße hinaus. Salomon rief ihm nach, die Tortillas seien gleich fertig.

Heathrow, London

»Fahren Sie schneller!«, herrschte Hank den Taxifahrer an. Dieser reagierte nicht, er trug einen Mundschutz, auf dem Armaturenbrett war eine Sterillium-Flasche mit Spender befestigt.

»Verdammt noch mal, überholen Sie!«, schrie Hank.

»Soll ich mein Leben riskieren, weil irgendein Idiot heute zu spät aufgestanden ist?«

Hank starrte wieder auf die App. Es brachte ihn beinahe um den Verstand, als er sah, dass das Kamel-Icon, das Nadi symbolisierte, sich wieder bewegte. Noch weiter weg von der City of London. Doch diesmal war die Geschwindigkeit unglaublich hoch.

Nadi unterwegs nahe Atlantik, Batterie: 4 %.

»Sie gottverdammtes Arschloch!«, schrie Hank, »Sie können umkehren, wir fahren nach London zurück.«

Das Taxi hielt auf dem Pannenstreifen. Der Fahrer stieg aus und riss die Beifahrertür auf: »Wie hast du mich genannt?«

6

Casablanca / Freetown, Sierra Leone

Um 18:10 Uhr waren Mendelez und Nadi mit der Royal Air Maroc 801 in Heathrow gestartet. Bei der Passkontrolle gab es keine Probleme. Sie würden in Casablanca zwischenlanden und nach knapp vier Stunden Wartezeit nach Freetown weiterfliegen. Mendelez war ein aufmerksamer Reisebegleiter. Er kümmerte sich um Nadi, als sei sie seine eigene Tochter. Er schwieg, wenn sie schläfrig wurde, und bestellte ihr Essen, wenn sie hungrig schien. Nadi war sein wichtigstes Kapital, nur ahnte sie noch nicht, was dies für sie bedeuten würde. Einmal fragte er sie, ob sie wisse, wieso sich der *Homo erectus* vor rund 50 bis 100.000 Jahren aus der Evolution verabschiedet habe. »Er war nicht in der Lage, sich an eine veränderte Umwelt anzupassen«, gab er die Antwort gleich selbst. »Seine Werkzeuge waren aus minderwertigem Material und von schlechter Qualität. Neandertaler und *Homo sapiens* hingegen marschierten meilenweit, um das zu kriegen, was sie wollten. Sie bestiegen Berge und überquerten reißende Flüsse, aber der *Homo erectus* muss wirklich faul gewesen sein, eine steinzeitliche Couch-Potato. Er griff einfach nach dem, was unmittelbar in seiner Umgebung war. Und als sich das Klima veränderte und die Flüsse austrockneten, wurde ihm seine Trägheit zum Verhängnis. Seine Spezies starb aus. Aber die Ratten, die haben immer überlebt, weil sie sich anpassen konnten. Sie fressen notfalls auch Plastik, Schrauben, Kabel, sie klettern, schwimmen und legen Hunderte von Kilometern zurück.«

»Ist es wirklich wahr, dass Ratten und Menschen die gleichen Vorfahren haben?«, fragte Nadi.

»Ja, erst vor achtzig Millionen Jahren, das ist erdgeschichtlich gar nicht so lange her, haben sich Ratten und Menschen vom gemeinsamen Vorfahren abgespalten. Seitdem gehen sie getrennte Wege, genetisch gesehen. Räumlich gesehen, waren sie sich noch nie so nahe wie heute. Der Mensch setzte auf den Geist, die Ratte auf den Körper. Letztlich waren beide erfolgreich. Den Ausrottungsversuchen ihrer geistig überlegenen Vettern widerstehen Ratten mit überragenden körperlichen Fähigkeiten. Und dem stärksten Immunsystem aller Säugetiere.«

Casablanca, Marokko

Als Mendelez und Nadi nach vier Stunden Wartezeit in Casablanca den Weiterflug nach Freetown antraten, erklärte der Professor, dass er das Beste aus dem Genom der Ratte für den Menschen verfügbar machen wolle. »Sagt Ihnen Tschernobyl etwas? Das war die bislang größte Katastrophe in einem Atomkraftwerk, der Supergau. Ein Atommeiler explodierte und verwandelte die gesamte Umgebung im Umkreis von dreißig Kilometern in eine strahlende Wüste. Aber in der Todeszone hat etwas überlebt: verkrüppelte Pflanzen und missgestaltete Tiere. Die Wälder in der Umgebung verfärbten sich braun und starben ab. Überall dort, wo der Wind Strontium und Cäsium verweht hatte, starben die Tiere, und heute, fast ein Vierteljahrhundert später, sprießt das Leben wieder. Auf dem Sarkophag, der den Kernreaktor umschließt, nisten Stare, Tauben und Schwalben, am Morgen zwitschern etwa dreihundert verschiedene Vogelarten, einige hielt man für längst ausgestorben. Wölfe, Luchse, Wildschweine und Bären streifen durch die Wälder der Umgebung, sogar die Fische tummeln sich wieder in den Gewässern. Die Abwesenheit des Menschen tut der Natur gut, aber das Interessanteste für mich ist, dass man nach der Katastrophe Ratten fand, die so verstrahlt waren, dass man sie nicht ohne Schutzanzug anfassen konnte. Diese Ratten hatten ihre Erbsubstanz verändert, sie hatten sich angepasst. Sie hatten kaum Missbildungen, und ihre Lebenserwartung unterschied sich in keiner Weise von den Artgenossen in nicht-kontaminierten Gebieten. Weder Stoffwechsel noch Fortpflanzung waren beeinträchtigt. Kranke Ratten starben rasch und wurden gefressen. Nur die Fittesten haben überlebt. Dank eines veränderten Genoms. Was ich vorhabe, ist kein leichtes Unterfangen. Aber Schwierigkeiten sind da, um sie zu meistern. Und ich werde sie meistern, mit Ihrer Hilfe.«

Nadi hoffte, sie sei für den Professor doch etwas mehr als eine lebende Blutkonserve.

Odeon Leicester Square, London

Hank verließ in der Pause den Saal, um sich an der Kinobar zu erfrischen. Sein linkes Auge war blau unterlaufen, an der Backe hatte er eine hässliche Schramme. Die Vorstellung von Ridley Scotts *Gladiator 2* war kaum besucht. Zwei Rentner saßen weit voneinander in der obersten Reihe. Das Mädchen neben der Popcornmaschine trug einen Mundschutz. Auch Hank selbst hatte sich mittlerweile einen solchen besorgt. Er bestellte eine Cola und warf einen Blick auf sein Handy. Er wählte die App *Life360* und sah, dass Nadi ihren Aufenthaltsort erneut geändert hatte. *Nadi unterwegs nahe Sierra Leone, Batterie: 1 %.* Augenblicklich verrutschte ihm das Gesicht, es war, als hätte ihm jemand einen Gladius in den Bauch gerammt. Was zum

Teufel machte Nadi in Afrika? Er machte sich ernsthaft Sorgen um sie. Er sandte ihr eine Nachricht, eine zweite, eine dritte, den Gladiator ließ er in der Arena stehen.

Freetown, Sierra Leone

Die Maschine der Royal Air Maroc 801 landete um 04:15 Uhr Ortszeit auf dem Lungi International Airport im westafrikanischen Sierra Leone. Da Planung und Weitsicht nicht zur Kernkompetenz der Erbauer gehörten, lag der wichtigste Flughafen des Landes jenseits des Sierra Leone Rivers. Man konnte die Hauptstadt Freetown nur mit der Fähre, einem Luftkissenboot oder per Helikopter erreichen. Mit dem Bus benötigte man volle vier Stunden. Aber Zeit spielte in Sierra Leone keine Rolle. Im Westen hatte man Uhren, in Sierra Leone: Zeit.

Freetown hieß früher nicht ohne Grund »Romarong, die Stadt der Wehklagen«. Zahlreiche Sklavenschiffe waren in den vergangenen Jahrhunderten in den starken Stürmen vor der Flussmündung zerschellt, und die wenigen Männer, die sich jeweils hatten retten können, waren in den Mangrovensümpfen ums Leben gekommen. Später waren freigelassene Sklaven, die an der Seite der britischen Armee im amerikanischen Unabhängigkeitskrieg gekämpft hatten, nach Freetown gezogen. Heute betrieb die Hauptstadt den größten Naturhafen Afrikas.

»Freetown«, warnte Mendelez, als sie die unbesetzte Zollschranke passierten und die Wartehalle betraten, »ist eine der feuchtesten Hauptstädte der Welt. Sie müssen jeden Abend Ihr Anti-Mückenspray benutzen.«

Die kleinen Shops in der Flughafenhalle waren nicht besetzt. Die meisten Menschen waren beim morgendlichen *Fadschr*, einem der fünf obligatorischen Gebete des Islams. Die gesamte Flughafenhalle war lahmgelegt. Mit 80 Prozent repräsentierten die Muslime die

Mehrheit der Bevölkerung, doch was sie mit den Andersgläubigen verband, war ihr Aberglaube, ein Patchwork animistischer Religionen und Ahnenverehrung.

Mendelez und Nadi traten ins Freie. Es schüttete wie aus Kübeln, die tropisch-feuchte Luft verklebte die verschwitzten Körper mit Hemd und Shirt.

»Bis zum Ende der Regenzeit im Oktober werden wir täglich solche Gewitter haben. An Weihnachten kommt dann die Erlösung, der Harmattan-Wind aus der Sahara bringt kühle Luft. Und eine Menge Staub.«

Die vom Hotel versprochene Limousine war nicht da. Mendelez meinte, dass man in Sierra Leone einen Gang tiefer schalten müsse, hier laufe alles in Slow Motion. Ein Poda-poda Kleinbus hielt vor den beiden und forderte sie zum Einsteigen auf, aber Mendelez lehnte dankend ab. Die Poda-podas waren umgebaute japanische Kleinbusse. Ähnlich wie die bunten philippinischen Jeepneys, die nach dem Zweiten Weltkrieg von den G. I. zurückgelassen worden waren, hatten die Freetonians von Sierra Leone die Fahrzeuge mit hölzernen Sitzbänken von neun auf zwanzig Plätze ausgebaut. Sie fuhren festgelegte Routen ab, Start- und Zielort hatten sie auf selbstbeschrifteten Kartons an die Windschutzscheibe geklebt. Auf der Kühlerhaube standen Sprüche wie »Respect your neighbour« oder »God bless you«. Es gab auch zweifarbige Taxis, gelb, grün, rot oder silber, die man per Handzeichen anhalten konnte. Das war auch das, wofür Mendelez sich schließlich entschied.

Sie fuhren über schlechte Straßen nach Aberdeen Freetown. Nur der Highway One Richtung Waterloo entsprach westlichen Standards. Meistens fehlten Straßenschilder, die die Orientierung erleichtert hätten, Ampelanlagen waren hier gänzlich unbekannt, was allerdings nicht weiter schlimm war, da sich eh keiner an Verkehrsregeln hielt. Auffallend war, dass einige Werbeplakate chinesische Schriftzeichen trugen. Obwohl die Amtssprache Englisch war, sprachen ältere Semester immer noch Krio, eine abgeleitete Kreolsprache. In den Schulen wurde in Englisch unterrichtet, aber ihr Besuch war kostenpflichtig, was viele Kinder davon abhielt, Bildung zu erlangen. Wer hart arbeitete, kam auf einen Tageslohn von einem Dollar und fünfundzwanzig Cents. Verständlich, dass die Kinder nur einen Wunsch hatten: Europa. Doch ohne Schulbildung hatten sie auch dort keine Chance, und diejenigen, denen die gefährliche Reise gelang, nahmen sich endlich, was sie sich nicht leisten konnten.

Das Taxi hielt an der 78A Cape Road, vor dem *Home Suites Boutique Hotel* im Nobelviertel Aberdeen. Die Rezeption war nicht besetzt. Sie setzten sich in die tiefen Sessel unter der Klimaanlage und warteten. Nach einer Stunde sagte Mendelez, sie müssten später einchecken, er hätte noch einen Termin. Ob Nadi ihn begleiten wolle?

* * *

Das Restaurant *Lighthouse* an der Man of War Bay war eine der ersten Adressen in Freetown. Auf der Terrasse hatte man einen atemberaubenden Blick auf die Bucht. Gegrillter Hummer war die Spezialität. Fast alle Gäste, vorwiegend Geschäftsleute, wählten dieses Menü und tranken dazu San Miguel Bier. Auffallend war, dass auch hier sowohl Speisekarten als auch Hinweistafeln zweisprachig angeschrieben waren, in Englisch und Chinesisch. Kredite aus Peking, die das Land nie würde zurückzahlen können, waren die chinesische Variante der Neo-Kolonisation.

»Wie kommt eine philippinische Biermarke nach Sierra Leone?«, fragte Mendelez. Rodney Kargbo, der in den Kangari Hills Goldminen betrieb, zwinkerte Mian Xiaoting zu: »Habt ihr das nicht auch schon geschluckt?«

Mian Xiaoting lächelte höflich: »San Miguel Bier hat über hundert Anlagen auf den Philippinen, in Hongkong und Südchina, nicht alle gehören uns.«

Kargbo lachte, ein Bierbrauer habe ihren Flughafen gerettet. Der 60-Jährige war schon etwas angetrunken und in guter Stimmung, Mian Xiaoting hingegen war förmlich, zeigte keine individuelle Regung. Sie informierte Mendelez, dass der Umzug abgeschlossen, sein neues Labor eingerichtet und alle technischen Installationen funktionstüchtig seien.

»Wir müssen uns nicht mehr verstecken«, sagte Kargbo, »ich habe mit dem Präsidenten gesprochen, er sagte, er wolle Ihnen keine Steine in den Weg legen, alles, was Mian Xiaoting wünsche, solle erfüllt werden.«

Mendelez bedankte sich mit einer leichten Verbeugung bei der Chinesin. Sie nickte zurück.

Rodney Kargbo wollte Mendelez den Rauchersalon zeigen und bat ihn, ihm zu folgen. Die beiden Frauen zeigten wenig Interesse und blieben alleine zurück. Als die beiden Männer die Treppe zum Strand hinunterstiegen, fragte Mian Xiaoting, ob Nadi auch Wünsche habe. Ihr warmes Lächeln irritierte Nadi. Sie sagte, sie möchte eines Tages wieder weg von Sierra Leone, aber nach London könne sie nicht zurück. Mian Xiaoting berührte ihre Hand und errötete leicht. Sie hauchte, auch sie habe unerfüllte Wünsche, ob sich Nadi vorstellen könne, einmal in Hongkong zu leben.

»Dafür bräuchte ich ein Visum«, antwortete Nadi.

»Sie sind eine sehr schöne Frau, Nadi.«

Nadi reagierte irritiert, damit hatte sie nicht gerechnet.

»Ist Ihnen das unangenehm?«, fragte die Chinesin.

Mendelez und Rodney Kargbo kamen bereits zurück.

»Wieso haben Sie nicht gleich gesagt, dass Sie Nichtraucher sind, Herr Professor? Meine Frau wollte, dass ich mit dem Zigarrenrauchen aufhöre. Ich sagte ›Nein, aber wir können gute Freunde bleiben‹.« Sie setzten sich wieder zu den beiden Frauen, Kargbo zog vergnüglich an seiner Zigarre.

»Haben Sie genug Material beschaffen können?«, fragte Mendelez.

»Ja, über zweihundert Ratten. Sie bumsen fröhlich und sind wohlauf. Letzte Woche sind die Crews aus Hongkong und Tokio eingetroffen. Vier Einheimische werden Sie unterstützen, zwei Laborantinnen, ein Sicherheitschef und Abass Bash-taqi, er hält mich auf dem Laufenden.«

Mendelez bedankte sich und sagte, er wolle sich bald schlafen legen, er sei Frühaufsteher, beginne jeweils um vier Uhr morgens mit der Arbeit im Labor. Rodney Kargbo ging nicht darauf ein und sagte, Abass habe ihm erzählt, dass die Weibchen fünf bis sieben Mal im Jahr brünstig werden, aber jeweils nur für sechs Stunden, und deshalb ließen sie sich in dieser Zeit von so vielen Böcken wie möglich bespringen. »Bis zu zweihundert Mal in wenigen Stunden! Ist das tatsächlich so?«

»Ja«, antwortete Mendelez ernst, er mochte es nicht, wenn man seine Forschung auf Kneipenniveau abhandelte. Rodney Kargbo nahm davon keine Notiz und lachte laut: »Dazu bräuchte unsereiner ein ganzes Containerschiff voll Viagra.«

Mendelez ließ die dauernden Zoten von Rodney Kargbo über sich ergehen, denn der milliardenschwere Minenbetreiber hatte beste Beziehungen zum Staatspräsidenten, und dieser war Staatsoberhaupt, Regierungschef und Oberbefehlshaber der Streitkräfte in einer Person. Wer also mit Rodney Kargbo gut konnte, hatte einen direkten Draht zum Präsidenten.

Nach dem gemeinsamen Essen brachte Rodney Kargbo seine Gäste in ihre Hotels zurück. Nadi und Mian Xiaoting saßen im abgedunkelten Fonds. Während der Fahrt berührte die Chinesin Nadis Hand, ergriff sie schließlich und zog sie sanft auf ihren Schenkel. Nadi ließ es geschehen. Als sie das Hotel der Chinesin erreichten, schob sie Nadi diskret eine Visitenkarte zu. Rodney brachte nun Nadi und Mendelez in ihr Hotel. Er bestand auf einem gemeinsamen Schlummertrunk. Mendelez konnte nicht ablehnen. Während Nadi sich zurückzog, blieben die beiden Männer in der Lounge und tranken Calvados aus der Normandie. Mendelez wünschte sich nichts sehnlicher, als sich auf sein Boxspringbett fallen zu lassen, doch Kargbo war eine Nachteule, die erst nach Mitternacht so richtig auf Touren kam. Er bot Mendelez erneut die »schönsten Mädchen des Landes« an, aber der Professor hatte kein Interesse, seine Obsession wären »seine Ratten«. Kargbo schaute verdutzt und sagte dann, Schwule würden in Sierra Leone gnadenlos verfolgt und zu lebenslangen Haftstrafen verurteilt, »wenn sie Glück haben«. Der Europäische Gerichtshof erkenne für Sierra Leone Schwulsein mittlerweile als Asylgrund an. »Sie können sie alle haben, Professor. Wie auch immer: Seien Sie vorsichtig, in ländlichen Gegenden praktizieren örtliche Gerichte noch die Scharia.«

»Mister Kargbo, ich habe nicht den langen Weg gemacht, um mich hier zu vergnügen – weder mit Mädchen noch mit Jungs.«

* * *

Ein Jeep Wrangler Dragon aus chinesischer Produktion hielt am anderen Morgen vor dem *Home Suites Boutique Hotel.* Ein etwa fünfzigjähriger Einheimischer stieg aus und schickte Mendelez eine SMS. Es war Abass Bash-taqi, der seinerzeit das Labor im Dschungel eingerichtet hatte. Er nannte sich CEO, aber für Rodney Kargbo war er bloß »mein Mädchen für alles«. Abass trug weiße Hosen, weiße Wildlederschuhe und ein geblümtes Hemd mit Ananas-Mustern. Er erinnerte an einen Frühpensionierten auf Kreuzfahrt. Er sagte, der Boss habe ihn geschickt, und sein Wagen sei klimatisiert. Mendelez nahm auf dem Beifahrersitz Platz, Nadi im Fonds. Sie hatten beide schlecht geschlafen, denn die ganze Nacht über hatte laute Musik die Wände zum Wackeln gebracht, und die knatternden Ventilatoren waren aus unerfindlichen Gründen über den Nachttischen montiert. Abass nahm die asphaltierte Ringstraße Richtung Waterloo. Das erste Teilstück führte durch einen tropischen Regenwald und verlor sich im 37 Kilometer langen Western Area Peninsula

National Park. Auf der Straße nach Tacugama lag ein toter Schimpanse, von einem Auto angefahren oder aus Boshaftigkeit erschossen. Er stammte aus dem Affenheim Tacugama in den Hügeln vor Freetown. Ab und zu sah man Frauen, die schwere Körbe voller Cassava oder Stoffballen auf dem Kopf trugen. Kinder spielten vergnügt mit dem, was die Natur hergab. Abass sagte, dass sich in Waterloo einiges geändert habe seit Mendelez' letztem Besuch. Zwölf Jahre nach dem Ende des Bürgerkriegs sei der Ebola-Virus ausgebrochen, im Jahr darauf sei die Wirtschaft zusammengebrochen. Und vom Bürgerkrieg hätten sie sich immer noch nicht erholt. Der militärische Konflikt sei eine unglaublich barbarische Schlachterei gewesen, beide Parteien hätten ihren Gefangenen jeweils mit der Machete die Hände abgehackt. »Die Jungen haben keine Lust, dieses Land wiederaufzubauen. Kein Wunder, wollen alle nach Europa.«

Abass nahm die Abzweigung nach Waterloo. Er sagte, das Laborgelände habe kaum Nachbarn, nur gerade die Kirche der Adventisten, irgendeine christliche Erweckungsbewegung des 19. Jahrhunderts, die immer noch auf die Wiederkunft Jesu Christi wartet. Die seien ganz schön geduldig.

Abass steuerte seinen Jeep Wrangler Dragon über einen schlammigen Feldweg. Manchmal versank der Wagen in einem Erdloch und schüttelte die Fahrgäste durch. Das Labor befand sich am Rande des tropischen Regenwaldes. An der Hauswand war ein Metallschild angebracht: »Personal Genom Design Ltd.« Das Hauptgebäude war auf einem Betonsockel errichtet, der etwas länger und breiter war als das Fundament des Hauses und einen trockenen Fußweg bot. Der Rest der Anlage versank in knöcheltiefem Matsch, angefüllt mit Bauschutt, Plastikflaschen und sonstigem Müll. Im Vorraum spritzten die Ankömmlinge ihre Schuhe sauber, schlüpften in die blauen Schuhüberzieher aus Plastik und zogen sich einen weißen Laborkittel über. Im ersten Raum saßen einige einheimische Frauen über Mikroskope gebeugt, andere analysierten DNA-Sequenzen auf großen

Bildschirmen. Abass stellte nun den Sicherheitschef Sidie Kanu vor, einen stämmigen Mann in den Vierzigern, ein ehemaliger Kindersoldat, dem die Outlaws des Schlächters von Monrovia einen Arm abgetrennt hatten. Sidie Kanu hielt sich trotzdem von Gott begünstigt, weil dieser ihm den anderen Arm gelassen hatte. Abass führte die Gäste über den Innenhof zu einer Halle. Der beißende Geruch ließ erahnen, was sie dort erwartete. Abass sagte stolz, sie hätten alles nach Mendelez' Vorgaben eingerichtet. Hunderte von Ratten wuselten in beschrifteten Plexiglaskäfigen herum, braune Defua-Ratten mit weißem Bauch und braune Rotnasenratten mit rötlich gefärbten Wangen und unbehaarten, schuppigen Schwänzen. Jedes Tier hatte seinen eigenen Käfig. Die beiden Laborantinnen Lorraine und Fatmatta schritten mit ihrem iPad die Käfigreihen ab und füllten mit dem iPen die Tagesprotokolle aus. Abass stellte die beiden vor und sagte, Nadi würde sie in Zukunft unterstützen. Die beiden Frauen begrüßten Nadi sehr herzlich. Lorraine war die zierlichere von beiden, Fatmatta machte hingegen einen stämmigen Eindruck. In einem weiteren Trakt waren die Labors der chinesischen Wissenschaftler untergebracht. Eine Sicherheitstür war mit »Genesis« beschriftet.

* * *

Lumley Beach lag an der Westküste von Freetown und war ein beliebter Treffpunkt für Partygänger und Festivalliebhaber. Mendelez hatte wenig Lust, den Sonntag dort zu verbringen. Er hatte auch Abass gesagt, er sei nicht hier, um Party zu machen, doch dieser hatte geantwortet, das sei eine Einladung, die man Rodney Kargbo nicht abschlagen könne. Er würde ihn dort erwarten.

Pemperton Road, London

Ben Davies stieg die knarrende Treppe zu Hanks Wohnung an der Pemperton Road hoch. Im ersten Stock angekommen, rang er nach

Luft und drückte die Türklingel. Sie war kaputt. Er klopfte. Es dauerte, bis schließlich jemand öffnete. Wenigstens war Hank zu Hause. Davies nahm den Mundschutz ab und wischte sich damit den Schweiß von der Stirn.

»Sie schon wieder?«, begrüßte ihn Hank.

»Ja, ich schon wieder«, keuchte Davies.

Hank musterte ihn argwöhnisch und sagte, er solle doch reinkommen und sich setzen, »ich bringe Ihnen was zu trinken«.

Davies folgte Hank und setzte sich auf die Couch.

»Wasser oder Cola?«

»Was ist kälter?«

Hank brachte ihm eine Büchse Cola. Davies riss gleich die Lasche ab und trank. Hank ließ ihm Zeit. Er ließ sich Davies gegenüber in das ausgefranste Sofa fallen.

»Neuigkeiten?«

»Das Gesundheitsministerium hält die Panik für das größte Problem. Bei allen Infizierten lässt sich ein Aufenthalt in Ealing Broadway nachweisen.«

Er nahm noch einen Schluck Cola.

»Und Nadi?«, fragte Hank.

»Das wollte ich *Sie* fragen. Ich bin sicher, Sie schicken ihr täglich ein paar rührende SMS.«

Hank gestand, dass er in der Tat jeden Morgen und jeden Abend eine SMS schicke, »aber sie antwortet nicht.«

»Professor Mendelez ist in Sierra Leone. Er hatte zwei Plätze gebucht.«

Ben Davies zeigte Hank auf seinem Handy das Bild einer jungen Frau mit lilafarbenem Pagenschnitt, »das wurde bei der Passkontrolle aufgenommen.«

»Ja, das ist sie«, sagte Hank und machte ein mürrisches Gesicht: »Was zum Teufel machen die in Sierra Leone?«

»Wahrscheinlich etwas, was hier verboten ist.«

»Sie meinen, die beiden haben etwas miteinander?«

»Nadi ist volljährig, und im Übrigen ist der Professor der Letzte, der mit einer Infizierten Sex haben möchte. Sie nennt sich jetzt Pauline Cushman, ist eine sogenannte Dauerausscheiderin. Sie ist infiziert, aber die Krankheit kommt bei ihr selbst nicht zum Ausbruch, sie kann nur andere anstecken, über Blutkontakt, also theoretisch auch beim Sex. Und alle, die sie bekocht hat, sind erkrankt. Aber mittlerweile ist das Bakterium mutiert und überlebt auch auf toten Gegenständen.«

»Aber ich lebe noch«, entgegnete Hank.

»Sie wurden noch mit dem Bakterium von Nadi infiziert. Das war noch nicht übertragbar wie ein Virus. Und im Gegensatz zu Belotti und Black sind Sie jünger, und Nadi hat rechtzeitig die Ambulanz gerufen.«

»Dann hat mir Nadi ironischerweise noch das Leben gerettet.«

Davies zuckte mit den Schultern und nahm noch einen Schluck Cola.

Ein Lächeln huschte über Hanks Gesicht: »Vielleicht war ich ihr doch nicht ganz egal.«

»Ohne Zweifel«, brummte Davies sarkastisch, »die ganz große Liebe.«

»Dann ist die Sache für Sie erledigt?«

»Nicht ganz, die Immunologen geben noch keine Entwarnung, Nadi bleibt auf dem Radar.«

»Sie wusste doch nicht, dass sie andere ansteckt, da sie ja nie selber erkrankt ist. Sie kann also nichts dafür.«

»Sie verweigerte eine zweite Blutprobe. Sie benutzt nun einen gefälschten Pass. Den Rechtsbruch beging sie auf britischem Boden. Wir werden ein Rechtshilfegesuch nach Freetown schicken, aber das wird dauern. Auf jeden Fall ist sie zur Fahndung ausgeschrieben. Sobald sie britischen Boden berührt, wird sie festgenommen. Aber rechnen Sie nicht mit ihrer Rückkehr. Das wird sie nicht wagen.«

Hank holte sich eine Büchse Bier aus dem Kühlschrank: »Eigentlich kann Ihnen das egal sein, oder?«

»Ich werde nächstes Jahr aus dem Dienst entlassen«, sagte Davies bitter, »habe eine Asbest-Lunge, ich hätte diese Sache gern noch zu Ende gebracht. Ich gehöre noch zur alten Garde, die aufräumt, bevor sie den Hut nimmt.«

Sie saßen eine ganze Weile schweigend in der schwülen Wohnung.

»Ehrlich gesagt«, meinte Davies, »weiß ich gar nicht, womit ich meine Tage in Zukunft verbringen soll.«

»Ihre Probleme möchte ich haben«, spottete Hank, »als Beamter haben Sie sicher eine üppige Pension.«

»Und was soll ich damit? Mehr als drei Steaks pro Tag können Sie auch nicht essen.«

»Begleiten Sie mich nach Sierra Leone«, schlug Hank vor. Es war nicht ganz ersichtlich, ob es als Scherz gemeint war.

»Was soll ich denn dort? Sie sind verliebt, ich bin es nicht.«

»Ich bin verliebt?«

Lumley Beach, Sierra Leone

Lumley Beach war laut. Zwei Dutzend wuchtige Lautsprecherboxen beschallten den schier endlosen Sandstrand. Hunderte von jungen Leuten tanzten darum herum, als sei es das goldene Kalb, das der biblische Aaron erschuf. Die jungen Frauen waren in bunte Tücher gehüllt. Den Oberkörper hatten sie nur mit einem schmalen Band bedeckt, schlaksige junge Männer umzirpten sie. Es wurde enorm viel getrunken, die leeren Flaschen achtlos ins Meer geworfen, doch der Ozean brachte das Leergut während der Regenzeit wieder zurück und spülte es an die einst feinen Sandstrände von Lumley Beach. Mendelez saß zusammen mit Rodney Kargbo an einer VIP-Theke, die mit einem großen Sonnensegel überspannt war. Sie tranken kühles Bier und schauten den Frauen zu, die aufreizend mit dem Po wackelten.

»Die Chinesen«, sagte Rodney Kargbo, »kaufen hier alles auf. Wir sind bei denen derart verschuldet, dass wir nichts mehr zu sagen haben. Finanzkolonialismus.« Er lachte, es schien ihm nichts auszumachen, wahrscheinlich kassierte er ordentlich mit bei diesen Deals. Nadi tanzte mit Lorraine Bintou und Fatmatta Woodz, sie hatten Spaß miteinander. In den nächsten Wochen würden sie immer wieder an diesen Strand kommen, um sich zu vergnügen. Mendelez hatte Nadi eindringlich darauf hingewiesen, dass sie nach wie vor eine Gefahr für andere war und sich vorsehen sollte. Zur Sicherheit aber hatte er einen Bodyguard angewiesen, im Hintergrund unauffällig immer ein Auge auf sie zu haben.

»Das Außenministerium hat eine Anfrage aus London. Sie haben sich nach Ihrer Inderin erkundigt und bitten um eine aktuelle Blutprobe. Gibt's da ein Problem?«

»Nein«, gab Mendelez gelassen zur Antwort, »wir haben kein Problem. Nadi wurde bereits überprüft, aber wir schicken gerne eine aktuelle Probe ins Institut Nilsor. Wäre Nadi ein Problem, ich hätte sie wohl kaum mitgenommen.«

Rodney Kargbo nickte ernst: »Die Bürokratie wurde wohl in Europa erfunden. Wir haben hier während des Bürgerkriegs Zehntausende Menschen abgeschlachtet, aber nur die Deutschen haben das Morden so minutiös protokolliert, als müssten sie eine amtliche Buchprüfung bestehen.«

Ein Mädchen tanzte vor ihnen über den Sand, sie tat so, als würde sie Kargbo und Mendelez nicht bemerken, aber »weiße Affen« waren hier sehr begehrt, und es gab einige entlegene Dörfer, in denen man noch nie einen Weißen zu Gesicht bekommen hatte.

»Wann fangen Sie an?«, fragte Kargbo in strengem Ton.

»Wir haben bereits angefangen.«

»Schwierig?«

»Die Technik ist beherrschbar, aber eine Sache gibt mir manchmal zu denken: Wenn sich eine Gruppe von Menschen ein überlegenes Immunsystem und vielleicht sogar eine höhere Intelligenz leisten kann, werden die normalen Menschen ins Hintertreffen geraten. Sie werden in der Gesellschaft die Reputation heutiger Analphabeten haben. Sie sind die Schimpansen von morgen.«

»So what?«, meinte Rodney Kargbo erleichtert, »wir werden nicht zu den Schimpansen gehören«, er klopfte Mendelez gönnerhaft auf die Schulter, was dieser gar nicht mochte, und fragte, ob man eines Tages nicht auch Körpergröße, Kraft und Ausdauer optimieren könne, »kleine Muskelzwerge für die Arbeit in meinen Minen.«

Als Mendelez stutzte, fügte Kargbo hinzu, er sei Pragmatiker und ein Mann der Tat.

Mendelez ahnte, dass er Kargbo möglicherweise falsch eingeschätzt hatte und dass dieser sein Vermögen nicht mit lustigen Sprüchen erwirtschaftet hatte: »Dafür wäre ich der falsche Mann, Mister Kargbo, ich habe kein Interesse an kommerziellen Anwendungen.«

Mendelez erhob sich und sagte, er habe leider noch zu tun. Kargbo zwinkerte ihm zu: »Haben Sie zu dieser späten Stunde noch einen Termin?« Als Mendelez nicht reagierte, fügte er hinzu: »Unsere Frauen haben die Hitze im Blut, aber eure Frauen im Norden sind wie glänzende Eiszapfen.«

»Ich bin mit einem Bakterium verabredet«, gab Mendelez zurück, »und ich bin neugierig zu sehen, wie es sich in den letzten Stunden entwickelt hat.«

»Oh«, Kargbo schien zunächst enttäuscht, sagte dann aber, Mendelez solle ruhig ins Labor zurück. Dann prustete er los und meinte, so hätte er alle Frauen am Strand für sich allein.

* * *

Mendelez arbeitete bis spät in der Nacht am Mikroskop. Ab und zu legte er eine kleine Pause ein und ließ die Schultern rotieren, um die Muskulatur zu entspannen. Plötzlich hörte er das Zuschlagen einer Tür und aufgeregte Stimmen. Er trat in den Flur hinaus und sah, wie Lorraine Bintou und Fatmatta Woodz Nadi in ihr Zimmer schleiften. Er eilte ihnen nach. Die beiden Frauen legten Nadi auf das Bett. Sie war nicht mehr bei Bewusstsein. Mendelez reagierte schnell, prüfte Nadis Puls und hob ihre Augenlider.

»Hat sie viel getrunken?«, fragte er.

Die beiden Frauen verneinten. Lorraine sagte, sie sei mit Abass und ein paar anderen noch an der Bar gewesen, aber getrunken habe sie nicht viel.

»Vielleicht hat ihr jemand Knockout-Tropfen ins Glas geschüttet? Da gibt es ein paar Jungs am Strand …«

»Das wird schon wieder«, wiegelte Mendelez ab, »ich bleibe hier, bis sie aufwacht, geht schlafen.«

»Aber Sie brauchen doch auch Schlaf, Herr Professor.«

»Jetzt ist Nadi das Wichtigste.«

Die beiden Frauen waren berührt und wünschten Mendelez gute Nacht.

* * *

Als Nadi wieder aufwachte, schien die Morgensonne bereits durch die Jalousien des Untersuchungszimmers. Sie lag auf einer Liege. Ein Monitor an der Wand zeigte Puls, Blutdruck und Blutsättigung an. Als sie die Augen öffnen wollte, blendeten sie die einfallenden Sonnenstrahlen. Instinktiv wollte sie die Hand vor die Augen legen, doch etwas hielt sie zurück. Jemand hatte ihr eine Infusionsleitung gelegt.

»Sie erhalten gerade eine Kochsalzlösung«, sagte Mendelez. Er saß in einem bequemen Sessel mit hoher Lehne, beugte sich zum Bett und tätschelte Nadis Hand: »Alles wird gut.«

»Was ist passiert?«, fragte Nadi schlaftrunken und schien fieberhaft nachzudenken, »ich erinnere mich noch, dass ich am Strand war, wir haben getanzt, die Musik …«

»Jemand hat Ihnen Knockout-Tropfen ins Glas geschüttet. Ich habe in Ihrem Blut Benzodiazepine gefunden und mit Freude festgestellt, dass Sie nicht mehr ansteckend sind. Wir machen einen guten Job hier.«

»Was sind Benzodiazepine?«

»Schlaf- und Beruhigungsmittel wie Flunitrazepam oder Temazepam, die üblichen Zutaten für Date-Rape-Drugs.« Nadi verstand nur »rape« und schreckte auf: »Ich bin vergewaltigt worden?«

»Nein«, beruhigte sie Mendelez, »wir haben eine Gynäkologin aus Freetown hergebeten, sie war heute früh hier und hat Sie untersucht. Sie sind immer noch Jungfrau, Nadi. Niemand hat Sie vergewaltigt.«

Nadi griff sich mit schmerzverzerrtem Gesicht in die Lenden und sagte, sie habe Schmerzen. Vor allem hier spüre sie eine Art Muskelkater, als habe sie auf einer harten Unterlage gelegen. Mendelez tastete ihren Rücken ab und meinte, das sei bloß muskulär, eine Verspannung, vielleicht ein Hexenschuss, am Strand von Lumley Beach wehe eine frische Brise, und wenn sie stundenlang tanze und schwitze, treffe sie am anderen Morgen die Hexe. Jeder Taxifahrer in London kenne das Problem. Nadi fragte, ob die Erinnerung an den gestrigen Abend wieder zurückkomme.

»Eher nicht, bei den meisten Opfern bleiben Gedächtnislücken für die Stunden davor und danach. Das macht die polizeilichen Ermittlungen so schwierig, aber in Sierra Leone wird keiner wegen K.-o.-Tropfen ermitteln. Hier gilt es als Partydroge, als Kavaliersdelikt.«

Nadi ergriff die Hand des Professors, sie lächelte dankbar und schloss die Augen.

* * *

Eines Morgens saßen die drei Frauen gebannt vor dem Plexiglaskäfig 121. Nadi spielte auf einer Tuniru, einer sierraleonischen Flöte, ein Geschenk von Mendelez. Die Frauen bemerkten nicht, dass Mendelez den Raum betreten hatte und neugierig mitverfolgte, was sich im Labor abspielte. Eine Ratte wuselte auf dem Boden herum. Je nach Tonlage flitzte sie zu einem Gummiball, hielt ihn fest und rollte ihn vorwärts. Bei schrillen Tönen setzte sie zum Sprung an und klammerte sich am Gitterkäfig fest. Als Nadi Mendelez bemerkte, hörte sie auf zu spielen. Der Professor nickte anerkennend und eröffnete den Frauen, dass die Ratropolis-Studie erste Resultate zeige, »bei Zellen, denen das Gen zur Produktion des Proteins SeTD3 fehlt, wird die Vermehrung von Entzündungsstoffen gehemmt. Es ist uns gelungen, das Protein SeTD3 auszuschalten. Unter Laborbedingungen funktioniert das recht gut. Sollte das auch beim Menschen gelingen, wäre das ein Blockbuster, der die gesamte Antibiotika-Industrie revolutioniert. Und damit ließe sich ein weit ehrgeizigeres Projekt finanzieren: Genesis.«

Mendelez sah die ratlosen Gesichter der drei Frauen und realisierte zum wiederholten Male, dass nicht die ganze Welt aus Forschern und Wissenschaftlern bestand. Nadi schien skeptisch: »Was ist Genesis?«

»Genesis bedeutet nicht Heilung, sondern Prävention. Genesis ist die Zukunft, aber vorläufig geht es lediglich um die Ratropolis-Studie. Wir brauchen jetzt freiwillige Testpersonen, um den neuen Impfstoff zu testen. In Phase eins werden alle infiziert. In Phase zwei erhält die eine Hälfte von ihnen die Impfung, die andere Hälfte ein Placebo.«

»Sie sagten mir damals in London, das sei ethisch verwerflich«, wandte Nadi ein.

»Ja, das war meine Antwort in London, aber jetzt sind wir in Sierra Leone«, antwortete Mendelez, aber was sie jetzt bräuchten, seien nicht Diskussionen über Ethik, sondern Testpersonen.

»Begleiten Sie Abass nach Freetown. Charly Korome wird uns weiterhelfen.«

* * *

Unterwegs nach Freetown erzählte Abass, dass Charly Korome in Portloko, unweit der Grenze zu Guinea, aufgewachsen sei. Doch als vor zwanzig Jahren der Bürgerkrieg ausbrach, hätten die Rebellen der *Revolutionary United Front* (RUF) das Dorf überfallen und alle Bewohner auf bestialische Weise ermordet. Nur die Kinder hätten sie am Leben gelassen, um sie in ihren Camps zu Kindersoldaten auszubilden. Auch Charly sei einer jener 7.000 Kindersoldaten geworden, die unter Drogen gesetzt und zu mörderischen Bestien gedrillt wurden. Mit ihren AK-47 mussten sie die Dörfer stürmen und alles niedermetzeln, was sich bewegte. Mit ihren Macheten schlugen sie wehrlosen Schwerverletzten Arme und Beine ab, Jungs wurden gezwungen, ihre Mütter und Schwestern zu vergewaltigen. So wurde Charly bereits als Achtjähriger Kommandant eines 45-köpfigen Bataillons von Kindersoldaten.

»Und das soll unser Mann sein?«, fragte Nadi verstört.

»Charly hat sich verziehen.«

»Haben die Toten ihm auch verziehen?«

»Charly kehrte nach dem Bürgerkrieg als Vollwaise nach Freetown zurück. Die Hauptstadt war voll von Flüchtlingen und verstümmelten Drogenjunkies. Er fand Aufnahme an der Educ-Aid, einer Schule für Straßenkinder im Stadtteil Lumley. Heute arbeitet er als Assistenzlehrer im IT-Bereich. Er hat seine Seele zurück.«

* * *

Die Fahrt endete in den Slums von Freetown, wo man den Eindruck hatte, die Nebenstraßen würden sich bewegen, aber es waren vollständig vermüllte Flüsse. Abass ließ den Jeep Wrangler Dragon auf einem matschigen Weg stehen. Das rostige Eisentor trug die verblichene Aufschrift »Educ-Aid« und war mit einem Nato-Draht gesichert.

* * *

Charly Korome saß apathisch vor der milchigen Fensterscheibe, die einen Blick auf die stark bevölkerte Straße freigab. Er wirkte übernächtigt, traumatisiert, der junge Mann hatte nur noch ein Ohr. Eine schlecht verheilte Narbe zog sich über eine Wange bis zum Kinn. Der rechte Unterarm endete statt in der Hand in einem hautüberwachsenen Knochen. Die Chirurgen des IKRK hatten damals Ellen- und Speichenknochen so voneinander getrennt, dass Charly den Arm wie eine Zange benutzen konnte. Er hielt einen Stummel weißer Kreide in der Hand. Das Klassenzimmer war leer, es gab nur drei Tische mit klobigen Computern aus den 1990er-Jahren. Auf der gebleichten Wandtafel standen drei Worte: »No school today.«

Charly Korome drehte sich zu den Besuchern um. Er hob nur den Kopf zum Gruß, als er Abass sah: »Kein Strom, keine Kurse, kein Leone.«

Abass setzte sich auf eine der Schulbänke und sagte: »Solange du keinen Strom hast, kannst du für uns arbeiten, ich zahle dir mehr als die zwanzig Dollar, die du als Lehrer verdienst.«

»Und was müsste ich tun?«, fragte Korome misstrauisch.

»Du hast doch während des Bürgerkrieges ein Bataillon von Kindersoldaten geleitet. Du kennst bestimmt noch Dutzende davon …«

»Ja, aber falls du mir einen Job bei den Briten anbieten willst, kannst du am besten gleich wieder gehen. Die haben sich an unseren Diamanten satt gefressen, die Minen von Kargbo gesichert und uns entwaffnet.«

»Ohne die Briten wärst du nicht hier«, gab Abass zu bedenken, »sie haben euch immerhin wieder aufgepäppelt …«

»… und nach zwei Jahren mit einem Werkzeugkasten vor die Tür gesetzt. Keiner von uns fand den Weg zurück in die Gesellschaft, einige wurden von ihren Familien verstoßen. Sie alle haben uns die Kindheit gestohlen. Die Kindheit und die Zukunft.«

»Hast du noch Kontakt zu einigen Weggefährten?«

»Die Straßen sind voll von ihnen, die meisten arbeiten als Kleindealer für die südamerikanischen Kartelle. Wenn am Monatsende die Kokainfrachter ihre Ware an die Küste bringen, gibt's Arbeit. Für zehn Tage.«

Abass sagte, er müsse nach vorne schauen. »Das *Personal Genom Design Institut* in Waterloo sucht freiwillige Testpersonen, um einen neuen Impfstoff zu testen. Man wird geimpft und muss jede Woche pünktlich zur Kontrolle erscheinen. Eine leichtere Arbeit wirst du nirgends finden.«

Charly Korome lachte, und man konnte sich kaum vorstellen, dass dieser junge Mann einst Menschen abschlachtete, während Gleichaltrige im Westen noch mit Legosteinen spielten. »Diese Jungs sind vollgepumpt mit Kokain und Brown-Brown«, er wandte sich an Nadi, »ein Gemisch aus Kokain und Schießpulver, das uns Kindersoldaten zu hemmungslosen Killern machte. Das sind Junkies, Abass, einige sind auf Heroin umgestiegen, die haben mehr blaue Flecken als Tattoos.«

Abass sagte, sein Job sei die Rekrutierung von Testpersonen, »du beschaffst uns hundert Teilnehmer, und das Institut bezahlt dir jeden Monat fünfzig Dollar, bis die Studie beendet ist. Sie dauert ein halbes Jahr, aber die Jungs müssen jede Woche zur Blutentnahme erscheinen. Das ist sehr wichtig.«

»Das ist eine Menge Geld«, sagte Charly Korome, aber Pünktlichkeit könne Abass nur erwarten, wenn er die Jungs bei jedem Kontrollbesuch cash bezahle. Abass sagte, das sei so geregelt, bei jedem Besuch erhielten sie hunderttausend Leone, das entspreche in etwa einem Wochenlohn von umgerechnet elf Dollar, also ansehnliche vierundvierzig Dollar im Monat.

»Und ich könnte auch an der Studie teilnehmen?«

»Natürlich, dann hast du jeden Monat vierundneunzig Dollar.«

Charly Korome verdrehte theatralisch die Augen und sagte, das sei nicht schlecht für einen Einhändigen mit nur einem Ohr.

* * *

In den nächsten Tagen erschienen zahlreiche Endzwanziger vor dem Institut von Professor Mendelez. Gegen Mittag hatten sich im Flur vor dem Untersuchungszimmer mit dem Türschild »Ratropolis-Studie« bereits lange Schlangen gebildet. Es waren allesamt ehemalige Kindersoldaten, viele mit amputierten Gliedmaßen. Einige erkannten den Sicherheitschef Sidie Kanu, sie tauschten Blicke aus, mehr nicht. Es war offensichtlich, dass sich auch Charly Korome und Sidie Kanu kannten, offenbar verband sie etwas, von dem sie heute nichts mehr wissen wollten.

Im Untersuchungszimmer nahm Fatmatta Woodz die Koordinaten der Freiwilligen auf, doch die Hälfte hatte nicht einmal einen festen Wohnsitz. Eine Handynummer hatten sie alle, sei es auch nur die eines Freundes. Fatmatta gab jedem eine Fallnummer. Fingerabdrücke und Bildaufnahme wurden direkt in die digitale Personalakte eingescannt. Für den Fragebogen war Lorraine Bintou zuständig, die smartere von beiden. Während Fatmatta jede freie Minute mit Handyspielen verbrachte, schaute sich Lorraine YouTube-Videos an und las News of the World. Nadi war für die Überwachung der wöchentlichen Blutentnahme verantwortlich. Abass hatte das Honorar in roten Scheinen zu jeweils 1.000 Leone gebündelt. Auf der Rückseite der Banknote war eine Satellitenschüssel abgebildet, was angesichts des maroden Handynetzes unfreiwillig komisch wirkte. In Zehntausender-Noten wären es lediglich zehn Scheine gewesen, aber in Tausendern waren es hundert, und das beeindruckte schwer, da die meisten Studienteilnehmer nur Münzen gewohnt waren. Angesichts des Geldes unterschrieben sie blindlings die in Englisch verfasste Vereinbarung, die über mögliche Risiken aufklärte und dem Unterzeichner die Bestätigung abverlangte, dass er vollumfänglich informiert sei, aus freien Stücken der Studie beitrat und von jeglichen Klagen gegen das Institut absah. Charly Korome wandte vorsichtig ein, dass die meisten weder lesen noch schreiben konnten, geschweige denn Englisch verstanden. Abass meinte achselzuckend, dass niemand gezwungen werde, zu unterschreiben, sie hätten genügend Freiwillige, und das Kleingedruckte sei Standard.

Mendelez saß am Abend mit Abass und den drei Freundinnen im Garten und trank einen Früchtecocktail. Er war mit der Zahl der Studienteilnehmer zufrieden. Sie waren in zwei Gruppen aufgeteilt worden. Gruppe A hatte den neuen Impfstoff erhalten, Gruppe B ein Placebo. Nach drei Wochen sollten beide Gruppen infiziert werden.

»Und was geschieht mit jenen, die nur ein Placebo erhalten haben?«, fragte Nadi beunruhigt, »werden die alle sterben?«

»Sicher nicht«, antwortete Mendelez amüsiert, »sie werden erkranken, aber wir betreuen und behandeln sie. Wenn sie jede Woche pünktlich zur Infusion erscheinen und zu Hause täglich das Medikament einnehmen, werden sie keinen Schaden nehmen.«

»Sie kennen die Risiken«, sagte Abass, »ich habe Korome nochmals eindringlich darauf hingewiesen, dass er seine Jungs umfassend aufklären muss. Er kriegt schließlich eine Menge Geld dafür.«

»Angesichts einer Inflationsrate von siebzehn Prozent sollte er sich allerdings mit Geldausgeben beeilen«, bemerkte Mendelez.

»Keine Sorge«, lachte Abass, »die haben sich schon alle ein neues Handy gekauft, auf Pump, die stecken alles in ihr Handy.« Als Mendelez fragte, ob er sich da sicher sei, musste Abass erneut lachen: »Kokain, Brown-Brown, Heroin, Nutten und ein bisschen Voodoo-Zauber. Ist Sidie Kanu die einzige Security, die Sie im Haus haben?«

Mendelez sah, wie sich die drei Frauen besorgte Blicke zuwarfen, und beruhigte sie, ab morgen würde ein Wachmann von *Executive*

Outcomes (EO) für zusätzliche Sicherheit sorgen, sein Name sei Percy Williams, ein Zweimeterschrank von 150 Kilo. Er arbeite schon lange für dieses private Sicherheits- und Militärunternehmen, das weltweit Söldner für militärische Einsätze vermiete.

»Das sind keine Türsteher«, witzelte Mendelez, »das sind ehemalige Elitesoldaten der südafrikanischen Armee, die nach dem Ende der Apartheid ihren Job verloren haben. Percy Williams gehört zu den Militärs, die Rodney Kargbos Diamanten- und Goldminen bewachen, und ab morgen wird er auch in unseren Labors für Sicherheit sorgen. Also: don't panic, slow down.«

* * *

In der darauffolgenden Woche erschienen die Testpersonen nach afrikanischen Verhältnissen mehr oder weniger pünktlich. Nur eine fehlte. Sie war bei einem Einbruchsversuch in eine Hotelküche in Freetown erschossen worden. Der Allgemeinzustand der beiden Kontrollgruppen war erfreulich, der Impfstoff wurde gut aufgenommen. Nun galt es, alle Teilnehmer zu infizieren. Auch diese Arbeit verrichteten die drei Frauen zufriedenstellend. Sie mochten ihre Aufgabe und vor allem das Lob, das ihnen Mendelez entgegenbrachte, obwohl sie durchaus ahnten, dass Lob für eine derart einfache Arbeit wohl eher motivierenden Charakter hatte. Aber da noch keine an einer Überdosis Lob gestorben war, nahmen sie es geschmeichelt hin. Und natürlich waren sie stolz, dass sie trotz geringer Schulbildung einen weißen Kittel mit Namensschild trugen.

* * *

Nadis Zimmer lag im hinteren Gebäudetrakt. Sie hatte Waschgelegenheit und Toilette, Dusche und einen eigenen Kühlschrank, der täglich aufgefüllt wurde. Es war bereits um die Mittagszeit, Nadi lag immer noch im Bett. Regungslos. Sie war kaum ansprechbar, als Mendelez das Zimmer betrat und sich neben sie auf die Bettkante setzte. Als Nadi murmelte, sie müsse sich gleich übergeben, holte Mendelez einen Abfalleimer aus dem Badezimmer und setzte sich wieder neben sie. Er hatte durchaus Verständnis dafür, dass Nadi nach ihrem eingeschränkten Leben in der indischen Provinz nun einmal auf den Putz hauen wollte, schließlich war sie mittlerweile neunzehn. Er wusste, dass Mädchen in patriarchalischen Kulturen nie aufmüpfige Teenager sein konnten, sie waren unterdrückte Kinder und von einem Tag auf den andern unterdrückte Ehefrauen. Mendelez sagte, er würde ihr jetzt etwas geben, dann fühle sie sich rasch besser, aber sie solle mit diesen Partys aufhören, sie wisse jetzt, wie das sei, sie wisse, dass sie sich die teuersten Drinks an den Beach Bars leisten und am Samstag in Freetown auf Shopping-Tour gehen könne, ohne die Preisschilder dreimal anzuschauen.

»Ich weiß«, stöhnte Nadi, »Sie sind sehr nett«, aber sie fühle sich so schlecht. Sie zog ihr T-Shirt hoch und zeigte auf eine Einstichstelle am Bauch: »Vielleicht bin ich von einer Mücke gestochen worden. Lorraine sagte mir, dass einige Mücken in Sierra Leone den West-Nil-Virus übertragen.«

Mendelez' Hand fuhr sanft über die gerötete Stelle. Er beruhigte sie: »Das glaub ich nicht, Nadi. Der West-Nil-Virus zeigt andere Symptome. Aber ich werde Ihnen jetzt eine Spritze geben, dann werden Sie sich gleich besser fühlen.«

Mendelez nahm einen verschweißten Plastikbeutel aus seiner Innentasche. Er riss ihn auf und zog eine Spritze heraus. Dann nahm er die Ampulle, die ebenfalls in der Plastiktasche war, stach in die zellophanierte Öffnung und führte die Spritze ein. Er zog die Flüssigkeit heraus, hielt die Spritze dann senkrecht, ließ ein paar Tropfen herausspritzen, klemmte ein bisschen Bauchhaut zwischen die Finger und führte die dünne Nadel vorsichtig in Nadis Körper. Nadi murmelte, sie hasse all diese Mücken, sie bräuchte ein besseres Mückennetz, Mückennetz … Netz. Sie war eingeschlafen. Mendelez packte seine Utensilien zusammen und rief Abass an. Dieser erschien wenig später mit einer fahrbaren Liege. Behutsam legten sie Nadi auf die Liege, schnallten sie fest und schoben sie in einen kleinen Operationssaal, der mit »Genesis« beschriftet war. Aber was hinter diesen Türen geschah, hatte nichts mit dem ersten Buch Moses zu tun. Auch nicht mit der US-amerikanischen Raumsonde, der Spielkonsole von Sega, der britischen Rockband oder den Romanen von Poul Anderson und Bernard Beckett. Und schon gar nicht mit den Modellen der Automarken Hyundai und Lamborghini. Genesis stand für das, was morgen kommen würde.

Streets of London

Der Herbst war vorbei, aber die Hitze wollte nicht nachlassen. Ein milder Winter bedeutete noch mehr Ratten. Die Medien nannten es »Rattenpest« und zitierten Immunologen mit der Aussage, diese Rattenpest sei viel schlimmer als die Vogelgrippe, Schweine- oder Hühnerpest, es hätten gravierende Mutationen stattgefunden und der bakterielle Infekt verbreite sich mittlerweile genauso schnell, wie der virale in den sozialen Medien. Wer am meisten Angst verbreitete, übernahm die Führerschaft in der Kavallerie der apokalyptischen Reiter. Die Menschen verloren das Vertrauen in Medien, Politik und Wissenschaft. Die sozialen Medien schafften eine Gegenöffentlichkeit mit einem bunten Mix aus Fakten und Fake News.

An einem frühen Sonntagmorgen flogen Drohnen über London und warfen Giftköder ab. Die Bevölkerung war wochenlang darauf vorbereitet worden, die Medien hatten fast täglich Verhaltenstipps publiziert. Dennoch pflasterten nach einigen Tagen tote Vögel, Katzen und Hunde die Straßen Londons. Immer mehr Bewohner setzten ihre Haustiere aus. Ein Heer von Arbeitslosen in roten Westen sammelte die Kadaver ein und warf sie in Container, die an allen größeren Straßenkreuzungen aufgestellt waren.

* * *

Die Cook-Ratte rannte einen Tunnel entlang. Dutzende von Ratten folgten ihr auf den Bahngleisen. Plötzlich blieben alle wie versteinert stehen und horchten. Blitzschnell verließen sie das Gleis und warteten abseits. Eine U-Bahn schoss ratternd an ihnen vorbei.

* * *

Hank lief ziellos durch die Straßen von London, er sah tote Vögel auf der Fahrbahn – oder das, was von ihnen übriggeblieben war, nachdem sie in der Nacht von Fahrzeugen zerquetscht worden waren. Er sah tote Katzen, die an ihrem Erbrochenen erstickt waren. Er sah mit Tierkadavern überfüllte Container, gelb fluoreszierende Giftköder, so weit das Auge reichte. Einige Tiere mieden die Köder und flitzten über die leeren Straßen, die Restaurants waren geschlossen, die Nager hatten ihre wichtigste Nahrungsquelle verloren, sie wechselten in den Überlebensmodus und fraßen sich gegenseitig auf. Hank blieb vor einem Schaufenster der Virgin-Kette stehen. Alle Fernsehgeräte zeigten, wie tote Ratten in einem Verbrennungsofen entsorgt wurden. Man brachte auch Bilder von einer Bordkamera eines Helikopters. Eine alte Frau wurde gefilmt, als sie eine Taube fütterte. Über ein Megafon wurde sie aufgefordert, einen Mundschutz zu tragen und das Füttern zu unterlassen. Sie erschrak zu Tode und verlor beinahe das Gleichgewicht.

Hanks Handy meldete eine Nachricht von *Life360.* Er rief die App auf und las: *Nadi nahe Freetown, Sierra Leone. Batterie: 82 %.* Die aufgeladene Batterie war wohl ein Zeichen dafür, dass sie nicht völlig abseits der Zivilisation lebte. Er scrollte nach unten, um Nadis letzte Bewegungen zu sehen. Oft erschien die Meldung *Nadi nahe Lumley Beach,* die Zeit lag immer in den Abendstunden. Hank befürchtete, dass sich Nadi um diese Zeit am Strand amüsierte und ihn allmählich vergaß.

Er kickte einen Giftköder über die Fahrbahn. Beim *Wahaca* angekommen, stellte er fest, dass das Lokal bis auf Weiteres geschlossen war. Ein ausgemergelter junger Mann überquerte die Straße und kam auf ihn zu: »Blue Moon fifty?«

»Fuck you«, zischte Hank, »steck es dir in den Arsch.«

Hank kam nicht zur Ruhe, in seiner Ratlosigkeit suchte er *Ratcontrol* auf. Auch dieses Viertel war abgeriegelt. Ein vermummter Polizist hielt Hank ein Messgerät an die Stirn. Er hatte kein Fieber, konnte das Viertel betreten. Auf dem Hof war ein Dutzend neuer Firmenwagen geparkt. Im Erdgeschoss brannte bereits Licht. Hank klopfte an die Büroscheibe. Elisabeth beendete gerade ein Telefongespräch, sie gab ihm ein Zeichen, reinzukommen. Er fragte, ob sie wisse, weshalb Nadi in Sierra Leone sei und ob sie sich in der Zwischenzeit bei ihr gemeldet habe. Nadi habe ihren Namen ein paarmal erwähnt. Elisabeth wusste auch nicht mehr und nahm den nächsten Anruf entgegen. Hank wartete ungeduldig. Als Elisabeth die Koordinaten des Anrufers entgegengenommen hatte, sagte sie, Nadi sei in London sehr einsam gewesen. Sie habe kein Glück mit Männern gehabt. Hank hinterließ seine Visitenkarte: »Falls Sie sich bei Ihnen meldet, sagen Sie ihr, ich vermisse sie.« Er machte ein paar Schritte zur Tür, drehte sich nochmals um: »Nein, sagen Sie ihr, dass ich sie liebe.«

Hank kehrte auf den Hof zurück und kickte einen weiteren Giftköder vor sich her. Alistair verließ gerade die Lagerhalle mit zwei Kesseln. Er trug die schwarze Jacke seines Vaters und den Gürtel mit den silbrigen Ratten.

»Still searching for a heart of gold?«, grinste er, »oder suchst du einen Job?«

Hank hielt es für einen schlechten Scherz, doch Alistair sagte, falls er einen gültigen Führerschein habe, könne er bei ihm anfangen, er könne noch ein paar Männer gebrauchen, die richtig mit anpacken können. Er sei rund um die Uhr damit beschäftigt, tote Ratten aus Dachböden, Rohrleitungen und Kellerräumen zu entfernen. Tote Ratten würden übel riechen, wie alles, was verwest und mit

Putrescin vergiftet wurde, »und bei dieser Scheißhitze verwesen die Kadaver schneller, als wir sie entsorgen können.«

Hank stand unschlüssig vor Alistair und realisierte nicht, dass dieser von ihm eine Antwort erwartete.

»Was kannst du denn?«, fragte Alistair direkt. Er schien sich in der Rolle des Firmenchefs zu gefallen.

»Gute-Frage-Punkt-Com«, antwortete Hank und sagte, was er wirklich besonders gut könne, sei schummeln und Frauen unglücklich machen.

»Wenigstens bist du ehrlich«, sagte Alistair, »aber Ratten kannst du nicht unglücklich machen, denn jene, die wir aus ihren Nestern fischen, sind bereits tot.«

»Ich hab's nicht so mit Ratten. Eher mit Frauen. Vielleicht gibt es noch eine, die ich glücklich machen könnte.«

Personal Genom Design Ltd., Sierra Leone

Es war Anfang Dezember, die Trockenzeit hielt an, und von der Sahara wehte der staubige Harmattan-Wind über Sierra Leone. Nadi, Lorraine und Fatmatta waren beste Freundinnen geworden. Da keiner der geimpften Studienteilnehmer nach der Infizierung erkrankt war, willigten die drei Freundinnen ein, sich ebenfalls impfen zu lassen. Mendelez war guter Laune, er sagte, die Ratropolis-Studie verlaufe mehr als zufriedenstellend.

Die Studienteilnehmer, die nur ein Placebo erhalten hatten, waren wie erwartet erkrankt, klagten über Fieberschübe und Leistungsschwäche. Sie wurden planmäßig einmal die Woche im Institut behandelt und mussten zu Hause täglich vier Medikamente auf nüchternen Magen einnehmen. Bei einer derart engmaschigen Kontrolle bestand kaum eine Gefahr. Doch einige blieben den Terminen fern. Abass bat um Verständnis, die Jungs hätten noch nie länger als 24 Stunden einen Leone in der Tasche gehabt, »die geben das Geld noch am gleichen Tag aus und saufen Star Lager-Bier, bis sie blank sind. Fast alle haben bisher ihren Lebensunterhalt als kleine Straßendealer bestritten. Jetzt können sie sich selber leisten, was sie verkaufen. Ich glaube, einige kiffen wie Schornsteine. »Wenn jemand nicht an die Zukunft glaubt, erübrigt sich jede Vorsorge und Planung.«

Mendelez sagte, sie hätten eine klare Vereinbarung, Charly Korome sei für die Rekrutierung verantwortlich, dafür werde er auch bezahlt.

»Charly Korome?«, fragte Nadi, »der ist vor zwei Wochen das letzte Mal zur Infusion erschienen.« Mendelez gefiel das gar nicht. Zum ersten Mal erlebten sie den Professor gestresst. Er wies Abass an, nach Freetown zu fahren und Charly Korome darauf hinzuweisen, dass man eine Behandlung nicht einfach abbrechen könne, er brauche die wöchentliche Infusion im Institut und die tägliche Einnahme der Medikamente zu Hause.

* * *

Abass fuhr umgehend nach Freetown und parkte sein Auto vor der Schule. Ein paar Jungs saßen auf der Treppe. Er fragte sie, ob Charly Korome im Haus sei. Sie lachten, ihr Lehrer sei vor einer Woche zum letzten Mal zum Unterricht erschienen, und er würde bestimmt erst wiederauftauchen, wenn er das gesamte Geld vom Institut mit Huren und Gin verjubelt habe.

»Wir haben einen Vertrag«, sagte Abass, »erinnert ihn daran, wenn ihr ihn seht.«

Die Jungs lachten erneut. Einer sagte, den Vertrag habe er wahrscheinlich in einen dicken Joint gerollt und geraucht.

* * *

»Huangan, Bote zwischen Himmel und Erde, kannst du ihn heilen?« Charly Korome hatte seinen kranken Freund Umaru Kamara auf den Löwenberg gefahren. In der Mitte der runden Strohhütte war ein kleiner Altar, kaum 30 Zentimeter hoch. Darauf lagen Mörser, Messer, Schalen und allerlei Knöchelchen.

An den Wänden hingen ausgestopfte Tierköpfe, Hühnerfüße, Ziegenhörner und Schellen. Hier lebte, in völliger Abgeschiedenheit, Huangan, ein Voodoo-Priester, der die Zukunft voraussagen und Tote wieder zum Leben erwecken konnte. Es war schwer zu sagen, ob sich hinter dem zotteligen Kostüm und der Löwenmaske eine Frau oder ein Mann oder etwas Drittes verbarg. Huangan nahm eine Kette von seinem Hals, sie bestand aus Schnüren und 256 unterschiedlich beschrifteten Nussschalen.

Er gab den beiden Besuchern ein Zeichen, sich zu setzen. Er warf die Kette in die Höhe und prüfte, in welcher Anordnung die Nussschalen auf den Altar fielen. Er murmelte magische Verse und führte dabei kreisende Armbewegungen aus. Plötzlich zuckte er zusammen, als habe er soeben eine schlimme Botschaft erhalten. Auf der Medizin der Weißen laste ein Fluch, sagte er, ein schrecklicher Fluch: »Befreit euch von der Medizin der Weißen, legt sie auf den Altar.« Huangan warf den Kopf zurück und summte eine Melodie, während Charly Korome und Umaru Kamara die Blister-Packungen des Instituts auf den Tisch legten. Huangan drückte jede Pille aus dem Aluminium und legte sie in einen ausgehöhlten Schädelknochen, den er als Mörser benutzte. Dann zerstampfte er die Medikamente, griff nach einer betäubten Ratte unter dem Altar, trennte ihren Kopf vom Rumpf und ließ das Blut in den Mörser fließen. Er spuckte mehrmals in das Gefäß und machte erneut kreisende Armbewegungen. Schließlich flüsterte er, es sei die Medizin der Weißen, die krank mache. Dieser Professor sei ein Hexer, der den Tod nach Sierra Leone bringe, so wie die weißen Männer einst Ebola ins Land gebracht hätten. Auf dem Institut laste ein Fluch. Nach einer Weile hielt er plötzlich inne und schwieg. Er warf die Hände in die Höhe und verdrehte die Augen, als würde er weitere Botschaften aus einer anderen Welt empfangen.

»Was sollen wir tun? Werden wir überleben?«

Huangan nickte schwerfällig: »In euren Adern fließt der Geist der Ratte. Das Tier stirbt nach zwei Jahren, und auch Ihr werdet nicht länger als zwei Jahre leben. Das ist der Fluch. Die Hexe schlummert im Körper dieses Professors. Reißt ihm das Herz heraus, dann findet der Fluch ein Ende und ihr werdet leben.«

* * *

An einem Freitag musste der einarmige Sidie Kanu den Alarmknopf an seinem Gurt drücken. Charly Korome und der bärtige Umaru Kamara waren ins Vorzimmer eingedrungen. Während sich Umaru Kamara schwer atmend an der Wand abstützte, bedrohte Charly Korome die zierliche Lorraine. Er sagte, Umaru und andere Teilnehmer seien schwer erkrankt, und sie wollten den Professor sprechen. Lorraine reagierte verängstigt und rief nach Fatmatta. Das machte Charly Korome erst recht wütend, und als Fatmatta und Nadi ins Vorzimmer kamen, deckte er sie mit heftigen Vorwürfen ein. Die Kumpels in Freetown würden sie auslachen, weil sie keinen mehr hochkriegten; der Professor habe sie verhext, auf diesem Haus laste ein Fluch. Nadi stellte sich vor Lorraine und streckte die Arme aus, um Charly Korome auf Distanz zu halten. Sie fragte ihn, ob er und die anderen auch regelmäßig ihre Pillen einnähmen? Charly lachte böse und sagte, der Hexer habe alle Pillen in einem Mörser zerstampft und in den Fluss geworfen. Am nächsten Tag seien tote Fische darin geschwommen. Ein klarer Beweis, dass der Professor mit dem Teufel im Bunde steht. Charly griff nach einem Stapel Patientenmappen, die auf dem Tisch lagen, und schmiss sie Nadi ins Gesicht. Sie wich zur Seite und löste über ihren Pager den Alarm aus. Im ganzen Haus erschallten Sirenen. Fatmatta tat so, als würde sie den Raum fluchtartig verlassen, doch kaum war sie am tobenden Charly Korome vorbei, sprang sie ihn von hinten an und riss ihn mit einem Würgegriff zu Boden. Umaru Kamara wollte sich auf Lorraine stürzen, doch seine Motorik war stark beeinträchtigt. Nadi trat ihm zwischen die Beine. Er stürzte zu Boden und schlug mit dem Hinterkopf auf den Steinplatten auf. In diesem Augenblick stürmte Percy Williams wie eine Naturgewalt in den Vorraum. Er setzte Charly Korome mit gezielten Schlägen schachmatt und blieb breitbeinig vor ihm stehen, während sich neben dem regungslosen Körper von Umaru Kamara eine rote Lache bildete. Sicherheitschef Sidie Kanu war Percy Williams gefolgt. Als er sah, dass der Söldner alles unter Kontrolle hatte, las er Charly Korome die Leviten. Er schrie, sie seien ab sofort nicht mehr Teil der Studie, sie sollten sich nach Freetown in ihre Löcher verpissen und sich hier nie mehr blicken lassen. Charly Korome schaute auf seinen Freund Umaru Kamara hinunter. Er war unschlüssig, was nun zu tun sei, wich einige Schritte zurück und drohte, er würde wiederkommen. Aber nicht allein.

* * *

Professor Mendelez saß nachdenklich im Labor und musterte Abass, der wie ein braver Schulbub verlegen vor ihm stand. In Anwesenheit des Professors war er nicht mehr der Mann von Welt, sondern lediglich ein Junge in einem zu großen weißen Anzug.

»Es liegt nicht an der Studie, Abass. Alle Teilnehmer der Gruppe B erhielten Placebos und sind erkrankt. Aber wer regelmäßig zu den Terminen erscheint, hat keine gesundheitliche Beeinträchtigung. Sie werden engmaschig kontrolliert. Aber sie müssen zu Hause täglich die Medikamente einnehmen. Bis zum nächsten Wochentermin.«

Abass kratzte sich betreten am Hinterkopf und sagte, die Jungs hätten keinerlei Schulbildung, ihre Welt bestünde aus Dämonen, Geistern und Göttern, »sie vertrauen dem Schamanen auf dem Löwenberg mehr als einem Weißen aus Europa.«

Mendelez überlegte, was nun zu tun sei. Aber er, der sonst für alles rasch eine Lösung fand, blieb ratlos.

»Soll ich mehr Militärs anfordern?«, fragte Abass, »Rodney Kargbo könnte einige seiner Securities aus der Provinz Kono abziehen.«

Mendelez stimmte zu: »Im Augenblick ist das Institut wichtiger als die Diamantenminen von Meya. Wie rasch werden sie hier sein?«

»Das hängt von Kargbo ab. Er bezahlt, er befiehlt.«

Als Abass das Labor verließ, traf er Nadi auf dem Flur. Sie schien aufgebracht. Abass' fragenden Blick ignorierte sie und lief an ihm vorbei zum Professor. Obwohl Mendelez gerne weitergearbeitet hätte, begrüßte er Nadi freundlich und bat sie, Platz zu nehmen. Doch Nadi wollte lieber stehen. Sie sagte, Lorraine und Fatmatta machten sich Sorgen um ihre Sicherheit, sie übrigens auch. Der Professor beruhigte sie, ab sofort würde Percy Williams bei den wöchentlichen Check-ups anwesend sein, und noch heute würde Abass zusätzliches Militär anfordern. Nadi sagte, sie sei nicht nur deswegen hier. Sie klagte über Probleme mit dem Magen, sie fühle sich schlecht, ihr Bauch sei gebläht und schmerze. Ob das etwas mit der Impfung zu tun habe?

»Nein, sicher nicht«, versuchte Mendelez sie zu beruhigen. Keine der geimpften Testteilnehmer hätten irgendwelche negativen Nebenwirkungen gemeldet, die Impfung sei ein großer Erfolg, sie mache sich zu viele Sorgen, das schlage auf den Magen, wie man im Volksmund sage, »vielleicht liegt es an den Partys am Lumley Beach, bei Ihrem Fliegengewicht vertragen Sie nicht so viel Alkohol.«

»Die Partys, das ist vorbei, und ich trinke auch keinen Alkohol mehr.«

Sie fixierte Mendelez mit einem stechenden Blick, der selbst den Professor für einen Augenblick irritierte. Dann sagte sie, sie wolle Sierra Leone verlassen, das sei kein Ort mehr für sie.

Mendelez erhob sich und nahm sie in den Arm. Er sagte, es gebe Phasen im Leben, wo man strauchle, aber wenn man wieder festen Boden unter den Füßen spüre, sei man stärker als je zuvor. Sierra Leone sei ihre neue Heimat und er ihre neue Familie. Sie könne sich immer auf ihn verlassen. Und um ihre Sicherheit müsse sie sich nun wirklich keine Sorgen machen.

»Ich will hier weg!«, insistierte Nadi.

Der Professor setzte sich auf die Tischkante und lächelte ihr aufmunternd zu: »Nadi, seien Sie vernünftig. Was würden Sie in London tun? Sie haben doch dort niemanden. Und in London sind Sie zur Fahndung ausgeschrieben.« Nadi schwieg. Hank kam ihr in den Sinn, aber London war in der Tat keine Option.

»Hongkong. Ihre chinesischen Freunde könnten mir helfen, nach Hongkong zu gelangen.«

Mendelez schwieg. Er musterte Nadi, als suche er nach einem Plan, sie von ihrem Vorhaben abzubringen. Schließlich sagte er: »Kommen Sie, ich nehme Ihnen Blut ab.«

»Lieber nicht«, sagte Nadi, »ich fühle mich danach jedes Mal so schwach.«

»Das ist normal, Nadi, Sie müssen anschließend Fruchtsäfte trinken, Orangensaft ist sehr hilfreich.«

* * *

Wie jeden Morgen standen die Studienteilnehmer für die Blutabnahme im Flur Schlange. Die Laborwerte der Teilnehmer aus der geimpften Gruppe A waren unverändert gut, Gruppe B hatte man dank den Infusionen im Griff, aber es kamen längst nicht mehr alle, und es wurden stets weniger. Mendelez gefiel das überhaupt nicht. Lorraine war an jenem Tag für die Auszahlung verantwortlich. Plötzlich wurde sie von Übelkeit befallen und eilte auf die Gästetoilette. Nadi und Fatmatta rannten ihr nach. Lorraine fiel vor der WC-Schüssel auf die Knie und übergab sich. Ihre weißen Shorts färbten sich rot, Blut lief an ihren Schenkeln hinunter. Sie glitt zu Boden und drehte sich auf den Rücken. Nadi zog ihr die Leggins aus. Ein Gemisch aus Wasser und Blut rann an Lorraines Beinen hinab. Sie schrie auf, als plötzlich etwas aus ihrem Leib flutschte.

»Nicht anfassen!«, ertönte es hinter ihrem Rücken. Professor Mendelez stand im Raum.

Wahaca, London

Aus Rücksicht auf die muslimischen Stadtbewohner hatte man auf die traditionelle Weihnachtsbeleuchtung verzichtet. Nur gerade der Weihnachtsmann vor dem mexikanischen Restaurant *Wahaca* erinnerte noch an das einst christliche Fest. Die Medien zählten täglich die Sonnenflecken. Die Indikatoren für die magnetische Aktivität der Sonne. Auch Santa Claus trug einen Mundschutz. Er begrüßte Hank mit einer jovialen Handbewegung und wollte ihm einen Gutschein in die Hand drücken, aber Hank zischte »Fuck you!« und betrat das Lokal. Es war leer.

»Das Lokal ist geschlossen«, grinste Salomon, »Lockdown«.

»Sieht ganz danach aus«, gab Hank mürrisch zurück.

Salomon sah, dass Hank nicht gut drauf war und setzte sich zu ihm. »Weißt du«, begann Hank, »ich habe immer davon geträumt, eines Tages Südamerika zu bereisen. Ich habe es immer wieder verschoben. Es gab immer etwas, das dringender war. Und jedes Mal wurde der Wunsch noch größer, wurde zur Obsession.«

Salomon klopfte ihm auf die Schulter: »Wo liegt das Problem, Bro, make it or leave it.«

Salomon wollte gehen, aber Hank wollte reden: »Weißt du, wie man bei Windhundrennen die Tiere animiert? Sie laufen einem künstlichen Hasen hinterher, einem Dummy, der einen Meter vor ihnen an einer rotierenden Stange hängt. Das löst bei den Tieren den Jagdtrieb aus, denn im Gegensatz zu anderen Hunderassen, die auf Geruch oder Aussehen programmiert sind, jagen Wildhunde auf Sicht. Sie fixieren, was sich bewegt, und jagen hinterher. Südamerika war stets mein Kaninchen, Antrieb, Hoffnung, aber erreichen kann man es nie.«

Salomon empfahl ihm, wenigstens zu versuchen, »das Kaninchen zu packen«, bald würden die ersten Krokusse, Blausterne und Narzissen blühen und die Hasel- und Erlen-Pollen ihren Flug beginnen. Und wenn er dann noch da sei, würde er das Kaninchen nie mehr einfangen. Es gebe für alles ein Verfallsdatum, auch für Träume.

* * *

Hanks saß in der U-Bahn und spielte mit seinem Handy. Unwillkürlich rief er den GPS-Tracker *Life360* auf. Er sah, dass Nadi immer noch auf dem afrikanischen Kontinent verortet wurde. *Nadi nahe Waterloo, Sierra Leone. Batterie 98 %.*

* * *

Er stand vor dem ehemaligen Toy Shop in Ealing Broadway. Das Ladenlokal war zu vermieten, hinter dem verdreckten Schaufenster sah man Ratten in Gipsabfällen herumwuseln. An der Decke fehlten einige Platten. Hank sah die Straße hinunter, vielleicht konnte ihm jemand weiterhelfen. Das Viertel wirkte wie ausgestorben, auf der Fahrbahn lag eine erschossene Katze mit geplatztem Schädel. Hank betrat das indische Restaurant neben dem Toy Shop. Er war der einzige Gast. Arundhati Kandasamy erkannte ihn gleich. Sie sagte, das Restaurant sei geschlossen, Lockdown, die Rattenplage habe ihr Geschäft ruiniert. Sie wage sich kaum noch hinaus, überall würde man angepöbelt, als hätte man höchstpersönlich die Rattenpest nach London gebracht. »Könnt ihr eigentlich keine Thai von einer Inderin unterscheiden?« Hank nickte bloß, er hatte kein Interesse an ihren Sorgen. Er fragte geradeheraus, ob sie wieder einmal etwas von Nadi gehört habe. Sie sagte, es gebe immer mehr Mädchen, die eines Tages abtauchten und dann für immer verschwunden bleiben. Ob er etwas essen wolle? Hank wollte nicht. Er ging nach Hause, trank ein paar Bier und einige zu viel und legte sich aufs Bett. Dort fiel er in einen komatösen Schlaf.

Hank hatte einen Traum. Er wollte nach Hause, coming home. Das Haus, das er betrat, war ihm gänzlich unbekannt, und doch wusste er mit Bestimmtheit, dass dies sein Zuhause war. Er musterte seine Umgebung. Plötzlich fiel ihm auf, dass hinter dem Sofa ein massiger Löwe kauerte. Nun kam die Raubkatze direkt auf ihn zu. Hank wich zurück. Bloß keine hastigen Bewegungen, dachte er. Noch ein paar Schritte, und er war vor der Schlafzimmertür. Er spürte die Türklinke im Rücken. Vorsichtig zog er sich ins Zimmer zurück und schloss die Tür hinter sich. Erleichtert lehnte er sich mit dem Rücken gegen die Wand. Plötzlich öffnete sich an der gegenüberliegenden Wand eine zweite Tür. Er hatte nicht gewusst, dass es noch eine weitere Tür zum Schlafzimmer gab. Wie hätte er es auch wissen können? Dieses Haus war tatsächlich neu für ihn, auch wenn es angeblich sein Zuhause war.

Vorsichtig ging er ins Wohnzimmer zurück. An der Wand hing der ausgestopfte Kopf einer Antilope. Sie sang »The lion sleeps tonight, a-weema-weh, a-weema-weh, a-weema-weh«. Hank eilte zur Haustür, auf die Straße hinaus. Er wollte den Zoo anrufen, damit jemand den Löwen abholte, doch er hatte sein Handy liegen gelassen. Hastig drehte er sich um. Verfolgte ihn der Löwe? Nein, da war niemand, und die Leute rundherum nahmen ihn nicht wahr. Er bestieg die Untergrundbahn, wollte weg, weit weg. Er setzte sich ans Fenster und schaute hinaus, stundenlang, dann realisierte er, dass der Zug nicht mehr auf Schienen fuhr, er hatte die Gleise verlassen und schwebte über der Landschaft, schwebte einer dunklen Wolke entgegen.

Als die Nacht anbrach, begann Hanks Abteil zu schmelzen, er stürzte wie ein Stein auf die Erde hinunter, doch zu seiner Überraschung blieb er unverletzt. Die Sonne schien. Er lag auf einer endlosen Straße inmitten von Telefonzellen. Junge Leute standen Schlange davor. Das erstaunte ihn, wo doch heute jeder ein Handy hatte. Hank rappelte sich hoch und ging auf die nächste Telefonkabine zu.

Ein groß gewachsener Nigerianer stand darin, Hank wusste nicht, wieso ihm die Nationalität bekannt war. Vielleicht hatte er es bloß angenommen, weil der Afrikaner dicke Goldketten trug wie die Drogendealer in den Filmen, doch auch Rapper mochten den Bling-Bling-Style, aber niemand rappte. Man hörte nur das Röhren eines Löwen in der Ferne. Hank überlegte, wen er aufsuchen könne, um zu telefonieren. Das war ein Notfall. Er überlegte sehr lange, da fiel ihm ein, dass er gar keine Freunde hatte. Das setzte ihm zu.

Er betrat ein Hotel. Als er sagte, dass er seine Kreditkarte zu Hause vergessen habe, wurde ihm empfohlen, im Treppenhaus zu übernachten, aber er dürfe nie stehen bleiben, es müsse stets so aussehen, als würde er rauf- oder runtergehen. Als ihn gegen Mitternacht ein Mädchen vom Room Service fragte, ob er seine Zimmerschlüssel verloren habe, antwortete Hank, er habe hier kein Zimmer, er suche sein Zuhause, aber dieser Ort hier, das sei bestimmt nicht sein Zuhause. Er wolle hier weg. Das Mädchen sang leise, »You can check out any time you like, but you can never leave«. Er fragte, ob es im Hotel California Löwen gebe. Sie sagte, es sei nun Zeit zum Aufwachen, »folge dem letzten Löwen. Pedro de Cintra kann dir sagen, wo du ihn findest.«

Hank war sofort wach. Er setzte sich an den Computer und googelte *Pedro de Cintra*. Das war ein portugiesischer Seefahrer, der 1460 Steilhänge in Sierra Leone als Löwengebirge bezeichnet hatte. An diesem Ort war im 18. Jahrhunderts Freetown gegründet worden. Hank wusste, dass Träume keine Bedeutung hatten, es war lediglich das Gehirn, das nachts aktiver war als tagsüber, das Gehirn, das nach eigenen Kriterien Erinnerungen zusammenwürfelte, selbstständig ergänzte und dramatisierte. Träumen war Müllabfuhr. Im Laufe des Tages erinnerte sich Hank, dass sein Vater ihm einmal etwas über das Löwengebirge erzählt hatte. Und da er seinen Vater schon als Jugendlicher verabscheut hatte, war diese Episode aus seinem Gedächtnis gelöscht worden. Doch das Gehirn vergisst nichts.

Lumley Beach, Sierra Leone

Das Meer war an jenem Morgen ruhig. Nadi saß mit Lorraine und Fatmatta am Strand. Lorraine hatte ihren Freundinnen gestanden, dass sie mit einem Jungen am Strand ein Techtelmechtel gehabt habe. Die Fehlgeburt machte ihr nicht mehr zu schaffen, sie hielt sie mittlerweile für eine glückliche Fügung des Schicksals, denn Lorraine träumte von Europa. Fatmatta dagegen wollte in Sierra Leone bleiben und eine eigene Strandbar eröffnen, sobald sie genug Geld dafür gespart hatte. Verträumt schauten die drei jungen Frauen aufs Meer hinaus. Die Beine angewinkelt und die Arme über den Knien verschränkt, sprachen sie über ihre Sehnsüchte. Nadi wollte sich dabei nicht festlegen, »Ich glaube, wenn Menschen von ihren Plänen erzählen, lachen sich die Götter kaputt.«

»Gab es denn noch nie einen Mann in deinem Leben?«, fragte Fatmatta.

»Ich traf einen auf dem Hinflug nach London. Auch später traf ich ihn noch einige Male. Er war nett, aber er hatte auch eine dunkle Seite.« Nadi wandte sich von den beiden Mädchen ab. In der Ferne erkannte sie Abass. Er watete im halbhohen Wasser und näherte sich ihnen. In einiger Entfernung blieb er stehen und nickte Nadi zu. Es war Zeit.

* * *

Nadi lag auf einer Liege in einem Untersuchungszimmer. Sie hatte den Bauch entblößt. Am Kopfende war ein fahrbarer Untersatz mit Bildschirm angebracht. Mendelez nahm die Schutzhaube vom Monitor und drückte Gel auf den Kopf des Sensors. Dann begann er, über Nadis Bauch zu fahren. Sie zuckte zusammen.

»Glauben Sie, dass ich schwanger bin?«

»Ich bin Wissenschaftler, Nadi, wir glauben nicht. Entweder wissen wir etwas oder wir wissen es nicht. Ich muss etwas fester drücken, sonst kriegen wir keine Bilder.«

»Sehen Sie schon etwas?« Fatmatta und Lorraine Bintou standen hinter Mendelez und starrten gebannt auf den Monitor. Sie hörten ein Glucksen, Toctoctoc. »Ich bin schwanger?«, fragte Nadi erneut.

»Das ist nur Wasser, was wir hier sehen«, antwortete Mendelez mit ruhiger Stimme und drückte den Sensor stärker auf Nadis Bauch. Er scherzte, ein erwachsener Mensch bestehe zu 70 Prozent aus Wasser.

Ein Lächeln huschte über sein Gesicht: »Da haben wir's.«

Mendelez führte mit dem Sensor kreisende Bewegungen aus. Auf dem Monitor sah man etwas, das in sich zusammengekrümmt war.

»Du bist schwanger!«, freute sich Lorraine, »wieso hast du es uns verschwiegen?«

»War es der Junge mit der Trommel?«, lachte Fatmatta.

»Nein!«, rief Nadi, »das kann nicht sein, ich bin Jungfrau.«

»Sie waren doch öfters auf diesen Beach-Partys«, sagte Mendelez.

»Nein, nein, nein, hören Sie auf damit, ich hatte nie mit irgendjemandem irgendetwas.«

»Einige Male konnten Sie sich nicht mehr erinnern, als sie spätabends vom Lumley Beach zurückkehrten.«

Nadi richtet sich abrupt auf. Mendelez reichte ihr eine Papierserviette, um das Gel wegzuwischen.

»Ich habe mich in niemanden verliebt«, beteuerte sie.

»Bei diesen tropischen Temperaturen muss es nicht immer Liebe sein. Sonst wäre Sierra Leone angesichts der kinderreichen Familien das Land der Liebe.«

* * *

Im Morgengrauen saß Nadi im Halbdunkel auf der Kante ihres Bettes und lauschte dem Gesang der Vögel. Der Strom war wieder ausgefallen. Erneut konnte sie die Batterie ihres Handys nicht aufladen. Sie machte ein paar Schritte zur Zimmertür, drückte die Klinke hinunter, doch die Elektronik reagierte nicht. Wütend kehrte Nadi zu ihrem Bett zurück. Wie konnte jemand in einem Land, in dem kaum etwas funktionierte, elektronische Türsysteme einbauen? Aber die wichtigere Frage war: Warum wurde die Tür neuerdings elektronisch verschlossen?

Pünktlich um sieben Uhr ging das Licht im Zimmer an, das iPhone signalisierte den Beginn des Ladevorgangs, Nadi ging zur Tür. Sie ließ sich nun öffnen. Auch der Flur war beleuchtet. Sie ging hinunter bis zur Tür, auf der das Wort »Genesis« stand. Um keine Geräusche zu verursachen, drückte sie sehr vorsichtig auf die Türklinke. Der Raum war verschlossen.

»Kann ich Ihnen helfen?«

Nadi zuckte zusammen. Am Ende des Flurs stand der einarmige Sicherheitschef Sidie Kanu. Er kam langsam auf sie zu.

»Was ist da drin?«

»Ich habe den Trakt noch nie betreten«, antwortete Sidie Kanu, er erklärte, er sei bloß für die Sicherheit zuständig.

»Ich muss den Professor sprechen, jetzt!«

»Ich werde Sie begleiten«, sagte Sidie Kanu, »er sitzt draußen im Garten.«

»Das ist nicht nötig«, wehrte Nadi ab, doch Sidie Kanu beharrte darauf, das sei eine Order des Professors.

Der Garten war hinter den Labors angelegt und führte übergangslos in den tropischen Regenwald. Mendelez saß unter einem Papayabaum und war in seine Lektüre vertieft. Er schien nicht überrascht über Nadis Besuch.

»Was bedeutet ›Genesis‹?«, fragte Nadi beherrscht. Mendelez sagte Sidie Kanu, dass er ihn im Augenblick nicht brauche und wartete, bis der Sicherheitschef wieder im Gebäude verschwunden war.

»Nehmen Sie doch Platz, Nadi.« Mendelez drehte eine Papaya in den Händen und musterte nachdenklich deren äußere Beschaffenheit: »Die Papaya war 2008 die fünfte Pflanzenart, deren Genom komplett sequenziert wurde. Wir wissen heute alles über die Papaya.

Ihr Genom beantwortet grundlegende Fragen der Biologie und der Evolution von Früchten. Wir haben das Genom verändert, die Schwächen eliminiert und die Stärken verbessert. Heute sind die GV-Papayas resistent gegen *Paramyxoviridae-Viren* und sichern den Bauern ein menschenwürdiges Einkommen.«

»Was hat das alles mit mir zu tun?«, stieß Nadi hervor, »Sie halten mich hier fest wie eine Sklavin.«

»Das tut mir leid, wenn Sie das so sehen. Aber ich werde Ihnen sagen, was die Papaya mit Ihnen zu tun hat. Eine ganze Menge. Die Menschheit ist bedroht, Nadi, auch Ihre Geschichte zeigt es ja. Wir sind einer wachsenden Zahl von tödlichen Viren und Bakterien ausgesetzt. Millionen von Menschen sind auf der Flucht vor Armut, Klimaveränderungen, Umweltkatastrophen und Krieg. Mutierte Viren und Bakterien verteilen sich in der ganzen Welt. Im schmelzenden Permafrost wurden sie zu neuem Leben erweckt. Das Fortbestehen der Menschheit ist ernsthaft bedroht. Unser Immunsystem degeneriert. Milliarden werden nicht überleben, aber die Zombie-Ratten, die werden überleben, weil sie von allen Säugetieren das beste Immunsystem haben. Was liegt da näher, als in befruchteten Eizellen schlechte Gene durch bessere zu ersetzen?»

»Was bedeutet ›Genesis‹?«, wiederholte Nadi mit Nachdruck.

»Es ist eine experimentelle Studie. Mit Ratropolis entwickeln wir einen Impfstoff, einen Blockbuster, der Genesis finanzieren wird. Genesis ist die Zukunft, wir verändern das menschliche Erbgut. Mit der Genschere schneiden wir ein mangelhaftes Gen auf und tauschen die Sequenzabfolge gegen eine optimierte Sequenz aus. Im Labor funktioniert das prima. Hier in Afrika ist Sierra Leone mein Labor.«

Die Art, wie Mendelez Nadi nun anschaute, war merkwürdig. Sein Blick schien etwas sagen zu wollen, doch sein Mund blieb stumm.

»Wenn Sierra Leone Ihr Labor ist, dann bin ich Ihr Versuchskaninchen?«

Mendelez hob die Brauen, als wolle er andeuten, dass ihn Nadis Schlussfolgerung überraschte.

»Sie brauchen doch jemanden, der diese befruchteten Eizellen austrägt«, setzte Nadi nach.

»Sie haben gegoogelt«, schmunzelte Mendelez.

»Ich habe Ihnen eine Frage gestellt.«

»Die Frage ist berechtigt«, sagte Mendelez und schaute über Nadis Kopf hinweg in den Dschungel hinauf.

»Antworten Sie mir!«, insistierte Nadi.

Mendelez schaute ihr nun direkt in die Augen. Sein Blick war sanft, verständnisvoll wie der eines liebenden Vaters.

»Sie waren derjenige, der mir Knockout-Tropfen verabreichte?«

Mendelez antwortete ohne zu zögern: »Leider musste ich es zwei Mal tun. Aber machen Sie sich deswegen keine Sorgen. Beim ersten Mal habe ich eine Eizelle entnommen. Bei einer Laparoskopie machen wir einen kleinen Einstich im Unterbauch der Patientin, nicht größer als einen Zentimeter. Das war keine Mücke, Nadi, das war ich. Die Eizellen wurden in einer Nährflüssigkeit mit Samenzellen zusammengebracht. Bereits nach einem Tag konnte ich feststellen, dass wir Erfolg haben. Ich habe die befruchtete Eizelle dann ...«

»Befruchtet? Mit Ihrem Sperma?«

»Ich mag's unbürokratisch, Nadi. Ich bin kerngesund.«

Nadi verschlug es die Sprache, sie starrte den Professor nur noch an, ihre Knie wurden weich.

»Also, ich habe die befruchtete Eizelle genetisch optimiert. Mit dem Gen, das Ratten das stärkste Immunsystem aller Säugetiere verschafft. Anschließend habe ich den Embryo wieder in Ihre Gebärmutter eingeführt.«

»Spielen Sie Gott?«, schrie Nadi außer sich und schüttete Mendelez den Orangensaft ins Gesicht. Mendelez nahm eine Serviette und wischte sich das Gesicht. »Ich bin nicht Gott, Nadi, Gott ist ein Allrounder. Allrounder sind Leute, die alles können, aber nichts richtig. Aber ich, ich existiere tatsächlich, ich bin Luis C. Mendelez.«

»Sie sind komplett verrückt!«

»Nein, Nadi, ich habe Ihnen eine Zukunft geschenkt. Sie sind jetzt geimpft, Sie können niemanden mehr anstecken.«

»Das wäre ich auch ohne Schwangerschaft!«

»Alles hat seinen Preis. Es gibt nichts umsonst auf dieser Welt.«

»Wird mein Baby ein normales Aussehen haben?«

»Unser Baby. Unser Baby wird sich von anderen Babys nicht unterscheiden. Es wird nur hübscher sein, weil die Mutter sehr hübsch ist. Ich mag Sie, Nadi.«

Nadi ignorierte die Komplimente und versuchte, die Umgebung im Auge zu behalten. Vor dem Haus standen Abass und Sidie Kanu, ihre Aufpasser. Mendelez schien ihre Gedanken zu erraten: »Schlagen Sie sich eine Flucht aus dem Kopf. Nur hier sind Sie in Sicherheit. Hinter dem Haus beginnt der Dschungel. Hier schleichen noch Leoparden rum, und für die westafrikanischen Panzerkrokodile hat die Brutzeit begonnen. Die ersten Jungtiere schlüpfen bereits, ein bis zwei Dutzend pro Nest, und die Mütter greifen jeden an, der sich nähert.«

Nadi spürte die Panik, die sie ergriff. Ihre Atmung wurde schneller, es fiel ihr schwer, sich zu beherrschen.

»Sie sind nicht meine Gefangene, Nadi, Sie sind die Mutter meines Sohnes. Ich werde Ihnen deshalb jeden Wunsch erfüllen. Innerhalb dieser Mauern. Sie können sich frei bewegen. Innerhalb dieser Mauern. Sidie Kanu und Abass werden immer ein Auge auf Sie haben.«

»Wann werde ich gebären?«, fragte Nadi.

»Bald.«

Nadi und Mendelez saßen sich lange schweigend gegenüber. Nach einer Weile sagte er: »Nennen Sie es Karma.«

* * *

Als Nadi am nächsten Morgen aufwachte, lag sie benommen in einem neuen Zimmer und hatte Mühe, sich zu orientieren. Sie war sich sicher, dass Mendelez veranlasst hatte, dass man ihr etwas ins Abendessen tröpfelte. Aber keine Knockout-Tropfen, sondern Dormicum oder Temesta. Die Fenster waren vergittert. Draußen endloser Dschungel. Neben ihrem Bett war ein Nachttisch. Darauf lag ihr iPhone. An der Wand hing ein Bildschirm, ein paar Bücher in einem schmalen Regal. Unter dem Fenster ein langer Tisch. Neugierig aktivierte sie das iPad, es war nicht verschlüsselt. Der Homescreen zeigte die Startseite von IPTel an, dem Standard Provider von Sierra Leone. Sie rief die Google-Seite auf und gab Rajasthan ein. Als Erstes sah sie den Wikipedia-Beitrag. Jemand drehte einen Schlüssel im Schloss. Die Tür ging auf und Abass schob einen Servierwagen ins Zimmer. Er schloss die Tür hinter sich. Die elektronische Verriegelung folgte automatisch.

»Bin ich jetzt doch eure Gefangene?«

»Nein«, entgegnete Abass freundlich, »Gefangene kriegen in Sierra Leone nur einmal am Tag eine Schale Reis, aber Sie, Nadi, Sie bekommen die besten Nahrungsmittel von Sierra Leone. Dreimal am Tag, Sie und das Baby.«

Er stellte eine große Schüssel Reis in die Mitte des Tisches und kleine Schalen mit Dips aus Maniok und Erdnüssen.

»Es gibt Chicken und Ziegenfleisch mit Yams und Cayennepfeffer.«

Abass deckte den Tisch für zwei. Besteck gab es keins. Er setzte sich und sagte, er würde ihr jeweils beim Essen Gesellschaft leisten. Der Professor habe darum gebeten. Er habe ihm auch aufgetragen, ihr jeden Wunsch zu erfüllen.«

»Jeden?«, fragte Nadi misstrauisch.

»Jeden innerhalb dieser Mauern«, präzisierte Abass mit einem Anflug von Bedauern.

»Kaufen Sie auch für den Professor in Freetown ein?«

»Ja, einmal die Woche. Kann ich Ihnen etwas mitbringen?«

»Das Parfüm, das der Professor benutzt.«

»Mögen Sie es?«

»Ja, es riecht unverwechselbar nach Holz, nach Orient. Können Sie das für mich besorgen?«

»Natürlich, die Marke ist Diesel, nicht besonders teuer, aber der Professor macht sich nichts aus Edelmarken. Er ist im Grunde ein einfacher Mensch.«

Mit der rechten Hand griff Abass nach dem Reis, formte ihn zu einer kleinen Kugel, tunkte diese in die Sauce und steckte sie in den Mund: »Der Reis ist noch warm, setzen Sie sich. Bei uns essen zuerst die Männer, die kriegen auch die besten Stücke, aber der Professor sagte mir, dass ich Sie wie einen ausländischen Gast behandeln soll.«

7

Hyde Park, London

Hank saß am frühen Morgen im Londoner Hyde Park. Nur ein einziger Jogger drehte einsam seine Runden. Im Gras lag eine tote Katze. Beamte in roten Westen besprühten die Parkbänke mit Desinfektionsmittel. Hank kontrollierte wie jeden Morgen Nadis Standort. Sie war immer noch in Sierra Leone, 24 Kilometer südlich der Hauptstadt Freetown. Als Hank den Park verließ, erblickte er die Leiche eines alten Mannes zwischen den Bäumen. Unter seiner Gesichtsmaske wucherte ein zotteliger, weißer Bart. Neben ihm kauerte ein Labrador mit ergrauter Schnauze.

Personal Genom Design Ltd., Sierra Leone

Im Laufe der letzten Wochen war die Überwachung gelockert worden, manchmal durfte Nadi abends draußen im Garten sitzen und die sanfte Meeresbrise genießen, die ihr ins Gesicht blies. Welche schwangere Frau würde schon bei Einbruch der Dunkelheit eine Flucht durch den Dschungel wagen? Einmal brachte ihr Abass ein kleines Geschenk. Er sagte, das sei von Mian Xiaoting, sie habe sich nach ihr erkundigt. Nadi öffnete die Schachtel, darin war ein neues iPad. Sie bat Abass, Mian Xiaoting ihren großen Dank auszusprechen und ihr mitzuteilen, dass sie sich über einen Besuch freuen würde.

Abass versprach, es auszurichten, betonte aber, dass die Chinesin zurzeit in Hongkong weile. Aber nächste Woche sei sie wieder da. Er hatte frische Früchte und einen Milkshake mitgebracht. Nadi überlegte, ob sie ihn auf ihre Seite ziehen könnte, verwarf den Gedanken jedoch rasch wieder. Abass war Mendelez verpflichtet, und ohne Mendelez war Abass ein Nichts. Er hatte sich arrangiert. Sollte sie sich auch arrangieren? Ihr Schicksal annehmen? Aber wer hatte dieses Schicksal bestimmt? Der Professor machte ihr mittlerweile Angst. Sie überlegte, wie sie den Ort unauffällig verlassen könnte. Auf dem neuen iPad googelte sie sorgfältig die Umgebung von Waterloo, den Weg durch den tropischen Regenwald bis zum Honorary Consulate General of India an der 5 Rawdon Street in Freetown. Das waren 24 Kilometer, fünf Stunden Fußmarsch, das traute sie sich zu. Sie würde sich in der Botschaft melden. Ihr Blick fiel auf die grüne Akkuanzeige ihres Handys. Die Batterie war wieder geladen. Sie wunderte sich darüber, dass Mendelez ihr das Mobile nicht weggenommen hatte. Aber wen hätte sie anrufen können, wer hätte ihr hier unten helfen können?

Ratcontrol, London

Hank betrat den Hof von *Jack Blacks Ratcontrol.* Er wollte nochmals Alistair und Elisabeth sprechen, vielleicht hatten sie in der Zwischenzeit noch etwas gehört. Ein Mann im Anzug kam ihm entgegen, er trug einen Mundschutz und hielt ein Dossier in der Hand. Die Firma sei bereits verkauft, verkündete er.

»Und was ist aus Alistair Black geworden?«

»Der lebt nicht mehr hier, ich hörte, er habe sich eine Harley gekauft und sei in Südamerika unterwegs.«

Hanks Handy klingelte. Eine SMS. Von Nadi. Sie schien in Eile, denn sie simste nur ein einziges Wort: *help.*

Strand von Tokeh, Sierra Leone

Rodney Kargbo hatte auf seinem Anwesen am Strand von Tokeh zum Dinner eingeladen. Eigentlich hätte man den riesigen Western National Park auf dem Peninsular-Highway über das südliche Tumbu umfahren müssen, um Kargbos Domizil zu erreichen. Doch der Milliardär ließ Mendelez und Nadi mit dem Helikopter abholen. Kargbo hatte wie üblich Abass, sein »Mädchen für alles«, geschickt. Abass war ein geübter Pilot, hatte während des Bürgerkriegs Einsätze geflogen. Jetzt sprach er lieber über die einmalige Tierwelt seines Landes. Er wollte die zwanzig Antilopenarten aufzählen, kam aber lediglich auf acht. Richtig in Rage geriet er, als er die Ausrottung des westafrikanischen Löwen beklagte, der Weltbestand sei auf 400 Tiere gesunken, weil es immer noch Idioten gebe, die zum Spaß diese Geschöpfe Gottes mit ihren Hightech-Fernrohrgewehren abknallten, als sei das Ganze ein Computerspiel. Mendelez und Nadi schwiegen. Sie hofften, Abass würde sich wieder beruhigen und sich auf das Fliegen konzentrieren.

Der Flug Waterloo–Tokeh dauerte keine halbe Stunde. Sie überflogen den tropischen Regenwald, sahen Dutzende von Schimpansen, die in den Baumkronen herumturnten, und wenn das Rotorgeschnatter des Helikopters nicht so laut gewesen wäre, hätten sie den Gesang von Tausenden von Vögeln gehört. Einmal zeigte Abass auf eine Lichtung hinunter. Mitten im Dschungel. Er sagte, das sei Tacugama, ein Heim für Schimpansen. Hier würden launische Besitzer ihre Haustiere abgeben. Das Heim würde durch private Spenden finanziert, man versuche hier, die Affen wieder an die Wildnis zu gewöhnen, denn unter Menschen hätten sie die wichtigste Fähigkeit verloren: zu überleben. Das sei ähnlich wie bei den verhätschelten Kindern der Touristen aus dem Westen, die hier Urlaub machten. Er habe gehört, dass die außerhalb der geschützten Familie überfordert seien, in der freien Wildbahn nicht überlebensfähig, wohlstandsverfault, lauter Pussys.

* * *

Das Anwesen von Rodney Kargbo lag direkt am Meer. Mendelez und Nadi saßen auf einer Veranda über dem Erdgeschoss und warteten auf ihren Gastgeber. Vor ihnen nur noch Meer, das sanfte Klatschen der Wellen, wenn sie sich über den feinen Sandstrand ergossen und wieder zurückzogen. Am Horizont tauchte die Sonne im Nordatlantischen Ozean unter.

Kargbo trat auf die Veranda hinaus und begrüßte seine Gäste herzlich: »Was darf ich Ihnen anbieten? Ein kühles Tsingtao Bier, Chin-Chin, Fruchtsaft oder Perrier-Wasser?«

Er streckte den Arm in die Höhe und schnippte mit den Fingern. Hinter einer der zahlreichen, fein gedrechselten weißen Marmorsäulen kam eine zierliche Afrikanerin hervor, sie nahm die Bestellung entgegen und zog sich wieder zurück. Rodney Kargbo setzte sich an den Tisch und sagte beiläufig, er hätte zehn Militärs aus seinen Goldminen in den Kangari Hills abgezogen und ins Institut geschickt. Zudem empfahl er, dass sich alle Mitarbeiter bewaffnen sollten. In Sierra Leone würde man nicht endlos herumschwatzen, hier greife man schnell zum Messer, und im ganzen Land gebe es noch Berge von AK-47-Maschinengewehren. Mendelez bedankte sich, Kargbo sagte, er schütze lediglich seine Investitionen, und riss dann ein Thema an, das ihn wesentlich mehr interessierte: »Ich habe gestern etwas Interessantes gelesen«, begann er, »einen Bericht über den Neonatologen Professor Jorch, der Föten außerhalb der Gebärmutter gedeihen lässt.«

»Jorch ist ein guter Wissenschaftler«, sagte Mendelez, »bisher ist er nur erfolgreich mit Lamm-Föten, aber sobald wir den ersten Prototypen haben, werde ich mit ihm Kontakt aufnehmen. Da ergeben sich interessante Synergien. Künstliche Gebärmütter klingen heute noch nach Science-Fiction, aber ich bin überzeugt, dass wir in absehbarer Zeit ganze Hallen von künstlichen Gebärmüttern haben werden, die ähnlich funktionieren wie Hühnerbatterien.«

»Ja«, überlegte Kargbo, und kam dann auf sein persönliches Steckenpferd zurück: »Sie könnten Zehntausende von Arbeitssklaven designen, die speziell für den Minenbau konzipiert sind, klein, dünn, robust, starke Lungen, ich würde ihnen gleich zehntausend Chimären in Auftrag geben. Und noch ein paar für die Bewachung der Minen. Sie könnten ganze Armeen heranzüchten, Zombie-Soldaten.«

»Auch das wird irgendjemand eines Tages tun, aber er wird nicht Luis C. Mendelez heißen.«

British Airways, Strasse von Gibraltar

Hank saß in einer Maschine der British Airways. Nachdem die Stadt Ealing Broadway abgeriegelt und die Einwohner unter Quarantäne gestellt hatte, kaufte er ein Ticket nach Sierra Leone. Hank trug dunkelrote Tropenschuhe, *Pampa Hi Originale*-Sneaker. Er hatte sich eine Menge vorgenommen. Als sie den afrikanischen Kontinent überflogen, fragte er sich allerdings, ob es nicht eine Schnapsidee war, diese Reise zu unternehmen. Wieso legte er Wert auf Nadis Anerkennung oder gar Zuneigung? Er dachte an seine Jugend zurück, versuchte zu verstehen, wie er hatte werden können, was er heute war. Als Teenager hatte er nur schwarz oder weiß gesehen, sich in ideologischem Radikalismus verloren, als hätte er Angst gehabt, sich in den Zwischentönen zu verlieren. Er hatte Hotel Mama verlassen, um seinen eigenen Weg zu finden, aber ohne zu wissen, was er eigentlich wollte. Er hatte viele Identitäten ausprobiert, vom verträumten Poeten bis zum Schläger, er hatte den Wunsch nach Individualität, nach Unverwechselbarkeit, er entdeckte die Liebe zum Risiko, zum Leichtsinn. Und als er dem pubertären Kokon entschlüpft war, stellte er fest, dass er von nichts eine Ahnung hatte, und dass alles, woran er bis dahin geglaubt hatte, verpuffte wie eine Seifenblase. Nirgends hatte er Halt gefunden, und wenn er nun in dieser Maschine saß, dann deshalb, weil er auf der Suche nach einem Herzen aus Gold war.

Educ-Aid, Freetown, Sierra Leone

Mitten in der Nacht hielt ein schwarzer Jeep Wrangler Dragon vor dem rostigen Eisentor der Educ-Aid-Schule. Abass stieg aus und wählte eine Nummer auf seinem Handy. Nach kurzer Zeit öffnete sich das Tor und Charly Korome torkelte auf die Straße hinaus. Sie begrüßten sich mit einem männlichen Ritual, wie es zu Zeiten des Bürgerkrieges unter Kindersoldaten üblich war.

»Weißt du«, sagte Charly Korome mit schwerer Zunge, »ich war dabei, als die *RUF* in unser Dorf kam. Sie zerrten Umaru und seine Töchter aus der Hütte, alle mussten sich auf dem Dorfplatz versammeln und niederknien. Umaru bat um Gnade für seine Töchter, aber die Terrorkids lachten nur und vergewaltigten sie eine nach der andern. Vor seinen Augen. Das war die *Revolutionary United Front.*«

Er sprach schleppend, wie in Trance, manchmal murmelte er die Worte bloß, »dann schlugen sie ihm unvermittelt den Unterarm ab. Ich war der Nächste, zuerst schlugen sie mir mit einer Machete das Ohr ab, ich sah es vor mir im Staub liegen, anderen zerrissen sie mit ein paar Gewehrsalven die Beine, wir waren jung, sehr jung, sie sagten, wir hätten die Wahl, entweder zu sterben oder uns ihnen anzuschließen. Wir wollten leben, wir schworen Abu Bhakar ewige Treue. Kein Schamane steht den Göttern so nahe, dass er die Kraft des Ju-Ju übertragen kann, wir sind jetzt unverwundbar, im Kampf unsichtbar, deshalb werden wir überleben, aber Abu Bhakar fordert ein Opfer.«

»Wieso erzählst du mir das alles? Ich bin hier, um dich aufzufordern, deine Jungs einzusammeln und ins Institut zu bringen, wenn sie die tägliche Medizin nicht nehmen …«

»Sie ist verhext, Bro, auf dem Institut lastet ein Fluch. Ich werde die Jungs zusammenrufen, damit sie dem Spuk ein Ende machen. Der weiße Mann hat keine Chance gegen Ju-Ju, er wird nicht einmal bemerken, dass wir da sind und dass wir ihn töten.«

»Ich glaube nicht an die Kraft des Ju-Ju«, sagte Abass, aber Charly Korome unterbrach ihn wütend: »Weil du bereits verhext bist, wie alle im Institut! Impfungen sind Sünde! Pillen sind Sünde! Die weiße Medizin teuflische Hexerei! Wir werden den Magier töten!«

Abass empfand Mitleid mit seinem Freund Charly. Es stimmte ihn traurig, ihn in diesem Zustand zu sehen, zu sehen, was der Krieg aus ihm gemacht hatte. Er legte ihm den Arm um die Schulter und zog ihn sanft zu sich: »Charly, du solltest dich schlafen legen, morgen sieht die Welt dann wieder ganz anders aus, glaub mir …«

»Ich glaube nur an die Kraft des Ju-Ju«, murmelte Charly Korome und setzte sich auf die oberste Treppenstufe. Er lehnte sich müde gegen die Mauer und schloss die Augen. Abass griff ihm unter die Arme, zog ihn hoch und brachte ihn ins Schulgebäude. In der kleinen Empfangshalle stand eine hölzerne Sitzbank. Dort setzte er seinen alten Kumpel ab und half ihm, sich hinzulegen. Charly murmelte, sie würden alle sterben, weil in ihnen das Blut der Ratte brenne, sie würden deshalb nicht länger leben als eine Ratte, zwei Jahre. Einige seien schon tot, aber die Überlebenden würden sie rächen …

Abass kniete vor der Bank nieder: »Bitte, Charly, das stimmt nicht, niemand will euch Böses, wer regelmäßig zu den wöchentlichen Infusionen erscheint und zu Hause die Medizin schluckt, wird überleben, für den besteht keine Gefahr.«

»Hast du denn diese Briten nicht auch längst satt?«, raffte sich Charly noch einmal auf, »seit fünfhundert Jahren trampeln sie auf unserem Rücken herum, legen uns in Ketten und rauben unsere

Diamanten.« Abass erhob sich und lief die Halle auf und ab. Er war ratlos. Schließlich blieb er vor Charly Korome stehen und sagte leise: »Ich wollte dich warnen, Commander, der alten Zeiten wegen, Kargbo hat zehn schwerbewaffnete Militärs aus seinen Goldminen in den Kangari Hills abgezogen und fünf ehemalige Navy Seals aus den Diamantenminen von Meya. Sie sind alle unterwegs nach Waterloo.«

Charly Korome murmelte, er habe ihn »Commander« genannt.

»Ja«, sagte Abass.

»Dann solltest du dich uns anschließen, die Navy Seals können uns nicht beeindrucken, denn worauf sollen sie schießen, wenn wir unsichtbar sind?«

Personal Genom Design Ltd., Waterloo

In den frühen Morgenstunden stand Nadi vor dem vergitterten Fenster ihres Zimmers und schaute zum Dschungel hinauf. Falls ihr die Flucht gelingen sollte, müsste sie den Berg überwinden und so rasch wie möglich einen Gynäkologen aufsuchen. Sie überprüfte die Zimmertür. Verriegelt, wie erwartet. Gegen sieben brachte Abass das Frühstück. Er war anders als sonst, weniger unterwürfig. Sie solle heute besonders gut frühstücken, bemerkte er. Nadi fragte, was er damit meine. Abass wiegelte ab, das sei bloß eine Redewendung. Als er das Zimmer wieder verlassen wollte, fragte ihn Nadi, wieso er nicht mit ihr frühstücke.

»Heute nicht«, gab Abass zur Antwort und verabschiedete sich. Sie sah die Trauer in seinen Augen – oder war es Mitleid? War sie in Gefahr? Nadi wartete, bis der Riegel vorgeschoben wurde. Aber das vertraute Einrasten des Schlosses blieb aus! Hatte Abass die Tür absichtlich offen gelassen? Sie war tatsächlich nicht verschlossen. Nadi rätselte, wieso er ihr empfohlen hatte, heute besonders gut zu frühstücken. Sie nahm eine Banane vom Tisch und schälte sie vor dem vergitterten Fenster. Im Garten saßen Lorraine und Fatmatta auf einer Schaukel und unterhielten sich. Nadi winkte ihnen zu, doch sie sahen sie nicht. Plötzlich sprangen die beiden erschreckt hoch und drehten sich um. Da war irgendetwas im Gebüsch. Jetzt sah es auch Nadi. Zuerst waren nur Trommeln und Gesang zu hören, dann bewegte sich das Blattwerk am Rande des Regenwaldes und ein zotteliges Wesen tanzte in gebückter Haltung auf das Institut zu. Es war Abu Bhakar, der Schamane im Löwenkostüm, er drehte sich im Kreis, wippte mit dem Oberkörper, warf den Kopf hin und her. Zwischen den Büschen traten junge Männer und Frauen hervor, sie tanzten im Takt der Trommeln, einer führte eine Ziege mit sich und übergab die Leine dem Schamanen. Dann bildeten alle einen Kreis um Abu Bhakar. Die Ziege meckerte immer verzweifelter, bis sie mit einem Mal verstummte. Ein ausgestreckter Arm ragte aus der Menge, ein zuckendes, blutüberströmtes Herz in der Hand. Die Gläubigen verfielen immer weiter in Trance, doch als einer der Männer Fatmatta und Lorraine entdeckte, schrie er den andern etwas zu. Auf dieses Kommando hin stürzten sich alle auf die beiden Frauen.

Lorraine und Fatmatta rannten davon, um sich ins Haus zu retten. Doch einer der jungen Männer schlug Fatmatta mit seinem Beil von hinten nieder. Lorraine hätte beinahe den rettenden Eingang erreicht, doch in ihrer Panik stolperte sie. Die Männer fielen über sie her, rissen ihr die Kleider vom Leib. Nadi rannte zum Tisch zurück, warf die frischen Früchte und ihr Handy in einen Jutesack und trat leise auf den Flur hinaus. Sie horchte. Mendelez musste in der Nähe sein, sie hörte seine Stimme.

* * *

Die Glasfront in der Eingangshalle des Instituts ging klirrend in die Brüche. Etwa fünfzig bewaffnete Sierra Leoner, allesamt Testpersonen der Gruppe B, stürmten die Büros. Die sonst so agilen jungen Männer wirkten schwerfällig, aber zu allem entschlossen. Wie eine rasende Horde auf Crystal Meth verwüsteten sie ein Büro nach dem andern. Mendelez flüchtete mit Perry Williams und Sidie Kanu ins obere Stockwerk. Sie verbarrikadierten die Tür im Direktionszimmer mit Tischen, Sofas und Stühlen.

* * *

Die Maschine der British Airways landete um 16:40 Uhr Ortszeit auf dem Freetown International Airport. Hank fuhr in einem vollbesetzten poda-poda Kleinbus zum Bintumani Drive und checkte im Kimbima Hotel ein, es lag direkt am Meer. Früher hieß es noch Golden Tulip, aber nun gehörte es der staatlichen Behörde *National Social Security Insurance Trust (NASSIT)* und verlotterte somit im Eiltempo. Hank bestellte Fisch & Chips und rekapitulierte den Plan, den er sich ausgedacht hatte. Zunächst sandte er Nadi eine SMS. Keine Antwort. Hank rief die App *Life360* auf. *Nadi nahe Waterloo, Freetown.* Das ließ ihn hoffen. Ihn trennten höchstens noch 30 Kilometer von Nadi. Doch dann sah er, dass sich der lachende Kamelkopf, Nadis Profilbild, bewegte. Richtung Dschungel.

Die Rezeption bestellte Hank ein weiß-oranges Taxi. Nach einer halben Stunde hielt es vor dem Hoteleingang, an der Seitentür war ein Kleber mit der Aufschrift »No money, no friend« angebracht. Der Fahrer sagte, die weiß-orangen Taxis seien nur in einem Umkreis von 25 Kilometern fahrberechtigt, und Waterloo sei 26 Kilometer entfernt. Hank hätte ihn am liebsten verprügelt. Es konnte doch nicht sein, dass ein Taxifahrer in Sierra Leone pingeliger war als ein taxifahrender Germanistikstudent in Berlin. Doch als er das Grinsen des Fahrers sah, begriff er rasch und reichte ein Bündel Leone durch das offene Fenster. Der Fahrer sagte, jetzt sei Waterloo nur noch 24 Kilometer entfernt und ließ Hank einsteigen, »Fünfhunderttausend Leone, Sir.«

»Das sind Wucherpreise«, entsetzte sich Hank, »ich brauche noch Geld für die Rückfahrt.«

»Black boys dreihunderttausend, white boys fünfhunderttausend, das sind unsere Tarife, Sir. Und wenn Sie sich umgerechnet keine fünfundfünfzig Dollar für eine 26-Kilometer-Fahrt leisten können, frage ich mich, wie Sie den Flug nach Sierra Leone bezahlt haben.« Hank willigte ein, damit er endlich wieder seine App *Life360* aufrufen konnte. Nadis Profilbild entfernte sich weiter von Waterloo. Mit einer Geschwindigkeit von vier Kilometern pro Stunde. Ihr Handy-Akku war unter 50 Prozent gefallen. Hank herrschte den Taxifahrer an, er solle schneller fahren, doch dieser meinte, es würden hier immer noch Geschwindigkeitsvorschriften gelten. Hank reichte ihm ein paar Leone.

»Okay«, sagte er, »jetzt können Sie mich *Patrice* nennen, Sir.«

* * *

Nadi hetzte über einen Trampelpfad durch den tropischen Regenwald des Nationalparks in der Western Area. Blätter und Äste klatschten in ihr Gesicht, manchmal glitt sie aus und fiel der Länge nach hin, rutschte hilflos über den schlammigen Urwaldboden. Von überall her hörte sie das Pfeifen, Zwitschern, Piepen und Zirpen von hundert verschiedenen Vogelarten. Je tiefer sie in den Dschungel eindrang, desto gespenstischer klang dieser afrikanische Bolero. Es schien, als würde der ganze Dschungel sie verhöhnen und bedrohen. Ihre Flucht führte durch schmale Canyons, die Flüsse in einem jahrtausendelangen Erosionsprozess in das Gestein gegraben hatten. Ihr Ziel war Loko Fakai. Sie überquerte eine schaukelnde Hängebrücke aus Lianengeflecht, jeder falsche Tritt konnte den Tod bedeuten. Am anderen Ende warteten ein Dutzend Waldbüffel, aber sie hatten kein Interesse an ihr und ließen sie passieren. Immer neue Tierstimmen schienen sich dem Naturorchester anzuschließen, ab und zu setzte sich Nadi auf einen Baumstrunk, um Luft zu holen. Sie horchte. Waren da Schritte? War jemand hinter ihr her? Sie raffte sich auf und rannte weiter, noch tiefer in den Dschungel.

* * *

Der Professor harrte mit Perry Williams und Sidie Kanu im Direktionszimmer des Instituts aus. Es gab kein Entrinnen. Draußen sangen die Angreifer Zauberformeln und machten zornige Gesten, als würden sie Speere gegen das Direktionszimmer werfen.

»Wir sind eingekesselt«, stellte Perry Williams lakonisch fest.

»Die Verstärkung ist unterwegs«, machte Sidie Kanu Mut. Weder der Professor noch Perry Williams glaubten, dass diese rechtzeitig eintreffen würde. Plötzlich wurde es draußen im Flur still. Jemand klopfte an die Tür.

»Professor, ich bin's, Abass. Die Militärs sind eingetroffen, der Mob flüchtet.«

Mendelez war misstrauisch. Er schaute fragend zu Perry Williams, dieser schüttelte den Kopf.

»Da draußen«, warnte Perry Williams leise, »stehen immer noch zwei Dutzend Jungs.« Er nahm seine Waffe aus dem Schulterhalfter.

Dann rief er laut: »Abass, was erzählst du uns da für ein Märchen?«

»Das Gebäude ist gesichert!«, rief Abass durch die geschlossene Tür, »es gibt nur noch ein paar Junkies da draußen. Öffnen Sie die Tür! Nadi ist verletzt, ich glaube, die haben ihr das Bein gebrochen.«

Mendelez holte tief Luft und nickte Perry Williams zu. Gemeinsam schoben sie die Barrikade vor der Tür zur Seite. Dann entriegelte Sidie Kanu die Zugangssperre. In diesem Augenblick knallte ihm die Tür ins Gesicht, und er fiel der Länge nach hin. Im Türrahmen stand Abass, dahinter dicht gedrängt ein Dutzend aufgebrachter junger Männer, ausgemergelt und gewaltbereit. Sie hatten bereits das Erdgeschoss geplündert und verwüstet, aber noch war ihre Rache nicht gestillt. Es kamen immer mehr ins Obergeschoss, es mussten fünfzig oder mehr sein, die sich auf der Treppe drängten. Abass hatte seine Waffe auf Mendelez gerichtet, Perry Williams seine auf Abass. Als ehemaliges Mitglied einer südafrikanischen Elite-Einheit war es Perry Williams gewohnt, Situationen blitzschnell einzuschätzen und entschlossen zu handeln. Seine Kugel zerfetzte Abass das Gesicht. Einen weiteren Schuss feuerte er in die Menge und knallte dann die Tür wieder zu. Mendelez und Sidie Kanu verbarrikadierten den Eingang erneut, während die Meute draußen noch aufgebrachter den Kopf des Professors forderte.

* * *

Nadi lief die Peninsula-Ringstraße entlang. Diese war wenigstens trocken. Als in der Ferne ein Auto erschien, suchte sie Schutz im dichten Unterholz. Nach über drei Stunden Flucht war Nadi am Ende ihrer Kräfte, ihr Gesicht von unzähligen Schürfungen gezeichnet, ihr T-Shirt verdreckt und zerrissen. Als das Auto an ihr vorbeigefahren war, hetzte sie weiter durch den tropischen Regenwald. Plötzlich hörte sie schrille Töne. Sie blieb stehen und schaute zu den Baumkronen hinauf. Schimpansen hangelten sich von Ast zu Ast, sie schienen Nadi auf ihrem Weg zu begleiten. Jedes Mal, wenn sie stürzte und keuchend auf ihren Knien eine Verschnaufpause einlegte, warteten die Affen geduldig auf sie. Die Tiere waren ihr offensichtlich nicht feindlich gesinnt. Nach einer weiteren Stunde kreuzte ein anderer Trampelpfad ihren Weg. Ein merkwürdiger, schmaler Baum ohne Äste stand in der Kreuzung, merkwürdig deshalb, weil er keine Äste hatte. Sie ging darauf zu. Unter dichten Ranken war ein Wegweiser versteckt. Er zeigte nach Tacugama.

* * *

»Eigentlich hatte ich Wirtschaft und Geschichte studiert«, sagte Patrice, während er das Lenkrad des Taxis mit einem einzigen Finger bewegte, »aber dann kam die reale Geschichte dazwischen, Bürgerkrieg, Aids, Ebola, die ganze gequirlte Scheiße. Mein Wirtschaftsstudium kommt mir bei der Berechnung der Taxen zugute, aber was kann man mit einem abgebrochenen Geschichtsstudium anfangen?

Die Fahrgäste unterhalten? Mein Cousin Bona fragte mich einmal, wieso ich diesen Mist studiert habe. Was Geschichte ist, sei doch vorbei.« Hank nickte und rief wieder die GPS-App auf. Er sah, dass Nadi noch weiter in den Dschungel vorgedrungen war. Und plötzlich war ihr Profilbild verschwunden. Hatte der Satellit versagt oder war Nadis Akku leer?

»Langweile ich Sie?«

»Nein, keineswegs, Sie sprachen gerade von Ihrem Cousin Boba.«

»Bona, nicht Boba, also ich erzähl Ihnen jetzt die Geschichte mit Bona. Ist im Fahrpreis inbegriffen. Bona arbeitete als Kind in den Diamantenminen in Kono ...«

»So wie in *Blood Diamond?*«

»Ein Film?«

»2006, mit Leonardo DiCaprio.«

»Da war ich erst zehn, Mister...«

»Findet man heute auf den Märkten noch günstige Rohdiamanten?«

»In Sierra Leone ist alles eine Frage des Geldes.«

* * *

Der Professor rührte sich nicht von der Stelle. Er stand da wie hypnotisiert. Perry Williams senkte langsam seine Waffe und ließ sie zu Boden fallen. Sidie Kanu stand mit dem Rücken zum Fenster und forderte die beiden auf, die Tür zu öffnen.

»Wieso zum Teufel tust du das, Sidie, habe ich dich je schlecht behandelt?«, stieß Mendelez hervor.

»In wenigen Monaten werden wir alle sterben«, antwortete Sidie Kanu, »der Schamane sagt, dass wir nur noch die Lebenserwartung von Ratten haben. Zwei Jahre. Du bist verhext, Professor. In dir wohnt das Böse. Wir sind hier, um dich davon zu erlösen.«

»Sidie, das sind doch alberne Märchen, purer Aberglauben, niemand stirbt, wenn er seine Medizin schluckt und zu den Infusionen erscheint. Ich habe doch kein Interesse daran, Menschen umzubringen, ich will helfen, heilen!« Mendelez setzte sich hinter seinen Schreibtisch. Er vermied jede hastige Bewegung und zeigte keinerlei Angst. Das missfiel Sidie Kanu, und er herrschte den Professor an, wieder aufzustehen, *er* gebe jetzt die Befehle. Perry Williams hatte sofort begriffen, wieso sich Mendelez von ihm entfernte. Sidie Kanu konnte nicht beide gleichzeitig in Schach halten. Blitzschnell zog Perry Williams eine Ontario Mark 3 aus seinem Stiefel und warf das Kampfmesser der US Navy Seals. Es bohrte sich in den Oberbauch von Sidie Kanu. Perry Williams ging auf ihn zu und riss ihm das Messer aus dem Leib. Eine Blutfontäne spritzte ihm ins Gesicht, der Söldner öffnete das Fenster, packte Sidie Kanu am Hosenbund und warf ihn in die Tiefe.

»War das nötig?«, fragte Mendelez.

»Wir haben es hier nicht mit harmlosen Bakterien zu tun, Professor, jetzt führe *ich* das Kommando. Ich werde nicht von Ihnen bezahlt, sondern von Kargbo.« Vorsichtig schaute er zum Fenster hinaus: »Da kommen noch mehr«, rief er Mendelez zu. Ein Schuss zerschlug die Fensterscheibe. Perry Williams ging in die Hocke und griff zum Handy. Er wählte eine Nummer.

* * *

Das Heim für Schimpansen lag auf einem Hügel. Der Weg wurde beschwerlicher, aber auch leichter, weil die Luft abkühlte und der Boden weniger aufgeweicht war. Nach einer halben Stunde traten zwei Kinder aus dem Dickicht hervor. Nadi blieb wie versteinert stehen. Dem Mädchen fehlte die rechte Hand, der Junge hatte eine Beinprothese. Sie gaben Nadi ein Zeichen, ihnen zu folgen, und führten sie auf eine Lichtung. Dort stand ein zweistöckiges Blockhaus mit sehr breiten Verandas. Ein Sierra Leoner um die vierzig kam hinter dem Haus hervor. Ihm folgten ein halbes Dutzend Schimpansen.

»How di body?«, begrüßte er Nadi in der kriotischen Sprache der Einheimischen und stellte sich als Bala Amarasekaran vor. Von der obersten Veranda krächzte jemand *Pubui, Pubui*. So schrien die Kinder, wenn sie zum ersten Mal einen Weißen sahen. Aber es waren keine Kinder, die hier *Pubui, Pubui* schrien, sondern riesige Graupapageien, die oben auf der Brüstung der Bambus-Veranda saßen. Mit ihrer imposanten Körpergröße und einem halben Kilo Körpergewicht übertrafen sie alle ihre Artgenossen bei Weitem.

»Kushe«, sagte Bala Amarasekaran und blieb vor Nadi stehen. Er war der Chef hier. Die Affen umringten Nadi, einige wollten ihre Hand halten, sie waren zahm und anhänglich. Es waren Tiere, die in privaten Haushalten gelebt hatten. Als sie nicht mehr so klein und niedlich waren, hatten die Besitzer jedoch genug von ihnen und setzten die einstigen Familienmitglieder im Dschungel aus – wie die Franzosen vor den Sommerferien ihre Katzen und Hunde.

Personal Genom Design Ltd., Waterloo

»Wieso greifen sie nicht mehr an?«, fragte Mendelez.

»Sie saufen«, antwortete Perry Williams. Beide saßen mit dem Rücken an der Wand auf dem Fußboden.

»Aber wenn sie alle betrunken sind, werden sie wieder angreifen.«

Perry Williams schaute auf die Uhr.

»Wieso dauert das so lange, bis Verstärkung kommt?«, ärgerte sich der Professor.

»Ich weiß, in Filmen dauert es nicht so lange, aber da ist die Zeit beschränkt. Hier in Sierra Leone haben die Leute keine Uhren. Sondern Zeit.«

In der Ferne hörte man das Herannahen von Helikoptern.

»Das ist die Kavallerie«, grinste Perry Williams und wagte einen Blick aus dem Fenster.

* * *

»Hören Sie das?«, fragte Patrice und hielt den Wagen am Straßenrand an. Zwei Militärhelikopter flogen über ihre Köpfe. Hank stieg aus und blieb vor dem Taxi stehen. Ganz in der Nähe fielen Schüsse, mehrere.

»Das kommt aus dem Institut«, sagte Patrice. In Freetown sind ein paar Jungs ziemlich sauer auf diesen Professor.«

»Können wir weiterfahren?«

»Nur bis zur Tankstelle.«

Unterwegs sahen sie ein Dutzend junger Männer mit nackten Oberkörpern. Sie flohen in Panik Richtung Freetown. Patrice verscheuchte sie mit der Hupe von der Fahrbahn und trat aufs Gas. Bei der Tankstelle hielt er an. Von hier aus konnte man das Institut sehen. Einige Militärs bewachten den Eingang. Man hörte nur noch vereinzelte Schüsse, dann wurde es plötzlich still.

Hank stieg aus dem Taxi: »Sie können hier auf mich warten, ich bin gleich zurück.«

Patrice hielt die offene Hand aus dem Fenster. Hank blätterte ein paar Leone in seine Hand und hob warnend den Zeigefinger: »Sie warten, okay?«

* * *

Mendelez und Perry Williams standen im Eingang des Instituts *Personal Genom Design*. Links und rechts von ihnen waren die neuen Militärs der Firma *Executive Outcomes* posiert. Hank streckte beide Arme in die Höhe, während er auf Mendelez zuging. Er blieb vor ihm stehen: »Professor Mendelez, nehm' ich an?«

»Sie kommen im ungünstigsten Augenblick, Mister.«

»Mein Name ist Hank Cooper«, sagte Hank unbeirrt, »ich komme aus London. Ich suche eine Inderin. Sie heißt Nadi.«

Mendelez stutzte. Nach einiger Bedenkzeit winkte er Hank ins Haus. Dieser folgte ihm durch das verwüstete Erdgeschoss. Überall sah man Blutspuren. Militärs suchten die Räume ab.

»Wir wurden überfallen«, sagte Mendelez, »Sierra Leone, das ist der Wilde Westen Afrikas. Je wärmer das Klima, desto heißblütiger die Menschen. Wir haben es mit kleinen Kindern zu tun, die sich vor Geistern und Hexen fürchten, die sind alle wahnsinnig.«

Sie betraten die Küche. Mendelez wollte zwei Bier aus dem Kühlschrank holen, aber er war leer geräumt. Mendelez lehnte gegen das Waschbecken und musterte Hank: »Sie suchen also Nadi. Das ist interessant, ich suche sie nämlich auch.«

»Wann haben Sie sie zuletzt gesehen?«, fragte Hank.

»Das ist schon eine Weile her. Sie hatte ein Jobangebot vom Atlantic Lumley Hotel, liegt an der Lumley Beach Road, Nadi mochte das Nachtleben am Strand.«

»Das kann nicht sein«, sagte Hank, »auf meinem GPS-Tracker war sie bis vor Kurzem noch hier.«

Mendelez verschlug es kurz die Sprache, aber rasch fing er sich wieder: »Sie können mit ihrem GPS-Tracker Nadis Handy orten?«

Hank realisierte, dass er einen Fehler gemacht hatte. Mendelez hatte ihn angelogen, und dem Professor war nicht entgangen, dass Hank das bemerkt hatte. Ein ungutes Gefühl beschlich ihn, er hatte es plötzlich sehr eilig, den Ort zu verlassen.

»Dann werde ich jetzt besser gehen und Sie nicht länger ...«

»Wohin wollen Sie? Bis Sie hier ein Taxi abholt, kann das Stunden dauern. Bleiben Sie noch auf einen Drink. Ich werde uns etwas organisieren.«

Hank verschwieg, dass bereits ein Taxi bei der Tankstelle auf ihn wartete. Mendelez griff zum Telefon und bestellte gekühlte Getränke, er sagte, im Lager müsste noch eine Kiste sein.

»Was wollen Sie von Nadi?«, fragte Mendelez.

»Ich habe etwas wiedergutzumachen. Ich hatte letztes Jahr in London ihre Albino-Ratte im Klo runtergespült.«

Mendelez hob die Brauen: »Ach, das ist aber interessant. Und deswegen haben Sie sich in den Flieger gesetzt?«

Mendelez erhielt einen Anruf. Er nickte zufrieden und legte auf. »Wir haben Ihr Taxi bei der Tankstelle weggeschickt.«

* * *

Das Schimpansenhaus verfügte über mehrere frei stehende Gästehäuser mit jeweils vier Gästezimmern, eines hätte Nadi belegen können, wenn sie genügend Geld bei sich gehabt hätte. Bala Amarasekaran schlug ihr vor, am Volunteer Programm teilzunehmen, das dauere zwischen zwei Wochen und sechs Monaten, in dieser Zeit müsse sie sich sechs Tage in der Woche nützlich machen. Im Gegenzug erhalte sie die Augusta Lodge im ersten Stock und freie Verpflegung. Nadi willigte ein, lud an der Rezeption ihren Akku auf und ließ sich von Bala instruieren, wie man die Unterkünfte der Schimpansen reinigt. Einige Tiere wollten ihr zur Hand gehen und stellten allerlei Unfug an. Nadi mochte sie, sie waren herzlich, anschmiegsam und auch sehr lustig. Ihre zukünftigen Arbeitskollegen waren erstaunlich zutraulich. Und da ihre Schwangerschaft mittlerweile für alle sichtbar war, war man offenbar besonders rücksichtsvoll zu ihr. Als sie am Abend zum ersten Mal den Stallboden mit frischem Stroh bedeckte, spürte sie einen starken, ziehenden Schmerz im Unterleib. Es schnürte ihr den Atem zu. Sie hielt sich an einem Futtertrog fest und ging langsam in die Knie. Die Schimpansen reagierten aufgeregt und begannen wild zu schreien. Nadis Shorts färbten sich dunkel, die Fruchtblase war geplatzt. Sie legte sich auf den Rücken und rang nach Atem.

* * *

Das Taxi, das Mendelez angeblich weggeschickt hatte, hielt vor dem Eingang des Instituts. Patrice hupte mehrmals. Ein Söldner trat aus dem Haus und gab dem Taxifahrer ein Zeichen, sich zu entfernen. In diesem Augenblick stürmte Hank aus dem Gebäude, übersprang die Treppe in einem Satz und rannte zum Fahrzeug. Patrice stieß die

Beifahrertür auf und ließ den Motor an. Der Soldat entsicherte sein Gewehr und eilte auf das Taxi zu. Patrice trat aufs Gaspedal und startete durch. Unterwegs fragte Hank, wieso er auf ihn gewartet habe? Das sei nicht ganz ungefährlich gewesen. Patrice antwortete, solange ein Fahrgast noch einen Leone in der Tasche habe, würde er sich von niemandem wegscheuchen lassen. Hank rief die App *Life360* auf und sah, dass Nadi ihren Akku wieder geladen hatte. Er zeigte dem Fahrer das Display: »Wo ist das?«

»Irgendwo im Dschungel zwischen Waterloo und Freetown, aber mehr westlich, näher zum Meer. Der Tropenwald ist riesig, und wenn eure Firmen nicht immer neue Rasenmäher schicken würden, wäre er noch bedeutend größer. Die rasieren die ganze Umgebung …«

»Ist da irgendetwas in diesem Dschungel?«, unterbrach ihn Hank ungeduldig.

»Tacugama.«

Patrice bog auf eine Naturstraße ein, die in den dichten Dschungel führte. Nach einer halben Stunde hielt er den Wagen an und sagte, er müsse dringend austreten. Vor den Augen seines verdutzten Fahrgasts verschwand er im Gestrüpp. Hank rief erneut die App auf und sah, dass Nadi den Ort nicht verlassen hatte. Jetzt, wo er seinem Ziel so nah war, fürchtete er, zu spät zu kommen. Wie würde Nadi reagieren? Patrice ließ sich Zeit. Hank wurde nervös und tigerte ungeduldig um den Wagen herum. Er rief nach Patrice. Keine Antwort. Schließlich drang Hank in die Tiefe des Dschungels. Immer wieder blieb er stehen und schaute zurück, um sich den Rückweg zu merken. Die Luft wurde schwüler und drückender, zwischen den Baumkronen sah man die ersten Wolken, die den stahlblauen Himmel ergrauen ließen.

»Suchst du mich, Brite?«, tönte es von der Seite.

Hank erschrak. Patrice saß auf einem abgebrochenen Ast, dicker als mancher Baumstamm, und schaute frech zu Hank hoch. Er hielt ein Handy in den Händen.

»Brauchst du ein Handy zum Pissen?«, fragte Hank verärgert.

»Setz dich einen Augenblick zu mir«, rief ihm Patrice zu. Nirgends auf der Welt gebe es so viele Vogelarten wie hier, »ihr Briten zahlt viele Leone für Theater und Oper, hier schenkt uns die Natur alles, was wir für die Seele brauchen.«

»Ich will nach Tacugama. Jetzt!«

Patrice grinste: »Das wollen viele. Seit einer Stunde wollen alle nach Tacugama. Dabei gibt es dort nur Schimpansen.«

»Willst du mir etwas Bestimmtes mitteilen?«

»Du hast viele Leone bezahlt, damit ich dich herbringe, aber es gibt Leute, die haben noch mehr Leone bezahlt, damit du Tacugama nicht erreichst.«

»Mendelez?«

»Einer seiner Leute wollte mich wegschicken, aber er erhielt einen Anruf. Wahrscheinlich sagte ihm jemand, er soll dich gehen lassen, du würdest sie zu dieser Inderin führen. Und er hatte recht.«

Ein Helikopter rauschte über die Baumkronen, Vogelschwärme flohen in alle Richtungen.

»Mendelez?«

»Soll ich dich nach Freetown zurückfahren? Kostet aber extra.«

»Fick dich!«, schrie Hank und rannte Richtung Taxi zurück. Patrice folgte ihm.

* * *

Nadi lag erschöpft im Stroh. Bala kniete neben ihr und versuchte die neugierigen Schimpansen zu verscheuchen. Am Futtertrog standen ein Pinselohrschwein und ein Rotbüffel. Neugierig beschnupperten die Affen das kleine Wesen. Es war eine Frühgeburt und entsprechend klein, noch kleiner als es asiatische Babys normalerweise schon sind. Die Schimpansen begannen, es sauber zu lecken. Einer biss in die Nabelschnur und wollte sie für sich alleine, was den anderen Artgenossen wiederum missfiel. Sie begannen zu streiten. In der

Ferne hörte man das Rattern eines Helikopters, es kam rasch näher, blieb einige Sekunden über dem Stall und blies den Geruch von Benzin und Motorenöl durch die Bambuswand. Bala legte das Baby behutsam in einen ausgehöhlten Baumstamm in der Mitte des Stalles. Er diente als Futtertrog. Dann half er Nadi hoch und stützte sie. Die Affen stritten um die Plazenta, sie hatten sie bereits in Fetzen gerissen, einige hatten sich mit einem Stück in eine entfernte Ecke zurückgezogen. Nadi klammerte sich am Futtertrog fest und starrte auf ihr Baby. Mendelez betrat den Stall.

* * *

Er war nicht allein. Sie waren zu dritt gekommen. Rodney Kargbo blieb sichtlich berührt vor dem Futtertrog stehen und legte ein Nugget aus seiner Goldmine in Kangari Hills ins Stroh. Mian Xiaoting verbeugte sich respektvoll vor Nadi und reichte ihr mit beiden Händen ein rotes Kuvert mit chinesischen Schriftzeichen. Dann ging sie zum Neugeborenen und legte eine vergoldete Schale mit Myrrhe in den Futtertrog. Mendelez hob das Neugeborene an den Füßen hoch, »Apgar acht, neun, zehn« und sagte Nadi, das Baby sei gesund. Er betrachtete das Neugeborene und sagte mit bewegter Stimme, das sei ein historischer Augenblick für die Menschheit, das erste menschliche Wesen, das von Geburt aus das schier unüberwindbare Immunsystem einer Ratte habe. Er war überwältigt von all den Emotionen, die über ihn hereinbrachen, als er realisierte, was ihm gelungen war. Gerührt schaute er zu Nadi hoch: »Falls es wirklich so ist, dass ich Gott gespielt habe, dann ist dieses kleine Geschöpf ein Kind Gottes, geboren aus dem Schoß einer Jungfrau. Ich werde das Mädchen Ganesha nennen, sie verkörpert die fünfte Gattung in der Familie der Primaten. Nach dem Gorilla, dem Homo, dem Orang-Utan und dem Schimpansen haben wir nun eine fünfte Rasse. Nicht die Evolution hat sie erschaffen, sondern Luis C. Mendelez.«

»Sie sind verrückt, Professor«, flüsterte Nadi mit matter Stimme. Sie war am Ende ihrer Kräfte.

»Bala«, flehte Nadi, »hilf mir, ich will hier weg.«

Bala wollte auf sie zugehen, Perry Williams hielt ihn davon ab. Er schickte ihn weg und stellte sich breitbeinig vor den Ausgang.

»Bleiben Sie noch eine Weile bei mir, Nadi«, ergriff Mendelez noch einmal das Wort, »Ich brauche Sie mehr denn je. Wir werden Millionen neuer Adams kreieren. Und wenn alle Gletscher längst geschmolzen und der Permafrost Billionen Bakterien freigesetzt hat, werden die Nachfahren von Ganesha immer noch da sein, die Ganeshas und die Ratten. Aber alle anderen werden verschwunden sein, wie einst die Dinosaurier. Doch es wird kein Meteorit sein, der den Planeten erschüttert und ihm jahrelange Dunkelheit beschert. Denn ich bin das Licht. In Tausenden von Jahren werden mich die Menschen vielleicht als Gott verehren und das ist gut so, denn der Mensch sehnt sich nach Spiritualität, nach Gemeinschaft, nach einer gemeinsamen Klammer, etwas, woran alle glauben können, Regeln, Gebote und etwas, wovor sich alle fürchten, Strafen, Verdammnis, Hölle.« In diesem Augenblick riss ein Schimpanse das Baby aus dem Futtertrog und wollte damit fliehen. Die Schimpansen stürzten sich auf ihn, wollten ihm das Neugeborene entreißen, einige zogen an den Armen und Beinen des Babys, einige bissen ihm in den Bauch. Ein Schuss ließ die Schimpansen innehalten und gleich darauf fluchtartig den Stall verlassen. Zurück blieb ein blutiger, kleiner Torso ohne Beine und Arme.

* * *

Patrice versetzte Hank einen wuchtigen Faustschlag. Er traf das Kinn. Hank sackte benommen zu Boden und versuchte sich zu orientieren, wollte aufstehen, doch er verlor gleich wieder das Gleichgewicht. Er rieb sich das Kinn und schaute zu Patrice hoch. Dieser saß auf der Kühlerhaube und sagte bloß *sorry*.

»Wieso lässt du mich nicht gehen?«, stöhnte Hank.

Patrice spielte mit dem Autoschlüssel und zeigte zu den Baumkronen. Ein Helikopter flog ratternd über den Dschungel in Richtung Waterloo.

»Jetzt kannst du gehen«, sagte Patrice und wollte Hank aufhelfen. Dieser schlug die Hand aus, »ich wurde nur bezahlt, um dich hier festzuhalten, bis sie zurückfliegen.« Er reichte ihm erneut die Hand. Hank ergriff sie und stand auf: »Was kostet mich die Rückfahrt?«

»Eine Million Leone.«

»Dir hat wohl ein Vogel ins Hirn geschissen.«

»Das sind hundertzehn Dollar. Das gebt ihr in Freetown für ein einziges Abendessen aus. Also Brite, entscheide dich.«

»Hast du kein schlechtes Gewissen, du gottverdammte Ratte? Ihr nehmt uns nach Strich und Faden aus.«

»Hattet ihr ein schlechtes Gewissen, als ihr unsere Diamantenminen ausgebeutet habt?«

»Habe ich etwa Diamanten gestohlen? Okay, eine Million Leone, aber ich muss dich in Dollar bezahlen.«

Patrice räusperte sich: »Das reicht nicht, Brite. Du hast mich eine gottverdammte Ratte genannt. Das ist bei uns eine grobe Beleidigung. Vor Gericht würde man dich dafür einbuchten und in eine Zelle sperren mit Ebola-Kranken. Hier draußen bin ich das Gesetz. Ich erlasse dir den Kerker, schone deinen After und begnüge mich mit einem Aufpreis von zweihundert Dollar.«

»Weißt du was, Patrice ...«

Der Taxifahrer legte den Finger auf den Mund: »Nicht schon wieder, uneinsichtige Wiederholungstäter werden besonders hart bestraft. Da steht die Resozialisierung nicht mehr im Vordergrund.«

»Fuck you.«

»Plus fünfhundert Dollar.« Patrice setzte sich an Steuer. Hank blieb auf dem Baumstrunk sitzen. Patrice wendete den Wagen und hielt neben Hank. Er streckte die Hand aus dem Fenster und zeigte nach oben. Plötzlich krachte es, als würde der Himmel zerfetzt, es blitzte und donnerte, wolkenbruchartiger Regen prasselte auf die beiden nieder, die Luft wurde kühler, frischer, und der Regenwald begann langsam die tagsüber gespeicherte Sonnenenergie in Form von Sauerstoff wieder abzugeben.

»Stolzer Brite«, grinste Patrice, »wir hatten mal in der Schule den Film *Zulu* gesehen, die Schlacht bei Isandhlwana, ihr wurdet bis auf den letzten Mann niedergemetzelt, weil keiner aufgeben wollte. Ihr seid eine Nation von Dickschädeln.«

»Und wer hat am Ende Zululand erobert? Oder warst du da bereits von der Schule geflogen?«

Patrice machte eine abschätzige Handbewegung.

»Hast du auch die Brücke am Kwai gesehen?«, höhnte Hank.

»Weißt du, Brite, ich frag mich, wofür du die fünfhundert Dollar sparst. Wenn du hier im Dschungel verreckst, kannst du dir eh nix mehr leisten. Da oben gibt's keinen McDonalds.«

Hank zeigte ihm den gestreckten Zeigefinger. Patrice grinste und begann zu singen: »For he's a jolly good fellow, for he's a jolly good fellow …«

* * *

Nadi stand zwischen den Käfigen im Rattenlabor. Sie schritt eine Reihe nach der anderen ab und löste jeweils die Sperre. Dann setzte sie sich auf einen Hocker und wartete. Nach einer Weile betrat Mendelez das Labor.

»Sie haben mich rufen lassen«, sagte er freundlich, »ich wollte Sie eigentlich überraschen. Ich habe gute Neuigkeiten.«

»Noch mehr Neuigkeiten?«, fragte Nadi sarkastisch.

* * *

»Barry Venison vom Institut Nilsor hat unseren Impfstoff getestet. Im Labor funktioniert es. Er glaubt, dass ein beschleunigtes Zulassungsverfahren möglich ist. Das haben wir auch Ihnen zu verdanken. Barry will sich deshalb dafür einsetzen, dass Sie nach England zurückkönnen.«

Nadi zeigte keinerlei Reaktionen.

»Das ist noch nicht alles«, freute sich Mendelez, »wir haben die Leiche von Ganesha obduziert und das Blut analysiert.« Er machte eine kurze Pause, und sagte dann: »Wir waren tatsächlich erfolgreich, sehr erfolgreich!«

Nadi schwieg immer noch. Der Professor bedauerte, dass sie enttäuscht sei, aber nach und nach werde sie realisieren, dass sie Geschichte geschrieben habe.

»Sie hätten mich fragen sollen, ob Sie meinen Körper für Ihr Experiment missbrauchen dürfen.«

»Ich weiß«, wiegelte Mendelez ab, »ich bin nicht der Typ, der andere um Erlaubnis fragt. Ich möchte es wiedergutmachen, denn man kann Ihren Verdienst nicht hoch genug würdigen.« Er reichte ihr ein Kuvert: »Sie haben sich diesen Bonus verdient.«

Als Nadi das Kuvert nicht annahm, legte er es auf einen der Käfige.

Sie sagte, auch Mian Xiaoting habe ihr ein kleines Geschenk gemacht.

»Geld?«

»Nein«, antwortete Nadi, »mehr als das.«

Mendelez überlegte, was es sein könnte, schließlich zeigte er auf das Kuvert auf dem Käfig und sagte: »Das ist mehr, als Sie in zehn Jahren als Köchin verdienen würden. Doch Sie werden nie mehr für Fremde kochen müssen. Sie können sich jetzt ganz dem Rattentraining widmen. Das Institut Nilsor wird Ihnen die nötige Infrastruktur zur Verfügung stellen. Sie haben Ihre Verlaufsprotokolle gelesen. Wir hätten nie gedacht, dass man die Intelligenz der Rotnasenratten stimulieren und steigern kann. Dass die Defua-Ratten nicht die hellsten Kerzen auf der Torte sind, ist nicht Ihr Versagen und war absehbar, denn sie haben die kleineren Gehirne. Die können sie jetzt alle entsorgen.«

»Entsorgen?«, fragte Nadi, »wieso lassen wir sie nicht einfach frei? Defua-Ratten sind bessere Akrobaten, weil sie längere Schwänze zum Ausbalancieren haben. Sie werden im Dschungel überleben.«

»Ein zweites Südgeorgien?«, wunderte sich Mendelez, »lassen Sie uns bei der nächsten Teamsitzung darüber reden.«

Der Professor verabschiedete sich und wollte den Raum verlassen.

»Professor«, sagte Nadi, »da gibt es noch etwas, das nicht in den Verlaufsprotokollen steht.«

»Eine Überraschung? Da bin ich ja gespannt«, schmunzelte Mendelez und machte ein paar Schritte auf Nadi zu.

***

Das Taxi hielt vor der Tankstelle in Sichtnähe des Instituts.

»Weißt du, Hank, ich beginne, dich zu mögen. Du bist Pragmatiker, wie ich.«

Hank war auf dem Beifahrersitz eingeschlafen.

»Ich brauche eine Waffe.«

»Hast du einen Waffenschein?«

»Nein, aber ich bin sicher, du stellst mir einen aus und leihst mir eine Waffe.«

»Genau das meinte ich eben, Pragmatismus.«

***

Nadi bat den Professor, sich zwischen zwei Käfigreihen aufzustellen. Mendelez kam ihrem Wunsch nach: »Und jetzt?«, fragte er erwartungsvoll.

Nadi nahm ihre Querflöte und sagte, damals in der NGO in Rajasthan habe man den Ratten beigebracht, Tuberkulose und Sprengstoff zu erschnüffeln, »wir haben sie so abgerichtet, dass sie bei bestimmten akustischen Signalen die gewünschte Handlung ausführen.«

»Ich weiß ...«

»Sie wissen viel, Professor, aber Sie wissen nicht alles. Man kann eine Ratte auch so abrichten, dass sie ein bestimmtes Parfum erschnüffelt.«

»Was wäre der Nutzen?«, fragte Mendelez interessiert.

Nadi griff zu ihrer Querflöte und spielte eine sanfte Melodie in sehr hohen Tönen. In den Käfigen machte sich Unruhe breit. Die ersten Ratten stießen mit ihren Köpfchen die vordere Klappe hoch und sprangen auf den Boden. Mendelez lachte ungläubig und sagte, jetzt sei er aber wirklich gespannt. Als alle Ratten die Käfige verlassen hatten, bat Nadi den Professor, sich nicht mehr zu bewegen: »Ich habe den Ratten beigebracht, Ihr Parfum zu erschnüffeln und eine Handlung auszuführen.«

Nadi spielte auf ihrer Querflöte den *Arabi*, das Marschlied der britischen Grenadiere aus dem 17. Jahrhundert. Plötzlich stieß sie einen sirenenhaften Ton auf und spielte einen schnellen, dramatischen *Arabi*. Die Ratten wurden schlagartig aggressiv und umringten Mendelez. Sie sprangen ihn an, krallten sich an seinem Laborkittel fest und kletterten bis zu den Schultern hoch. Sie stießen ihre rasiermesserscharfen Krallen in seinen Hals und rissen tiefe Fleischwunden. Mendelez schrie auf, wollte aus dem Labor rennen, doch dies aktivierte nur den Jagdtrieb der Nager, sie setzten ihm nach, brachten ihn zu Fall, und dann hatte Mendelez keine Chance mehr. Nadi sah noch, wie er sein Gesicht bedeckte, dann färbte sich der Boden rot und Mendelez verstummte. Nadi nahm Mendelez' Kuvert und verließ das Labor ohne Hast. Sie setzte den Kippschalter vor der Eingangstüre auf »Bitte nicht eintreten«, sodass außen im Flur die rote Anzeige aufleuchtete. Zielstrebig suchte sie die Empfangshalle auf. Zwei Militärs hielten Wache. Sie fragten Nadi, wo sie hinwolle. Sie antwortete, sie müsse für den Professor noch einen

Karton Reagenzgläser aus dem Keller holen. Als sie die Treppe hinuntersteigen wollte, rief jemand ihren Namen. Es war Perry Williams. Nadi sagte ihm, der Professor erwarte ihn im ersten Stock. Sie werde auch gleich hinzukommen. Nadi eilte durch die unterirdische Lagerhalle. Am Ende führte eine kleine Treppe in den Park. Die Tür war verschlossen. An der Wand hing ein Schlüssel. Er passte. Nadi rannte geduckt durch den Garten, suchte Schutz im Dickicht und erreichte schließlich die Tankstelle. In einiger Entfernung wartete ein Taxi mit laufendem Motor am Straßenrand.

»Hupen Sie!«, rief Hank. Als Patrice nicht sofort reagierte, schlug Hank die Faust auf das Lenkrad, um das Horn auszulösen. Hank sprang aus dem Wagen und schrie Nadis Namen. Sie zuckte zusammen, sah, dass ihr ein weißer Mann zuwinkte und rannte weg, die Straße nach Freetown entlang.

»Folgen Sie ihr, wir nehmen sie mit!«, schrie Hank.

»Das kostet aber extra, Brite.«

»Ich bin schon ausgeraubt worden«, schnaubte Hank, »und wenn Sie die Frau mitnehmen, können Sie mich Hank nennen.«

»Okay, Hank.«

Das Taxi holte Nadi ein und fuhr im Schritttempo neben ihr her. Hank beugte sich aus dem offenen Fenster und rief ihren Namen.

»Hank?«, keuchte Nadi ungläubig.

»Ich habe uns schon mal ein Taxi bestellt.«

* * *

In der Abenddämmerung fuhr ein Taxi den Highway Masiaka-Yonibana entlang. Der Fahrer ließ den linken Arm aus dem Fenster baumeln und fragte die Insassen, wohin die Reise gehe.

»Flughafen«, antwortete Nadi.

»Fluggesellschaft?«

»Wir fliegen nach Hongkong.«

Hank machte eine abwehrende Handbewegung und nahm sein

Rückflugticket aus der Tasche: »Ich habe schon den Rückflug nach London gebucht.«

Nadi nahm die beiden Kuverts aus der Tasche, der weiße Umschlag war von Mendelez, das rote Kuvert von Mian Xiaoting: »Ich bezahl dir das Ticket nach Hongkong, o.k.?«

Hank grinste und zerriss sein Ticket. Er warf die Fetzen zum Fenster hinaus.

* * *

Nadi und Hank rannten zum Schalter der Fluggesellschaft und kauften ein One-Way-Ticket für Hank.

»Wieso Hongkong?«, fragte Hank.

»Ich habe einen Job als Köchin bei einer chinesischen Geschäftsfrau.«

Hanks Handy klingelte. Er nahm ab und hörte kurz zu, er schien plötzlich sehr verärgert: »Shit! Ich habe was vergessen!«

Während er davonrannte, rief er, er sei gleich wieder da, er müsse noch schnell etwas abholen.

* * *

Patrice wartete mit einem hölzernen Frauenkopf neben dem Zeitungsstand in der Flughafenhalle. Auf allen Titelseiten sah man den Kopf von Professor Luis C. Mendelez. Hank rannte auf den Taxifahrer zu, er war außer Atem. Er reichte ihm einen Bündel Geldscheine. Patrice sagte, das sei die Kopie einer traditionellen sierraleonischen Holzmaske, die früher von Frauen bei Zeremonien getragen wurde.

»Ist mir scheißegal, was das ist«, sagte Hank hastig und rannte mit der Holzmaske in die Abflughalle zurück.

* * *

Nadi hatte soeben die Gepäckkontrolle passiert und wartete ungeduldig auf der anderen Seite. Plötzlich sah sie Hank in der Menge, sie gab ihm ein Zeichen, sich zu beeilen. Hustend erreichte Hank die Sicherheitskontrolle und legte den Frauenkopf auf das Fließband. Nadi gestikulierte ungeduldig, Hank versuchte sie mit Handzeichen zu beruhigen. Auf dem Röntgenbild erschien die Holzmaske. Im Hohlraum war etwas zu sehen. Der Beamte gab einem Kollegen ein Zeichen. Als die Maske wieder unter der Röntgenbrücke hervorkam, ergriff sie der Kontrolleur und drehte sie auf den Kopf. Er griff in den Hohlraum und zog einen faustgroßen Plastiksack heraus.

»Rohdiamanten?«, lächelte der Beamte und gab einem Uniformierten einen Wink. Hank hob mit theatralischer Geste die Hände und rief Nadi zu, das müsse ein Missverständnis sein.

»Nicht schon wieder!«, schrie Nadi. Sie machte eine wütende Handbewegung und rannte zum Boarding.

* * *

Hank saß im Büro der Zollbehörde. Vom Fenster aus konnte man das Rollfeld überblicken. Ein uniformierter Grenzbeamter inspizierte mit einer Juwelierlupe die Rohdiamanten. Hank bat ihn, sich zu beeilen, er würde gleich seinen Flug verpassen.

»Wir prüfen alles sehr gründlich, Mister Hank. Das ist auch in Ihrem Interesse.«

Der Beamte hielt einen Stein vor den Mund und hauchte ihn an. Er blieb für einige Sekunden beschlagen. Hank sah, wie die Maschine der Cathay Pacific das Parkfeld verließ.

»Sind Sie bald fertig?«

»Ja, Mister Hank, wir sind fertig. Die gute Nachricht: Sie übernachten nicht in der Zelle. Die schlechte Nachricht: Ihre Rohdiamanten sind nicht echt. Wenn Sie einen echten Diamanten anhauchen, stößt er die Wärme sofort ab. Sie dürfen diesen Kinderkram ausführen und das Land verlassen.«

Die Maschine der Cathay Pacific raste in einiger Entfernung am Fenster vorbei und hob ab. Nach Hongkong.

* * *

Nadi saß in der Business Class und schaute auf das Meer hinunter. Es stimmte sie traurig, dass Hank erneut ein krummes Ding habe drehen wollen, doch anderseits berührte es sie, dass er eigens nach Sierra Leone geflogen war, um ihr zu helfen. Oder war er hier, weil er selbst Hilfe brauchte?

»Jemand lädt Sie in die First Class ein«, sagte die Stewardess vornehm leise, als sie sich zu Nadi beugte.

»Mich?«, wunderte sich Nadi.

»Ja«, antwortete sie freundlich, »darf ich Ihr Gepäck mitnehmen?«

Nadi wusste nicht so recht, ob sie sich freuen oder ärgern sollte, falls Hank jetzt grinsend in der First Class saß. Die Stewardess blieb vor einem leeren Sitz stehen und bat Nadi, Platz zu nehmen. Etwas verlegen setzte sie sich und staunte, dass hier alles so geräumig war, jeder Passagier verfügte über einen freistehenden Sitz mit allem Komfort.

»Da hat jemand seinen Flug verpasst«, hörte Nadi jemanden sagen. Es war eine Frauenstimme mit chinesischem Akzent. Nadi schaute neugierig zur Seite. Mian Xiaoting hatte zwei Gläser Champagner in der Hand.

»Sie reisen alleine? Wo bleibt Ihr Freund?«

»Welcher Freund?«, fragte Nadi traurig.

Mian Xiaoting reichte Nadi ein Glas Champagner.

»Erzählen Sie mir mehr über Ihren Freund.«

»Er war einfach – ein Freund«, antwortete Nadi zögernd, »leider hatte er kein gutes Karma. Angefangen hat alles in Rajasthan. Aber eigentlich schon viel früher. In der Antarktis.«

* * *

Epilog

»Das ist die Galerie der Nobelpreisträger«, sagte Alistair seiner kleinen Tochter, als sie vor dem Hünen mit dem schlohweißen Bart standen, »und das indische Mädchen hier, mit der Bambusflöte, das ist die Rattenfängerin von Rajasthan.« Das Kind beobachtete die täuschend echten Wachsfiguren im Kabinett von Madame Tussauds. Plötzlich klammerte sie sich an die Hand ihres Vaters und starrte gebannt auf die weiße Ratte, die so lebendig schien. »Das ist Ganesha«, sagte Alistair und strich seiner Tochter liebevoll über den Kopf, »sie tut dir nichts.«